云端上的故乡

徐祯霞 著

中国画报出版社·北京

图书在版编目 (CIP) 数据

云端上的故乡 / 徐祯霞著 . -- 北京 : 中国画报出版社，2022.11

（当代作家精品）

ISBN 978-7-5146-2119-8

Ⅰ . ①云… Ⅱ . ①徐… Ⅲ . ①自传体小说 — 中国 — 当代 Ⅳ . ① I247.5

中国版本图书馆 CIP 数据核字（2022）第 200506 号

云端上的故乡

徐祯霞　著

出 版 人：方允仲
责任编辑：程新蕾
责任印制：焦　洋

出版发行：中国画报出版社
地　　址：中国北京市海淀区车公庄西路 33 号　邮编：100048
发 行 部：010-88417360　010-68414683（传真）
总编室兼传真：010-88417359　版权部：010-88417359

开　　本：16 开（710mm × 1000mm）
印　　张：21.75
字　　数：399 千字
版　　次：2022 年 11 月第 1 版　2023 年 3 月第 1 次印刷
印　　刷：涿州军迪印刷有限公司
书　　号：ISBN 978-7-5146-2119-8
定　　价：88.00 元

浸注着乡愁的爱和痛（序）

毋庸置疑，每一个人都有一个属于自己的根，那个根，就是生养自己的土地。它是我们地理意义上的母亲或者说是母土，让我们情系一生，一生都背负着它，为它魂牵梦萦，为它牵肠挂肚，对它拳拳深情，以致一生都走不出它的乡土情结和地理范畴。

徐祯霞是陕南柞水的一个作家，这些年在文学上获得了比较大的成绩。我知道她，是在“陕西省文化厅百名文化艺术人才”选评上，我作为评选工作人员参与了这次评选。徐祯霞的申报材料和资料给我留下了深刻的印象，这个作家发表作品量比较大，而且涉及范围广，样刊送报的也多，全国各地的都有，于此，我记住了这个名字。后来才知道，听行业人说，这是一个自我奋斗成长起来的作家，而且是在没有工作的情况下走上写作道路的，并且通过写作，改变了她的人生，改变了命运，这一点，让我觉得她的确是一个对文学有着执着追求的人。能用文学改变命运的人不多，而徐祯霞以她的坚韧和顽强与吃苦的精神，实现了命运与人生的成功逆转。

徐祯霞是在一个日头正劲的夏日的中午自柞水来造访我的。西安的盛夏，热得像火，她便是顶着这样的烈日来见我的，这让我有些意外，又有些叹服，一个有意志力的人必是让人刮目相看的，也是值得人去重视和认真对待的。她坐下，与我谈了她的写作，以及写这部书的初衷。她说，她的故乡现在已经彻彻底底消失了，完全不存在了，对于她来说，起初是真的不能接受，总有着一种切肤之痛和心理上的撕裂之痛，现在总算平静了一些，冷静之后，她想为故乡写一部书，以证明故乡确实生动而又鲜活地存在过。因此，就用第一人称的手法写下了这部《云端上的故乡》，是为了记住过往，也是为了用笔记录下曾经真实的存在过的绿树环绕的村庄和和那弥漫着乡土气息有着浓郁地方色彩的生活，虽然村庄消失了，但是村庄也曾经精彩而浓烈地存在过。同时，也是对已经蜕变的故乡的期望和展望。谈完这些，她然后又顶着炎炎的烈日离去。

《云端上的故乡》是一本自传体小说，作者徐祯霞以其磁性而深情细腻的语言文字，记述了自己对于故土、亲人、乡亲们那些刻骨铭心的生活烙印和生命记忆的见证，以小见大，以点带面，通过一个村庄来反映整个社会的发展和变化，以及在这种变化中人们思想观念和意识形态的变化和转换，展示了社会大背景下整个乡村面貌以及人们生活的巨大改变，凸显出了作者对人生价值和生命意义的独立思考。小说以生动而饱满的人物和细节，对改革开放前后40多年来的乡风民俗及人与人之间的关系变化，有着深刻的体验和动情的描绘，具有广阔的社会生活视野和时代精神内涵，更为难得的是在作品的字里行间中所氤氲的对故乡故土及父老乡亲的眷眷深情。这是一部诗情画的山川大地之歌，也是一部感人至深的乡愁之痛。

这部小说虽然写的只是柞水县下梁镇王坪村，是个个例，但是它却有普遍的社会意义。这些年，在国家的城市化进程中，有很多类似于徐祯霞的故乡这样的村庄，因为地理的原因，因为建设的原因，因为投资的原因，因为安全的原因，因为国家扶贫政策力度的加大，使得村庄整体搬迁。尔后，这个村庄的行政建制改变了，叫法改变了，人物事统统更替与变换，那些原来固有的存在了几百年的村庄，就这样从那一片生机勃勃的土地上消失了，以致到了无痕迹；但在整个的社会发展中，这又是不可避免的问题，徐祯霞用第一人称纪实的手法叙写这本小说，有着非常现实而广博的意义，她让村庄以文字的方式存活下来，是对历史的一种很好的复活和再现。

作家本身就是社会的见证者和忠实记录者，更是思考者。社会的发展总是要以某些牺牲和改变为代价，要不然，社会就会永远停滞，无法前进，消失的不等于不存在，它应该属于沉淀的历史的一部分。徐祯霞在这部小说中，就充当了社会记录员的角色，她以小说的形式将王坪村的村容村貌、风土人情以及那众多的村民的生活联系起来，让他们在村庄中活着或死去，活有活的意义和价值，死有死的背景和根源。这部书通过一系列人物的成长，反映了当时社会生活的各个时期中人们的生活状态，客观而宏观地再现了当时人们的生活风貌和村庄的形态。它是一个村庄的风貌，也是整个中国农村生活的缩影，既有着陕南地域特色，也有着时代的烙印和履痕，将人们在成长过程中的喜怒哀乐悲欢离合表现得淋漓尽致，入情入理，而又客观充分。通过一代人、一群人、一个村庄这样一个共生共栖的群体，再现了一个社会，间接地通过一个村庄，反映和展现了整个中国在改革开放中波澜壮阔恢弘巨大的社会进程，具有鲜明的时代特色和典型的历史意义。

一个作家，写自己熟悉的东西是最得心应手的。在这部书中，所有的叙述和语言都是很流畅的，行云流水，很自然地涌入作者的笔端，那些往事，那些人物，那些生动鲜活的生活，像汩汩清泉，自然地流泻，整部作品给人的感觉是一气呵成。素材的运用与人物的设计恰到好处，每个人物的出场都反映了在当时特定的社会环境和历史背景下的人物性格和特点，准确把握时代脉搏，紧扣时代旋律，给人以真实可信之感。任何一部作品里，人物的命运和时代都是息息相关的。好的文学作品一定是要有时代意义和时代精神的，而在这一点上，作者处理得很好。当然，这个题材对于作者本人来说是一个驾轻就熟的题材，一者来说，故乡的物事太过于熟悉，二者来说，几十年的生活发展和变迁太过于刻骨铭心。因此，所有的人与事都可信手拈来，用得得心应手。这是一部乡愁文学，也是一部社会变迁的时代志。而今，作者跳出村庄之外，观望曾经休戚与共、朝夕相处的故乡，记录的是故乡的风云变幻，也是时代的车轮滚滚向前的回音壁，让村庄的过往在文字的书典中重现和复活，让历史和现实交融，以文学的方式重生和新生，因此这部书便有了对历史的回味和探寻生命发展的双重意义，也或者可超脱历史之外。

李星

（李星系著名评论家，《小说评论》原主编，茅盾文学奖评委。）

致我再也回不去的故乡（自序）

故乡离我工作的县城，并不远，仅15里，但是我已经有几个月没回去了。上次回去的时候，是清明，给父亲和母亲送清明吊儿，这次回去，却是因为七月半。

在我们当地，有一种习俗，七月半，要给亡故的亲人送纸钱。言说，七月半，是鬼节，亡灵都要去赶集会，买一年四季需要的生活用品。这个节日，都是要给亡故的亲人送纸钱的，否则，亲人在另一个世界就会很穷很可怜。这，体现的是中国的孝道文化。

从来没有想到故乡会疏离，也从来没有想到故乡会陌生，更没有想到故乡只剩下父亲和母亲的坟茔。想到这里，不禁心有戚戚焉！

站在父亲和母亲的坟边，眺望脚下的土地，思绪如潮，百感交集。这里，曾经是我生活了20年的村庄，从我能记事起，这里的一草一木，一人一物，都在我心中打上了深深的烙印。村庄里阡陌交错，道路纵横，到处都是绿油油的庄稼和菜蔬，还有那一年四季口味变幻的果木树。我的父老乡亲们就在这片平坦开阔而又美丽的小村庄里生活，家家养猪，养鸡，养狗，养羊，还有几头牛，鸡犬相闻，鸟鸣声声；每天早晨和中午，做饭的时候，家家的烟囱冒出一缕一缕的青烟，在村庄的上空袅袅地浮动，悠悠的，悠悠的，一直升上半空，最后在微风中飘散，融入蓝天白云间。

常常，我也会坐在山巅，或拿一本书，或者什么也不做，就这样，眺望着村庄，俯视着村庄，阅览着村庄，品读着村庄，我可爱而又青山绿水的村庄，是那样的安详和静谧。置身于蓝天白云中的我，有说不出的安逸和自在，它就像是一幅画，可却是任何画家都描摹不出神韵的田园风情画。

从风水的角度来说，这是一片非常好的土地，依山傍水，秀丽宜人。村后是一座葳蕤青葱的山岭，四季林木葱茏；村前是60亩一望无垠的大平地，开阔平坦，庄稼如绿浪，长势汹涌。土地的前面，是一条长年四季奔腾不息的河流，西川和高垣两条河流，在流到我们的村庄时，汇成了一条河流，因此，河道便变得宽阔，河水也变得充盈丰沛。在以前，这个村庄叫“徐家大院”，后来叫“王坪三队”，再后来叫“沙坪八组”，现在叫什么，我不确定，或者说，在不久的将来，它还会有一个名字，村庄，会以它的功能和效用定名，也未为可知。

世间的万事万物，皆有利有弊。而我的村庄，正是因为它自然天成优美的地理环境——它的美丽青绿、它的开阔平坦、它的风景如画，吸引了开发商的注意。开发商认为这有地理优势和资源优势，拟在这儿投资生态养生项目。生态养生，是一个新事物，也是一个有着广阔前景的新生事物。

于是，我的村庄，在时代发展的洪流中被征收了。

本身，我是嫁出去的女儿，对故乡是没有任何言语权的，留在这片土地上的，是我的叔伯长上，两个哥哥和一个弟弟，还有膝下的侄儿侄孙，他们才是这片土地真正的主人。但在农村城市化的进程中，我的村庄，也无一例外，不得不为发展让路。生活在村庄的乡亲们，他们也觉得村庄确实老了，最能体现村庄衰老的，是村庄的房子。那些房子，一年年，一代代，年长月久，已经变得很是老旧，黑尘埃埃，但想要重建和改进，却是屋连屋，户连户，动一家，而连几家，局于空间和地域的限制，难以推陈出新，再展新颜，于是，整村迁移，成了解决和改善乡民生活环境的最好办法。我的故乡，就这样被新生事物所替代和覆盖。

整村迁移，对于整个村庄里的人来说，都是矛盾的。一方面，有情感和精神上的剥离与不舍；另一方面，有对于新生活的期待和向往，他们期待能住上窗明几净的宽畅的楼房，能洗澡，室内有卫生间，干净卫生，再也不用在下雨天和黑夜深一脚浅一脚地去上户外的厕所，而且还有现代化的炊具和灶房；但另一方面，毕竟，这是自己一出生，就生活和成长的地方，自己的根和几十年的记忆皆缘于这块土地，一下子搬离了，总感觉到难分难舍，情感上难以接受。可生活的改变，总是要以某种牺牲为代价的，一家家在心有不舍中搬走，一家家地心有千千结中离开，一家家在满怀愁绪中回首，有一句话叫“故土难离”，用在此时此地、此情此境，是最为恰如其分的。

故乡在拆迁的当口中，我曾无数次回过故乡。逢到周末，无事的时候，我就会回到故乡，有时是和丈夫，有时是和兄弟姐妹，有时是我独行。我一遍遍地徜徉和徘徊在这片土地上，想把故乡记住，深一点，再深一点的记住。其实，对于故乡的村庄，我本是熟悉得不能再熟悉了，它早已镂刻于我的心底，我一闭上眼睛，就能清晰地想见故乡的全貌，故乡的人与事，就像电影画面一般，一幕幕地向我扑面而来，那些或悲或喜的事件、那些和蔼可亲的面容、那些恒久定格在我心头不变的物事，村北头的窑场、村南头的老梨树、村下头的皂角树、村上头擎天的一排排的红香椿，还有村中那片开阔的打麦场，以及围绕着这些地方的人与事，它们是那样那样深地镌刻在我的心中，让我无法遗忘，也无法忽略。尽管如此，我仍是一遍一遍地回故乡，总是担心，见一面，少一面；总是担心它消失殆尽，片瓦不留，以致思念也会模糊。

可任凭我怎样担心，任凭我怎样不舍，故乡总是以它不可阻挡的速度在蜕变着，它不以我的不舍而停滞，也不以我的悲伤而懈怠，眼见着村庄一天一天地消亡，我既无可奈何，又束手无策。

我该如何，如何留住故乡，留住我生活了20年那青枝绿叶魂牵梦萦的故乡？

思来想去，辗转反侧，在思绪的煎熬中，我想到了写一本书，写一本关于我生活和成长的故乡的书，我要用书典的形式将故乡留存下来，让它走进文字中，活在文字中。我是作家，应该有这种责任和担当，如果我不写，在三五年或者是十多年之后，故乡便就真的真的消失了，消失得干干净净，消失得片瓦不留，消失到花木重生，消失到人事更迭，消失不到不会再有人说起和记起。如果，如果能用文字将故乡记录下来，那么，它记录的不仅是我的成长记忆和乡民的生活，也是中国近40年来，改革进程中农村生活的巨大变化与变迁，于此，我的文字，也便有了意义，有了个人与家国的意义，有了小我与大我的意义，有了记录过去和现在的意义，它写的是我的故乡的人与事，又如何不是一部中国近40年来农村社会生活的发展缩影呢？

而它于我呢，更是一种感恩与铭记，同时，还是一段时光的挽留与纪念。

一个人，如果不爱家，便谈不上热爱故乡，如果不爱故乡，便谈不上爱国。往小的说，故乡是我的根，往大的说，祖国是我的根，我热爱给予了我生命和根的故乡，但面对社会的发展、故乡的嬗变，我无法阻止，也不能阻止，更不应该阻止。但是，如果可以，可以用文字的形式将故乡留存下来，那么，也就实现了故乡于我精神与地理双重维度的转换。这么想着，竟然又是欣慰的，如果故乡成了书典，又怎么会失去呢？它将会以一种文学的方式绽放出时光深处的花朵，永不凋零。

如果，如果，我那丰满厚重的故乡真的真的再也回不去，那么，就让我在文字中实现对故乡的一次一次地回顾与守望吧！

2018年8月8日

目 录

第一章　我的出生

在那个乍暖还寒的 3 月，我出生了，出生在秦岭脚下的一个小村庄，这个村庄的行政名称叫“王坪三队”，众人的口里，又叫“徐家大院”，因为这个村庄徐姓人居多。

村庄有三十来户人，在王坪四个队里，三队是最大的村子，也是人口最多的村子。这，缘于这个村的地理位置，村庄后面是一座葳蕤青葱茂盛的青山，前面是一条四季流淌不息的大河，中间是 60 亩的平坦开阔的一眼望不到边的大平地。在以农耕为主的年代，哪个地方土地好，哪个地方的人的生活就好，土地是衡量人们生活质量的先决条件。

我出生的那天，母亲破例没有干活，她向生产队请了假，说预感到自己快要临盆了，要赶快将家里的衣服和被褥洗洗，一向倔强而蛮横的队长破天荒准了她的假。

当时，整个社会还处在农业学大寨时期，村里的人，稍微有点劳力的，都得上山搞农田基建，按出勤计工分，工分累计得多的，一年就可以多分一点口粮，工分少的，就少分口粮。因此，村民天天都得上工干活，早请示，晚汇报，就算是生娃这样的大事，也得给队长请假。

母亲请了假，就赶紧料理手边的活。她搜集了一大苦竹篮子衣物，拖着沉重的身体蹒跚着来到了泉水井，她要赶快将这些衣物洗了，再将家里里里外外收拾一遍，要不然，一生产，一个月的时间，不能干活，不能见冷水，那没有女人打理的家，会烂成一河滩。

其实，这时的母亲已经不能完全地蹲下来，硕大的肚子挺在她的身前，挡在她和溪水之间，让她觉得自己要越过它顺利地洗衣服是一件很吃力和艰难的事。这时的母亲就像只企鹅一样，又庞大，又笨拙，她隔着圆圆的肚皮，可着劲伸长着胳膊，即便如此，也深觉得力不从心，她恨不得自己的胳膊能突然长长一大截，能够使自己洗起来轻松一些。母亲就这样艰难而又吃力地洗着，洗着洗着，不一会儿，胳膊就酸了，但是她还得坚持洗，这些活，是她临盆前必须干的。

泉水井边就母亲一个人，其他的人都去生产队里干活了，只有几个孩子在泉水井坎上的梨树下玩耍。这棵梨树是村里最大最老的梨树，估计咋都有上百年了，每年花开的时候，一树雪白，满眼缤纷，像是一把巨大的花伞篷在人们必经的路口，微风吹过，片片梨花如花瓣雨一般自空中阵阵洒落，犹如天女撒花，犹如大雪飞扬。这些孩子就正是在上面捡拾花瓣，一边拾一边嬉戏，耍着耍着，不时地发出一阵“咯咯”的欢快笑声。

在任何年代，孩子都永远是快乐的，无忧无虑的。

笑声一阵阵飘荡在母亲的头顶，听着这些稚气而又无邪的笑声，母亲就想起了自己肚子里的孩子。马上就要生产了，却不知道是男孩还是女孩。自己生了七个孩子，三个都没养成，老二一出生就没了，老四活了几个月，老七养到两岁，却一直站不起来，病病磨磨长到两岁也没了，前两个丢的是儿子，老七是个女儿，这些没有养成的儿女，于母亲来说，都是一生难以治愈和平复的伤痛。母亲每每想到他们，心里就要黯然伤神好一阵子，他们都是自己辛辛苦苦怀胎九个多月的心头肉，可是，却跟自己没有缘分，母亲想着想着，不禁心有戚戚，她在内心里祈祷，这回肚子里怀的，不管是男孩还是女孩，都请苍天保佑，一定要健健康康，一定要顺顺利利地长大，做自己一生一世的亲人。

母亲这样想着，浑身突然就来了劲，她在心里对自己说：“赶快洗，赶快洗，将这些衣物洗完，回去给自己生产的床上再铺一些干麦草。”她要给这个孩子一个温暖安逸略为舒适的出生环境，让娃平安顺利地来到这个家里。

因为担心马上会生产，母亲洗衣服的速度就比此前快了许多，尽管她依然很吃力，但是忽然之间好像有着某种力量在帮助着她，让她浑身突然储满了劲。可能是用劲大了，肚子突然痛了起来，母亲预感到不妙，就赶快将那些搓洗过的衣服放进水里清洗，她强撑着疼痛的身体，将那些衣物拧干，放进苦竹篮子，这时，母亲已经痛得有些直不起腰，但是，她得把这些衣服拿回家去，晾晒上，她往泉水井两边的路上看了看，希望路上会突然出现一个人，帮她将这些衣物提回去，可是路上一个人也没有，就连刚才在坎上玩耍的孩子，这会儿也不知跑到了哪里。

就在母亲绝望之际，村里的张叔拎着个黄帆布挎包从杨树林边的路上出现了，他见母亲面前一大篮子衣服，就说："来，他婶子，我来帮你提吧！"张叔高大健壮，一身的好劳力，几年前他还曾是徐家的女婿，由于大姑英年早逝，他后来又重新娶了妻子，但是仍念着这份姻亲，对徐家人一直都挺亲。张叔将篮子提过去，走在前面，母亲就轻松了许多，只管跟着走回去就行了。

张叔将一大篮子衣物提进我们家的院中，在场院中间放下，对母亲说："那你晾晒衣服，我回去了。"母亲说："那好，谢谢你，要不是你，我都拿不回来呢，现在这样子，人真是笨得很！"张叔说："不用客气，怀娃都这样。"然后就大踏步出了院门。

母亲将衣服一件一件地抖开，扯平，晒在竹竿上。这时，她觉得肚子的痛疼在加剧，她不敢歇息，赶快烧着了锅，她得弄点饭吃，以使自己生产的时候能有点力气。她给自己做了一碗细包谷*面的拌汤，没有菜，就在缸里捞了点酸菜，拌进去了，在这个时候，就是跟时间争分夺秒。

---

* 包谷，玉米。方言。

谁知，母亲做好拌汤，刚舀到碗里，她就感到肚子在一阵阵下坠，正准备往房间里跑，孩子就迫不急待地从身体里冲了出来，她意识到不好，就赶快往地下一蹲，自己松松垮垮的裤子里就已经兜着一个肉乎乎的东西了，并且“哇哇”地哭着。母亲提着裤子，自己歪歪扭扭地走进房间，用剪刀剪掉了渗着血的脐带，将孩子托起来，这才发现，是一个女孩，只是长得比前几个孩子都胖，这让她不禁万分的欢喜，胖好，胖好，胖就意味着身体好，健康，生命力强。

母亲将孩子双脚拎着，倒提起来，照着屁股一巴掌打下去，孩子吐了一口浓痰，她这才放心下来，孩子将口里的污物吐了出来，这就好了，一切正常。她用旧布单包好了孩子，这时，她已经顾不得自己的累和饿了，心里只是欢喜，甜蜜地欢喜着，看着这个肉嘟嘟的小东西，她就觉得这是自己的天使，是上天赐给她最好的礼物，她一定要好好地养着这个孩子，让她健康地长大，陪伴自己一生一世。

孩子哭了几声之后，就睡着了。母亲对着孩子皱巴巴的小脸亲了几下，将她放在靠墙角的床里面，自己重新换了一套衣裤，将胎盘和那些脏东西扔进了厕所里，这才拿过先前舀好的那碗拌汤，开始吃了起来，饭已经不太热了，可她已经顾不得那么多，三下两下扒拉了，只为肚子有点东西，待会儿好给孩子喂奶。

母亲因为在我前边生过好几个孩子，又常年在田间劳动，盆骨是松的，所以生我就像鸡下蛋一样顺溜。

父亲当时在凤凰镇教书，离家颇远，一般情况下多数的时候，都是一个月才回来一次。对于母亲，这样的生产她已经习惯了，只要孩子一切安好，她就很欣慰了。

几个孩子还在学堂里，没有回来，这时的家里，就只有母亲一个人，一个人感受着一个新生命到来的满满幸福和喜悦。

忙完了手边的一切，母亲终于在床上躺了下来，床有些硬，之前她想再铺些干麦草，还没来得及铺，就生产了。想到这，她又从床上爬起来，去后院抱来一些麦草，将被子掀开，将麦草塞进去，两抱塞下去，床顿时松软了，这样，孩子睡在床上就会舒服暖和一些。

这个新出生的孩子便是我。

听得门口有人喊“妈”，原来是哥哥姐姐们放学了，见门开着，知道母亲在家。听到叫声，母亲忙唤他们进来，几个孩子背着书包一前一后的进到房里，他们一齐涌到床边，兴高采烈地看这个新出生的妹妹，二哥和三哥拍着巴掌说，我又有一个妹妹了！姐姐说：“真好，我以后有人玩了！”我的哥哥姐姐个个欢天喜地，高兴得不得了。

在农村，除了过年，除了结婚，生孩子就是家里头等的大喜事。家里人多，表示人丁兴旺；家里人多，也表示在这个地方不会被人欺负。

过日子，两件事：添财和进口。

母亲以为，这估计是她生的最后一个孩子了，在我当时还没有名字的情况下，她便给我起了个小名，叫“幺女”。而我正式的名字，是要让我当教书先生的父亲取的。父亲是个教师，在母亲眼里，是一个有学问的人，她把他看得很高很大。因此，孩子的名字理应由这个有学问的父亲来取，方显合理，且合适。

我见到父亲，是在一个月之后。那天，父亲回来了，提着一个黄色的帆布挎包，一进门，就说：“凤琴，我回来了！”母亲后来说，父亲从来没有那样的时刻，在以往，每次回来，放下包，就往床上一躺，饭做好了还要一碗一碗地端给他吃。可这次，父亲是饱含热情进门的，一进门，就问：“咱们娃来？”母亲从床里将我抱过来，递给父亲，父亲将我放在离他有一尺远的距离端详着我说：“这就是我们的女儿呀，呵呵，这次生个女儿好，我喜欢，还是个小胖子呀，好好地长，长大了，大带你去上学。”

在我们徐氏这一脉中，我们将父亲是叫“大”的。在小的时候，不以为意，在长大以后，才知道，这个“大”原来是同“大小”的“大”一样的，尤其是在书面书写时，别人称呼父亲为“爸爸”，我们就只能称呼父亲为“大”，特别是写信的时候就称呼父亲为“亲爱的大”，写出来，多多少少是有些别扭的，但在我们的家族中，一直就是这么称呼的。

父亲的举动出乎母亲的意料，在母亲猜测，是因为我头上的姐姐好不容易养到两岁，却夭折了，父亲将对我那个夭折的姐姐的感情都叠加在我的头上，才表现出如此喜不自胜的模样。其实，在以前，父亲是不太喜欢小孩子的，他不喜欢抱孩子，不喜欢给孩子擦屎端尿，不喜欢孩子在他跟前缠来蹭去，更不用说晚上会搂着孩子睡觉了。母亲说，父亲就是个甩手掌柜，当个便宜的父亲，只等着孩子长大了，叫个现成的“大”。

尽管如此，母亲仍是事事顺着父亲，在父亲跟前百依百顺，而且让孩子们要对父亲好，说不论如何，他都是你们的父亲，你们必须尊敬他。

我的哥哥姐姐们都很怕父亲，每次父亲回来了，母亲就说，快叫“大”，他们一个个才低眉顺眼生怯怯地叫一声“大”，叫了之后，一个个都溜得远远的，不敢在父亲跟前待。父亲也懒得理他们，自顾自地去床上休息了。

在父亲眼里，母亲就是为他生儿育女、看护孩子的。

可父亲对于我的态度显然是不同的，他不仅表现出了欢喜，而且还伸出手来抱我，这让母亲也感到说不出的开心，或许是父亲年纪大了，人的性格变得柔软，或者是因为我逝去的姐姐的原因，总之，父亲对我的到来表示出了他不寻常的欢迎。

幼时的我，体质尚好，只是老不能结肚，因此每天都要拉几回稀屎，好在我有哥哥和姐姐，每天洗屎片洗尿片的任务便落在了他们的头上。一放学，吃过饭，他们几个便轮换着给我洗屎片尿片，以至到后来好多年，他们还常常拿这件事取笑我。

其实，在我之前，除了那两个没有养成的哥哥和一个姐姐，我还有四个正式的兄弟姐妹，三个哥哥，一个姐姐。

我出生的时候，我的大哥正在秦岭的黄花岭段上修盘山公路。

据母亲讲，大哥的书读得很好，但他是一个倔强而要强的人，为了我们一大家子人的生活，他只上到小学五年级就自动辍学了。

因为我们家是地主成分，村里某些不地道的人常说，我们家在过去剥削人，在新社会还想剥削人，还想吃现成的，还想被大伙养活。其实，虽然当时由于我的祖父创下了一大桩家业，但是我们家却是良善的地主，就拿张叔为例吧，张叔本身是西川的人，家境困难，流落到我们家做长工，因为其勤劳能干，后来便娶了我的大姑做妻子，成了我们家的姑爷，而我们家里也从来没有亏待过给我们做工的人。

可大哥听不下去这些话，就再也不肯上学了。他是个男人，也是这个家里的老大，他要扛起这个家，不能让母亲老被别人说三道四，抬不起头，不能老让我们一家人被人作贱，大哥毅然放弃了自己的学业，为我们顶起了门户。

其实，在当时，大哥只有 13 岁，一个孩子的肩膀有多宽？一个孩子的身板有多硬？一个孩子的力量又有多大？但是要强的大哥一点也不肯服输，别人背多大的背篓，他也背多大的背篓，别人抬多大的石头，他也抬多大的石头，常常压得他的双肩通红，两腿直打晃，但是他都咬着牙齿硬撑着。有好心人说："娃，你人小，你少背点，你抬个小石头！"但我那倔强的大哥说："没事，我能干跟你们一样的活。"

就这样，我们一家人的生活就被年幼的大哥生生地扛了起来。

因此，我的大哥虽然很壮实，但个头一直不高，甚至可以说是在我们家的男孩子里面最矮的，这是岁月烙在大哥身上深深的印记。

那时，我的父亲和母亲都是地主出身，我们家便被划作了地主成分，在很多人都是贫农的身份时，我们是被歧视的，在人们的眼里，贫农光荣，地主可耻。

要论我的祖上，他们其实是勤劳耕作一族，我的曾祖父是从安徽上来的难民，因家乡遭遇洪水，田地和房屋皆被摧毁，无处生根，流落到柞水。初来柞水，给家境殷实的人家打长工，后来置了点房屋和薄田，就自己开荒垦地，年年辛苦耕作，一个流民，硬是靠自己的辛苦和勤劳起家，慢慢地扩大，以至到了我的祖父的辈上，生养了八个儿子，其中五个在西安上了学，相当于现在的大专，我的父亲虽然只读到初中，但在当时，已算是有学问的人了，他们是传统的耕读传家的一族。

土地改革后，徐家大院变成了一个大杂院。

大哥回来的时候，我已经半岁，看着这个突如其来的妹妹，大哥竟欢喜得不得了，一放下铺盖卷，抱着我就不肯放下，逢人就说，我又有妹妹了，我又有妹妹了。我看着这个头发乱蓬蓬浑身上下满是尘土脏乎乎的哥哥，不停地笑，我估计是被他的情绪感染，他一高兴，他一激动，他把我拎在空中不停地举来举去，我也就快乐，开心得不得了，也或许是我们本身的血缘关系让我一下子就喜欢上了这个一直没有见过面的哥哥。

因为大哥的回来，家里顿时变得热闹。大哥是爱说话的，当然也是由于大哥记性好、健谈，他给我们大家讲他在黄花岭修路的事，讲工友间的趣事，讲在外面的所见所闻，讲在工地上开始人们由不重视他到最后发现他字写得好，脑子灵光，让他管账。因为在那些去修路的人当中，多数是成年人，大哥是唯一的一个小青年，别人家都是大人去，而我们家，因为父亲不在家，只有大哥去出这个义务工，大哥去的时候，只有13岁，在那条路上，一待就是三年，从一个毛头小伙子，变成了一个壮实的青年。

而这段时光，成了大哥生命里一段永难磨灭的记忆。

从黄花岭回来，大哥在家没待上几天，就又跟着母亲去队里上工了，他要给我们挣工分，让我们吃饱饭，几天之后，生活又一切如常。

母亲和大哥每天下地干活，在他们走之前，就给我穿好衣服，放在椅架上坐着。椅架是木头做的，上面有一个圆形的洞，能将我放下去，下面只有一个挡板，除了我坐的和一个我放脚的地方，其余的地方都是空的，我可以撒尿。当然，有时，我在憋不住的时候，也会将屎拉在上面，母亲回来，便得为我擦洗半天，母亲不怪我，却常常会责怪自己没有将我照看好。

这种椅架我一直坐到一岁多，坐到自己能下地走路，能自己从里面翻出来时，母亲才不敢让我坐了，她害怕摔着了我。于是，每次干活的时候，她便将我带在身边，一边干活，一边照看着我，他们在干活，我就在地边上翻东翻西，石头、瓦片、土、杂草、小木棍，都成了我的玩具，甚至蚂蚁和小虫子也是我的玩物。

一天下来，我浑身上下都是土，都是泥，每次下工，母亲拉起我，将我浑身上下都要拍一遍，拍得灰土星子直飞，嘴里一边说着："看，看，脏得就像狗娃儿似的！"说真的，我觉得自己就是像个小狗，一天到晚在地里爬着滚着，只有母亲带我回家，我才像个人，母亲少不了脱下我的罩衣，给我重新换上一件干净的罩衣，一种前面是整的、后面绑带的薄衣服，要不然，根本就没人敢抱我。

大哥是喜欢我的，我也是喜欢大哥的，每天下工回来，我就手伸得老长，大哥也欢天喜地一把把我抱进怀里，在我的脸上额头上不停地亲着，好像要把我这个妹妹吞掉似的。我也乐于享受大哥的亲昵与喜爱，我不停地拽他的衣服领子，他的头发，抠他的脸和耳朵，大哥从不生气，还故意逗我。有时，还时不时地从身上掏出一个山果，他将山果挤软，让没有牙齿的我慢慢地抿着吃，我吃到甜的山果，就咧着嘴开心地笑，吃到酸的山果，就使劲地挤着眼睛，眼睛挤得眯成一条线，还一个劲眨巴着，大家看着我的窘态，都哈哈地大笑。我望望大家，也跟着一起傻笑。

母亲原以为，我是她最后一个孩子，没有想到，在我才十个月大的时候，她又怀孕了。于是，我立时没有了可以吃的奶水，每天只能吃米汤和面糊，我的小圆脸顿时消瘦下来，父亲见我瘦了，就给我买来了莲鱼儿，甜的，一种用莲藕粉做的冻状的食品，用我们当地的话说，就像浆糊，但吃起来还好吃，这种东西我一直吃到可以大量地吃饭。

能吃饭了以后，在我饥饿的时候，母亲就给我煮一洋瓷缸子洋芋，我饿了就捞一个吃。于是，在很长很长的一段时间里，洋芋就成了我的零食，吃着吃着，我居然还吃上了瘾，一天不吃洋芋就想得慌，惦得慌，我被大家取笑，天天吃洋芋，也吃不厌，真是个洋芋包子。

冬日的一天，我们都坐在火炉边，那天的火炉烧得特别特别的旺，大哥给火炉放了一个大大的木疙瘩，烧得时间一久，火红得简直能点着人的眼睛，眼前是红彤彤明晃晃一片。那天，照例给我在火炉边煮的有一洋瓷缸子洋芋，大哥抱着我，我坐在大哥的大腿上，只觉得特别的暖和。

母亲肚子痛，痛得有一阵了，还没见生，二哥和三哥，也都一起围在火炉边烤火。通常情况下，产房是不允许男人进去的，因此只有姐姐和大房的三嫂子在房间里陪着母亲。由于是在晚上，都不太忙，知道母亲要生产，和母亲亲近的堂家三嫂子就来给母亲帮忙接生，她是略懂一点接生的，村子里多数的人家生孩子都是请三嫂子去帮忙，说到我的出生，三嫂子倒吸了一口凉气，对母亲说："小妹真是好悬呀！"

其实在农村，这样出生的孩子很多，有的在山上干活，干着干着，孩子就出生了，有的上个厕所，孩子就生出来了，甚至有的孩子直接生进了厕所的深坑里，淹死的都有。

因为三嫂子和母亲要好，所以她担心母亲。这次弟弟出生的时候，三嫂子早早地就来守着了，她说母亲年龄大，生孩子操心，不能太马虎，因为有三嫂子在跟前，大家都比较安心。三嫂子提前将剪刀在火上烧了又烧，烤了又烤，她说消毒，以防脐带感染。

我的几个哥哥和我都在火炉边静静地等着，虽然当时我只有一岁半，还不太懂事，见大家都安安静静地，我也不敢闹腾，大哥时不时地给我从火炉边的洋瓷缸子里取一个煮熟的洋芋吃，我一边吃着，一边看着那腾腾乱窜的火苗。

突然，姐姐大叫着跑过来说："生了，生了，是个弟弟！"接着隔壁房子传来婴儿的啼哭，又听到三嫂子的一阵手忙脚乱，十多分钟后，三嫂子说，你们可以来看你们的弟弟了。大哥抱着我，二哥，还有三哥，我们一起涌进了母亲的产房。

见了弟弟，大哥说了一声："弟弟好瘦哦！"三嫂子说："你妈都是快奔50岁的人了，娃能健健康康地生出来，就已经很不错了，人年龄大了，血脉不足，又天天都是粗茶淡饭的，咋还能养出个胖娃。"然后又抱着弟弟说："小家伙，你哥哥姐姐看你来了，以后你们要和得好好的哦，不要打架哦！"她的一番话，说得我们和母亲都笑了。

弟弟体瘦、个小，主要因为他是母亲在48岁的高龄生下来的。在母亲来说，她也再次确信这是自己最后的一个孩子了，因为女人在50岁以后基本上都绝经了，不再有生育能力，因此，弟弟也有了一个乳名：幺娃。

父亲回来后，见到新生的弟弟，一个小猫般的婴儿，便对母亲说："给娃叫个祯兴吧！希望他健康强壮，能长成一个魁梧的男子汉。"

果然，祯兴在成年之后强健起来。而在祯兴之后，母亲再也没有生养，我和弟弟便成了母亲最小的女儿和儿子。

第二章　幼年的生活

祯兴出生后一个月，母亲又上山干活了。那时，农业学大寨还仍是农村工作的主要任务，开荒、修农田、修水利，一年四季，每天都有干不完的活，春忙种，秋忙收，冬天搞农田基建和水利。

说到大寨，估计很多人以为那只是当时的一个政策口令，并不理解。真正的大寨是什么？其实，农业学大寨中的大寨是有所指的，它指的是山西昔阳县大寨生产大队的一种农业示范经验，那里的村民战天斗地，在自然环境非常恶劣的情况下，自力更生、艰苦奋斗，获得了粮食的丰产，成为全国人民学习的榜样和标杆，这便是当时的人们所说的“大寨精神”。全国人民从1963年开始学习，一直到我和祯兴的出生，还在学习，一直到1978年才慢慢地结束。

在我的印象中，母亲每天都是天没亮就出门了，晚上天黑尽了才掂着农具、一脸疲倦、拖着沉重的身体回家，晚上常常还要去扫盲班学识字，还得抽空做针线活，因为我们一家人的穿戴都在母亲的一双手上，母亲不得不更加熬夜为我们做鞋做衣服。

每天早晨，睁开眼睛，母亲的被窝都是凉的，三哥和姐姐帮我和祯兴穿好衣服，把我们弄到火炉边坐着，当然，火也是三哥和姐姐烧好的，我们坐在火炉边之后，他们开始忙着在灶上灶下给我们做饭。

我和祯兴尚好，没掉进火炉里烫过，村里的一个女孩，就因为一个人坐在火炉边，没有照看，一不小心，滚进了火炉里，给脸烫伤了半边，而这满脸的褶皱就伴随了她漫长的一生。

我与祯兴，相对来说，是幸运的。

哥哥忙着弄柴担水，姐姐就烧水做饭。那时的饭食通常很简单，一般都是做一些玉米糊汤和拌汤，随便弄一点菜，一般情况下，饭里都要放一点洋芋，既当菜，又当饭，反正不管啥饭，放了洋芋总能比白饭好吃一点。

据大伙说，我小时候长得很胖，这让我挺意外的。因为，在我能知事的时候，我就一直都没有胖过，我有时还说，是不是因为我是妈妈高龄生下的孩子，营养不足，所以一直消瘦呢，可哥哥和姐姐都说我小时候长得胖，像画上的娃娃，村里人都很喜欢，有事无事都爱逗我玩。

母亲要做工，我们只有被哥哥和姐姐带着，姐姐为了照顾我和祯兴，一直到九岁才上小学。

姐姐上学后，我和祯兴就没有这么幸运了，我们通常是被他们锁在家里，我们没有地方可去，就一直待在床上，天冷的时候，躲被窝里，一躲就是一早上，天不冷的时候，我们就在床上折腾，扭秧歌啦，学样板戏啦，把枕巾包在头上，披在身上，两个小人在床上跳来跳去。

记得有一次，村里死了人，母亲说，让我们待在家里不要出去。抬死人的队伍要从我们家的路口经过，她在门上挂个罗筛，鬼魂就不敢进来了，说这叫什么“天罗地网”，鬼魂最怕这个，我和祯兴真就吓得大气都不敢出，钻在被窝里一动也不敢动。平日里若在床上待到急得不行了，就到门口扒门缝，看看从门前路过的人和院里的阳光。可这一天，我们却不敢了，总觉得真有什么东西会从门缝里钻进我们的家里一样，我们老老实实地待在被窝里，连说话都细声细气，不敢大声，一直等到三哥和姐姐放学回来，见了三哥和姐姐，我们才又有了胆。

逢上半个月一个月，母亲会请一天假，待家里给我们洗洗衣服，洗洗头，因为长时间不洗头，经常头上都长得有虱子。印象最深的事，就是母亲给我们洗了衣服，洗了头，然后在太阳底下，坐在我们的院子里给我掐头上的虱子，祯兴头发短，长得少，我头长发，就经常会有虱子，还有白白的像小米粒似的的虱虮子，用现在的话说，是虱卵这样的东西，几天之后，又会孵化成小虱子。虱子，别看它小，不起眼，咬起人来，可厉害了，专门吸人的血，被咬的时候，简直痒得要死，让人不得不在头上不停地挠，有时给头皮都挠破了，抓出了血。母亲掐它，一个又一个，怎么也掐不完，就用一个竹子做的篦梳不停地在头上刮，就这，也总是刮不完的。

现在想来，可能在那个时候，没有洗衣粉和洗发剂，只用的是一点皂角和皂粉，杀菌效果也没有现在的肥皂和洗衣粉好，因此，这种害人的小东西四处泛滥，不仅长在人头发里，还经常藏在人的衣服里，咬得人手足无措。

母亲是一个爱干净的人，我们尚且如此，对于有些家里生活松散的人，好多人往那一坐就在衣服里翻着找虱子，一边找一边掐。

后来，看了鲁迅先生的《阿Q正传》，才意识到虱子并不是我们家专有，更不是我们村专有，是所有的农村，包括所有的生活条件艰苦恶劣的人群和环境中都有的，我才释然。

最盼望的时候，就是母亲能在地里干农活。

干农活的时候，母亲就可以将我们带在身边，我们就不用被天天锁在家里了，这样的时刻，只有在春天到来的时候。

好不容易，过了年，开春了，要种田地了，队长才让停了山上的农田基建，开始春耕生产。这时候，母亲会和村里的一些人一起，下红薯秧子、耕地、下种、栽苗、弄粪。

特别是在种洋芋的时候，母亲会和好多的妇女一起切洋芋种，女人在家里切种，男人们在田里下种。这个时候，我就待在母亲身边，给她帮忙递洋芋，找洋芋眼，其实我不必找，母亲也一眼就能看得分明，这类工作对于母亲来说，太熟稔了，但母亲为了让我能有一点乐事，仍然由我来一个一个地挑着递到她的手上。其实，这些洋芋挑也得切完，不挑也得切完，因此挑与不挑都是没有关系的，母亲是为了让我有一个可以做的事，就让我一直给她递。而我在帮助母亲的过程中，找到了一种存在感和价值感。

种完了洋芋，便要锄麦草。三队的平地很大，60余亩，一眼望不到边。这60余亩的大平地基本上都是由村里的妇女们来锄草，女人们也乐得做这事，这活虽然慢，急人了点，但总比没远没近的在山上四处扒要强，更何况还能顺便带着孩子。

在锄麦草的时候，母亲就给我备个小竹篮，她在地里锄，我就在她跟前待着。地里杂生的有野草，也有野菜。锄下的野菜，能吃的母亲教我一一认下；母亲锄草，我就在旁边寻找野菜，然后将寻下的野菜一个一个捡到篮子里，回家做饭了，就做成饭菜吃。

因此，在跟母亲锄草的时候认识了好多的野菜，荠菜呀，面面菜呀，黄豆瓣呀，米米蒿呀，蝴蝶汗呀，土汗菜呀，蒲公英呀，等等。母亲一边锄，我一边捡，半天下来，也能拾得一小篮，这些菜都能下饭，也能做菜。下工后，母亲将这些菜摘了根，一一清洗，有的用水一捞，拌上大蒜辣子，凉调，有的煮到饭里。因为有了这些野菜，一个春天，我们的生活都很丰富，每顿饭都能见一些绿色，比起整个冬天都吃的酸菜和腌菜，那简直就幸福得无与伦比。

三嫂子是大房三哥的妻子，母亲让我们喊三嫂子，我们便喊她三嫂子，虽然我们叫她三嫂子，但是她跟母亲年纪却相仿。在当时，她的任务是给村里喂猪，没事的时候，我爱看她喂猪，她也喜欢我围着她身边转，老跟我逗着玩，我们虽然年龄相差很大，但一天在一起玩得乐呵呵的。

母亲忙得没有时间管我的时候，我就去找那个三嫂子玩，她也乐意带我玩。有时候，她去打猪草了，近的地方，也会带上我，我跟着她，也会给她帮忙打，什么竹叶皮啦，水芹菜啦，水蒿啦，黄蒿啦，牛舌头，车前草之类的，见她打什么，我就打什么。见我勤快，啥东西一见都能认得，因而在道路不危险的时候，她都会带着我，让我做个小跟班儿。

当时，只有队里有猪。打猪草很好打，感觉村中遍地都是猪草，出门随便一割便是一挎篮，更何况还有一些构树、桑树。这些树上长的叶子都可以给猪吃，而且是打了长，长了又可以打的，特别是到了秋天，那遍地金黄的黄豆叶，油绿油绿肥硕的红薯叶，还有花生叶，都是猪的好饲料，而我便在这些青草绿叶间一天一天地长大。

有时，我也会和祯兴偷偷地跑到母亲的工地上，看看母亲在做什么。工地都在离村庄几里远的山坡上，村里的男男女女都在那儿干活，有的在挖土，有的在铲土，有的在抬土，有的在砌石头，有的在抬石头，两个人抬一个大竹筐子，颤颤悠悠。工地上到处都是忙碌奔走的人影，将坡上修成一个一个台阶似的梯田。我问母亲："你们一天到晚都要这么样干吗？"母亲说："是啊，干一天是一天的工分，干半天是半天的工分，干一会儿就跑了，是没有工分的。"

哦，原来，母亲是靠着工分来给我们挣口粮的。因为当时我们家的成分不好，因此，苦的累的活，母亲都会主动地抢着干。母亲一生要强，她不愿意被人指责，被人说，总是什么事都干在别人前面，见母亲如此任劳任怨，不计辛劳，队长当然也说不出母亲什么不是，母亲就是这样靠着自己的坚强坚韧与吃苦耐劳博得了好人缘，博得众人的理解和谅解。母亲硬是用自己的艰苦劳动和顽强不屈为我们撑起了一方暖暖的晴空，让我们平静安宁地长大。

记得有一次，我们在山上玩着玩着，下大雨了，太阳却明晃晃的，雨点却大如豆，我们不得不顶着暴雨回家。母亲怕淋着我们，就折下了黄桐秆叶子，为我们做了一个遮雨的伞，我与祯兴一人一个，撑着在头顶，我们母子三人，一人头上顶着一个大的圆形的如荷叶状的叶子，在风雨交加阳光遍地的中午往家里跑。

后来，我才知道，这样的雨叫“太阳雨”。

那一天，虽然雨很大，但那条路上却充满了爱、阳光和融融的温情，因为有母亲的引领，有母亲的陪伴，再大的风雨，我们都不怕，再大的风雨我们也觉得是一场欢乐之旅。

在此后的很多年，一直包括到现在，那天的景象都清晰地印在我的脑海里。

回到家中，我竟然发现，那种叶子可以流出橘红色的水，特别好看。我问母亲：“这是什么？”母亲说：“黄桐秆。”说完，母亲重新折出一截，用它在我的手腕上画了六个小圆点，就像后来人们戴的腕表和镯子一样，我细小的手腕顿时美丽起来，变得与平日不同。我说：“妈妈，好好看哦！”

祯兴见了，忙在一边喊着：“我也要画，我也要画！”母亲给祯兴也画了一个。一连好几天，我和祯兴都将它留在胳膊上，舍不得洗掉。

这一年的冬天，我的手冻了，而且冻得特别厉害，肉嘟嘟，胖乎乎的，肿得跟发面馍馍一样，一指头按下去，便是一个深坑，不仅手冻了，脚也冻得好严重。

一天，在走路的时候，一不小心被一根柴棍戳了，然后就溃烂了，一点点小的伤口越来越大，到最后脚背上烂出枣子般大一个坑，溢着黄黄的脓水。

当时，母亲在离村几里外的地方修水利，见我脚烂得这样可怕，不得不向队长请假，好在队长批了她的假，她就千方百计想着招儿治我的冻疮。听人说用辣子秆、茄子秆、大蒜辫子煎水泡洗，可以治冻伤，母亲就挨家挨户找来好多，天天煎了水给我泡洗。我的一双脚，且不说别人看了咋样，我自己看着都嫌害怕，脚上烂得脓洼洼，白花花的，溢着黄黄的脓水，连一丝血印都看不到，我惊恐万分，母亲也焦急万分，天天给我擦洗，还用淡盐水给我消毒。

我的一双脚被包了又拆，拆了又包，母亲一连好多天都在为我这双脚忙活，早上起来，把我搬到太阳地里，太阳落时，再把我搬回家中。在母亲的细心看护和料理下，我的冻疮竟然好了，以后再也没有这么严重地复发过。只是脚背上留下了一个月牙形的疤痕，现在还隐约可见。

我的脚伤好不容易好了，母亲又得去修水利了。

这是我不情愿的事，也是我没法阻止的事，因为我们一家人要靠母亲挣工分吃饭。

母亲一不在家，我就成了野孩子，哥哥和姐姐上学，我和祯兴就在村里胡逛。

春日雨后的一天，吃过早饭，哥哥和姐姐照例去上学，我就带着祯兴在村里的打麦场上瞎逛。打麦场是村里收获粮食晾晒粮食的地方，每到庄稼收获的时候，这里就是最热闹的地方，一村的人都聚在这里，收的收，整理的整理，晾晒的晾晒，所有的人都忙得热火朝天。忙一年到头，就看这打麦场上收的粮了，庄稼收得多，各家各户就能分得多一点，收得少，就分得少，意味着这一年又要过清苦日子，生活又得吃上顿愁下顿，因此，一村人的希望都寄托在这个打麦场上，麦场的堆积物是衡量人们生活好坏的标准。

现在是农闲时间，打麦场上空荡荡的，只有一个捣粪的人在敲着粪粒，发出“嚓嚓”的声音，还有几只麻雀在地上啄食着一些野草的种子，打麦场的边上堆着一堆麦草，由于风吹雨淋，亦不再草色金黄，变得灰不灰、黑不黑的，呈垃圾色。

我和祯兴一边走，一边东张西望。

不知道什么时候，祯兴嘴里含上了一根竹片子，我都没发现，他走着走着，由于地湿路滑，他一不小心，一个扑趴趴在地上，竹片一下子插进了他的喉咙，他顿时痛得大叫起来，捣粪的人赶紧跑过来，将祯兴从地上拉起来，从祯兴的嘴里取出竹片，只见血从祯兴嘴里流了出来。我吓坏了，那人也吓坏了，说：“赶快找你妈！”

我吓得赶快去了姐姐的学校，姐姐见状，赶紧去工地给母亲找回来，母亲弄了一些消炎的草药（刺荆芽）挤成水，给祯兴喉部的伤口涂了涂，经过处理后，血倒是不流了，但是祯兴一直喊痛，母亲将祯兴揽在怀里，眼里流着泪说：“娃儿呀，是妈不好，没有照看好你，让你受这大的罪，都是妈不好，都是妈不好呀！”

母亲一直这样说着，自责着，眼里含着泪。

之后的好多天，祯兴都不能吃饭，母亲只好每天给他煮一点稀米汤，这点米，是舅舅过年给拿的。舅舅村里有一点秧田，每年会分得一点稻米，一到过年了，就会给我们拿上几斤米，说是与母亲辞岁，让我们过年也能吃上几顿米饭，可这些米我们是舍不得顿顿吃的，只有在过节了，或者是家里来了尊贵客人的时候，才吃一点。祯兴受伤，吃不了硬东西，母亲就将这个米拿出来，每天煮上一小茶缸，供祯兴食用。

在我们村里，没有稻田，只种玉米和小麦，所以大米在我们来说，是非常珍贵和稀罕的食物。祯兴见能有米吃了，想吃又吃不了，馋得直流口水也没办法，只能吃一些稀的流食。

中间有一个多礼拜，祯兴就是天天靠着一点稀米汤度命的。好在，祯兴总算好了，也没留下什么后遗症，这让母亲和我们都深感庆幸。

第三章　陌生的父亲

看到这个标题，有些人可能会好奇，父亲应该是自己最亲近的人，怎么会是陌生的？而我的父亲确实是陌生的，于我们，还不是一般的陌生。

我出生的时候，爷爷和奶奶都已过世。在儿时的记忆里，父亲常常是不在家的，我们家唯一的领头羊是母亲，我们家的主心骨也是母亲。

父亲是个教师，在离家很远的地方教书，一般情况下，都是一个月才回来一次，因此，我们每次见父亲，就像是见一个客人一样稀奇。

要说父亲吧，算是幸运的一代，中华人民共和国刚成立，就参加了工作，虽算不上老干，但却是共和国的第一批干部。

因为是在中华人民共和国成立后就参加的工作，父亲备觉兴奋和喜悦，他对工作投入了十二万分的认真和热情。因此，对于家庭，他是多有懈怠的；当然，也是因为母亲给他方方面面都打理得好好的，无需他操什么心。另一个主要原因是，旧的封建社会男权思想和大男子主义思想仍在父亲的头脑中根深蒂固。

最初，父亲被安置在县城工作，于是，我们家人也便成了居民。

听母亲说，当时，只有大哥。他们便随父亲居住在县城里。那时，院子里居住着好几户人家，都是干部家属。最起初，父亲不是教师，他在文化馆里工作，据说，是文化馆的一名干部。

年轻时的父亲，虽然清瘦，但是却英气俊朗，这是我在照片上看到的。

可是一场洪水，打破了生活的宁静。

1957年的夏天，柞水县发生了特大洪水灾害，很多地方被淹，县医院当时正在三道井河沟北边，因此成了重灾区。为了尽快救出医院的病人，县上的很多职工都参与了救援，父亲作为文化馆的工作人员，积极地参与了此次救援。

父亲本来身单力薄，但是他却主动挑大梁，要求去抬送病人。当时，一个担架两个人，街面上的水，已经齐腰深，他们要抬着担架将病人送到一个高坡上，道路崎岖泥泞，几个来回，父亲的体力已经有些不支，在第三次上坡的时候，父亲摔倒，胸前的三根肋骨折断，就算那样，他仍硬撑着将病人送到了安全的地方。后父亲便不能行动，被送去西安治疗，三级重度伤残，自此，不能干重活，不能出重力。

而我的二哥，便是在这场洪水中降生的。发大水的时候，二哥刚刚出生，新生的小孩和母亲都不能见水，而我的父亲，当时还正忙着抢救医院的病人，无暇顾及母亲。母亲和二哥是被邻居装在一个瓦缸里，漂浮于水面，才避免了水患对产后的母亲和新生的二哥的伤害。现在想来，可能太过于离奇和传奇，可是，在当时，事实就是这样，我二哥的生日是6月29日，正是盛夏。

一直到洪水慢慢地落下了，我的母亲和二哥才平安着地，重新回到床上，继续坐月子。

洪水过后，父亲被送去了西安治病。在西安治病期间，父亲传回话来，他受伤了，给国家增添了负担，为了不让家人给国家添负担添麻烦，他决定让母亲带着孩子回老家的农村。母亲依从了父亲，在月子中，就带着大哥和二哥回到了下梁王坪的老家。

这一回来，我们彻底从城镇户口变成了农村户口。

父亲的这一决定，在商品粮吃香的年代，几乎改变了我们兄弟姐妹一生的命运。

好在母亲生活能力强，在哪儿都能生活。在县城里，她可以将小日子过得有板有眼。在农村，她也一样可以将庄稼和农活务好。所以说，母亲就像是一棵野地里的草，在哪里都能生根发芽。

数月后，父亲伤愈重新安置工作后，走上了教育的岗位。从此，我们就跟父亲过起了两地分居的生活，父亲在工作的单位，我们就在农村的老家。

父亲多半时间，一个月才回来一次。见到父亲回来，为了联络父亲和我们的感情，母亲看见父亲的身影一闪，就让我和祯兴赶紧去将父亲的包接下。我们走到父亲的跟前，怯生生地叫一声“大”，父亲便将那只黑色的人造革手提包予我或祯兴，摸一下我们的头，就前面走了，到母亲跟前，跟母亲打一声招呼，就径自回房了。

父亲一头钻进房里，就不见出来，一直到母亲把饭做熟。饭好了，母亲就会喊我们：“去，去叫你大吃饭！”我们走到父亲的房门口，低眉顺眼，怯生生地喊着：“大，饭好了，妈让你吃饭！”我们看父亲的时候，多数时候不敢用正眼看的，我们都是低着头，半偷着斜着眼往外看，或者叫偷窥，悄悄地捕捉父亲的态度和表情。在父亲态度好的时候，我们尚可以大胆一点，在父亲态度不好的时候，我们就得小心翼翼了，在父亲和我们之间，几乎没有平等互视的时候。

我们私下里，常常叫父亲“阎王爷”，但当面，大气都不敢吭一声。这个名字是姐姐取的，我们觉得极像，道出了我们兄弟姐妹都想说的话。

父亲走到小桌子旁坐下，母亲赶快将盛好的饭给端上来。他爱吃辣椒，每顿饭桌上是一定要放一碗辣椒的。他将碗里的饭扫视两眼，端起来，一个人旁若无人自顾自地吃了起来。

母亲的厨艺在村里方圆几十里都是闻名的，因此，母亲的饭咋样做都好吃。

最让人不可理喻的是，父亲吃饭从来不盛饭。他吃一碗，让母亲给他盛一碗，一碗饭吃完，他从不起身自己盛，却将碗往小桌子边上一推，等着母亲去给他盛第二碗，第二碗吃完，照样将碗往边上一推，要母亲问他还要不要，要了还得盛第三碗。

当然，洗脚水，也不例外。母亲将洗脚水烧好，连同盆和擦脚布一起拿了去，待父亲洗好，递上擦脚布，父亲擦了脚，母亲才将洗脚水端出去倒了。

我贤良的母亲就是这样谦卑而又周到地伺候着她的丈夫——我的父亲。

而我们，便远远地观望着。

在家里待上一天的时间，星期天吃过早饭，父亲提上他的黑色人造革手提包，还有母亲给他备下的一点干粮馍就走了。

其实，在我们家里，父亲享受的是少爷和老爷的待遇。他凡事不必亲恭，除了上厕所要他自己去以外，其他的任何事都由母亲替他打理得好好的，母亲对父亲的照顾让好多男人羡慕得眼睛滴血。

可是，父亲却没有真正地懂得母亲的好，他觉得母亲为他所做的一切，都是应该的。母亲在他跟前再谦恭，再卑微，再周到，再细致，都难得换来父亲的一张阳光灿烂的笑脸，都难得换来父亲一句体贴暖心温存的言语。

我的爷爷是个私塾先生，母亲嫁入父亲的家门时，爷爷眼睛就不太好，没几年，就只能看到一点点余光，什么东西只能看到个大概的轮廓，母亲真正的相貌说不定爷爷都没有看清过。当然，也就不用说爷爷还能干多少活了，他每天顶多就是坐在门槛上晒个太阳。

奶奶大脚，人倒算勤快。

父亲不在家的时候，家里的事情就由母亲和奶奶两个女人前后忙碌着。

在吃大锅饭的年月，众人多是吃不饱的。

我们家这种情况格外严重，男劳力少，娃娃和女人多，按口粮打饭，我们每次打回来的饭都不够吃。

由于饭吃不饱，个个面黄肌瘦，脸青干干的。

这是营养缺乏的表现。

听母亲说，我的两个哥哥在年幼的时候，为争食，都去抢饭。因为个小，母亲管护不及，一碗才打回来的稀糊汤一下子洒在了二哥的头上，现在二哥的额头上还留着一道明显的疤印，捋起头发，还能见得到。

爷爷虽是个男劳力，可却干不了活，整天只能倚门而望，可就算如此，老天也没有眷顾他，让他安稳地度过苍凉而悲苦的一生。

某一日夜里，爷爷忽然肚子痛，痛得床上床下直打滚，奶奶急得束手无策，直呼母亲，母亲听到声音，赶快跑过来，见到爷爷这种状况，也不知道是咋回事，赶快摸着黑请来了赤脚医生。医生给服止痛药、掐穴位，都无济于事，爷爷身上的汗都出圆了，浑身上下衣服湿得净透，可疼痛无法减轻。据医生说，爷爷得的是急性阑尾炎，在当时的医疗条件下，这种小病依然是没有有效的方法治疗的。爷爷肚子痛了一夜，在床上辗转打滚，一大伙人都围在身边，束手无策，母亲心忧如焚，却是没有办法。爷爷在床上胡抓乱掐，痛急了将被单被子往嘴里塞，天亮的时候，爷爷已经奄奄一息了。

见爷爷不行了，母亲赶快打发了人去找父亲，没有等父亲来到爷爷的床前，爷爷已经永远地闭上了眼睛。

爷爷去世后，家里并没有因为少一个人吃饭，日子有所好转，饥饿仍是像毒蛇一样啃噬着人的心，大人和孩子都被饥饿折磨和缠绕着。

母亲为了能让孩子们不饿着，能有东西填肚子，她已经顾不上什么尊严，请求在村里喂猪的三嫂子将喂猪的麦肤子和糠壳子饲料给我们家一些，给孩子们炒着吃，条件是她用在山上干活之余打来的猪草交换。

三嫂子素与母亲交好，见我们家吃饭人多，生计艰难，就同意了母亲的请求。

母亲将要来的麦肤皮和糠壳子放在锅里炒熟了，让孩子们充饥。我的哥哥们饿了就抓一把，当点心吃，这样粗糙的食物，他们却能吃得津津有味，争起来吃，抢起来吃。看着孩子们的吃相，母亲心里挺不是滋味的。

我们家的日子就是这样被母亲扛过来的。

1969年，父亲又回到了农村。

面对农村热火朝天的劳动，一向不擅劳动，不懂劳动的父亲简直是一筹莫展，又加上他身体瘦弱，没有劳动的体质，也没有劳动的技能，让他对付一些文字可以，要让他跟村民一样天天起早贪黑地干农活，他根本就吃不消。

而如今，他的工作被卸下了，回到农村，等于说让他又进入了一个完全陌生的环境。自小不习惯劳动的他既无所适从，又战战兢兢，一不小心，被这个骂了，一不小心，又被那个骂了，反正他做什么都做不好，重活干不动，轻活干不好，就连最没文化的人、劳动力最差的人都敢轻视他，拿他开涮，这让他痛苦万分。在这些人中间，他不仅没有尊严，也没有能力，根本就是个一无用处的人。

在这样的处境下，父亲的日子是难过的，简直是度日如年，每一天都显得无比地漫长。

早上害怕鸡叫，白天着急天不能黑。在跟人干活的时候，不是被这个斥责一顿，就是被那个吼叫一顿。人家背粪能背一背篓，他只能背一背篓底；人家抬石头能抬一筐，他只能抬两个，就直不起腰了；人家干活闷起头能干一个晌午，他干一会就上气不接下气，直喘粗气，他把锄子往手上一拄，就被人看见了。人家立马就吼："又磨洋工啊！我看，同样是人，我们能干，你为啥不能干，你们这些人，就是被惯坏了的，缺少锻炼，去去去，限你在天黑之前把这一块地挖完，挖不完不准回去！"父亲像霜打了的茄子，只好蔫不拉叽地过去。

在靠力气吃饭的农村，父亲是没有话语权的，似乎村里的每一个人都比他强，都比他能干，而每一个人都有监督他的权利。他不能干活，逼都要逼着他学会干活，他干不好活，谁天生是会干活的？不会，学，没得说的！

其实父亲并非贪生怕死，不爱劳动，只是因为1957年柞水发生特大洪水，为抢救县医院病人时受过重伤——抬担架时，三根肋骨折断，三级伤残。从此，落下了一生的残疾，不能出重力，不能干重活，不能做重力气的工作。

村里的人根本不在乎他是不是文化人，也不在乎他的身体能不能劳动，吃不吃得消，他们只在乎能不能减轻自己肩上的活。他的少干，或者是不干，都会增加别人劳动的负担，因此村子里的人不仅对他嫌恶，而且憎恶，憎恨这个肩不能挑、背不能扛的男人。

以前吧，总觉得父亲是个在外工作的人，有文化，村里人还能高看父亲一眼，但当父亲回到农村了，跟他们一样，也成了一个农民，也得天天靠劳动挣工分生活，并且还得思想改造，他们对父亲的尊敬也荡然无存。他们压根不考虑父亲的身体情况，因为，在他们看来，父亲是完完整整的一个人，并不少胳膊少腿。

在如此情势下，父亲的处境是可想而知的。

那段时间的父亲，几乎成了一个木偶，人指到哪，他得到哪，慢一点，就会被人连推带搡，弄得跟头乱跄，本身内敛严谨的父亲更加内向了，他一天到晚都不说一句话，回到家里也不说话，往床上一倒，吃饭都叫不起来，完全跟个木头人一样。

见到父亲遭遇如此尴尬的处境，母亲看着心里也难受。父亲从小就娇贵，干活少，母亲嫁给他之后，他就一直在外面工作，可是现在，他又回到了农村，面对农村繁重的体力劳动，虽然因公负过伤，但村民可不理解，看着他好好的一个人，不少胳膊不少腿的，咋不能劳动了。因此，在外人看来好好的父亲，能劳动也得劳动，不能劳动也得劳动，不能搞特殊化，所以父亲一天到晚被村里尖刻的社员折腾得像个霜打的茄子似的，让人看着心痛。

咋整的，哎，咋整的么?

想不通，可想不通归想不通，父亲已经彻底回到农村了，要在农村生活下去，必须得同群众打成一片，要不然，处处被人挑刺儿，日子咋能好过。

母亲给父亲做思想工作，说："既然回来了，就安心在家里待着，干不了重活，态度放好一点，谦卑一点，跟众人和气一点，客气一点，别一天再端着一个知识分子的架子；要不然，别人看不习惯你，就老拿你比较，处处挑你的刺儿，处处挑你的毛病，找你的麻烦，你一天日子咋能好过！"

纵然，母亲苦口婆心地劝说，父亲也竭尽全力地去做，可是，村里人仍是觉得父亲这没做好，那没做好。父亲的有心无力，或者他的无所适从，让他在当时的环境下非常尴尬。

父亲依然干不好活，依然被人挤兑，母亲无法，只好每天干完了自己的活，又去替父亲干活，父亲背不了的，她替父亲去背，父亲扛不动的，她替父亲扛，父亲干不完的活，她替父亲去扫尾。

村里人见母亲如此任劳任怨，都觉得这个女人不容易，太苦，太可怜，母亲愿意替父亲干就让母亲干吧，但原则是，父亲名下的活照样不能少。

只是不再故意刁难父亲了，这让母亲略有欣慰，只要父亲能像一个人一样地活着，母亲干再多的活她都认了。

这样的日子整整持续了两年多，在我出生的前一年，父亲才算恢复了工作。念于父亲救人有功，身体伤残，被重新分配工作。父亲又可以去工作了，他有一种冲出牢笼的感觉，他收拾了东西，像逃一样迅速逃离了这个让他无法适应的家乡。

两年的时间，是母亲用自己的肩膀替父亲在扛着，让父亲度过了他人生最艰难最无法应付的时刻。父亲能健健康康的，能够在这两年中平安无事，全靠母亲，母亲用她的勤劳、贤淑、任劳任怨，换取了村民内心的悲悯，才让村子里的人没有太故意刁难父亲，将父亲恶意地歪整。

在我们家中，基本上是母亲和我们一群孩子的日子，父亲长年不着家，在单位待着。虽然父亲干不了农活，但在单位却算是一个一顶一的好干部，工作积极，处处为公家着想，年年拿奖状，可在家里，却是典型的大男子主义，作为丈夫和父亲，他实在是少温情，难以让我们感受到他的关怀和温暖。

眼前的父亲和母亲口中的父亲，一直都让我敬而远之，父亲与我一直陌生着、隔阂着，这种陌生感持续到我小学三年级的时候，他将我带入县城的小学读书。此后，我与父亲在一起生活，既便如此，我也仍是怯着父亲的，时时与他保持着一定的距离。

第四章　小叔返乡

八爹两个孩子，大叔在跟前，小叔就离得远。小叔年轻时去了青海，后来就在青海参加了工作。据小叔讲，他是青海粮食局的一名工作人员。

小叔回来后，大叔因为性格的缘故去了异地，小叔心里生出一丝悲凉。自父母去世后，哥哥是这片土地上唯一的亲人，现在哥哥不知去向，加之哥哥一家是在雨夜离开的，难免会牵挂和担心。

明白了眼前的情势，小叔就在暗地里对自己说，做人一定要低调，低调是改善生活处境的唯一办法。其实于小叔来说，能够回到故乡生活一段时间，也是一件喜悦的事情，唯一让他牵挂的，就是远离了小婶和孩子。

安顿下来的第一件事情，小叔就是去向队长和支书汇报，说自己回来了，愿意跟村里的人一块参加劳动，大伙干啥他干啥，绝不拖村里的后腿，绝不给咱村里丢人。

队长一看，小叔还识时务，不似他哥和他嫂。但光凭他说不算，还得试试他，是真心愿意劳动，还是糊弄他的。他心里想，别看你识几个字，想糊弄我，没门！

天刚蒙蒙亮，队长就在吆喝了："都集合了，集合了，×××呢，在哪里？"小叔早已拿着锄头候着了，听到喊声，小叔赶快跑出来说："我在这里，队长，我在这里呢！"

队长用眼睛歪了他一眼，说道："在哇，在就对，你今天跟村里的一伙人去杨树沟砌坎子去，把那些田修起来，你说你是诚心回来和大伙一起劳动的，光说可不行啊，得看你的态度，活干好了，才算数，要不然，说什么都没用！"

小叔说："行，能行，您让我去哪，我就去哪，绝不含糊。"

小叔跟着村里的一伙精壮男劳力上山了。杨树沟是村里最远的一条沟，有十几里路，每次来回在路上都要走上个把小时，因此，每天天不亮的时候就往山上赶，中午在山上支一口锅，搅一锅糊汤，大伙对付着吃两碗就算了，生活在那时就只是填饱肚子那么简单。

抬石头砌坝，是所有劳动中最重的活了。这些活往往由每家出一个男劳力，当然要身体好的人去，身体不好的人干不了的，抬石头不是抬一筐两筐，而是一抬抬一整天的，会抽烟的还能抽口烟，喘口气，不会抽烟的，一天到晚就得不停地干。因此，好多不会抽烟的人也学会了抽烟，而小叔是属于不会抽烟的那一类。

别人干活，小叔得干活；别人抽烟，他还得干活。他的筐友抽烟去了，对他说："我去抽袋烟，你先去将那些石头拣一下，将它们码到坎上边，等一会儿人好砌！"小叔连声地应着："你去，你去抽吧，有我呢，我来弄！”那人就走到一边，找一个地势高的一点的石头上坐下，笑眯眯地望着小叔来回地搬着石头，像是在看一个动画片，只是情节比较单调一些，但是这已经让他很满足了，因为有一个人很温顺很听话地让他指挥着，总还是比较舒畅的。

小叔和大叔同为兄弟，在个性上两人却是不相同的，小叔个性平和，能忍能让，但大叔个性强硬，不肯低头。人说，一母生九子，九子各不同，这在大叔和小叔身上体现的分外显明。

自小，小叔就比大叔温顺，跟一帮子小孩子玩耍时，他不争强，也不逞强，多数情况下能够承让，因此，好多小孩子都喜欢跟他玩，因为他们在一起玩矛盾少，纷争少，当然也少打架，小叔自小就比大叔人缘好。后来，小叔在青海参加了工作，回来得少，但每次回来，见村里人，都笑着打招呼，叔伯长上，亲热地叫着，虽然归家少，但都记得这个孝顺懂事的小伙子。

八爹先于八奶过世。八爹过世后，留下八奶一个人生活，八奶是一个小脚老太太，包着个三寸金莲，走路歪歪扭扭的，干活不干活行动都比较艰难。中华人民共和国成立以后，女人大门不出、二门不迈的日子已经过去，女权的解放，让女人同男人一样参与社会，参与劳动，如果自己再不劳动，会被人看不起的。

八奶是一个睿智的老太太，她明白当前的形势，自己再不放下身段，得到大家的同情和接纳，肯定不会得到村民的谅解。她主动提出跟大家一起干活，给村里看场，下红薯秧子，在粪场上散粪，只要不跑远，这些门跟前的活她还是能做的。她主动提出来，村里人也乐意，她自己愿意干活，村里就少一个吃闲饭的，他们就不用白白地养活着她，因此心里也就比较平衡，见她是个小脚，态度比较好，便没有故意太过于刁难她。

八奶小心翼翼地活着，但她终不够坚强，抵不过急风暴雨般的疾病。

在一个春天快来的日子里，八奶害了一场大病，她浑身作风怕冷，盖着几条被子都在瑟瑟地打抖，在我们当地，叫做“打摆子”，用医学术语叫“虐疾”。这是一种疟原虫感染导致的疾病，发作起来，非常可怕，先是冻得人发抖，接着体温升高，然后身体酸痛，恶心呕吐，有自愈的，但较少。

八爹走后，母亲便成了八奶身边唯一体己的人，八奶以前小脚的时候，很少出门，也很少有人上门，只有母亲时不时地去看望看望她，陪她说个话。

虽然，当时，大婶还在，但是婆媳俩素来不和，因此，这些孙子们也与奶奶不亲，都看着他们母亲的脸色行事。

八奶病了，母亲便瞅着空来照看八奶，给她端水送饭，送汤服药。母亲不是医生，她只能照顾八奶的生活，陪八奶说个话，却无法让八奶的病减轻，眼看着八奶一日不胜一日，她亦无法。三天后，八奶耗尽了最后一口气，闭上了眼睛。她走的时候，是母亲为她送的终，她的两个儿子都不在身边，儿媳和孙子也没在跟前，八奶咽气后，母亲大呼，他们才赶到八奶的床前，此时的八奶，已经魂飞九天。

得信后，大叔和小叔才从外面赶回来，对于母亲，兄弟俩都有着深深的感激和敬意。

八奶的葬礼很简单，只有本家的几个人来看望了下，是母亲帮助两兄弟发的丧，八奶被本家的几个男人抬着晃晃悠悠地上了山，母亲是村里唯一为她送行的女人。

大叔和小叔将八奶送上山，磕了头，然后又都回去工作了。在临走之前，小叔将八奶的茶叶罐送给了母亲，说这是八奶留给母亲的纪念，感谢母亲在八奶病重时给予的照顾，母亲也收下了这个茶叶罐，说是留着它作为一个念想。这是一个白底蓝花的青花瓷的茶叶罐，鼓肚形，上面有人物、山水，这个茶叶罐在母亲有生之年一直保留着。

当然，她也是将它当作八奶的唯一的遗留物珍藏着。

小叔回来，老家已经什么都没有了。大叔走后，家里的东西被人拿的拿，捎的捎，顺的顺，能用的，值点钱的都被别人顺手牵羊了，反正这家里已经没人，什么东西放着都是闲着，反正谁用都是用，因此，小叔的家被人瓜分一空。他回来时，家里已经空空如也，家徒四壁，几乎不剩一物，母亲从我们家里给他腾出一条旧褥子和一条旧被子，以便他能有个睡觉的。

安顿下来的是身体，无法安顿的是灵魂。

回到老家的小叔，在劳动之余，心里时时牵挂的就是他在扬州的妻子和儿子。儿子还小，才四五岁，他返乡回家，儿子便随母亲回到了扬州的外婆家，因此，一家人过上了天各一方、海角天涯的生活，想念的时候，只能写个信，一封信，个把月才能收到，因此，双方有个啥情况，对方根本无法知道，只有晚上对着月亮遥遥地空想。

小叔结婚晚，可以说是中年得子，因此视子如命。小婶是扬州人，一个美丽温婉的女子，小小叔十岁，人长得漂亮，性格也好，一口吴音软语，用我们当地的话说，说话就像是鸟叫一样好听。只是在当时，他们年龄相差太大，他娶个小妻子，有人羡慕，有人唏嘘，说这是黄花菜，迟早要凉的，不定在哪天。

此番回乡，前路未知，小叔不知道自己要被改造多久，也不知道自己要在家乡待多长时间，最终还能不能回到青海，回到那娘俩的身边。一天只有天亮了上山，天黑了下山，无休无止的劳动，除了这个，小叔生活里再无别的内容。

母亲叹息小叔，她唯一能做的就是偶尔做顿像样的饭，叫小叔来吃上一口。在这个村里，唯一能让小叔感觉到像个亲人的只有母亲了，别人都以他为四类分子，离得远远的，唯恐粘了霉气，母亲没有想那么多，依母亲做人的本性，母亲不会想那么多，自家人都不管自家人了，那还叫自家人么?

在村里人眼里，小叔迟早要打光棍。小叔回乡，那扬州女子肯定熬不住，迟早会跟人跑的，这如花似玉的年纪，小叔不在她身边，她哪能为他天天守空房，保不准会变心的，不可能在小叔这棵歪脖子树上吊死。

其实，在这个时候，小叔心里也是没谱的，他不知道自己的家庭将会面临着怎样的境地，这牛郎织女的生活，何日是个头。自己想念妻子想念儿子，却见不了，也不知道他们娘俩现在生活怎么样，有没有像自己一样挨整。儿子终归是自己的，但妻子能不能始终如一，为自己坚守，等着和自己相聚的一天。他还真说不准!

自己现在的境况，只有听天由命，走到哪算哪，自己是做不了主的。

一年多的时间，小叔已经从一个工作干部彻底变成了一个农民。他衣服奋拉在肩上，裤腿挽得老高，喝凉水，也同村里的男人和女人们开一些七晕八素的玩笑，没有人说起，谁也不会想到小叔还曾经是一个文质彬彬爱好整洁的工作干部。他已经放下了所有的身段，融入到这个团体中了，大家干活他干活，大家睡觉他睡觉，唯一不同的是，他能写上一手好看的毛笔字，也只有在村里贴布告的时候，才能用上一下，除此之外，他和农民没什么两样。

但会写几个毛笔字，终究还是让小叔和其他人有了一点区别。在日复一日的劳动中，跟他同在一个组的春燕喜欢上了他。春燕是有夫之妇，但是小叔在她眼里就是不一样，他知道的多，笑的声音好听，每次看到了小叔，她的心里就像是开出了一朵花，美得不得了，不见了小叔，就无限失落，感觉到像是天阴了一样，这种感觉在她心里愈来愈强烈，以致要把自己撑破。

小叔是无意识的。他跟春燕在一个组，有时，重的活，他会主动干，让妇女干轻一点的活，有时吧，他的活干完了，他也会帮助春燕锄上几锄子。对他来说，顺手的事，可在春燕眼里，全都是爱和关怀。她常常偷偷地看他一眼，看他一眼，但又不敢久盯，看一眼，赶快闪开，装作没事人一样，其实她的心里早已经在打鼓，怦怦地乱跳。她害怕被人看出，害怕被人知道，因为她和他都是有家小的人，被人看出了端倪，说不定会有什么样的祸事。

可是，爱情就像是春天的秧苗，一冒出芽，便会不停地生长，而且越长越粗，越长越壮，想遏制也遏制不了。此时的春燕就是这样，不仅白天会常常想见到小叔，就包括在晚上，她也会常常梦见小叔。有时，一觉醒来，她会觉得后怕，怎么会在晚上梦见小叔呢，这是一件很危险的事，要是晚上说梦话了，万一被男人听到了，那可就糟糕了。因此，很长的一段时间，她常常吓得晚上不敢睡觉，害怕自己睡着了会说出什么不恰当的话来。

春燕的这种感觉，她想让小叔知道，但是她又害怕小叔知道，她不知道小叔知道了会是什么反应，会不会如自己喜欢他一样喜欢自己，又或者是两人当真喜欢了，又会怎么样？两个家庭该怎么办，又或者他们一直这样私下里相好，所有的一切悄悄地进行，但他们的私情最终会不会藏得住，如果万一藏不住，该咋办？村里人知道了，会如何？她男人会不会闹得天翻地覆，那么一大村人会不会用唾沫星子将她淹死？春燕终是怯的，终是害怕的。

可就在这个当口，村里在山上修渠放炮时，炸伤了小叔的腿，小叔一时不能行动，被人背回了家，队长安排春燕照顾小叔两天，这几天给两人照常算工分。春燕一听，如大河决堤，心中的感情一下子得到了极大的释放，她终于可以名正言顺地跟小叔单独待在一起了，她对小叔的关怀和照顾都变得合情合理。她跟着背小叔的人一起匆匆下了山，那人将小叔放在家里，嘱咐了几句，让把血衣服换下洗了，进出搀扶着，交代过后，便走了。

这于春燕来说，正是求之不得的事，平日里只能远远地看着小叔，这会儿可以离小叔这么近，可以给他洗衣服，可以搀扶他，甚至可以静静地陪着他。她能看得到他，他也能看得到自己，只有他们俩个，她怎么看他，也没人会觉得不正常，这么想着，她的心里就非常地快乐，快乐地像一只飞翔在蓝天上的小鸟。

春燕要帮小叔脱衣服，小叔不让，说要自己来，但他明显力不从心，那条腿动不了，手根本就无法把衣服脱下来，他努力地挣扎着弄了半天，终是没有脱下来，他不由得叹了一口气——哎！春燕听着叹息声，迅速走进屋里，帮他将裤子从腿上脱了下来。

当时，正是夏天，小叔只穿了一条裤子，脱下裤子，便剩下了一条裤头，春燕顿时脸红了，心里一阵狂跳，小叔也注意到了这一点，他也很有点不自然，赶紧说："不好意思，让你见笑了。"春燕抬起头，脸依然潮红着，朝小叔深情地望了一眼，拿着衣服跑出去了。

春燕走后，小叔一个人怔在那里，他眼前还晃着动春燕刚才那娇羞的神情，他明显感受到了春燕与平时不同的神态与举止，那是唯有爱人之间才有的，春燕对自己有意思？要不，她怎么会有那样的表情，他将那条被旧衣服包扎着的腿往炕上挪了挪，用被子盖上，半躺半坐在那里，发了半天的呆。

衣服洗好后，在院里晾上，春燕就去打水了。水打回来，她烧着了锅，先烧点热水，一边烧水，她一边在家里找着，希望能找到一点可以做饭的东西，可是抽屉里柜子里全是空空的，啥也没有，她便招呼了一声，我出去下啊，便回了自己的家，在家里拿了几个土豆和一点包谷面。水烧开后，舀起来，便将洗好的土豆放锅里煮着。

土豆在锅里煮着，这会倒也无事。春燕便倒了一缸子水，放了点盐，小叔刚才流血了，喝点盐水，可以补充下体力。她将水拿进里屋，小叔见她进来，突然有些紧张，想着刚才的一幕，他只连声地说："麻烦你了，麻烦你了。"春燕半嗔半怪地说了一声："哎呀，你客气个啥么！"临了，补充一句："伺候你，我愿意！"将水猛地一下子递到小叔的手上，小叔看了她一眼，接了过来。

接过了水，小叔心里不自在了，这个女人，真是喜欢自己了，他不由得一边喝水，又一边偷偷地看了她一眼。在小叔看她时，春燕也正目不转睛地看着小叔，四眼相对，空气瞬间凝固，两人的心中都咚咚直跳，好一会儿，都没有说一句话。

最后，是春燕打破了僵局，她说："你一个人，不寂寞吗？"小叔没有吭声，低下头喝了一口水。春燕三步两步走到跟前，在小叔炕边坐下，用手托起了小叔的脸，两人一下离得如此近。小叔心中一阵恍惚，但是忽然间妻子的身影又浮现在了他的眼前，冲着他直微笑，他忙一把将春燕推开，他急急地说："不能这样，不能这样，我家里有妻子呢，她一个人在家里带孩子，非常不容易，我不能对不起她，你对我的好意，我心领了，感谢你对我的关心和照顾。"

春燕一下子被推开，有点尴尬，半天没愣过神，小叔说啥，她也没听清，就急急地跑进了灶房，一边跑嘴里一边说："我去看看饭好了没？"

过了足足有半刻钟的时间，春燕才进来，给小叔端了一碗包谷糊汤，她没有递到小叔的手上，而是放到了小叔床边的条桌上，看也没看小叔，说了一句："饭好了，你吃饭。"然后就头都没抬地出去了，小叔见她这样，也没多言语，生气就生气吧，过一阵自己想明白就好了。

晚上，小叔一个人的时候，又想起了小婶：小婶和娃还好吗？

自己走了这么久了，转眼已是一年多了。没回过青海，也没能够见到妻子和儿子，儿子估计都能帮妈妈打酱油了吧，可是我这个爸爸却不在家，以后若回到家，儿子还不知道能不能认出自己。

想想，不禁一股辛酸涌上心头。可自己的状况也不知道啥时能改变，自己是要一辈子在老家的村庄里干农活吗？自己的人生就这样了吗？还是还有机会再回到自己工作的单位上班？

人生呀，真是一盘不知道结局的棋，只有走到哪算哪啦！想这到里，小叔又万分悲观，拉起被子蒙起了头，算了，不想了，不想了，想了自己也没有办法改变这眼前的状况，只有听天由命吧，稀里糊涂地地过吧。这样想着，不知不觉，一会儿又睡着了。

一年后，小叔终于接到了单位的通知，他的这段回乡生活宣告结束。

第五章　我的1976年

夏天的一个晚上，我已经睡着了，却被一双大手使劲地摇醒了："幺女，醒了，醒了，快醒醒，地震啦！"

我迷迷糊糊地睁开眼睛，原来是院子里张叔的女儿桂英，我虽然不知道地震是啥，见她惊慌失色的神情，也一下子给吓醒了。我一个翻身从床上爬起来，她给我穿了鞋子，套上衣服，搂着我就往外走，我被她连抱带掐地提到了打麦场上。

这时，打麦场上已经涌满了人，打麦场路口的灯泡也亮起来了。昏黄的灯光下，大人小孩乱哄哄闹腾腾一片，有的在抱麦草，有的在抱包谷秆，大的小孩在帮忙，小的小孩在观望，一会儿，打麦场上就铺成了一个大通铺，一家挨着一家，一户连着一户。于是，全村里大人小孩，男男女女，还有老人和病人全都被连搀带扶地带到了打麦场上。

人们又是紧张，又是害怕，又是不知所措，都没有经历过地震，不知道地震是啥，只是听广播里报道，在当日凌晨3点42分53秒唐山发生了7.8级大地震。县上通知了公社，公社通知了大队，大队又通知到村里，让村民在这几天尽量都不要在房子里住。

虽然很多人都不知道地震是啥，但凭脑子笨想，地都震动了，山肯定也会破碎，房子也会垮掉的，那一定是一件很可怕惊悚人的事，那人呢，人会怎么样？谁都不敢想，谁也不愿意想。因此，一村的人都一窝蜂地涌到了打麦场上，那是村里晾晒粮食和打场的地方，也是村里最大的场地。

村民们像炸了锅的蚂蚁，闹哄哄的，乱作一团，大家七嘴八舌、提心吊胆地猜测着会不会有什么不好或者是不幸的事情来临。大人的叫喊声，孩子的哭闹声，还有老人的呻吟声，令这一刻变得格外的骇人恐怖。

大哥坐着坐着，突然想起了他的牛。

从黄花岭回来后，他成了村里的牛倌，村里仅有的三头牛归他管，日复一日地在一起，他不仅爱惜他的牛，而且还当牛是他的兄弟，每天回来，都要先将他的牛安顿好了才回家吃饭，每天晚上还要去给牛上一顿草料。

我们村分上院子和下院子，有三十多户人家，一百来口子人。我们住下院子，牛栏在上院子，一到晚上，村庄便被浓浓的黑暗笼罩，即使这样，大哥也会提着马灯深一脚浅一脚摸着黑去喂他的牛，就算是雨天，或者是深冬、腊月、大雪天，大哥也从不间断。

有时，家里人都说算了，这么晚了，路又不好走，晚上牛又不干活，吃不吃都没关系，但大哥不听，大哥说："牛没吃好，咋长肉，身上没肉，咋有力气拉犁！"

有一天，下大雨，没法放牛，大哥披着塑料纸上山去给牛打牛草，草打回来，自己的衣服都湿透了，他将一大背篓牛草放在我们家的门檐下，匆匆去换衣服，因为跑了大半天没吃饭，母亲给他留的糊汤还在锅里热着，走在路上，遇着母亲，母亲让他回来先吃饭，饭在锅里。大哥换过衣服之后，便舀了锅里的糊汤，正蹲在门坎上吃，谁知道隔壁的五保户钱大爷嫌大哥不该将牛草放得离他的门边近了，他一把将牛草推到了雨地里，一边推一边说：“一堆烂牛草，放我门边干啥？”

牛草倒了一地，还有一些散进了院子里的水沟，大哥正在门边吃饭，见状，赶快跑过来，问钱大爷：“你为啥要给我牛草推到雨地去？”钱大爷说：“我就要推，谁让你放我门上了！”大哥说：“这是你的门边，也是我们门边上，你给我拾起来装背篓里！”钱大爷说：“我就不拾，看你小子能把我咋地！”大哥闻此言，气不打一处来，一碗糊汤扣在了钱大爷的头上，糊汤流得他满头满脸，院子的老人小孩都笑，多亏糊汤冷了，是干的，要是稀的，能给他整个头包成个葫芦。当然，大哥惹了乱子，这姓钱的人向来都不是善茬，他怎肯罢休。他用手抹去了脸上和头顶的饭，恶狠狠地说：“你小子，你，你等着啊！”

母亲回来，还没进门，钱大爷就气冲冲地窜进来：“你老大今天可打了我的啊，我这大年纪，还遭人打，你看咋办，你得给我一个交代！”

大哥打了钱大爷，一个孩子打了大人，这该如何是好？母亲又生气，又不知这个事情咋圆场，让人给大哥找回来，叫到钱大爷跟前，喝令大哥跪下，拿了一把刺条，让大哥将衣服脱了，在大哥浑身上下来回地抽，打得大哥满身的血印，大哥不得不一声连一声地说以后再也不这样了。

母亲问钱大爷满意不，钱大爷冷冷地说：“还没有给我认错、赔礼道歉呢。”直到大哥低下头对他说：“钱大爷，我错了，你大人莫要跟我幺娃子一样！”他才站起身，气哼哼地走了。

钱大爷走后，母亲对大哥说：“为一背篓牛草，你犯得着跟人这样嘛！娃呀，你痛吗？”大哥咬着牙齿说：“痛，痛死我了，妈，你下手真狠！”母亲说：“我不狠，人家能依吗？我打你在身上，痛在我心里呀，谁让你一个幺娃子跟人家大人干仗，虽然是那钱家人不对，但你是我的娃，我只能这样做，才能平人家的怒气呀，娃哟，你莫怪妈哦！”

母亲摸着大哥的头，幽幽地叹着气。

当然，事后，很多人并没有说大哥的不对，反而说姓钱的人做事不得人喜欢，一个老大年龄的人，做事还这么刻薄和不近人情，都是隔壁邻舍的，一筐草放一下又怎么地，他又不会少个什么，还非得给人推到雨地里，真是过分。

牛虽是牲畜，但在大哥眼里，却是重要的、不可忽视的。

现在，村里的人都到打麦场上了，牛还在牛栏里，牛栏是土筑的墙，万一地震把牛栏给震塌了，咋办？牛会不会被塌死？这样想着，大哥就担心起来，他一骨碌从包谷秆子上站起来，对母亲说："妈，我去将牛也牵来！"说罢，闪电一般的速度跑了。

一会儿，果真将他的三头牛全部都吆了过来，人嗯嗯啦啦吵成一片，牛也"哞哞"地跟着乱叫。见到牛来了，有人起哄着，有人当热闹看，有人说大哥是真爱惜牛，还有人说，人都不知是死是活了，还操心牛，真是!

大哥害怕牛踩着了人，就将牛拴在离人堆稍远的一棵柿子树下，同牛一起站着，以便随时管护。那天晚上，我们坐了一夜，坐得实在是困了，就倒在母亲的怀里或者是哥哥的怀里眯瞪一会儿，而大哥，却是陪着牛站了一夜的。

因为大哥对牛的爱护，后来一头牛在吃草的时候一脚踩空从山崖上掉下来摔死了，村里的人也没有怎么责怪大哥，他们知道这是意外事故。依大哥的禀性，为了牛能跟人干仗，为了不让牛受伤害，自己陪着牛站了一宿，就凭这一点，大哥是真心爱牛的，心痛牛的，他绝不想让牛有任何的闪失，可是雨天，山陡路滑，事情发生了，也没办法，牛死了，大哥难过得饭都吃不下去。

村人将摔死的牛抬了回来，剥了皮，割了肉，给各家各户分了，我们家里也分到了二斤。母亲用牛肉包了饺子，大哥硬是不吃，他说他吃不下。隔壁的钱大爷将炒好的牛肉拿到我家门口，有滋有味地吃着，一边吃，还一边说："好吃，好吃，要不是牛摔死，哪能吃到这么好吃的牛肉！”还把碗伸到大哥跟前：“来，你也尝两块。”大哥白了钱大爷一眼，说：“要好吃，你就快吃，哪来这么多废话？”

这一次的地震，带给人的惊惧，不是一天，而是整整持续了一个礼拜。头两天的晚上，我们都是在打麦场上度过了，第三天之后，我们基本上都熬不住了，个个大张着嘴，哈欠连天，母亲见我们这般困顿，便让几个哥哥在菜园子里的杏树下搭了棚子，用凳子铺上木板，母亲和姐姐将被褥铺上，就做成了临时的简易的床，再拉上一根电线，装上灯泡，这就成了我们在地震时临时的家。

我们七个人就挤在这一个大通铺上。母亲对我们说，注意点灯泡，灯泡一晃动得厉害，就赶快往外面跑。

因此，整个晚上，我们也不怎么敢睡的，时时盯着空中的那个昏黄而暗淡的灯泡。当时为了省电，我们用的灯泡都只有 15W，因此灯光总是昏黄而暗淡。由于担心和害怕，我们一直盯着灯泡，看灯泡晃了没有。有时见灯泡晃了，我们就赶快爬起来，见晃动停了，就又在床上坐下来。

菜园子里蚊虫多，不是蛾子，就是夜蚊子，还有萤火虫，满棚子乱飞，一会咬着这个胳膊了，一会叮着那个的腿了，整夜整夜都听到拍打蚊子的声音和发牢骚的声音。母亲只好安慰我们，都忍着点，这不是家里不敢住嘛！不管咋说，保命要紧，有命才知道痛痒，没命了，啥都不知道了。

一个礼拜后，我们才敢回屋睡觉，地震的余波只是波及到了这里，并没有产生严重的危害，只是导致一些墙面有微小的裂缝和脱皮，村里无房屋倒塌，也无人员伤亡。

这次地震，于唐山这座城市，几乎可以说是毁灭性的，一座城市瞬间化为乌有。那些生活和奋斗在这个城市的人们，以及他们辛辛苦苦打造的家园，还有他们拼尽全力奋斗起来的事业，以及他们含辛茹苦抚养着的孩子，转瞬间，一切都不复存在。

一切曾经那么的鲜活而又炽烈的存在着的一切，突然之间，化为废墟，转眼全都成了云烟。在残酷而又无情的自然灾害面前，人是最无力的，也是最脆弱的，甚至是不堪一击的；人可以创造和改变一切，可却无法掌控变幻莫测的大自然，面对灾难的突然降临，只有仰天长叹，叹自然无情，叹世事无常。

地震之后，一切又恢复正常，该干活的干活，该上学的上学，只是唐山传来的噩耗，让人心里痛心并惋惜着，他们原本都跟我们一样，饱含热情地生活着，努力地建设着自己的家园，可人间有情，苍天无眼，一场地震硬是生生地夺去了那些鲜活的生命。

每天晚上，我们都会坐在门口听广播播放关于唐山方面救援的消息，有时有，有时没有，其实在几天之后，生的希望已经很渺茫，解放军再怎样努力，也只能是抱着一线希望，救一个算一个，多数人早已魂断。

幼年的我，第一次知道了地震的可怕，同时，也知道了生命的可贵，生即便再不易，活着都是一件幸福和美好的事。

父亲回来后，地震已经结束。父亲同我们一样，也经历了地震的惊吓，地震来临的时候，他们学校的老师和同学都齐齐地跑到学校的操场上，白天不敢上课，晚上不敢睡觉，持续了一个礼拜，县教育局说地震已经过去，学校的教学才恢复正常。

地震期间，父亲想回家来看看，但学校中有那么多的孩子需要他们的照顾，他便只能担心着我们，直到周末，给学生放回家，父亲才心有不安地赶回来。尽管父亲对我们冷漠，但是在人命关天时，他还是惦记着我们。

那时，从父亲的学校到我们家，有90余里的路，有时有拖拉机，有时没有，没有时，便得用脚走，90余里地，用成人的速度，也要走五六个小时。因此，父亲回一趟家也是不容易的，他几乎要走上半天的时间，才能从学校走到家，到了家，在家里吃上一顿饭，住上一夜，第二天吃过早饭，便又上路了。

在我们的印象中，父亲就像是一个客人一样，每次匆匆地回来，又匆匆地走。

俗话说：祸不单行，福无双至。

1976 年，于我们国家来说，是一个多灾多难的年份。7 月 28 日唐山大地震；9 月 9 日，毛主席逝世。这两桩事件，于中国人民来说，哪一桩都是颠覆性的，也都是人民不愿意接受的，可是桩桩件件接踵而来，来得让人迅不及防，来得让人措手不及，来得天崩地裂，来得万民悲痛，来得举国同哀。

母亲说："毛主席走了！"我不明白，我问："走哪去啦？"母亲眼里满含着悲痛哀伤地说："去了另一个世界，再也不回来了！"

二哥说："'走了'即'去逝'了，也就是死了。"原来母亲是故意避开"死"这个字，不仅仅是母亲，整整一代人对毛主席的感情都是深厚的无法比拟的。母亲除了悲痛，她自告奋勇地加入到了为主席扎花圈的队伍中。

主席逝世了，村里的人都显得很悲伤，甚至是有些慌乱，好像是天上的一颗星星落下来了，大伙不停地念叨着主席的好，以及建立新中国的不容易。为了表示对主席的悼念，母亲带领村里的众姐妹给每个人扎了一朵小白花，大人小孩无一例外。

当然，母亲也给我佩戴了一朵。她说："主席没了，我们要纪念他老人家，不能弄掉了，弄掉了就是对主席的不敬！"听母亲如此说，我就乖乖地戴着。

母亲他们除了给村里的人扎小白花，还给主席扎了一个大大的花圈，用竹子做的支架，背面插着好多的柏树叶子，预示着万古长青、永垂不朽，正面是从中间到边上一圈一圈地排着各种颜色各种形状的不同图案的纸花。这个花圈是我有生以来见到过的最漂亮的花圈。

头一天下午做好后，放在打麦场的仓库里，派上专人看着，给记工分，为的是不让小孩子给弄坏了。

第二天一早，队长和支书便带着村民扛着花圈浩浩荡荡地去公社了。

追悼会是在下梁中学的操场上举行的，操场的周围摆满了花圈，人们也都跟我们村的人一样，个个佩戴一朵小白花，神情肃穆，一脸悲戚，没有人说笑，也没有人大喊大叫，空气中飘荡的是哀乐，低缓深沉，满是悲腔。

队长郑重地将花圈在操场边上放下，我们全村的人站在一起，大家全都低着头，安安静静地站立着，连平时最爱开玩笑的猫娃子，也安静了下来。我拽着母亲的衣襟，看看这个，又看看那个，一脸的好奇与不解，只是紧紧地贴在母亲的身后。

这是我的人生中第一次参加追悼会，而且是这么庄重的追悼会。

后来，听母亲说，这一年，周恩来总理也去逝了。我才恍惚地记起，广播里播放过这个消息，原来，这些事都是在同一年发生。

在那样的年月里，家家都有一个广播，通过它来接收新闻政策和重大事件。我家的广播就安在我们家堂屋的门背后，一个铜褐色的老碗状带孔的东西，紧扣在墙上，每天早中晚各响一次。

这三件事，桩桩件件，听来都惊天动地，都是震惊全国的大事件，而我的 1976 年，便因此而刻骨铭心。

第六章　老薛遇豹

老薛上山打柴被豹子舔了。

消息一下子传遍了全村，村里的人像潮水一样涌向了老薛的家。

立时，老薛的家屋里屋外挤满了人，老老少少一下排到了门前的大柳树下，大家都想知道老薛是咋让豹子舔的，舔成了啥样子。

历来，人们只听说山上有豹子，还真少有人见到豹子，而且这个老薛还跟豹子打了一架，竟然捡了一条命回来了。这件事，于村里的人来说，无疑是一个天大的爆炸性的新闻，大家都争先恐后地想来看个究竟。

老薛是自己回来的，满脸是血，一路狂奔着回来的。

老薛回来的时候，人们已经看不见他的鼻子眼睛嘴了，只见他魁梧的身体顶着一个血淋淋的圆疙瘩，小孩见了，吓得就跑，大人看到，不知道这是谁，赶忙让道，走过半晌才从背影上认出这是老薛，便又咋咋乎乎地嚷开了，老薛，老薛，那老薛是咋的啦？

便有好事者尾随其后，跟到了老薛家里，焦急地问："老薛，老薛，你这是咋的啦？"老薛嗡声嗡气，没好声地说："还咋的啦，让豹子舔了，差点命都让那狗东西拿去啦！"

探问的人一听，顿时眼珠子瞪得鸡蛋大，豹子，豹子，让豹子舔了？你这命可真够大呀！于是，这件事便像风一般在整个村庄中传开了，不一会儿，全村的人都知道了，知道老薛在山上打柴被被豹子舔了。

人们放下手中正在干着的一切，就都直奔老薛家而来，老薛家一下子成了村里最重要最引人关注的地方了。人们能挤进屋的使劲去挤，挤不进去的就伸长了脖子探听，不停地想象着议论着老薛被被豹子舔的情形和经过。

老麻是村里唯一一个懂点医的，人的病他能看一点，猪狗牛羊的病他也能看一点。听说老薛被豹子舔了，他也赶忙赶了过来，挤进人群。人们见是老麻来了，就给他让了一让，他进去后，老薛已经躺到床上，他妻子正用毛巾给他擦拭脸上的血，老麻围着老薛看了一圈，嘴里啧啧着：“哎呀，咋舔成这样啦？”

“脸上肉都舔光了呀，这狗日的豹子，真是厉害，你这条命能捡回来，都已经是大幸，看看看，都成啥了哟，这豹子，舌头上是带刺的，跟刮刀一样。嫂子，你别擦了，我去将我药箱拿来，给他上点药，你这样弄，小心感染，他这伤这么严重，再感染就麻烦了。”老麻叹息地说。

薛家大嫂一听，忙感激地说：“是是，大兄弟，那就有劳你了！”

老麻三步两步跨了出去，回家里取了药箱，又赶了过来，给老薛脸上撒了一些外伤药，让薛家嫂子取来一块干净的布包上，然后他用剪刀给嘴的部位剪了一个洞，其他的，脸上的鼻子和眼睛基本都已经看不见。一切弄好之后，他让老薛在炕上躺好，这几天都不要出去，就在家里静心地休养，已经是这样了，再生气也是没有办法，就往好处想，能捡回一条命就已经很不错了，留得青山在，不怕没柴烧。

老薛在他的安抚下，慢慢地平静了下来，不再乱吼乱叫，不再胡乱地叫骂了。薛家嫂子递来一杯水说：“兄弟，你喝一口，忙半天了！”复又叹息道：“作孽呀，还不知道好了会是什么样子？”老麻安慰说：“不要想太多，活着最重要！”

镇静下来的老薛，才慢慢地讲了他遭遇豹子的经过。

今天去八山沟打柴，比平时走得远了一些，本来吧，也是想看有没有野木耳和野山菇什么的采一点，给家里人打个牙祭，没想着走着走着，就远了。只听得“嗯”的一声，一只豹子出现在他的面前，与他不过三五米的距离，正虎视眈眈地盯着他，他想跑，已经来不及了，他下意识地摸了摸自己腰间的砍刀，并顺手将刀拔了出来。这时，豹子已经向他窜了过来，他忙用砍刀劈了过去，却不料一刀劈空，求生的本能，让他一下子抱住了豹子，他揪住豹子的身体，尽量不让豹子的嘴对着自己，可是他到底没有豹子的劲大，豹子头一歪，他只听得刺啦一声，一阵钻心入骨的痛，他的脸上被撕去了一大块，他忍着巨痛，摸到了滚在一边的砍刀，他拼尽所有的力气抡起刀，一刀砍在了豹子的腰上，豹子长嚎了一声，一瘸一拐地跑了。老薛惊魂未定地从地上爬起来，几乎吓破了胆，他惊恐地朝四周看了看，再也不敢逗留，拎着刀就往回跑，他害怕豹子再一个转身窜出来，他就成了它的口中之物，就这样，他一路狂奔着回了村。

村里人常常见着狼的，少见豹子，因为四处开荒，狼没地待，就会下山，偷偷地跑到村庄里偷吃人的鸡，叼走人的猪，因此，村里人不仅怕狼，也很恨狼。

常常在某一个早上，猪圈里的猪不见了，鸡笼里的鸡不见了，只留一地猪毛和鸡毛。人们见了，恨得气得牙根痒痒，骂呀骂呀，这个挨千刀杀的，净吃便宜，亏了我养，我养了那么久，一口汤都没喝上，单单便宜了那遭天杀的，给我糟蹋了。但人们吧，骂归骂，拿狼是没有办法的，只得自己加固了猪圈，给猪圈安上门，晚上上了锁，将鸡笼搬回家，就这样，也常常听到晚上狼在猪圈拱门的声音。那个时候，人就算听到，也不敢出来，因为不知道是头狼，还是群狼，而且狼不仅吃猪吃羊吃鸡，也是吃人的。

只有狗是不怕狼的，敢同狼搏斗上一两个回合，因此一些人就托了亲戚朋友找来狗崽喂上，看家护院。每次狼来的时候，狗就拼命地叫，狗叫得多了，给狼也就吓跑了，因此吧，狗便成了村庄里人最好的朋友。

有时，也有胆大的人，自制一杆猎枪，准备在狼来的时候对狼下手，不能让它老祸害咱，让它也知道人的厉害，但他们制作的枪基本上都没有打到过狼。狼来的时候多数是半夜，这样的黑夜，再胆大的人，也不敢一个人出来，他也害怕自己枪法不准，没有打死狼，反倒让狼给袭击了，那也是一件很恐怖的事情。因此吧，他们专门制作的打狼的猎枪，到最后也只能打个野鸡兔子之类的小动物，对于狼基本上没有派上什么用场。

但是在村里出了一件猎枪伤人的事情之后，用猎枪的人便少了。

那是一个草木返青的季节，村头的老王扛着枪上坡了。他来到大安子沟，眯着他的小眼睛四处瞅，希望能够瞅到了一个猎物。他瞅着瞅着，就发现对面的树杈子上站着一只野鸡，他一阵狂喜，端起了枪，却不料一枪梭子过去，一个人骂骂咧咧地从树后走了出来："哪个狗日的，没长眼睛的，敢打老子！"

老王一看，坏了，刚才明明打的是野鸡，咋打着了胡二，是咋回事呀，自己明明是朝野鸡开的枪，咋就打着人了呢？他一下子愣住了。胡二一见是老王，更来气了："你狗日的老王，瞎了眼呀，你看你看，你打我哪了？"老王一看，子弹打胡二下巴了，给人下巴打了个洞，他忙把好话说："哥喂，我不是故意的，我刚才明明看到的是野鸡，没想到打到你了。"

原来，胡二正坐在树后抽烟，听得周围有响动，就从树后站起来，谁知他这往起一站，吓跑了树上站着的野鸡，野鸡吓跑，刚好子弹过来，便打中了他，幸亏是打中了下巴，要是打中了眼睛，或者是别的什么地方，说不定会伤及人命。

胡二好好地挨了枪子，心里一百个窝火，他捂着被打伤的下巴，一直骂骂咧咧："你狗日的，你看咋办？"老王自知理亏，忙陪着笑脸，不停地说着好话："走，走，我带你卫生所看去，给你把子弹取出来。"

幸亏子弹只是绿豆，要是真的子弹，那可就要动大手术了。老王带着胡二来到了卫生所，让医生给取出了绿豆，自己付了医药费，他最后将他家里最值钱的铜水壶给了胡二，胡二才肯罢休。

自此以后，老王收了猎枪，再也没见到他打猎了。

半个月后，老薛的伤慢慢地恢复了。当他再次出现在村里时，村里的好多人都不认识他了，因为他的脸已经没有了任何的形状，只有白亮亮的骨头，突出并且裸露在人的眼前，整个脸上，除了白森森的骨头，就是几个洞，眼睛鼻子嘴巴，看着非常害怕，小孩见着他都吓得直哭。

人们在庆幸他捡回一条命之后，又不禁同情起他来，好好的一个人，怎么就让那豹子舔成了这样了？

老薛终归是老薛，沉默了一段时间之后，又恢复了以前的开朗。虽然这次事件对他的人生是一个很大的创伤，但是他没有被打垮，在稍事过渡后，他依然大声地跟人说话，依然哈哈大笑，并且将他与豹子搏斗的事跟人大讲特讲，俨然自己就是一个打豹英雄，人们也乐于听他的讲述。

每次讲时，跟前都会围着一大堆的人，大人小孩都听得津津有味，慢慢地，在村里，人们也真的以为老薛是英雄了，因为，在村庄的历史中，还没有人跟豹子打过架，而且还能幸运地活着回来，这实在是一件惊险而又富于传奇的事情。

老薛能从豹子嘴里捡回一条命，也多亏了有一个好身体。他身宽体健，膀粗腰圆，走起路来叮咚叮咚，吃起饭来呼呼如牛，因此吧，他能同豹子打上几个回合，若是一般的人，不一定会有这样的幸运。

第七章　瓦窑纪事

在村庄的北头，有一个瓦场，占地有一亩多，也是合作社时集体经济的产物，村里的人要干活的时候，都一起去地里干活，要做瓦的时候，都一起去瓦场做瓦。

瓦场有一个瓦匠，是河南人，单身，一个人在此，有四十多岁，村里的人都叫他老付，虽说叫他老付，但其实老付面相并不算老，因为他一个人老单身着，人们便呼他“老付”了。老付是一个开朗的人，一天到晚乐呵呵的。他为什么一个人流落至此，而且又会做瓦，我不是很清楚，反正从我能记事的时候起，老付就一直在我们村庄里，跟大家一起干活，而他的做瓦手艺，显现出了他与众不同的一面。

老付一个外来人，在村里靠什么生活呢？跟大家一样，靠挣工分，因此，说他是不同的，其实他跟大家又是相同的，体现不出他有什么特别和优越之处。

旧时的做瓦，似乎是艰难的。做瓦的时候，要先在山上挖土，挖黏性好的土，将土挖来，堆在一起，然后在中间挖一个窝，倒上水后，四周的人将土往中间扒，逐渐让土跟水混合，拌得差不多了，就会牵来一头牛，让牛在泥堆里来回地踩。一个人牵着牛，光着脚，挽起裤腿，来回地打着转转地踩，一直踩到泥土变软，跟水初步达到融合。然后，十好几人一起走进泥堆，仍旧都是挽起裤子光着脚，在泥堆里反复踩，打起圈地踩。那种情景，有点像现在的广场舞，很有意思。一群人，男男女女，老老小小，也包括我这样小的幺女孩。因为，在当时，并不觉得，那种劳动辛苦，而觉得是一种非常有趣的事情，见大人们踩得兴高采烈，一边踩一边逗乐子，我也跟母亲要求去踩泥。母亲就脱了我的小鞋子，挽起我的裤腿，拉着我，在泥堆里踩了起来，开头，我只是乖巧地跟着母亲，踩一踩，就胆大了，跟一些小朋友跑到一起，一边踩一边玩泥巴，在这种时候，母亲只是嘱咐我，不要吃泥巴，不要将泥巴弄到眼睛耳朵里就行了，其他的，任我们怎么玩，母亲并不怎么干涉。

泥踩好后，剩下的活就交给老付了，老付做瓦应该算得一绝，最起码，在当时，我是这么认为的。那一堆堆的泥，在他的手中就跟变魔术一样，起先将泥糊在一个桶状的能转动的模具上，用刮子刮平，刮到厚薄一样，跟桶一样的形状；然后按照标准的尺度，将多余的泥切掉，再让它转平转光，此时，只见黄泥在瓦轴上飞快地旋转，一直转呀，一直转，很快地就变成了一个圆润光滑细腻的泥桶，这个画面，是最精彩的。泥是滑滑的，软软的，格外地有可塑性，当泥坯转成一个形状完好的瓦坯，取出中间的模具，一个瓦坯就做好了。瓦坯制好后，用细丝或者是细线切割瓦坯，然后将切了线的瓦坯放在太阳地里晒干，轻轻一敲，瓦片就沿着自然的脉络轻轻地分开了。一个瓦坯在一般情况下，分割成四个瓦片，做瓦的人将这些瓦片一个一个地垒起来，码在一起，攒上够一窑了，就装进瓦窑里用火烧制。

因此，做瓦要好天气，一般的情况下，人们爱在春天做瓦，春天雨水少，做的瓦方便晾晒和堆码。因为，一窑的瓦片不是一天两天可以做出来的，它往往要全村的人一连做上好多天，做瓦需要场地，做出的瓦晾晒，也一样需要场地，而且还需要大场地。

一般情况下，老付是负责制作瓦坯的，这是一个技术性很强的活，要熟练，仔细，认真，而且有一定的审美能力，还要能掌握一定的技巧，瓦做的好，就不容易脆，不容易烂，防水性能好，倘然瓦坯没做好，粗糙，有眼，这样的瓦出窑后，成色不好，品相不好，盖起房子来，瓦跟瓦之间的结合就不紧密，还有那瓦眼，会导致屋容易漏雨进水。别看这样一个小小的泥瓦，学问大着呢，一个瓦片，会影响到整个房子的质量和防水程度。因此，在整个制瓦过程中，制瓦师傅的手艺和技术是关键，也因此，老付就成了村里人眼中的能人了。

每次老付做瓦的时候，周围总会围一圈人，尤其是我们这些小孩子，总也看不厌。那一个会转的模具，在我们的眼里，简直是神奇得不得了，它为什么会转，为什么转起来又会那么好看，那么有吸引力，那么充满魔力。一团粗糙的泥，在老付的手里，一会儿就变得非常的光滑可爱，总感觉到老付就像是在变魔术似的。

我们这些小孩子围在老付的跟前，他总也不烦我们，我们爱看，只管让我们看。我们有时实在闹得他不能干活了，他就说，离我远一点啊，小心给瓦坯弄坏了，但却从来不发脾气。

老付干活的时候，身上总会围着一个类似围裙的东西，挂在脖子上，两边在腰间打一个结，做上半天瓦下来，他的身上到处都是泥点，尽管，围着一个围腰子，但身上也依然是泥乎乎的。有时，想喝个水，都腾不出手来，实在想喝了，旁边就有人拿一个洋瓷子缸子，放到他的嘴边上，给他喂上几口，他狠起命来猛喝上几口，以解焦渴。

做好一个瓦坯，旁边就有一个人给拎走，拿到瓦场的开阔地。平坦处，放下，取出中间的模具，一个瓦坯便算彻底完成。于是，老付又取出另一个备用的模具，放到做瓦的中轴上，接着做另一个瓦坯，当所有的瓦都做好，晒满一瓦场之后，就有人会去将瓦坯一个一个地敲开——一个圆桶状的瓦坯，就变成了一片一片弧形的瓦片——然后再将瓦片一个一个地码起来，码在一起。做瓦的工作就是这样重复的反复循环继续着，待到做够装一窑的瓦了，就会准备开始烧窑了。

烧窑首先得准备足够的木柴，而且得是硬木柴，这就要有一批劳力好的人上山砍柴，砍木柴到堆满窑门口，才敢开始烧窑。要烧窑，首选得装窑，这也是一个技术活，得两个细心有眼色的人，装窑的时候，得先将窑里清理干净，然后将瓦片一摞一摞地搬进窑里，从窑边往窑心竖砌，环形地一片挨着一片紧紧地围起来，一圈一圈，一直到窑心，中间有缝隙的地方，还要用瓦片一片一片地填实，每一层都要这样地砌，一直从窑底砌到窑面，窑装满后，用湿泥封了窑，才开始点火。

烧窑点火是一件很庄重的事，一般的情况下，都是要看日子的。看到某一个好日子好时辰，不管是白天，还是晚上，一村的人，就都围到窑边，看窑点火。这时，老付就会拿一个沾了煤油的火把，一下子放进提前装满木柴的窑洞里，顿时，大火就熊熊地燃烧起来，一会儿，就满窑洞通红。烧窑的时候，得有人专门添柴，一般情况下，害怕一个人会睡着误事，就会派上两个人，不分黑夜白天地值守，反正，不论在啥时候，都得有一个人不停地给窑洞里添柴，以保持炉火持续地旺盛，有足够的火力烧制瓦片。

这样的大火，一直要烧够七天七夜，才能熄火，熄火后，还得给窑面上浇水，是为了让生瓦变成熟瓦。在这一点上，有点像煮饭，非得有水的注入，要不然，饭是会夹生的，或者是不能完全的熟好熟透。水从灼热的窑面上浇下去，窑面顿时大气直冒，冒出白白的浓密的水烟，就像是才揭开锅的蒸笼，那阵势，也是非常的壮观，站在窑边上，能明显地感到那种热汽的温度，暖暖的，柔柔的，看得见，却捉不住。而这样的情景，总是带给我很多的幻想和遐想，这样的时间，一般情况下，要持续到一天多，整个窑洞才能冷却下来，这种情形跟烧炭的原理是基本相同的。

窑洞冷却下来后，要过些日子，才能开窑，当然，这个过程，也是为了让瓦更好地煨熟，提高瓦的韧性和硬度。在经过这一系列既定的程序之后，瓦就算是烧制好了，可以出窑了。

出窑的时候，又是全村的男女老少一起出动，男劳力从窑里往出出瓦片，女的就在窑边上往外搬，搬到窑外面瓦场的平坦处，仍旧码起来，一层一层整齐地堆砌，摞起来，等着要用的时候方便用，或者是外卖。大人搬多的，我们小孩子力气小，也会跟着凑热闹，搬不动多的，就搬少的，一次搬个三片两片的，累不着，只要不摔碎，俗话说“一个公鸡四两力”，大人们也乐意让我们帮忙。

在这样的地方，做活也总是热闹的。一大群人说说笑笑的，一天到晚都是乐呵呵的，这个说句怪话，惹得人笑一阵，那个又冒出一个怪话，惹得人们笑一阵子，还有那些爱热闹的，嘴里总有说不完的笑料和玩话，虽然干的都是体力活，可是个个脸上乐开了花。

在瓦场最近的地方，有两户人家，一户姓马，一户姓吴。姓马的人家，只有一个女儿，招了一个上门女婿；另一家人，就是烟袋姐他们家。他们两家在村里都是成分好的，用当时的说法，就是贫农，属于说话能站得起腰的人，因此，出气也能理直气壮。

平日里，这些人干活，就让他们两家轮流着给烧些开水，供老付和大伙喝，给他们一天计上五分的工分。当然，这五分的工分是很好挣的，他们也乐意做这个差事，每天总会拎上几电壶水来，先要给老付倒上一洋瓷缸子，然后围着做活的转一圈，谁要了，就给谁一倒。因此，在童年的记忆里，对这两家人的印象是深刻的。

在我们王坪四个队里，似乎只有我们一个队有瓦场和瓦窑，四个队的村民盖房修屋，都是用我们三队烧制的瓦。因此，三队的这个窑场是受人关注的，时不时地有这个队的人找来，又有哪个队的人找来，甚至还有外队的人寻来。窑场上总会出现一些别的队的人，有的熟悉，有的陌生，他们在这里看瓦，买瓦，搬瓦，因此，在很长的一段时间里，瓦窑都在给村里的人和别的村的人直接或者是间接地提供着一些方便。

这个老付，来村里数年了，做瓦了，就与村里的人一起忙着制个瓦，不做瓦了，就在村上的瓦场住着，看个瓦场。一些人见他单身，在村里住的日久，也有热心人劝他成个家，反正嘛，一个人在外，在哪安家都一样，有个妻子，也有个知冷知热暖炕头的人，一天做个饭呀，洗个衣服呀，晚上也有个说体己话的。因为，在当时的农村，还没有收音机，更别说有个电视或者是手机的了，家家门背后就只有一个广播，早中午播的差不多都是相同的内容，白天干活，晚上一个人生活的单调与乏味，可想而知。

可是，众人劝归劝，老付从不动娶妻子的念头，年年爬起来，都一个人，一个人吃，一个人住，一个人出，一个人进，众人都不解，但他仍旧是乐呵呵的。在一般人想来，他相貌周正，又有手艺，开朗勤快，不说外村，本村也有单身女人想嫁他，可他从不动这个念头，有想跟他的，托人去说，碰了钉子，也不再言及此事了。也有人说，他对村里的某个结了婚的女的有想法，具体是谁，不知就里，只是从未见他有什么暧昧之事。于是，就有人猜，他一直待在村里，肯定是喜欢某一个人，但人有家有口，他也不好明确表达，只是暗暗地喜欢罢了，他与她终究是一生无缘，他不过是空痴情罢了。

老付就这样一个人在村里生活了很多年，看着别人娶妻，看着别人生子，看着别人家的娃像地里的庄稼一样一年一年长大，而他总是孤单着，孤单着，快快乐乐地做瓦，寂寂无声地生活。

终于有一天，他河南的老家来人了，说是他的父亲病重，他的母亲让他赶快回去，老付这才收拾了衣物，打理了行囊，准备离开。走时，村里给他开了个会，将所有的人都招呼到厅屋里，说老付在咱村里待了七八年，现在要走了，大家给他欢送一下，他这一走，或许不再来咱王坪村了，不过，以后，有机会了，还是欢迎他来王坪村串门，毕竟，这都是在一起生活了好多年的乡亲，都熟悉得手心跟手背似的。说到最后，老付眼睛有点潮潮的，是啊，这一走，会不会再来，都是说不定的事情啦！

次日一早，老付锁了门，将钥匙交给队长，提了一床好一点的被子，拿了几件旧衣服，跟着来接他的人一起离开了，他离开的时候，村里的很多年长的人都来送了他。据说，他喜欢的那个女人也来了，还给他煮了几个鸡蛋，世间就是有这样的一些感情，明明知道是无望，却要死心踏地无怨无悔地守候，毕竟人都是感情的动物，纵然再有缘无分，一个人对另一个人的好，总会让人内心温暖和感动，即使没有牵过一次手，那也值得人珍惜和感念，毕竟老付这一走，或许此生不复相见。

老付走了，走得有点不舍，走得有点不甘心，走得有点牵挂。当他的身影消失在河对面的那弯弯曲曲的公路边，村人们留下了一声叹息，希望他回去好好地过日子，能娶上妻子，毕竟未来的人生，还有几十年。

此后，老付没有再来，但老付仍是村里人嘴上的一个话题，人们时不时会想起老付，时不时地会说起老付，在这个村里，他确实给人们留下了许多的记忆，他给村里的每一户人家都干过活，吃过每一家的饭，谁家有个红白喜事啥的，都没少了老付，他几乎与村庄的人们是一体的，他走了，人们突然又觉得这个村里少了点什么，少了什么呢？少了的是老付的气息和老付的味道。

老付走后，这个瓦场就停了，似乎就没有再生产过。

后来，土地承包，分产到户，村里就将瓦场恢复成了耕地，又种起了玉米小麦和大豆，窑场就变成了庄稼地，只有一个烧瓦的窑还存在着。一年一年，年长日久，窑也慢慢地荒了，起先只是长一些杂草，时间长了，没有使用了，窑慢慢地就朽了，一块一块的土渣掉下来，窑便变得不那么规则和整齐了。但它的存在，仍像是一个标志，标志着这个地方曾经存在过一个瓦场。

这个瓦场是怎样的？曾经经历过的人，都是知道的，而年轻的后生们，便不再晓得瓦是怎样做的，怎样烧的了，在他们眼里，这就是一个黑黢黢的窑，不具备任何实质性的内容。

第八章　支援三姑

三姑病重的消息传来，就像一记晴天霹雳，搅乱了我们家平静的生活。

一直以来，我没有见过这个姑姑，因为在我的记忆中，她从来就没有回过老家。她年轻的时候嫁到了泾阳，便很少回娘家，在父亲的兄弟姊妹中，父亲是老二，我有三个姑姑，大姑、二姑、三姑，三姑是我最小的姑姑，没想到却是我最命苦饱经生活磨难的姑姑。

原以为，嫁到了关中平原上，就可以过上好生活，天天有长面吃，天天有白面馍馍吃。

却没有想到三姑年纪轻轻疾病缠身，三姑命定是在那个地方待不了的，一方水土养一方人，三姑不属于那里，那里是一个不适合三姑生活的地方。

如果我的三姑嫁在山里，会怎样？也或者什么事也没有。

父亲请假去看了三姑，回来忧戚地说："娃三姑已经瘫痪在床，不能行动，她根本就不适应那里炎热的天气，嫁过去之后，她就过不了那里的夏天。年年夏天，她几乎都是在地上睡着，就那，仍无法忍受关中平原的酷热，要往地上一遍一遍地泼冷水，才能勉强度日。"

几年下来，三姑的身体就整坏了，开始是身上痛，现在风湿已经浸入她的全身每一个关节。父亲见到三姑时，三姑已经瘦成一把骨头了，看着可怜的三姑，心性一向冷峻的父亲也不禁潸然泪下，他说，三姑说不了几句话，就直喘气，那精气神，实在是太差了。

父亲真害怕三姑熬不过来，担心她说没便没了，请了三天的假去看她，看过之后匆匆赶回。回来一直担心着，担心着，担心着我那病危的三姑，担心着他那年幼的外甥女樱桃。

三姑一生只生养了一个孩子，便是樱桃，比我二哥小一岁，但身体却是异常的清瘦和单薄，偏巧我的姑爷又是个图清闲的人，因此，家庭生活的重担就落到了纤弱的樱桃身上，她要种地，要养奶牛，还要务菜园子。父亲心痛不过，和母亲商量，想让二哥和姐姐去三姑那边上学，一边上学，一边帮助三姑家做些农活，减轻樱桃身上的担子。

母亲同意了父亲的要求，就让姐姐和二哥一起去泾阳，兄妹两人一起，也好有个照应。

年后，父亲就将二哥和姐姐带去了泾阳，在临行之前，母亲给他们做了他们平日里最爱吃的红薯丸子，让他们带着，路上好吃，也给樱桃另外拿了一点，用一个小布袋子装上。望着一双儿女即将上路，母亲的心里有一千个一万个舍不得，但是想想她那可怜的小姑子，她强装笑脸，让他们走，一再嘱咐他们说："你们在外面要相互照顾，注意安全，不要跟人惹事，陌生的地方，少逞强，多与人为善，少跟人结梁子，一定要安全地去，安全地回来。"

二哥说："妈，你放心，我会照顾好大妹的，保证让她吃胖长高，回来见你。"

听到这话，我们都笑了，母亲也笑了，然后挥了挥手，你们跟你大走吧。

二哥、姐姐便跟着父亲走了，母亲一直在后面远远地跟着，跟到二队河边的石步子跟前，父亲他们迈着石步子过了河，转过路弯，再也看不见，母亲才怅然若失地返回。

二哥和姐姐的到来，给这个死气沉沉的家庭增添了活力。二哥是个勤快的人，一到三姑家就帮樱桃干这干那，姐姐也是。山里的孩子成熟得早，自小就帮家里干活，家务农活样样都能干得得心应手。我那姑爷看着这一双孩子，倒也高兴，家里平白增加了两个干活的劳力。

父亲帮二哥和姐姐办好了入学手续，给他们交代了一些事情，就准备回柞水了。

因为父亲所在的学校也开学了，父亲要离开的时候对我的姑爷说："有啥事就让孩子做，他们小，多让他们锻炼！"姑爷喜滋滋地说："行。"父亲又专程去了三姑的房间里坐了好半天。

三姑不太说话，也没表现出对父亲过多的热情，父亲就自顾自地说着一些家乡的情况，说着二姑她们以及我们家里大大小小的事。说到最后，实在是没有什么可说的了，父亲嘱咐三姑说："杏子，你一定要看护好自己的身体，我将两个孩子带来，就是为了照顾你的，你可一定要将身体往好养，千万不要不拿自己的身体当回事，回头假期了，我再来看你！"

三姑漠然地点点头。父亲见时间不早，就去休息了。

第二天，天刚蒙蒙亮，父亲就踏上了回柞水的路。

二哥和姐姐到底小，很快便适应了那里的生活，大葱就馒头，燃面，包谷粥，没多久，就能跟吃家乡饭一样习惯了。

上学之余，他们帮樱桃种地，锄草，灌田。关中好一点的是，只要人勤劳，也是能过上好日子的，这儿地多，地平，只要把地种好，就能吃饱饭，而且还能吃得好，家里有余粮。

平日里，三表兄妹上学一起去，下学了一块回来，干活的时候，一起干活，干完了又一起玩，二哥和姐姐的到来，不仅为三姑家里解决了劳动力，并且让一向内向的樱桃也变得开朗起来。

无事的时候，二哥吹口琴，樱桃和姐姐就唱歌，三个人一乐就乐到半夜。

二哥一直学习好，就算是从柞水转到了泾阳，依然没有影响到他的学业，他的学习成绩仍是比较好的，但是樱桃就不行，学习成绩一直很差，二哥经常给她补习，也补不进，樱桃的学习成绩照样上不去。樱桃说：“我就笨，天生就不是学习的命。”

一晃半年过去，暑假的一天，我、母亲和祯兴正在黄土堡上看红薯。姐姐回来了，四处找我们，我们不在家，听人说，我们在黄土堡，就一口气找过来。

当时，正值队里的红薯快熟了，为防红薯被野猪和猪獾子偷吃，队里轮流安排人看红薯。黄土堡那一片大块的坡地都种的是红薯，队上就在那搭了一个棚子，安排各家各户轮流看守，轮到我们家，我们一家人就都在那儿待着，互相做伴，相互壮胆。

还没到野猪棚子，姐姐就大声地喊着：“妈！妈！”一口关中话，我们眼睛都睁得老大。

姐姐才走了半年，咋就不说咱们的话了呢？

旁边有人在锄草，打趣地说：“哈哈，瞎家伙，大妹都会说山外话了呀！”

在我们当地，将秦岭山以外的人都叫“瞎家伙”，意思大抵就是山外的人太精了，可能也是多多少少吃了一些山外的人的亏和捉弄的缘故吧。

母亲笑了，幺娃儿学啥快。

姐姐一阵风似地扑向了母亲：“妈，我想死你了！”把头伏在母亲的怀里偎了好大一会儿，然后才回过头来，拉拉我的手，又拉拉祯兴的手，亲昵地说：“你们想我吗？”我羞涩地点了点头，仰着小脸，眼睛一直盯着她。祯兴也像我一样，点了点头。我们都不说话，当然，也因为我们小，不知道说啥。

半年的时间，姐姐胖了，两个红扑扑的脸蛋，像两个熟透的红苹果。她在棚子上的木头架上坐下，两条腿吊在空中晃悠着，一边晃悠，一边望着远方，看一看，又扭过脸，对母亲说：“我和二哥还给你们拿麦子了呢，二哥已经扛到了家，好大一袋，挺沉的，有车的地方就请人帮忙拉，没车的地方，都是二哥扛着，可把二哥累坏了。”

母亲说：“那你回去和你二哥做点饭吃，我明儿一早回来！”

姐姐说：“不，我不饿，我要待在这儿跟你们一起看野猪！”母亲摸了摸她的头说：“你能看啥野猪？”姐姐说：“我要待这儿，就要待这儿么！”母亲说：“好，好，就待着，给妈好好讲讲你们在外面的事。”

姐姐就东一句西一句地说起了他们在外面的生活，我和祯兴包括母亲都津津有味地听着，好像听故事一样。从姐姐嘴里，我们知道关中平原没有山，那儿的土地可以一眼望不到边，那儿的道路就像蜘蛛网一样纵横交错，那儿的人个个都晒得红不溜秋的。

原来姐姐脸上的红，并不是真正的热红的颜色，而且太阳长期照晒的结果。

那天晚上，二哥也找了过来，并且做了饭，给我们几个人都拿了。

母亲接过热气腾腾的饭，心里暖乎乎的，说道：“我祯祥就是懂事，这么远回来，自己做点饭吃了就行了，还给我们这一大伙儿都做了。”二哥说：“做了肯定大家都要吃的，我好久都没给家里人做饭了，也不知道做的你们还吃得习惯不！”

母亲说：“好着，好着呢，你是一个勤快的娃，啥都做得好，要放在别人，跑那么远，我是不放心的，你去你三姑家，我又是放心的，你勤快，又不惹事，在哪都不讨人嫌。”

二哥和母亲说罢话，又将眼光转向我和祯兴，一手拉着我们一个，说：“看，我半年不在家，小妹和小弟都长高了一大截呢！”他将我们两个拉进怀里，亲昵地说：“哥哥给你们做了吃的，想吃吗？”我小声地说：“想！”他又问祯兴：“你想吃吗？”祯兴鼓着腮帮子大声地说：“想！”大家都“扑哧”一声笑了。二哥给我们擀的面片，酸菜洋芋的，上面还漂着一点绿绿的葱花。他用碗给我们一个一个地盛了，给我盛的时候，多给我挑了几个洋芋，说小妹喜欢吃洋芋，给你多舀点。我感激地看了二哥一眼，二哥居然连这个都还记得清楚。

我们一边吃，一边听他跟母亲说话。二哥先问家里的事，问完了之后，又说外面的事，说他们在外面的生活，说三姑的身体，说我的姑爷，谈到我的姑爷，他只是轻描淡写地提了一下。

姑爷很少干活，一天总在村里四处闲荡，家里的活基本上都是他们三个幺娃干。不过樱桃很好，对他们俩都挺好，回来还给装了好大一袋麦子，说是山里粮食少，给我妗子带一些尝尝，让家里的表哥表妹表弟也都尝尝。

听到这儿，母亲长长地叹息了一声，说："你樱桃表妹真是可怜，小小的娃，咋就像个大人似的，苦命的孩子早当家呀！"

那一夜，我们聊了很晚，当然，也因为二哥和姐姐回来带给我们所有人的兴奋，还因为在那样一个半山坡上。一个小小的野猪棚子，我们这些人又根本是睡不下的。我们就一直聊天，聊到后半夜，有些冷了，二哥就在近处搜寻了一些干树枝子，烧起了火，火烧着了，人也不冷了。

聊到最后，母亲问："你们在外面整天干活，有没有影响到学习呀？"这是母亲最担心的。二哥说："我还好着，基本上在班上能占到前五名。大妹也不错，在班上也在十名以前。"

母亲说："回头你们再过去了，要抓紧学习，争取再进步一些，我那时念书少，想看个书都看不完整，你们现在能念书，可不能将念书的事儿耽误了，你们给三姑家干活是应该的，这是你们的亲姑姑，但也要知道学习才对。"

二哥和姐姐都应着。

不知不觉天亮了。母亲说："天亮了，就不要紧了，待会有人来干活了，就不会有野猪和猪獾子了，我们回吧！"

二哥熄灭了火，并且给火堆上撒上沙土，我们几个随母亲一块下山，回家去了。

从上院走过去，村里的大妈大爷看到了，都赶着过来打招呼，刘婶，你两个娃回来了呀，都长高长胖了，山外好呀，还是人山外吃得好。

母亲说："这半年，可给我想坏了，几乎天天晚上做梦都梦到他俩，两个影子老在我跟前晃悠，醒来，却是个梦。"

乡亲们说，可不是嘛，自己身上落下的肉，一下子走那么远，还走了俩，放谁都牵肠挂肚，好在，回来了，又能和你一起待好些日子。又有人问，回头还去不？

母亲说："去的，要去的，娃三姑身体特别不好，我那外甥女年龄又小，不去帮衬，咋行呢？他哥不帮她，就没人管她了。"

众人连连叹息着说："是，是！可怜那杏子，年纪轻轻遭了怪病，要能养好，还能享点女儿的福，要没了，就白白来了世间一趟。"母亲叹息地摇了摇头，说："一夜没睡，回去睡会儿，简直困得很。"

其实母亲回来也没睡，她不愿再说三姑的事情，别人说到三姑的事情她的心里就难受。她嫁到这个家里，三姑还小，还没出嫁，姑嫂俩在一起生活了好几年，在旁人眼里，都以为三姑嫁出去过好日子去了，偏巧三姑出去生下了这个怪病，眼下想治愈是难，唯有度日吧，度一天算一天，而她这个嫂子所能做的就是尽最大的力量去支持她，给她最大限度生活上的关怀和帮助，两个孩子走的时候，她就一直说，对三姑好点，让她过几天舒心的日子。

因此二哥和姐姐也常常帮着樱桃给三姑喂吃喂喝，端屎端尿，姐姐还经常帮着樱桃给三姑擦洗身子，他们的的确确将三姑当成了自己最亲最亲的亲人，而母亲能做的，也大抵如此。

父亲是在二哥和姐姐回来后的第三日回来的。他安顿好学校的事，将一切料理妥当，方才回家，他知道两个孩子会回来，没想到比他跑得还快。

一见面，父亲就问：“你们给三姑家的麦子都收了吗？打出来了吗？晒干了吗？”

一连提了好多个问题，姐姐不怎么敢说，二哥一一地回答着：“弄好了，都弄好了，将收好的麦子都放进了柜子里，并且也已经将秋天的玉米种到了地里，啥都弄妥贴了，我们才准备回家的呢。这不，你看，樱桃将今年收下的麦子还给我们拿了呢，这大一袋。”

父亲说：“你们拿这么多回来，樱桃家吃啥呀？”二哥说：“多着呢，今年麦子丰收了，柜子都装不下，樱桃还卖了一些，因此才专意让我带了一些回来给你们都尝尝新。”父亲这才露出了难得一见的笑容。

几天后，母亲将二哥带回来的麦子磨成了粉，她一有空了就变着花样给两个孩子做饭吃。她知道，尽管在山外不缺粮食，但是他们都不大会做，常吃的都是一些简单的饭食，因此，她就想着给娃做几顿可口的饭，让两个孩子吃着高兴高兴。

母亲变着法儿做吃的，包饺子、蒸包子、擀捞面、做馅饼，还专门炸了洋芋片、红薯片、茄子片，我们也都跟着二哥和姐姐沾光，看着面粉一点一点地少，二哥不让母亲做了，我们在外面有的是面，你做的我都能学会，不信，回头我做给你吃，家里的面就不要老做给我们吃，留着些，给祯兴妹妹和你们吃，还有大，又不常回来，给他也做几顿可口的饭吃吃。

父亲听了二哥的话，心里颇为高兴，但他并不表现出来，他只是说：“祯祥长大了！”

转眼之间，又到了9月，二哥和姐姐要走了，母亲的心里又涌起了不舍，她常常望着两个孩子发呆，二哥和姐姐知道母亲的心思，也就在母亲跟前特别地顺情顺理。

姐姐每天晚上睡前都要跟母亲说好长一段时间的话，实在没啥说了，就让母亲给我们唱歌谣。母亲的嗓子很好，唱歌非常好听，她会唱很多的歌，唱民歌、唱山歌、唱童谣，唱《十里亭》、唱《梁山伯与祝英台》，还给我们唱渔鼓小调，渔鼓小调里母亲最爱唱的是《拉篱笆》《王端刻木》《朱氏割肝》。这些都是讲关于孝道的民间传说，在母亲给我们唱的过程中，我们便记住了那些感人至深的动人故事。

母亲从没说我们要怎样，该怎样，但是母亲却用她的方式教会了我们很多东西。

在一个大雁南飞的日子，二哥和姐姐又走了。

冬日的某一天，二哥发来电报，说三姑去世了。母亲赶快派人去给父亲送信，父亲接信赶紧告假，他带着三哥坐了最早的一班车赶去了泾阳，到了没有车的地方，他们就步行。

到的时候，已经是第二天下午，父亲来到三姑的灵前，看着三姑的遗像，泪涌了上来，他强忍着心中的悲楚，给三姑上了香，并让三哥给三姑磕了头。

那一夜，父亲一直没睡，他要陪陪这个可怜的妹妹，这个妹妹嫁得最远，他们聚的时候少，相见的时候也少，大家都希望这个最小的妹妹能够好好的，过上好日子，可是却偏偏是这个最小的妹妹没了。他是她唯一的兄长，面对她的疾病，他无能为力，只能听天由命，从这一点来说，他有些自责，责怪自己不能妙手回春，不能让妹妹的病体康复，不能让妹妹平平安安地走完生命的旅程。

三姑的丧事办得很简单，三天后，便下葬了。

除了父亲和三哥，还有姑爷的几个亲戚，其他的人都是请来帮忙的。三姑出殡的那一天，是由二哥给她撒的纸麻钱，樱桃是女孩，按照风俗纸麻钱不能经她手，因此，这件庄重的事就由二哥代劳，二哥是外甥，跟樱桃同辈，也算是为我可怜的三姑尽了一点孝心吧。

三姑走后，二哥和姐姐在泾阳上完了这一学期，就转回了我们柞水的学校，他们在异地的生活宣告结束。

第九章　朴素的婚礼

大哥已经27岁了，还没有结婚，在农村，这已经是大龄了，他着急，母亲也非常着急。

我们家因为地主成分，大哥娶亲便成了难题。在当时，一般人家的女子都要找贫农，找那种根正苗红、又红又专的家庭，而我们家自然成了被排除的对象。虽然大哥勤劳能干，可村里却没有一个女子肯嫁与大哥的，大哥也曾暗暗喜欢一个女子，最终该女子却嫁作了他人妇。

大哥娶不下妻子，母亲心里一直内疚着，她认为是我们成分不好，影响了大哥成家立业。大哥是家里的长子，家里生活的重担一直是由大哥扛着，因为我们家地主成分，兄弟姊妹又多，村里一些尖酸刻薄的人常挤兑我们，说我们家在过去剥削人，在新社会还想剥削人，个个都等着大家养活，大哥一气之下，就停了学，回村劳动了。

才13岁的大哥，小学刚毕业，为了我们家不被人看轻，为了不受村人的冷言冷语，为争一口气加入了轰轰烈烈的劳动大军。

当时，村里的劳动很艰苦，按工分来计，男劳力干的都是体力活——背粪、抬石头。年幼的大哥，身子骨单薄，硬是咬着牙齿干着大人的活，就那，干一天，给人家记十分，大哥只能记五分，人说大哥是幺娃。大哥不服输，见人咋干，他咋干，人抬大石头，他也抬大石头，人背满背篓，他也背满背篓，一天下来，回来家里，人累成瘫瘫，都不能动弹了。

母亲常劝大哥："你干活不要太拼命，你年龄小，这么样跟大人拼，小心把你的身子骨整坏了，能干多大活干多大活嘛，你总会慢慢地长大，长大了，就跟他们一样了，这是用年龄论的，不是能硬用狠劲比的。”

要强的大哥并没有听母亲的规劝，他依旧执拗卖力地干着农活。终于村里的一些人看不过眼，说，这娃也不容易，小小年龄就干大人的活，还不是为了一家人的生活，给娃记个八分算了吧。就这样，大哥的工分从五分长到了八分。

听母亲说，我们家里的红薯窖都是大哥一个人开凿出来的。原来的红薯窖只是一个藏物间，放不下什么东西，为了将其扩大，多放一点东西，大哥就将红薯窖往深往大挖，他一个人挖，一个人出土，一个人挑土，一个十几岁的孩子，竟然在地下面挖出了一个非常大的地下室，为我们家贮藏红薯，贮藏洋芋，贮藏萝卜，解决了我们冬季食用蔬菜贮存的问题，小小年纪，有着一颗大人的心。

我前面的姐姐因为缺钙，患上了软骨病，两岁多了，不能走路，坐不起来，天天要人抱着，背着，要么在人怀里，要么就在床上，大哥除了劳动，便是带这个姐姐。母亲想尽千方百计，也没让那个姐姐站起来，可就算这样，她依然是母亲心头的肉，心痛的孩子。可是，有病的人身体抵抗能力更差，姐姐在一次发高烧时，送去卫生所，由于医疗条件差，没抢救过来，到底还是没了，这让母亲伤心难过了好久，自己苦心养育了两年的孩子，终是没了。

这个姐姐走了，是大哥含着泪将她装进亲手做的木头匣子的，我的兄弟姊妹和母亲一起，将姐姐埋在了屋后的柴山上。

大哥和二哥相差六七岁。因此，在劳动的时候，大哥总是罩着二哥，有重活累活他都抢着干，让二哥干轻的；抬水了，二哥在前，大哥在后，他总把水桶揽在自己的怀里，让二哥能轻松一点；挑麦子，他挑大的，让二哥挑小的；上山打柴，他背粗捆子，让二哥背细捆子。村里人都说大哥这娃懂事，有情有义，可就算这样，大哥仍是娶不上妻子。

在村里不好找，母亲只有将眼光往村外寻。我有一个姑爷，在东坪，能说会道，是当地的村干部，对村里各家的情况都知晓，母亲与父亲商量后，让父亲跟姑爷说说大哥的婚事，看在那儿有没有合适的女子，姑爷听到大哥还没娶下妻子，就答应给帮忙瞅一个，他相下的那个女子便是我后来的大嫂。

大嫂家里兄妹多，见到我家情况不错，父亲是干部，一个月还能拿工资，双方家长见面后，便也就同意了这门亲事。当然，也因为姑爷善于圆合，会说话，因此大嫂和他的家人，也并没有计较我家的成分问题。

虽然我们家是干部家庭，但是要论家里的生活条件，还是艰苦的，估计当时家家都一样。大哥结婚没有房子，母亲就将自己的房间腾出来给大哥做了婚房，土布的床单，土布的被子，母亲将原有的被子里面换了个新，这就是大哥的喜床。屋里谈不上什么摆设，只将屋子里里外外的灰尘扫了一下，各处打扫干净，就算是准备妥当了。

平素爱好扎纸的母亲用红纸扎了一朵大红的纸花，挂在墙上，顿时房间里有了喜色，这就是大哥的婚房。

大哥结婚那天，全村里的人都来了，是队长给主持的婚礼，对村里人来说，像是过年，甚至比过年还热闹，一村子的人都围到徐家大院的天井院子里来了。大嫂还没回来，院子里都挤满了人，这是我们家里过的第一个喜事，很多人也都想看看我漂亮的大嫂，再加上母亲的饭菜做得好，这一定是一场不同于一般的喜宴，总之，种种原因，大哥的婚礼是朴素的又是极其热闹的。

天井院子的正厢房前摆了一张长条桌，桌上放着水果糖和羊娃牌香烟，人们都搬着自己家的凳子坐在院里等着，当天的天气很好，阳光透过天井的天空正照到院子的正央，明晃晃的。我在天井院子和家中间不停地跑来跑去，大哥结婚，我也很兴奋，我有嫂子，我有嫂子了，那种喜悦和兴奋前所未有，想新嫂子，还想桌上盘里的水果糖。

当然，那都是村里人给我教的，让我等嫂子回来了，向她要糖吃。

我说我不敢，村人说："那有什么不敢，你小姑子要正合适，不给你吃糖给谁吃呀！"我一听，心里就有胆了。

大嫂到我家是在午后三点钟。当时迎亲也没有车，都是走路。几个亲戚挑着四色礼就去了，当时的四色礼也就是一包点心、一瓶罐头、一包月亮酥、一瓶几块钱的白酒。大哥从我们家走到大嫂家要三个多小时，按照当地的礼节，新女婿在大嫂家还要吃上一顿饭，再走回来，又要三个多小时，因此，一个来回便是大半天，尽管早晨一早就出发了，回来也到下午三点多钟了。

当时，很多新娘子进门天都黑了，不是非要等到天黑，而是因为路途遥远，一来一去，礼数周到迎回来之后，天自然而然就黑了。

大哥和大嫂一回来，便被主事人带到了天井院子，大哥和大嫂往台上一站，队长也就上台上去了。队长在台上站定，煞有介事地说："今天，是祯国和凤梅大婚的日子，蒙主家不弃，让我来主婚，我就不推辞了。祯国和凤梅都已到结婚年龄，合乎婚姻法的规定，准予结婚，首先，我给两人颁发一下结婚证，证发了，你们就算是合法夫妻了。"

那时，结婚证就是一张纸，像奖状，上面写着：某某某，出生年月日；某某某，出生年月日；二人系自愿结婚，合乎中华人民共和国婚姻法规定，准予结婚。几句简单的话语。两人合用证。所以，一张纸也就将两人捆了一辈子。而现在，一人一本，人却常常离婚。

大哥接过结婚证，两人向队长鞠了一躬表示感谢。队长说，一拜天地，他们扭过身面向台下的村民，拜了一拜；队长接着喊，二拜高堂，他们两人转向坐在旁边的我的父母拜了拜；队长再喊，夫妻对拜，两人便互相拜了一拜，台下就有人拍手，顿时响起了一片热烈的掌声。大哥说："我今天结婚了，感谢大家的捧场，我的妻子叫杨凤梅，她以后也就是咱们村的人了，还望你们大家多多关照。"大嫂没有说话，只是望着大家微笑，大哥说话她微笑，大哥鞠躬她鞠躬。

只记得那天婚礼的场面一直在我脑海里定格着，大哥穿一身浅蓝色的的确良短袖，大嫂穿一身淡绿色的确良短袖。的确良在当时，是时兴的面料，这两身衣服，是四队的一个叔伯姐姐做的，她是四个队的裁缝，有一台缝刃机，很多人做衣服，扯好布，就拿到她这儿来做。缝刃铺就在我们三队，门朝西，每天中午，太阳都圆哈哈地晒到她的门上，每次从她门前经过的时候，都能感觉到那一屋的阳光。

而这一天，大哥大嫂的衣服，应该是村里最漂亮的衣服了，或许是因为村里人一直干活，穿衣都很随便，大哥和大嫂这样双双整齐地出现，让人顿时眼前一亮。这是一个老式的革命年代的婚礼，一对新人没有戴红花，也没有穿礼服，只是穿着当时普通的款式小方领的衬衫，但在那样一个特殊的日子，也依然光彩照人。

记得，当时是搭的土灶，用大锅蒸的包谷米饭，豆酱蒜苗炒肉、腌菜炒肉、土豆丝、凉拌豆芽四个菜，用大盆装着，放在大桌子上，院子摆放了两张桌子。有帮忙的人盛了饭，就自己拿去夹菜吃，这在当时，就跟过年一样，因为多数的时候，过年，才能吃上这样的饭，平时里，顿顿都是糊汤，拌汤，菜汤。

那一天，大家都很高兴，个个脸上都带着笑容，喜气洋洋的。

母亲当然是最高兴的人了，不停地跑出跑进，招呼这个招呼那个，生怕怠慢了谁，生怕谁没有吃上饭。长久以来，她最焦虑的事今天了结了，总算对老大有个交代了，老大成了家，也就可以安稳地过日子了。最主要的是，她还想抱个大胖孙子，村里像她这大年龄的，早抱孙子了，因为大哥晚婚，迟迟抱不上，眼见着人家的孙子像麦苗一样地往上窜，她的这个心里痒的呀，就像有猫在挠。

现在，老大娶上妻子了，自己抱孙子也就是一两年的事了。想到这，不禁心里像迎春燕在开放，一朵一朵，瞬间开成了一大片，开成了一片花的海洋，简直美妙极了。

这样大的事情，父亲自然也没闲着，他在陪着送亲，陪人家说话喝茶，在农村的婚礼中，这也是一个重要的环节。送亲是最重要的亲戚，万万不可怠慢，接待得好了，留下了个好印象，以后双方有啥事都好协商，接待不好，心生意气，回头有啥事都打着别扭，就麻烦了。俗话说：亲开好了是一家，开不好了是两家。既然结了亲，就希望是和和美美的一家人。

父亲是教师，在别人眼里是懂礼数的人，自是不能怠慢了别人，父亲对大嫂的叔叔和弟弟说："凤梅来到我们家做妻子，就跟我们自己的孩子一样，我们生活方方面面不会亏待她，保证让她跟在你们家里生活一样，祯国是我们家的长子，这是我们家娶回来的第一个妻子，我和她妈都会心疼她的。"

大嫂的叔叔见父亲如此说，心里很满意，也表了态，说："有你这句话，我们就放心了，凤梅在家也是老大，希望他们都能做好老大的样子，把日子过好，孝敬老人，善待兄妹。"

众人散去的时候，天已经黑了，除了自家屋的几个帮忙的还在，其他的人都各自回家休息了。

这时，父亲将大家叫到一起，一家人这时才真正坐到了一处。大嫂向父亲和母亲敬了茶，大哥也向大嫂的家人敬了茶，此时此刻，相见皆欢，母亲挽留大嫂的叔叔和弟弟多玩两天。可两人都说有事，不玩了，以后日子长着呢，明天准备回去。母亲找来两双自己亲手做的布鞋，送与他们，说是专程为他们做的，一点心意，请二人收下。他们也当着父亲和母亲的面让大嫂在婆家勤快一些，多孝敬公婆。大嫂一一应着，一切事情交代妥当，大哥和大嫂回自己的新房了。

这一天，是大哥最幸福的一天，自己盼星星盼月亮一样，终于盼来了这一天。今天，总算心愿达成，自己娶回了妻子，从今往后，自己也是一个有妻子的人了，不用害怕别人再说自己讨不到妻子，也不用再担心会打光棍了，以后，自己要好好地和妻子过日子，把日子过好，绝对不能比别人差，让别人小瞧了自己。

大哥关上门，掩上窗子，他看看大嫂，大嫂正羞答答地坐在床边。他心里想，今生一定要对这个女人好，村里的女子都不愿意嫁自己，而大嫂心甘情愿地嫁给了自己，让自己有了一个完整的家庭，一个完整的人生，这是他应该感恩和感激的地方，能跟自己死心塌地过日子的人，自己绝不能辜负了她。

第十章　疯子堂哥

下午放学的时候，家里坐着一个人，我悄悄地问母亲："这是谁呀？"母亲说："这是你堂哥，二伯家的。"我说："我咋没见过呢？"母亲说："这几年一直在外面，才回来。"

当时，我并不知道母亲说的在外面是什么意思，以为只是待在外面。

那一天，母亲破例做了几个菜，在农村，那样的年月，桌子上能摆上几个菜，真是一件稀罕的事，看得出，母亲是用十二万分的热情来迎接这个从外面回来的堂哥。

堂哥见了我，便说："这是小妹吧？"母亲说："是，是你最小的妹妹了呢。"堂哥顿时就显得亲热了，让我坐在他身边，我因为陌生，便也就听话地在他的身边的小竹椅子上坐下了。堂哥问："读几年级呀，喜不喜欢上学呀？"我一一回了。堂哥说："要好好念书，多读书才有用，多读书才有出息。"

跟堂哥说话声音小了不行，非得大声说，他才听得清楚，要不然，就一直问。母亲在旁边说："你堂哥耳朵不好，说话能听见，就是有点背，你说话大声一些就行了。"

我才知道，这个堂哥是有耳疾的。

堂哥跟我们一家人似乎都很亲，跟大家都问长问短，嘘寒问暖的，把母亲"我婶"长、"我婶"短地叫个不停，句句不离个"我"字，我们无端地也就觉得跟他亲近了起来，把他真当成了自己的哥哥。

那一天，家里的饭吃得很热闹，喜气洋洋的，因为家里来了客人，又吃了平时没有吃的饭菜。因此，个个都显得很开心，大家一边说一边笑，一边问堂哥外面的一些事情。

堂哥说外面都土地承包了，各家种各家的地，不用再在一起种地，搞生产合作社了。我们这很快也要实行，自己种自己的地，就自由灵活了，自己自由安排，把活干好就行。

听到这个消息，大家都很兴奋，感觉到艰苦的日子很快就要到头了似的。

当然，堂哥说的确定不确定，还不一定，但总是传出了不一样的消息。

果然，没多久，我们村就实行了家庭联产承包责任制。队长说，国家在安徽凤阳县小岗村试点成功，粮食获得了大丰收，这个政策已在全国推广和普及，所有的地方的土地都要实行了土地承包。我们村各家各户按人口都分到了门前的大平地和山上开垦的坡地。

饭后，堂哥又同我们聊了一会儿天，方才走了。他是二房的，家里还有一个嫂子和几个侄子，他现在就住在他们家里，他是他们的亲叔，那个家也有他的一份儿。

他的嫂子是一个贤惠的女人，小脚，一天除了下河洗衣服，很少出门，只在家里和门口打转转，一生无是非，也没有跟人红过脸，拌过嘴。我们跟她住隔壁，多少年来都处得很和睦，有事了相互照顾着，母亲不在家的时候，跟她招呼一声，她就给我们帮着照看了，我们亲切地唤她堂嫂。

因此，在我的印象中，堂嫂是一个很好的人，总是微微地笑着，说话从不大声，细声细语的，让人觉得是一个很温顺的女人，因此，堂哥归来，在他们家安住是一件顺理成章的事，她这样的一个嫂嫂绝对不会刁难，也不会嫌弃。

堂哥归来后，又成了三队的一员，在村里的各个地方常常会见到他的身影。

后来，在别人的言谈中，方知堂哥是犯过事的。犯得什么事呢，说是被人误导私刻了公章，被判处了八年刑罚，也就是我在出生的那一年被逮捕走的，而今，刚刚刑满释放，才从狱里回来。我回来问母亲，从母亲的嘴里证实了这件事。母亲不对我们说，只是不想让我们对这个新回来的堂哥有成见，想让他在我们的心里留下好一点的印象，母亲没想到，我们还是从外人的嘴里知道了。

母亲说："人都是会犯错误的，犯了错误改了也就是好人，更何况他只是帮人刻了个章子，被别人误导犯的错误，也没有干啥大的违法的事。"在母亲眼里，这只是原则上的问题，是人脑子不清楚，感觉到没有害人害己。其实，私刻公章，在农村，没有显见的危害，但放到社会上，如果有人用私刻的公章干违法乱纪的事，问题可就大了，堂哥为啥被判处了八年刑，也是因为这个层面上的问题。在农村，大家以为，不就是刻了块章子嘛。

当然，能刻章子，自然也算得是文化人，最起码字写得不错，工整标准规范，而且擅篆刻，有艺术美感，从这一点上来说，我们没有瞧不起他，也没有觉得他不可原谅。

生活安顿了之后，他便不怎么在家里待了，一天东跑跑，西逛逛，从这个村跑到那个村，从这个地方跑到那个地方，反正柞水县的地方，他都跑得差不多了，他跑着做什么，我们谁也说不清，为什么一天不老老实实待在家里要四处乱跑。

有人说，他在找妻子，被关了这么多年，还没个家，急了；有人说，他就疯疯癫癫在家里待不住。不管怎么说，他一年流浪在外的时间多，居家的时候少。

跑一段时间，回来了，都要来到我们家里坐坐，母亲依然如此，有饭了让吃饭，有火了让烤火，对他也从来没有嫌弃，别人家怎么说他，母亲都不在乎，仍旧以一个长辈的身份待他。

偶尔，堂哥也会对母亲说，他在哪里哪里认识了一个女的，对他很好，他在人家家里，人家管他吃，管他住，他想说人家（“说”在我们当地是“娶”的意思），也不知道人家愿意不愿意，让母亲给他拿主意。母亲说，那你看嘛，人家要是真是一个人了，你就好好地跟人说，安心过日子，可别是人家是有男人的，那你就不要打人家的主意了。

反正是，堂哥的妻子说一说，没见动静了，说一说，又没见动静了，隔一阵子，他又要说起一个女人，但是谈来谈去，他还是他，一个人飘忽着，总没见一个女人真的来了他的家。

慢慢地，他的闲话我们也不当回事，他爱说了说，我们且听着，当个热闹玩，因为都知道他说的是没戏的事。

时间久了，人都知道我们村里有个聋子。在外面，人是不叫堂哥大名的，人都叫他聋子，徐聋子，每每有熟人在同母亲谈家常的时候，便会说到，徐聋子啥时啥时还到我们那儿去了。母亲问：“去干啥？”人说：“也没干啥，只是去了这家待待，那家待待，有时也给人刻些章子，字还好，而且还会写诗。”是的，堂哥是会写诗的，他能写五言七言，压韵的古体诗，在我们家里，我就见到他吟过几次。

其实，堂哥死去的父亲是一个文化人。据县政协史料记载，在中华人民共和国成立后，曾任县上农会的主席，名徐冠三。想必，堂哥自小是受到了父亲的熏陶和影响的，因此，纵然他有耳疾，但却是一个懂些文化和爱文化的人。

当然，也正是因为堂哥会刻章子，因而才能在外面混得一口饭吃，否则，四处乱跑，吃什么，喝什么。

只是他胡跑归胡跑，但是却再没有干违法乱纪的事了。

突然有一年，他对母亲说，他这回是真的要娶妻子了，他准备安家，好好地过日子，年龄慢慢地大一些了，再不成个家，老了跑不动了咋办。这倒是实话。他说他相中了营盘的一个女的，人家丈夫死了，身边有两儿一女三个娃，他决定把这一家人养起来。母亲说："你靠什么养呀，连个房子都没有，现在还住在侄子的家里。"

见母亲如此说，他说："婶子，你莫瞧不起我么，我要正儿八经地干点事，自己会刻字，可以给人刻墓碑，这个赚钱。"于是，在石镇租个了门面，开张了，到底有没有生意，我们谁也说不清，只是每次从那路过的时候，也见他在街上跑来跑去，见着我们了，也会打招呼："小妹呀，上学呀，放学呀，到我这来，哥给你做饭吃。"我们一次也没有去，因为每次好不容易到了周六，心急如飞地往家里赶，在他门口看上两眼也就行了，从来没有想着要在他那儿吃饭。

因为，我自始至终地认为，所有人做的饭，都没有母亲做的好吃。

堂哥的店开起来了，摆放了一些根雕，粗的、细的、大的、小的，有动物，有花鸟，有摆物架，只是妻子的事始终还是没影。他一边给人刻着章子，也接一些墓碑的活，他的字很漂亮，也很规范，同时，也在各处弄一些老树根，刻着根雕，反正一天忙忙碌碌地捯饬着。

挣着钱没挣着钱，我们谁也说不清。

虽然他的根雕挺不错，看起来很美观，有艺术感，但是在那时，很多人在吃不饱饭的时候，是没有心思去玩艺术的。人们注重的是能有衣服穿能吃饱饭这些实际的生活需求，对于他的根雕，估计也就是看看，在多数人的眼里，这是些没用的玩意，不能当饭吃。

只是，从此，堂哥再也没有刻过假公章。人都会犯错，不怕犯错，但怕不改错，错了，改了，仍是一个值得我们肯定的人，仍是一个和我们一样平等的人。

不管咋说，堂哥想安定下来，做一份实实在在的事，这也算是好的。

其实要说堂哥这个人，不笨，也有艺术天分，只是在年轻的时候，人生走了弯路，所以，纵然有些想法，有些追求，但苦于理想总不能实现，他追逐爱情，最终成空，他追逐事业，又难尽人意。

纵然如此，堂哥也没有放弃对生活的希望，他仍对生活保持着一份热情和热心，这体现在他见了我们家族的人，仍会亲热地打招呼，仍会亲热地呼我“小妹”，仍会时不时地来我们家坐坐，看看母亲和父亲。

自堂哥回到故乡，一直在挣扎着，努力地像一个人一样生活，虽然在外人眼里觉得他有残疾，甚至有些疯疯癫癫的。当然，也是因为很多人不懂他，以致他曲高和寡，在人们眼里，便显得另类，夸夸其谈，甚至是大话连篇，但在我来说，我觉得他是一直在努力地生活着的人，努力地使自己像一个正常人，一个能够被别人瞧得起的人。

疯子堂哥的理想，又何尝不是我们每一个人的理想呢？

第十一章　村庄里的兵

秃子当兵了，这个消息不胫而走。

听到消息的人都奔走相告，这是“文化大革命”后，村里走的第一个兵。村里人又是惊喜，又是兴奋，这份兴奋里面还包含着一种荣耀和一种从天而降的幸运，因为在这四个队里，就我们王坪三队走了一个兵。

在当时人的眼里，能当兵，就是人才，就是有出息，就是为村上争光，甚至光宗耀祖。

秃子，在一般人听来，就是没有头发的人，用当地的方言说，就是光头。可是秃子其实并不秃，他浓眉大眼，国字脸，有着一头黑黑的厚厚的浓密的头发，不知为何却叫了这样的一个与他本人极不相称的名字。

我后来猜测，或者因为他的前面是个姐姐；也或者根本就是突出的“突”，他的父母认为他突破家里没有儿子的窘况，给家里带来好运的人；或者说希望他成为一个突出的人；也或者是寄希望于，再突然来一个儿子。

因为，那时，在以农耕为主的农村，没有儿子，就意味着在村里说不起话，直不起腰，没有劳力，干不了活，就会遭人白眼和挤兑，很多人给孩子起名招弟呀，望男呀，再来呀。不管咋说，人们这样叫着叫着，就都给他叫成“秃子”了，以至，人都忽略了他的真名叫什么。不过，他的下面，她的母亲还真就生了一个弟弟，小他好多岁。

村庄里，秃子在后一辈的青年中，算是一个有文化的人，他是村里的第一批高中毕业生。高中毕业，依现在来说，不算什么的，但在那时，能读个初中，就很稀罕，能读到高中毕业，简直就相当于现在的大学生、研究生了，属于村庄里凤毛麟角，数一数二的人。又加上他人长得眉清目秀，阳光俊朗，用现在的话就叫帅气，不胖不瘦，不高不矮，大大的眼睛，浓浓的眉毛，一张国字脸，无论如何，都是一个让人看得顺眼人见人爱的小伙。因此说，秃子去当兵，可以说是皆大欢喜、众望所归。

秃子的父母虽是农民，但在村里却是有些人缘的。她的母亲快言快语，爱与人说笑，见我们小孩子也总肯打招呼，逢人总是一脸的阳光灿烂，有话没话，总爱跟人说上两句，因此，大人幺娃都不嫌她，爱和她一块凑。他的父亲也是个爱热闹的人，一没事了，就爱跟村里的那些男人们坐在村口大路边的大梨树下谝帮子，谝到月落星稀才回家，因为和各家都熟络，谁家有事了，也肯去帮个忙，因此，夫妻二人在村里算是古道热肠之人。

儿子当兵的消息一传进村里，立时在村里炸了锅。这可是天大的喜事，是咱村里从来没有过的大喜事呀，这比谁家娶新妻子嫁女儿和生娃坐月子都让大家兴奋。自从消息传进村里，村里的老老少少就像走马灯似地往他们家里跑，他们家在一盏茶的工夫就成了村民关注的焦点，有去祝贺的，有去串门的，还有去道喜的。

反正村里的人忙的闲的，就都往他们家蹭，去蹭下这场喜事和热闹，大人小孩子都往这里涌，来赶这一场喜事和从未有过的热闹，秃子家一下子变得喜气盈门，热闹非凡。

秃子爹忙着将新买的羊娃烟散给那些男人们，秃子妈忙着给人倒水，没有茶叶，就用自采的金银花与大家泡茶，对村里人来说，能有金银花茶喝，已经是很讲究的生活了。

大家伙围坐在秃子家里，一遍又一遍地祝贺着，赞赏着："这娃有用，出息了，给你们争脸了，给咱村里争脸了！"还有见识远的就说："你秃子当兵估计就不回来了，以后准是城里人了。"还有的说："哎呀，你娃一当兵，你们家就牛啦，成军属了，没人敢惹了！"

秃子妈笑了，说："娃不当兵，我们也不惹人呢！"大家又都笑了。

队长也挤进人群，一迭连声地道贺。在村里人眼中，秃子当兵，不仅仅是秃子一个人的光荣，是村里的光荣，是大家伙的光荣，是我们这个村集体至高无上的荣誉，别村都没出这样一个光荣的兵，而我们村出了，而且还是一个读了高中的文化人。

这是一件大事，村里有史以来最大的喜事，可马虎不得，应该热热闹闹地将秃子送走。

秃子走的前一天，摆了宴席，当然，这些东西都是村里东家西家拿些自个家里产的土豆红薯萝卜白菜等东西在秃子家里做的，做的是当地的土家席，虽然不丰盛，但大家都吃得高兴。大人小孩都涌到秃子的家里，男人们喝茶的喝茶，聊天的聊天，烤火的烤火，反正都哄在那儿，图个热闹。

女人们就在厨房里帮忙，洗菜切菜调菜炒菜，小孩子们就在院里来回地撒欢。

当然，他的叔叔一家也来了，哥家的娃出息了，自己脸上也有光，这忙得赶紧帮，于是，就帮着给来人端茶倒水装烟。

一院子到处都是人语声欢笑声，此时此景，真比过年还热闹。

看到儿子要走，其实秃子父母的心里又是难受的。儿子一走，就是三年，那时服义务兵不像现在，可以随时请假回来，只能是期限满了才能回来，除了有重大事件请假，一般情况下，都是没有假的。

想着秃子这一走便是三年，期间都不能相见，这于做父母的来说，无论如何，都是一件难舍难分肝肠寸断拿刀子剜肉的事。他们含着泪一再嘱咐儿子，到了部队要听领导的话，要遵守部队的纪律，要和战友们和睦相处，要积极进步提高，反正他们把自己能想到的话都一一与秃子说了，秃子一一应着，眼眶里流出了不舍的泪水。

秃子知道，此一走，再想父母，那只有在梦中。因此，要走的前几天，他跟父母商量，全家一起去照相馆照了一张全家福，他将这张照片带着，想父母姐姐和弟弟了，就拿出来看看。

其实，要走了，秃子不光舍不得父母，也舍不得家乡的一草一木。自己从出生就在这个地方长大，每一家都有一些啥人，家里养几头猪，几只鸡和几只鸭，他心里都是清楚的，还有那些跟他一块长大的小伙伴，比如说春生、强娃子、狗娃子、安娃子等等。他们一起长大，一起读书，有几个还跟他一起读到初中毕业，后来回家务农了，只有他仍在上学。现在他要走了，跟他们都应该告个别的，他从下院走起，先去了春生和安娃子强娃子的家，他们三个住在一个院子，在一块就将话唠了。

秃子从家里出来，与他迎面而来的是村里的那棵最老的皂角树。这棵皂角树很粗很老，要几个人才环抱得过来，这棵树上每年打下来的皂角都有好几背篓，可以想见树有多大。

由于年长日久，树上出现了好多的洞，一些鸟儿就在上面栖息和做窝。有一种叫铁嘴蜡子鸟逞强得很，每年春天来，秋天就走了，它一来了，就把喜鹊呀、麻雀呀、燕子啦往外赶，不让它们在上面栖息。它独占在这里，是为了吸食皂角果，有一些胆大的鸟雀，就悄悄地躲在离它稍远的树桠上，但是一旦被它发现，它就会用强健的翅膀去拍打它们，只有等到秋天它飞去南方，这些鸟儿才能回到这个树上自己做的窝里住。为了这个，秃子和小伙伴们还专门用弹弓打了这种铁嘴蜡子鸟，为其他的鸟儿打抱不平。

这时，树上的叶子已经落尽了，只留下满树的枝丫，像一个巨大的铁栅栏横亘在天空，又或者像是一张罗网，罩在村子的中间，鸟儿也很少了，估计都躲在窝里过冬吧，只有几只麻雀在树杈间飞来飞去。现在突然要走了，忽然对这棵皂角树又是很留恋的，想念它春天满树的繁花、夏天的绿叶与油绿如弯月亮一般浓密的皂角，还有秋天的老熟的黑果，甚至是在皂角树下那么多有趣的繁星点点的夜晚。

离皂角树不远的地方，还有一棵苍老的槐树。槐树分枝丫向两边叉开，从中间又长出了一棵柳树，这棵柳树不知是谁故意扦插上去的，还是一粒种子被鸟儿衔来掉落在这里，从而生根发芽，在老树的缝隙间长成了一棵粗壮的树，而且笔直笔直。这棵柳树让所有的人新鲜，让所有的人好奇，就包括从外面来的人，见了这棵树，也要绕着转上好几匝，想探个究竟，多数人都没有探明白，带着好奇又离开，因而便常常有一些慕名而来的人，专门找到这棵树，来看个稀奇，看个新鲜。

其实这种树从生态学的角度来说，应该叫做“寄生树”，就是一棵树寄生在另一棵树上，吸收另外一棵树的树液作为营养，使自己得到生长。

秃子走进院子，春生和强娃子在，安娃子上坡去了，三人便坐在春生的火炉边唠上了。春生去里屋里拿了几个洋芋，说：“也没啥吃的，给你烧几个洋芋吧。”然后用火钳将火炉里红红的炉火扒开，将几个洋芋埋进去，又在上面铺了一层红红的火炭。强娃子说：“你这一走，就是几年哪，想回来就不容易了！”春生说：“那你记得给我们写信么，如果一个个地嫌难写，就一起写了，我们传着看。”强娃子说：“这个主意好，也好让我们知道知道你在部队啥样，跟你开开眼界。”秃子说：“没问题，到时候去部队了就给你们写信，你们也要给我写信呐，别净想着省邮票钱。”几个人哈哈地笑了。

半个时辰的时间，春生说洋芋该熟了，就扒开了火灰，掏出几个洋芋，一人一个，剥了吃了。秋后的洋芋，粉足，特别粉，特别面，还带着一丝甜甜的香味。农村孩子的零食，就是这烧洋芋和烧红薯。有时，实在没啥烧了，还会烧柿子，烧萝卜。这些自创的吃食，他们一样吃得有滋有味，幸福甜美。

三个人吃后，秃子说：“你们干啥不？”两人说：“不干啥。”秃子便说：“那咱们去上院走走，我马上要走了，留个念想。”两人说好。三人便起身向上院去了，见了村人，总要问候，就站住说上几句话。

往上院的路里面，有一个鱼塘，鱼塘已经多年不养鱼了，里面多是一些水草，在水面上散乱地漂浮着，还有一些细碎的浮萍。这是在冬天，若在夏天，村人们在鱼塘里面种上薄荷，满池翠绿，非常好看，到了冬天，水面上就只有老蒋家养的几只鸭子，在那无精打采地游着。

池塘里边的坎檐上，长着一溜儿的迎春燕，现在也只剩下了干净的枝条。迎春燕是一种坚强的花，很多的花在冬天都冬眠了，可迎春燕，却在勃发着春天的生机，拼尽全身的能量绽放，因此觉得，迎春燕的生命力特别的顽强，特别是在数九寒天里，还能开出黄艳艳的花儿，这就让村人开心不已，这是村庄里冬天最撩人的景象。

上院子有一个瓦场，这是村里人做瓦的地方，是队上的公共产业，这个窑里生产的瓦多数供村里人翻修房屋和盖房用，当然，也有盖猪圈和鸡棚的。瓦场上去是窑沟，窑沟上面，是月亮坪。这是村庄里最富有诗意的名字，光听这名字，听的人都会喜欢，为何叫“月亮坪”呢。是因为这儿是一个被一圈山围成了月亮形状的地方，不仅地形像月亮，而且地势平坦，不像有的山地，陡峭高峻，凸凹不平，险象环生，这是一片平平的缓缓的像月亮一样舒展的土地，且极肥沃。当然，也是因为它的光照好，因此才使得庄稼茂盛，人们在这上面种小麦，种玉米，种黄豆，种豌豆，还种荞麦，当青苗长起的时候，满山青绿，遍地葱茏，一眼望去，一股清凉便会如阵阵凉风透进人的心田。

其实啊，这个村庄最美的时候，就是它长满庄稼的时候。村后的月亮坪和村前 60 亩的大平地，满眼的新绿与茂盛让人有说不出的满足和欢喜。

这回走了，说不定会好多年都没有机会再拿锄头伺候这些养育自己的庄稼了，这么想着，便不禁有些叹息和留恋。

狗娃子正在给猪倒食，见哥儿几个到来，忙将猪桶放下，把他们让到门口，从屋里给拿出了几个小木凳子，几个人坐下。望着眼前的大平地和道路，狗娃子说：“有啥要帮忙收拾的没有？说！说了，我们去给你帮忙！”秃子说：“没啥收拾的，部队也不让带啥，就带两件内衣就行了，其他的部队都是现成的，今天就是来看看你，在村里转转，权当是跟你们跟家乡的一切告个别，以后再想起咱村的时候，能有一个完整的印象和记忆。”

几个年轻人又想起了他们在村庄里儿时与童年的趣事，比如掏鸟窝从树上掉下来，玩水的时候，鞋子被水冲跑了，砸青核桃吃吃得满嘴乌黑，偷砍别人家的柴被人逮住，又给人砍柴送回去，等等。说着说着，谈到兴至，都一起哈哈大笑。

不知不觉，一下午就过去了，哥几个将秃子送回家，秃子妈正做好了糊汤，让他们一起吃。几个年轻人一起吃了，向秃子父母说了谢谢，又各自说了些祝福和叮咛的话，各自回家。

秃子这回去当兵，可比不得平时去学校，村里一定得重视，要将秃子风风光光光荣地送走，所以队上决定披红戴花用车将秃子送到县上武装部。于是，队长将在外面跑着的拖拉机叫回来，还让人给扎了大红花。因此，秃子参军就成了村里最隆重最庄重的事。

走的那天，秃子身着军装，披红戴花，相当的威武，是用村里唯一的一台拖拉机将他从众人的视线中送走的。虽然是拖拉机，但在那时，是可以叫专车的。

那天早上，村里的人都起得特别的早，因为前一天说了，秃子今天要走，所以会计在村里一吆喝，各家各户就都连爬带滚地起来了，就像是听到了某种集结号令。众人意外的迅速快捷麻利，没有人磨磨叽叽拖泥带水，就连我们平时爱睡懒觉的小孩，干活叫不动好吃懒做爱偷懒的懒汉二流子，也都赶快爬出了被窝，生怕错过了这场热闹，老人们、生病的，都被家里人搀扶着来到了村口。

秃子的送行仪式是在村口的那棵大梨树下进行的。

这棵大梨树正在村口，相当的大，相当的高，估计最起码也生长有100多年了，从四五米的坎子下面长到了坎子上面，而且还伸展着硕大的枝丫，蓬起一个巨大的阔大的树伞，罩在一片空旷的泥沙地上。

因此，这个地方就成了村民劳动之余的活动场所。中午了，在这儿歇个伙，喝一缸子茶，抽一袋烟。冬天了，在这晒个太阳，做个手工活。夏天了，在这乘个凉。女人们，有事没事拿个鞋底或者针线活在这儿做做，一边做着，一边相互间拉个家常。还有在这洗衣服的，做篾匠活的，打糍粑的，刮洋芋的，侃大山的。反正，这儿有形无形地就成了一个村民活动的集散地。

有时候，村里开个会，队长也会召集在这儿，特别是在夏天的夜晚，人们一边赏月看星星，一边议论着村里的事，一边感受着阵阵袭来的夜风，这样的夜晚在村庄里还是非常诗情画意和浪漫的。

大家都来的时候，秃子还没来，众人一阵吵闹，在吵闹声中，秃子出现了，他穿着一身草绿色的衣服，黄胶鞋，头戴一顶跟衣服颜色一样有檐的帽子，这是武装部提前发下来、由公社配发给秃子的。秃子整齐地穿着军装，只是少了肩章领章和帽徽，但就这，已经显得与我们所有的人分外的不同了，秃子本身就长得眉清目秀，再穿上这身军装，更显得英姿飒爽。在高高低低杂乱的人群中，他是那么的醒目，那么的耀眼，那么的出类拔萃，那么的与众不同，以致所有的目光都齐刷刷地投射在他的身上。

见村里人都到齐了，一阵猛烈的敲锣打鼓之后，队长发话了，说："今天，我们把大家集合在这里，主要是为了给秃子送行，秃子当兵了，是我们大家的光荣，是我们村的光荣，我们大伙开个会把他欢送一下，我们村里还没有正儿八经地出过一个正式的军人，而秃子，是我们村第一个当上兵的，他为我们村争了光，长了脸，我们大家为他的光荣入伍鼓掌！"

人群中瞬间便响起了"哗哗哗"的掌声。

接着，队长又说："希望秃子到部队了好好锻炼，多立功受奖，为保卫我们的国家多作贡献，做一名光荣的合格的优秀的军人！"

人群中又一次响起了热烈的掌声。

掌声响罢，支书将一朵大红花递到了队长的手里。这朵大红花是队上给秃子专门准备的，为欢送他用的，这是一朵用扭秧歌的红绸子做的大红花，鲜红鲜红，闪闪发亮，漂亮极了，美艳极了，鲜艳得直刺人眼，让人不由得净往那个地方瞅。

秃子弯下腰，队长将花从他的脖子上环过去，斜绕过肩，从腰上绑在胸前，这时的秃子，就像一个明星，或者说是一个战斗英雄，简直光荣得无与伦比。这是我能记事后村庄里发生的第三件大事，第一件事是毛泽东主席过世，第二件事是唐山大地震。秃子当兵的场面，给我留下了一生都不能抹灭的记忆。

红花戴好后，秃子在父母的提醒下，向大家行了个军礼，说："队长，父老乡亲们，你们放心，我到部队一定好好表现，好好锤炼自己，磨炼自己，争取多立功，多获荣誉，多为保家卫国作贡献，为咱们村上争光，不辜负你们大家对我的希望和厚望！"

随后，秃子的父母也向村里的群众表示了感谢，感谢大家对秃子的关心，感谢大家一家老小来为秃子送行！

秃子走的时候，家里只给他拿了一点核桃和毛栗，还给他煮了几个鸡蛋，别的东西也没有，村里也是一样，各家各户有的也只有山上产的一点核桃和毛栗。昨天在秃子家，能拿的也都拿了，做着大伙一起吃了，更何况，就算有人想给秃子东西，秃子也带不动，只是象征性地带一点，算是父母送儿千里参军的一份心意。

村里人现在所能给予秃子的，只有现在这庄严的一刻和每个人心中那一片浓浓的送别的情意。

队长见大家都有些难受，就说："秃子，你尽管放心地走，以后，你们家就是军属了，有大凡小事的，村里都会给你家帮忙的，你不用担心，只管安心地在部队上待着。"

太阳慢慢地从东边的山头上冒出来了，照在梨树下的空地上，洒下一缕一缕的金光，整个村庄笼罩在一片美丽与祥和之中。大家都齐排排地站着，所有人的目光都聚焦在秃子身上，他是这个早晨的中心和焦点，人们因为他而聚合在这里，为他送别，为他壮行，村庄的人一起要把这个青年送给国家，送去部队。

在队长的示意下，拖拉机手将拖拉机开了过来，拖拉机"突突突"

的轰鸣声像是吹起了冲锋号。队长说："秃子，不早了，走吧！"秃子和队长支书告别，和村里的人告别，然后又跟自己的父母告别，最后在众人的搀扶下爬上了高高大大的拖拉机。拖拉机发动了，他一边跟大家告别，一边挥动着手臂，车子走出了好远，他还在向众人挥手。

见拖拉机走了，我们这些小孩子又是不甘心的，秃子走了，我们村里的兵走了，就这么走了，一个孩子带头一跑，一伙孩子就都跟着跑了。拖拉机在前面跑，我们一直跟在拖拉机后面跑，一直跑呀跑呀，跑过了杨树林，跑过了大耳树，当然，我们两条小腿是跑不过拖拉机四个轮子的。虽然赶不上，但是能看见拖拉机在前面，还能看见穿军装戴红花一身草绿色的秃子，于是，我们就一直追一直追，一直追到二队的小河边。

河水挡住了我们的去路，我们立在河边，眼睁睁地看着拖拉机过了河，拐了个弯，再也看不见，我们才止住了追赶的脚步，茫然地站在河边的路口上，怅然若失地望了好半天，才心有不甘地回去。

此后，很多天里，村里人一直议论的话题都是关于秃子当兵的事。他在村人的嘴里被反复地提及，持续了好几个月，一直到有户人家娶新妻子，大家都去忙新妻子的事了，这件振奋人心的事才被人们淡忘。

而秃子当兵的那一天、那个阳光明媚的早晨却在我的记忆中永远地定格了。

果然，秃子走了没多久，他家的门头上就被钉上了一块朱红色的铁皮，上面写着"军属光荣，拥军优属"八个宝蓝色的字。自此以后，每年的冬天，村里各家各户都要出一个劳力给秃子家砍上一天的柴，以供秃子的父母及家人冬天取暖之用。

秃子去当兵了，他们家成了村里最光荣的人，包括他们的亲戚，也以此为荣，秃子的父母是军属，他们是军属的亲戚，也是光荣的。在那个以农耕生产为主要生产力的年代，军人是最光荣和最伟大的职业，是国家的信任与器重，是最至高无上的荣誉。秃子虽然不在家，但是他的母亲却常常是笑若春风的。

逢到秃子来信了，秃子的母亲就会在梨树下的泉水井边给村人们一遍一遍地读，村人们饶有兴致津津有味地听着。这个故事，就这样，在村庄里好多年间一直被人们叙说着。

而此后，多年，秃子也是我们村里唯一一个光荣入伍的军人。

梨花开了落，落了又开，纷飞在山村的时光中，一年又一年。

第十二章　耍起满家灯

母亲急急地从外面回来，还没搁下手中的锄头，就兴冲冲地对我们说："哎呀，告诉你们一个好消息啊，今年呐，队长说了，我们队里过年要耍社火了，公社已经批准了，而且是满家灯。"

听母亲如此说，我睁着一双圆溜溜的大眼睛，好奇地问："妈，什么是满家灯呀？"母亲一边洗手一边兴奋地看着我们说："在一般情况下呀，正月里玩的灯都是半家灯，半家灯是24盏，满家灯是相对于半家灯而言的，满家灯是最讲究规格最高的社火，48盏灯，各式各样的，可漂亮啦，我小时候也只见过一次，那还是你二舅当乡长的时候的事了，很早很早了。"

哦！半家灯都已经很热闹很热闹了，想必满家灯会更热闹。

母亲的话拽起了我强烈的好奇心。

于是，我就天天数着指头盼着新年的来临，盼望着过年，过了年，就能有满家灯看了。

冬日里的一天，母亲去生产队里开了会，回来后，就面露喜色地对我们说："队里组织人扎花灯呢，大队让我去帮忙！"

母亲因为会做纸扎，所以，就成了扎花灯的一名成员。这 48 盏花灯要赶在年里两个月内扎好。狮子是租的，用石镇的；但花灯，必须现做、现扎，这样才新鲜漂亮好看；还有旱船，这个也得自己扎。

这一年的社火活动是大队组织的，因为什么原因呢，估计是生产队获得表扬，或者说是受到了上级的嘉奖。因为，在我们村里，从来没有搞过这样大型的社火活动。

王坪大队分四个小队，男人中有几个手巧的，女人中也有几个手巧的，在女人中，母亲算是一个。母亲在四个队里以多面手著称，心灵手巧，厨艺好，针线好，会刺绣，会纸扎，还会包粽子，做糕点，反正很多很多的东西，母亲都会做，别人见没见过，她都能做得像模像样。因此，四个村里面，不论谁家有啥事，都来请母亲，母亲也总是不遗余力，乐此不疲。

扎花灯的场所设在二队，因为王坪大队的大队长就住在二队。

自村里的这项活动开始之后，母亲就放下了我们家里的劳动，天天扎在二队，做纸灯。

每天早晨起来，母亲匆匆忙忙地将饭做好，喊上我们一吃，嘱咐我们洗好锅碗，就迈着急匆匆的步子走了，一直到下午二点了才回来。那时候，人多吃两顿饭，早上九十点一顿，下午三四点一顿，一吃完，也不用惦记了，这一天的饭就全没了，该干啥干啥，该玩玩去，该睡睡去，除了特殊情况，晚上是没有饭的，因为粮食紧缺，能少吃一顿就省一顿的口粮。

一连数天，母亲天天都是如此，早出，晚归，天天去二队扎纸灯，就算下雨下雪，也不间断。

某天晚上，恰好是周末，不用上学了，我撒娇地对母亲说："妈，你们扎花灯的地方我能去吗？我想去看看你们都扎的是一些啥，你能带我一起去吗？”母亲摸摸我的头说：“你去待不了多一会儿要走，我可没时间送你哟，一去了，人都很忙，急着赶活，你跟着我，没人照顾你呢！”

我说：“妈，我不用人照顾我的，你忙，你忙你的，我自己玩就好了，我等下午与你一起回来，保证不乱跑，不让你操心。”母亲当时没有言声，也没说同意，也没说不同意。

第二天早上，母亲说：“你要去，就换件衣服吧，出门了，穿着得像样点，去将你那件没有补丁的衣服找出来，穿上，待会饭吃了，我们一起走。”

母亲带着我走过杨树林，过了二队的那条河，没走多久，便来到了大队部，这里已经有了五六个人。有的在用竹子箍灯架子，用母亲的话说，就叫“灯骨”。他们将整根的竹子劈开，划成一指头宽或者筷子粗一根一根的篾片，然后利用竹子的弹性，做成各种各样的花灯的骨架，有兔子、熊猫、牛、羊、猪、猴、鲤鱼等一些吉祥的动物，还有各种花卉，比如说莲花、牡丹、百合等，还有一些果实，如桃、石榴、苹果等等，还有送子娘娘、八仙过海、齐天大胜、哪吒等人物。每个花灯都做的宫灯的样式，边上有四个或者八个吊着的花串，根据花灯的大小和比例，均有不同。

每人负责一样，都做自己擅长的。

母亲这时正在做灯串上的串花，她将彩色的皱纹纸剪裁成一个一个的小四方块，然后在四个边上开上一寸长的小口，用筷子卷起，稍许，松开，便成了一个美丽的彩色的纸花。这样的花，母亲做的有各种颜色，有粉红的，有明黄的，有橙红的，有大红，有湖蓝的，非常漂亮。

我是一个乖巧的孩子，母亲不让我四下里跑，我就真的没有乱跑，一直静静地待在母亲的身边，看着母亲的一招一式，一举手一投足。母亲做上五六个纸花之后，我便对母亲说：“妈，我也想做这个花！”母亲说：“你能做吗？别糟蹋纸哟！”我一字一顿地说：“妈，你放心，我照着你的样子做，一定可以做出来的，大不了，我做慢一点嘛，做细致一些，尽量不糟蹋纸，好不好？”

母亲经不起我的再三央求，说：“好，来我给你弄一个，你就直接卷纸花好了，纸花一定要卷紧，紧紧地包在筷子上，这样做出来的花才好看，有立体感，要是卷得太松了，一会花就没形状了，就不好看了。”我记着母亲的嘱咐，照着她的样子，一下一下认真地做起来，开头一个卷得不好看，然后，我放开重卷，第二个就已经能够卷得好看一些了。

在这里做活的，还有大房的大哥，二房的侄子川儿。大哥见我也在做纸花，就过来说：“小妹，做得咋样，好做不？”我望望大哥，得意地说：“好做，你看，大哥，这就是我做的。”我将我面前做好的两个指给大哥看。大哥说：“嘿，小妹还行，真聪明，啥子一学就会！”

川儿不爱说话，摸摸我的头，冲我直笑，竖起大拇指说：“行，行！”

见大家都夸我，我便做得愈加认真起劲了。

大哥其实是算得一个巧匠的，他啥都会做。在这些人里，他挑大梁，竹活可以，细活也可以，做了一堆灯骨架之后，见没地方放了，就帮大家做一些粘的呀、贴的呀、剪的呀的细活。众人也乐意他搭手，他懂得多，爱说，肚子里有货，跟他在一起干活，他谈古论今，总能从他嘴里听到一些有意思的事儿，因此，枯燥的活也就不枯燥了。

当然，我的纸扎技艺，也是在这次满家灯的社火中学会的，而且后来在多个场合得到了应用。

在这所有的活中，纸船是最难做的。先得用竹子做成一个船的形状，然后在四面装饰，船栏和门洞都得用彩纸卷包起来，边上要贴上彩纸和彩花，还有彩须，还得打顶，用各种不同硬度的纸拼接，要美观，好看，还要颜色搭配得自然和谐。虽然是个旱船，但还得做得跟真船一样，而且喜庆热闹。两只船，费了母亲他们好几天的时间。

做花灯的日子一直持续到腊月中旬，所有的花灯才算是做好做完，玩社火的准备工作算是就绪。

母亲又回到家里忙我们的新年，为我们浆洗，磨豆腐煮豆酱做甜酒涨豆芽，还要杀年猪。忙完这一切，年就来了，像一阵风一般呼啸而至。

过完了年，我们最盼望的时刻就到了。按老规矩，正月十三开始起灯，四个队，一个队玩上一天，刚好十六晚上参灯，时间倒是恰到好处。

一般情况下，像这样的大型社火灯会一定是要祭神的。因为水火无情，祭了神，就有了神护佑，不会出什么乱子和岔子。

二队的蛮子沟有一个土地神庙。于是，那儿就成了最佳的祭神的地点。

正月十三日下午，吃罢下午饭，就开始灯事了。

48 盏灯必须得由 48 个人来打灯，于是任务下达到各小队，由队长在各个队里选一些青壮年，由他们来担任这几天的打灯任务，当然，这些打灯的人都是提前选拔的。当日，各队将各队的人集中到一起，带到大队部，由大队支书亲自为他们分灯，每盏灯都是由一根长竹竿挑起，灯便顶在竹竿的顶端。48 盏灯一起打出来，简直是一片灯的海洋，五颜六色，色彩斑斓，漂亮极了。这么多年了，村里人啥时见过这场面，个个追前追后地看，兴奋得比过年还开心。

我和姐姐还有祯兴，我们就跟在打灯的队伍后面，母亲让姐姐带着我们，避免让人给挤了、踩了。因此，姐姐走前，我们走前；姐姐走后，我们走后。反正前后跟着姐姐，姐姐怕给我们带丢了，左手一个，右手一个，一直给我们紧紧地攥着。我们自己也怕给自己走丢了，就紧紧地拉着姐姐。毕竟，第一次见到这样大的场面，见到这么多赶热闹的人。

打灯人要一起去的地方是蛮子沟，绕了几个长长的弯坡，终于到了土地庙，村里的一些主要的人物已经到了。他们在那儿摆了碗，逮了大公鸡，正等着众人上来，杀大公鸡祭土地神呢。到了地方，打灯人分别在门前两旁立住，几个村干部在大队长的带领下，祭神。叩头、烧香之后，净手，接着便开始杀公鸡，随着大队长手起刀落，就有人端了碗，来接鸡血，大队长将鸡脖子伸进碗中，任鸡血径自往碗里流，流了半碗，说声："好！"将鸡递给旁边的一个男人，大队长端了碗，郑重地鞠了三个躬，将半碗鸡血放在了土地爷的神像前，嘴里念着："新春灯事，大吉大利！"

然后，说声："起！"众人又随着打灯人一起往山下涌去。上时慢，下时快，一会儿就下到了沟底。下到沟底，就从沟底的第一户人家玩起。主人已经摆放好了桌子和盘子，照例是瓜子、核桃、板栗、花生。有人喊一声："接灯啦！"主人家的鞭炮便响起，于是打灯人往门两旁一立，狮子就进场了，不停地撒着欢儿，跳来跳去。玩狮人不时地摇玲、喊着号子、逗着趣儿，有人逗乐，狮子玩得更欢了。此时，已是傍晚时分，一向寂静漆黑的乡村，因为这些漂亮的花灯出现，夜立时明亮璀璨起来，发出耀眼夺目的光芒。那灯光一下子投射到好几里远，让新春的夜空分外迷人。

狮子舞罢，上了桌子，取了干果，大摇大摆地走了。

摇旱船的，紧接着就上来了，一艘花船里坐着一个穿红衣裙的女子，一艘花船里坐着一个穿绿衣裙的女子，一红一绿，分外醒目，两人轻轻地摇着船，在艄公的左划右划中莲步轻移。艄公头着一顶穿顶的草帽，长着长长的胡须，须色花白，一边摇船一边唱，声音苍老而俏皮，他一唱罢，两个年轻女子就唱起来，有时是单唱，有时是合唱，声音婉转，有如百灵，脆生生地划破夜的长空，也划破了年轻后生的心房，那些年轻的后生，忽地见到这两个年轻精致的女子，个个都争着往前凑，想多看一眼，即便是看，多看一眼，也是好的。

三人在院中划呀划呀，就好像是划过了九曲十八弯，划过了九河十八滩，然后在艄公的带领下，两个年轻女子恋恋不舍地退场。

划船的退下，大头娃娃就来了，一男一女，一个大头公，一个大头婆，还有一个猪八戒和孙悟空，猪八戒和孙悟空要怪，大头公和大头婆就在一旁拿个毛刷子来回地逗人、撩人。其中一个大头娃不停地在我跟前跑来跑去，一会把我拍一下，一会用刷子将我脸刷一下，给我吓得，往外直躲。母亲说：“不怕，这是你三哥呢，他逗你玩。”哦，原来是，堂家三哥呀！那才不怕呢，他一向老爱逗我，三嫂子老说他，看你这个当老大哥的，没个正形儿。

一家玩结束，另一家赶快接上。母亲说：“正月玩灯有讲究，灯玩得越好，家里越兴旺。”因此，家家都不会怠慢，抢着接灯，但玩灯的总是一家接着一家来，给有的人家等得，啥都准备好了，望了一次又一次，咋还不见灯来，急得翘首企盼。

二队的灯玩了一个通宵，在天快明的时候，才把每一家走完。我们这些看热闹的，也不嫌累，跟了这家，跟那家，跟了那家，又跟这家，以前没去的人家，这回看灯，家家都去了，以前没到过的地方，也都到了。因为这场社火，让我们知道了好多人家姓啥叫啥，都住在哪儿，村里的好多人，我就是在玩社火的那次知道的，否则估计，我一生都少跟他们交集，或者说是能够到他们家的门上去一次。

二队玩完了灯，接着是三队，也就是我家所住的队。我们三队人口集中，土地平整，不用进沟，也不用爬坎，家家门前都有庭院。因此玩灯的人来了，有地方待，有地方站；来看灯的人，也有地方待，有地方站。因此，虽然是第二天玩灯，但是来看灯的人还是非常多。

母亲过年打了点心，因此在摆桌子的时候，特地摆了两盘点心。在那时，点心可是稀罕物，卖的少，会打的人更少，能吃到点心，就觉得是世上最奢侈的事，而我们三队的春生，也就是三嫂子的儿子，就以吃点心为毕生的喜好。

在我们院子里，母亲摆的是两张桌子，一张大桌子，上面摆了一张小桌子，吃的干果及点心都是放在小桌子上，狮子须得爬上大桌，再翻上小桌，才能拿得到吃的，这就要看狮子的本领了。其实，这个是难不倒狮子的，甭说是让它爬桌子，就是让它爬树，它都是能爬的，玩狮子的人，已经练就了一身本领，净做一些高难度的动作，越是高难度的动作，它们越是玩得兴奋，越是得赏多，有时，两个狮子爬三层叠在一起的桌子，而且在上面，还能一个狮子顶着另一个狮子在上面玩绣球，要狮子的人会说“狮子头上九个包，好哦！主人招财又进宝哦，好哦！”一类的吉祥的话，耍狮人用铃声导引，喊声愈大，狮子玩得愈来劲。

记得当时，母亲还给桌子上放了两瓶酒，四川大曲，五块钱一瓶，虽都不是什么好酒，但是在当时，家家能喝得起的酒也就这种酒了。母亲说，玩狮子的人最辛苦，最累，给他们放两瓶酒，也是一点心意，新正上月的嘛，人来到了咱家门上，都是客，给咱送欢乐，送喜庆，送吉祥，这点酒是算不得啥呢，晚上玩累了，喝几口，解个疲乏，也是好的。

母亲总是用这样的慈悲之心替别人着想着，因此，母亲也处处得人尊敬。

在记忆中，这是我在乡村生活中我家最美的一个夜晚。那天，几个队能跑得动的人都涌进了我们家的庭院，大人小孩，男男女女，涌在我们的场院中，看着狮子、旱船、大头娃娃在我们家一轮一轮地表演。院子里灯火通明，亮如白昼，人人脸上喜气洋洋，笑逐颜开，乐得像是一片片盛开的桃花，灿烂而饱满。

母亲不停地忙前忙后，招呼这个招呼那个。我们兄妹几个都站在人群的最前面。父亲也在，平日里，他是从不瞎赶热闹的人，这一天晚上，他也脸上一直挂着笑容，同我们站在一起，感受着眼前的喜乐与夜的璀璨。

那一晚的夜，是那样那样的美，那一晚的夜，是那样那样的灿烂，它就像是一轮明月，永远地照进了我的生命里，此后，不管走到哪里，就算再黑的夜，一想到那晚的灯火，心中便亮如白昼。

三队的灯玩结束了，是四队，四队结束是一队，一队结束的那天晚上，在一队的河边，参了灯。参灯，何为“参灯”？就是灯火玩结束之后，有人要的就被人拿走，没人要的，就将它放在河边烧了，送给河神。当然，这多数的花灯都被人拿走了，比如说送子娘娘、观音、鲤鱼跳龙门，还有各种各样的植物的动物的花灯，要么被小孩子拿走，要么被年轻人拿走，没人要的多数是被鞭炮炸坏了的灯，或者是破损了的灯，这少数的没有人要的灯，便在河边烧了，作为送给河神的礼物，祭了河神。当然，也表示这一场盛大的灯事结束。

这是一个郑重的时刻，四个队的大小干部都到了场，大家一起将那些残灯破灯，拿到河边，由大队长点火，一起烧了。当然，这些灯都是竹子做的，极好烧，点着火，“噼噼啪啪”一会儿就烧了。烧完了之后，大队长说：“今年好，今年的灯火玩得喜庆，吉利吉祥，欢喜热闹，还啥事没有，这都是托河神的福，让大家过了一个欢欢乐乐吉祥如意的新春佳节！”

值此，这一场灯事宣告结束。

这是我见到的唯一的一次 48 盏的满家灯，它让我幼小的心灵知道，灯还有这么多的品种，还有这么多好看的样式，还可以这么可爱而又吉祥，它带给我了一个开阔而又丰富的视野，让我知道，这世间还有许多许多我不知道没见过的事。

于是，从那一天起，我开始向往外面的天空，希望能走出去，看到更广阔的世界。

第十三章　春生的婚姻

春生是三哥的儿子，个子小，但敦实，最主要的是他是村子里唯一读过高中但依然留在农村的人。因此，在农村这一圈儿的人当中，他是最有文化的人。

三哥是我的堂哥，说是我的哥哥，其实跟我母亲同岁，也就是说跟我的父亲是一般大小的人，他是三房的，我们是七房的。当年，因为曾祖父生了祖父兄弟八人，在这样的一个大家族中，同是兄弟，但大的和小的之间常常错着一代人，因为我们辈分高，他辈分低，我们便有了这样的一个同父亲一般大的三哥。

三哥有三个儿子，两个女儿，可以说儿女双全，是人伦中的美满家庭。三哥和三嫂子都是勤劳的人，不仅勤劳，而且朴实憨厚，在家族中，颇得众人喜欢。

大女儿芳东，嫁于山外，据说男方家境殷实，有田种，有麦吃，还有苹果园。芳东回娘家，最让村里人眼羡的是带了礼泉的苹果和细白的麦面，众人都很羡慕三哥的女儿嫁了这样的一户好人家，不仅自己日子过得殷实，还可以常常补贴娘家。

芳东是一个极温顺的女子，说话软声细语，一见人就笑，典型的贤妻良母性格，因此，我常常想，她生活得好，跟她的性格有关。一个好性格的人在婆家肯定颇得人缘，丈夫喜欢，公婆喜欢，小叔子小姑子喜欢，日子自然过得红火舒心，这是我从她每次回娘家来跟族人的相处中感觉到的。每次她回娘家了，带不带东西，都要各家走走，银铃般的笑声，春风般的笑脸，因为她的归来，让人感觉到满山的桃花都开了似的。每次她回来，母亲都要将她接到家中来吃顿饭，母亲说："户下的女儿回门了，叫来吃顿饭是做长辈的礼数。"因此，我在很小的时候，便认识了芳东，虽说不常常见面，但对这个晚辈的侄女印象一直颇好。

男大当婚，女大当嫁。芳东嫁走几年后，春生很快地就长成了大小伙了，高中毕业后，因为一直在家务农，春生的婚事便被认为是眼下的头等大事。

春生在农村，却又不似普通的人，因为他读的书多，肚子里的墨水多，想嫁他的姑娘本村邻村的就有一打。在农村，一个有文化的年轻人，就像是小城的名人一样，可以说是家喻户晓的，村里人读书少，但是喜欢读书多的人，在他们眼里，读书多，就是有出息的表现，谁不想自己的女儿嫁一个有出息的人呀！

包产到户以后，村里的人对于成分的观念也就慢慢地淡薄了，一些人已经慢慢地不在乎这个了，父母不在乎，女孩也便不在乎。

时不时，总有上门提亲的人，春生都不以为意，他认为自己一定要找一个自己钟意的人，最起码自己要喜欢她，不似父亲和母亲，包办的婚姻，凑凑合合过一辈子。

在这些人当中，有一个女子他是有点好感的，当然，也因为她读过书，自己高中毕业，她初中毕业，她便是上院的栗云。栗云，瓜子脸，中等身材，不胖也不瘦，用现在时髦的话说，就是衣服架子，穿啥衣服都好看，可是在那个年代，是没有好衣服穿的，顶多穿个的确良衬衫，就那，衣服也要大大的松松垮垮地罩在身上，以体现女子的贤良与端庄。

在当时，我只觉得她长得好看，究竟好看在哪，在一个孩子的审美里，并不是很清楚的。

郎情妹意。在劳动中，在生活中，时不时的两个人会遇在一块，一个眼神，一朵飞上脸颊的云霞，都让两个人的心在自觉不自觉地靠近，两个人相互都有好感，女方的家长看在眼里，心中颇为喜欢，只等男方家长上门提亲。

春生探得女方的家长不反对自己同栗云的交往，胆便大了起来，时不时地去栗云家中帮忙干点农活，讨得两个老人喜欢，两人虽少说话，但双方的心意已心知肚明，只差一层窗户纸没有被捅破。

三嫂子见儿子钟情栗家女儿，但敞开心扉同儿子谈了一次，起初春生不好意思，后来，架不起母亲一再追问，他才知母亲有意于娶栗家女子与他为妻，这让他欢喜不已。

遂向母亲表明了心思，让母亲做主为自己提亲，见儿子确已属意栗家女子，三嫂子对这门婚事便也不作反对，一个村的人，知根知底。在儿子眼里，栗家女儿生得漂亮，又读过书；而在她的眼里，最主要的是栗家女儿勤劳能干，家里兄弟姐妹多，她是老大，母亲爱四处闲逛，家中里里外外收收捡捡，全都是她的，一个女孩儿，完全可以顶一个大人，从这一点看，这是一个过日子的好手，她来家里做妻子，定然可以旺家旺业。

同儿子说罢，三嫂子便将儿子想娶栗家女儿为媳的事说与了三哥，三哥一向憨厚，家里的事一应俱细都由三嫂子做主，三嫂子说好便是好，三哥没啥大意见，于是，春生的婚事便正式提上了议事日程。

春生要娶妻子，首先得将女儿芳东叫回来，一家人商量下，看这事咋弄，怎么提法，由谁去提，请谁的媒。于是三嫂子便让春生给芳东写信，让芳东回来，商量给自己娶亲的事，一想到自己马上就要娶妻子了，春生兴奋得不得了，一提起笔，洋洋洒洒地给姐姐写下了两页的信，末了，对姐姐说："姐姐，你若是家里不忙，早些回来。弟盼！"

信寄出去不到半月，芳东便回来了，回来依然由女婿护送，当时，正是苹果上市的季节，便带了礼泉的大红冠苹果，这在当地，都是稀罕物。在村子里，原也是有苹果的，只不过都是老式品种，最多只能长到鸡蛋大，而且都是青皮的，从来没有红过，吃起来坚硬酸涩，也只有在干活累了，身体困乏之时，吃一口调剂一下生活，要论口味，确实谈不上好的，只是因为没有，因此，人人稀罕。谁家门口长有一棵苹果树，便是一村子孩子的盼望，有能讨到的去讨着吃，讨不到的，便乘着主人不在家，偷偷地用竹棍敲几个下来，解一下嘴馋，就幸福得好像是摘到了天上的星星。

当然，这次从礼泉带回来的苹果，可不是随便吃的，是用来给春生提亲用的，首先要给媒人一份，再者要给女方家拿一份，愿意不愿意是两家人的事，但婚姻嫁娶，礼数得到位。

三嫂子请队长来提亲，队长跟自己住一个院，跟栗家又有点亲戚，不论从哪个方面来说，让队长当这个媒人都是最佳人选。三嫂子就着在河边担水的时候，遇上队长，给队长说了这个事，队长一听，满口答应了，队长答应了，这就是请个礼的事。

芳东回来后，三嫂子就按常规请了队长，一篮苹果，一斤白糖，一瓶罐头，一瓶白酒，算是四色礼，三嫂子和春生一起提着就去了队长家。此事是明媒，也就是走个过场的事，因此，三人在一起坐坐，喝喝茶，就将事情敲定了下来，队长得空了去栗家提亲，提了之后给三嫂子家结果。三人又说了些闲话，包括芳东回来，准备在家待几天；今年这天旱，老不下雨，咋办；等等。

队长妻子饭做好了，三嫂子和春生赶快起身告辞，队长留吃饭，他们执意要走，就回了自己的家。

提亲很顺利。队长是晚上到栗家的，栗云的父亲和母亲都在，恰好栗云也在，四人就当面把这话说开了。起初栗云还不好意思，队长说，男大当婚，女大当嫁，这是自然规律，也没啥，你大你妈没啥，只要你没啥意见，你们这事就算定了，栗云以沉默代替了回答。

当然，最后拍板的是栗云的母亲。栗云的母亲是一个快言快语的人，爱热闹，古道热肠，在村里是个喜相的人，大伙都爱和她闲谝开玩笑。她不像一般的女人，心里愿意，嘴上还这样那样的，她没有那习惯，一缸子茶喝下来，她便说："女子没啥，我们也就没啥，由队长你出面做媒，这事我应了，回头你回去了给他们带个话，就说我们家没有啥问题，只是有一个条件，就是栗云过门以后，一定要当一家人看待，其他没啥。"

队长拍着胸脯走了。

几天之后，队长便带着春生上了栗家的门，同样是四色的礼，由春生提上，队长在前面走，春生在后面跟着，两人一前一后往栗家去了。

二人携礼前来，栗家的父母早已候着多时，四人一见面，即将春生和队长请至屋中，泡了当地人常喝的金银花茶，那时的相亲，女儿基本上是不出面的，自己同意，谈婚论嫁这种事一律由父母做主，父母咋说就咋说，父母咋定就咋定。

因此，栗云自始至终没有露面，当然，她也没闲着，今天队长和春生来门上说亲，饭是要留人吃的，人一来，她就在灶房里忙活上了。要说，还真没啥好做的，家里一年到头都是个酸菜腌菜，可今天，不管咋说，坐在家中的两个人算是贵客，总得做一点像样的饭才是。自己家里的几个鸡蛋卖了换盐钱了，打开抽屉，空空的，栗云有些怅然，一个人怔怔了一会儿，便去了邻居家，想在邻居家中借几个，邻居倒也爽快，赶快就给她拿了三个鸡蛋来，她急忙拿回家打在碗里，好像生怕跑了似的，这才开始和面揉面，她准备给房间里的那两个人做一顿鸡蛋葱花捞面，这在村里，也算是体面的饭了。

饭做好后，四个人事也谈得差不多了，见让用饭，也没咋客气，就一边唠嗑一边把饭吃了。

这一天，两人的事就算是定了下来。

自此后，两家便开始了正常的交往。收麦了，收玉米了，春生也会来栗家，帮帮忙啥的，岳父岳母见春生手脚勤快，也看在眼里，喜在心里。

二人结婚的日子定下来，是在春生的一个小弟连娃没了的时候。这个孩子一直身体有毛病，瘦弱单薄，走不了路，干不了活，头上不长头发，用现在的话说，就是缺钙，或者说是软骨病，最糟糕的是头上还长癞痢，一年四季都不能好。因为羞于见人，多数的时候，他就一个人缩在家里，一般人都知道他们家有五个孩子，但是能常常见到的也就这两个儿子两个女儿。

人都说："一母生九子，九子命不同。"各是有各人的命。

按说，这个孩子的命也算够苦的了，可是，他却并没有得到上天的眷顾。秋后的一个早晨，他不知道为什么就突然拉起肚子来，一拉就止不住了，三嫂子用了各种各样止泄的方子，都能没治下他的痢疾，后来竟然还出了脓血，不几天的工夫，孩子就奄奄一息了，在一个月黑风高的深夜，这个 12 岁的孩子永远地闭上了眼睛。

12 岁，还仅仅是一个孩子，按照当地的风俗习惯，得依孩子的葬礼来安顿。家人为他做了一个木头匣子，将他平时的衣物和他的肉身一起装了，送到了菜园后的坡根上，三嫂子含泪掩埋了自己最小的儿子，一家人又在坟上烧了一些纸，一直到中午，才如霜打了一般怏怏着回家。

连娃死后，家里的气氛一直沉闷着，一家人一直忙活着出，忙活着进，个个脸上都难得见到笑容。半个月之后，三嫂提出了一个想法，想让春生结婚，家里走了一个，再添一个回来，也好增点喜气，更何况春生也到了结婚的年龄，成家立业是理所当然的事。

当然，家里人无异议，春生更是无异议。

由媒人从中协调商量，日子很快就定了下来。腊月十六日子不错，就定在腊月十六了，刚好忙完了喜事过年。

日子定了，就得赶快为结婚做准备，煮豆酱啦，磨豆腐啦，涨豆芽啦，还得打一些点心吧，一来做水礼，二来摆盘。现在，慢慢地家庭条件好了，生活宽裕些了，喜事可以办得热闹一点，大儿子结婚，是家里的头等大事，要么，请点心师傅来家里打？三嫂子的这个想法一出，立马得到了春生的同意。原来，春生是最爱吃点心的，有了点心，可以当饭吃，以前在哪儿吃都是吃得那零星一个半个的，自己家里要是打点心了，可不得好好吃吃，春生想着心里都美滋滋的。

三嫂子见春生坚决支持打点心，也就同意了，更何况现在家里经济确实已经比前些年好些，钱粮都有一点儿了，儿子结婚可以办得体面一点。于是，托熟人找来了打点心的师傅，打点心要猪油，猪油打的点心好吃，松软脆，三嫂心想那就赶紧将家里那头养了快一年的猪杀了吧，猪油用来打点心，猪肉用来过喜事，反正这头猪早晚都是这个命。

杀了猎，熬了油，打点心很快就进入了正常的程序。师傅在家里支起案子，摆上模具，像模像样地开始了。村里好多人都没见过打点心，有爱凑热闹的就跑来看，师傅将猪油和好的面包上糖和核桃米，捏拢，放在模具里，按平，等再倒出来，一个美观漂亮的点心就做成了。白白的面上，一朵小花朵就出来了，非常好看，做好的，整齐地排放，排了一大排之后，师傅便将点心上面一个一个地点上红，说是过喜事，一来好看，二来喜气，点上红之后，就放在一个铁制的盘子中放进箱炉里烘制。

我在边上蹭了半天，三嫂子见我待得久了，也会给我拿上一个烘好的点心，递与我："来，小妹，这个，你拿着吃。"我高兴地接了，喜不自胜地跑到外边的屋檐下悄悄地吃了，在当时，真感觉这是世上最好最好的美味。

春生结婚的那天，是相当的热闹，估计也是因为改革开放后村里的第一场婚礼，确实是与往日有些不同的。人可以不用什么事都向队里请示汇报，自己可以按照自己家的经济和意愿办喜事了。在时下人的眼里，这是一个新派婚姻，两人自己相互喜欢，结成夫妻，且又都是读了点书的人，与一般的只为生儿育女的婚姻，这显然是有些不同的，层次高一些的。

在我成长的很多年里，村里举行过无数次的婚礼，但这场婚礼在我的印象中一直是最热闹最隆重最喜气的。总感觉，在三嫂子家里，好多天里，天天都聚满了好多的人，大家都忙得笑容满面，欢天喜地。

这是村里改革开放之后的第一场婚礼，也是人们思想解放的第一场婚礼，最起码，对于我生活的村庄，是这样的。

结婚当天，是我二哥去给帮忙迎接的新娘子。我二哥，按辈分，是春生的叔叔，虽然跟春生只相差几岁，但因为我二哥在商洛读师范，在众人眼里，也算是有出息的好青年，而且当时正值寒假当中，迎亲这个光荣而又艰巨的任务自然而然地落到了二哥的头上。见让二哥去迎亲，母亲当然支持，自己户下的娃儿过喜事，能帮忙的尽量帮忙，能支持的尽量支持，这都是义不容辞的事。

二哥去迎亲的那天，母亲专门给他备了一条红腰带，意在迎接新人，喜气洋洋。

虽然春生和栗云在一个村，一个在下院，一个在上院，上下不过一里路，但因为三嫂子看了时辰，新娘子过门必须在天黑之后，因此，去迎亲的人在栗家吃过酒后，就在那儿一直等。直到天差不多完全地暗了下来，一伙人才抬了两口箱子和一床被子晃悠晃悠往春生家走，到春生家的时候，天已黑尽，新娘子啥时钻进新房里的，我都没看着。

直到新娘子洗过脸，吃过荷包蛋，从新房中走出来，在院子里举行婚礼的时候，我才看见，栗云穿着一个小红袄，下身一条蓝裤子，梳着两个小长辫，羞答答地站在台子上，红色的小袄衬着她粉嫩的脸儿，显得格外娇俏可人。

队长是媒人，婚礼也是队长主持的，一般情况下，村里的大小事，是离不了队长抛头露面的，比如说谁家过个喜事，谁家有个丧事，谁家有个什么纠纷的，都得有队长出面。队长，是村里最大的官。

春生这一天，自然是喜笑颜开，自早上到晚上，一直都在笑着，他本身就是一个开朗乐呵的人，加之自己过喜事，这可是自己等啊盼啊，期待了好久的日子，这一天终于来临，咋不让人心花怒放。按照程式，队长将话讲完，然后举行参拜礼，一拜父母，二拜天地，三是夫妻对拜，轮到他们夫妻互拜的时候，还没站起腰，他就大声说开了：“感谢各位父老乡亲来参加我春生的婚礼，今天是我和栗云结婚的日子，我请大家吃点心了啊，大家都吃好喝好，也希望我们的婚姻地久天长。”

众人一阵大笑，笑后，响起了热烈的掌声。

婚礼后，便是闹新房，以前人有个啥喜事，管制多，不敢咋闹，怕上纲上线，现在改革开放了，没有了这么多条条框框的限制，人自由多了。近几年，村里的年轻人是一拨一拨的，在春生这一代，是年轻人最多的，他们上下错不了几岁，都是青壮年的小伙，个个也都是精力旺盛的时候，遇到春生结婚，咋能不好好地热闹热闹，他们的兴奋与开心丝毫不亚于春生。

早上眼睛一睁开，就来到春生家，说是来帮忙，其实就是为了看新娘子。等了一天，好不容易等到了时候，还不开心地美美地闹上一把，一伙小青年想着办法闹新娘子。让两人同喝一杯酒；用线吊一个青苹果，两人一起吃，苹果在空中晃悠，根本就吃不到嘴；还有的，拿来一个点心，让两人同时吃，一人咬一半，不能掉地了，掉地了罚酒。新房里一直哄着一大堆人，闹得笑声喧天，年轻人多，春生和栗云扭不过，只得依着他们说的来，让干啥干啥。不知有谁喊了一声，让他俩同床共枕，于是，他俩便齐齐地被人放倒在床上，用床单将腰和脚捆了，胸也捆起来，五六个年轻人就将他俩用床单抬起来，在空中来回地晃悠，若荡秋千一般，春生吓得直叫，连声说，不敢这样，不敢这样。年轻人说：“没事，没事，我们这么多人，还能给你和你娇贵的新娘子摔了不成。”春生还和年轻人犟，但他一个人咋能犟过一群人，栗云就只有羞红了脸，任人摆布。

大家一直闹到深夜，房间里的火都灭了，才散去。

婚后的春生，按说是幸福的。栗云是个闲不住的妻子，一天到晚不是在家里忙就是在地里忙，常常见到她来来去去匆忙的身影，少见她没长没短地与人拉个闲话，也少见她东家西家的乱串门。有时，母亲和三嫂子会聊到栗云，你好命啊，娶了个会过日子的好妻子。

栗云是个生育能力极强的女人，婚后没几年，接二连三地生了四个孩子：一个儿子，三个女儿。有人羡慕，有人着急，羡慕的是人家栗云生娃咋那么容易；着急的是，一下子生了那么多娃，咋养活？有人想生，一辈子一个也生不下；有的生娃又是难产，又是高血压。而生娃，对栗云来说，根本就不算什么，瓜熟蒂落。她的第一个儿子，是在地里干活的时候生下的，生下后，自己用镰刀割下了脐带，用衣服包了娃，包好就自个抱回来了。以后几个，更不用说，生到哪，都一样安全着地。

春生一下子幸福地成了四个孩子的父亲，本来开朗的他，更是一天到晚高兴得合不拢嘴，背着大的，抱着小的，乐呵呵地在村子里转来转去。栗云也是一样，常常背着孩子下地干活，孩子一哭好有奶吃，这样的女人应该是会算账，会过日子的。

在旁人眼里，这是一个幸福的家庭，妻子能干，人丁兴旺，栗云一进门，又添人，又增口的，眼见着春生一门兴旺发达，年轻人也都在算计，娶妻子一定要娶一个像栗云一样的好妻子。

栗云这样的人，按说生命力是极强的，可人生往往没有定数，就在她第四个孩子还不到一岁的时候，发生了让全村人都意想不到的事。

那一天，栗云仍用布带将孩子绑在背上上坡干活，不到一个时辰的工夫，她突然肚子痛了起来，以致痛得浑身大汗淋漓。她捂着肚子实在痛得受不了，就将孩子解下来，放到地上，可自己的肚子越来越痛，痛到最后在地上打滚，对面坡上干活的人看见了，赶快喊人来将她背了回去，人回去之后，肚子痛仍然无法控制，一家人看着实在不行了，决定赶快找架子车往医院送，还没有走到医院，在半路上，栗云就咽了气。

消息传回来，村里人个个都傻眼了，这么样一个强悍勤劳的女人，怎么说死就死了呢，一个小小的肚子痛就要了她的命，这太不应该了，可栗云真的是死了。

据后来人说，应该是死于急性阑尾炎，当时医疗条件差，人们对许多疾病的认识浅薄，认为肚子痛只是一个小毛病，却没有想到还能要了人的命。人们为她感叹，为她惋惜，可无论如何，栗云终是去了，在她仅仅30多岁的年龄上去了，留下了四个嗷嗷待哺的孩子。

在很长的一段时间里，春生是消极的、沉沦的。他怎么也没有想到，自己年纪轻轻的会死了妻子，他的四个孩子会没有妈，他原以为他们家一定会幸福美满，自己有儿有女，人丁兴旺，他还时不时地对人说："我有三个女儿，我高兴啊，女儿好，女儿好，女儿长大了好给我拿点心吃。"人笑曰："就不忘吃点心！"春生说："谁叫我就好这口，你看，一个女儿一个月拿两斤，三个女儿，一个月就是六斤，我不就够吃了么！"众人羡慕地说："你好命！"

栗云死后，于春生来说，无疑天塌了，他所有的希望和幻想都成了泡影，面对四个哭哭闹闹的孩子，他的脾气变得暴躁，可生活，还得向前。在母亲的帮助下，他一个人又当起了爹又当起了妈，不管咋说，四个孩子在慢慢地长大。

人说，穷人的孩子早当家，那几个孩子早早地就学会了做家务活，干农活，在这个家里，孩子基本上可以当大人用的，大人上山他们上山，大人下地他们下地。

为了生活，都没得闲的。

本来，春生在村里是最有文化的人，可是因为抚养孩子的艰辛及栗云的过早过世，他完全丧失了上进心，一肚子的书也就是用来干干农活，在外人眼里，他跟一个不懂文化的庄户人是没有两样的。他安分地种着地，安分地带着四个儿女，多年，竟未再娶，有人说，他害怕再娶一个妻子，后妈会对孩子不好，究竟他怎么想的，没有人知道。

或许，在他心里，栗云一直都在，一直没有放下过，栗云虽然死了，那是在外人的眼里，在他的心里，栗云一直没有离开过。

爱情，真是一个说不清也道不明的东西，它可以让人急流勇进，奋起直追，也可以让人一蹶不振，从此沉沦。或许在春生来说，他在失去了爱情的同时，也失去了可以拼搏的人生，但他却用一个父亲最深沉的爱给了四个孩子一个完整的人生和一个安全的家，他像老鸟护崽一样，保护着他那没有母亲的儿女。那么，作为一个父亲，他也算是欣慰的了！

第十四章　侄子问世

大哥是在婚后的第二年，生下我的大侄子。

对于这个侄子，我们一家人就像是盼星星盼月亮似的，尤其是母亲，整天观察着大嫂的肚子。大嫂婚后，有一阵时间喜欢吃酸的，母亲见了，大喜，凭着生儿育女的经验，母亲猜着大嫂会生下个男孩。

母亲用心用意地捞了酸菜，为大嫂开胃，以使大嫂每顿能够多吃一些饭。

时值深秋，山上的野果也都罢了，母亲想去山中为大嫂采些野酸果也无处可采，家里唯一有的水果便是柿子，母亲便在腌菜的时候将柿子一起腌了，没想到腌的柿子还挺好吃，脆脆的，酸酸甜甜，非常爽口，大嫂想吃了，就去缸里捞上一个，切成小块，又当水果吃，又当零食吃。我见大嫂时不时的有腌柿子吃，就经常在大嫂跟前蹭着，大嫂吃了，就会给我吃上几个，我也跟着一起美上半天。

想着大嫂光吃腌柿子有些单调，母亲便又腌些酸萝卜条，反正母亲将能想到的食材都用上，为了让大嫂能有胃口吃饭，吃好饭。

怀过孩子的人都知道，才怀上孩子的人闻不了油味，吃不了饭，见油就恶心，见饭就饱，而且有事没事还一个劲地想吐，吐清清汤汤的酸水，人们给这种现象叫做“害喜”。有的人害的时间长，要两三个月，有的人害的时间短，一个多月也就过去，可不管时间长短，这都是一件非常折磨人的事，就像是人害了一场大病一样，多数女人害喜都会瘦几斤，人吃不了饭，无疑对婴儿的成长不利，在这个时期，不管人想不想吃饭，都得撑着吃饭，任性是万万不可的，也是万万不能的。

母亲生过我们一大伙孩子，知道害喜的滋味，她便千方百计地调剂大嫂的生活，以让她能够吃点饭，维持正常的体力。

大哥结婚晚，见大嫂害喜，自己很快就要当父亲了，兴奋得不得了，天天嘴里“咿咿呀呀”地唱着京剧《红灯记》，出也唱，进也唱：

担水劈柴也靠她。
里里外外一把手，
穷人的孩子早当家。
栽什么树苗结什么果，
撒什么种子开什么花。

村里人见了，都说：“看这祯国，妻子要给他生娃了，看把他高兴的，一天到晚唱得都合不拢嘴了。”人逢喜事精神爽，还真是哦。又有人说：“可不么，村里同年龄的人都抱娃了，他肯定也想抱娃了，妻子害喜了，咋能不高兴呢。”

母亲盼孙子，大哥盼儿子，一家人的重心一下子全都落到了大嫂身上，家里稍微重一点的活，都由母亲和大哥干了。大嫂一天就给家里扫扫地，做一些轻巧的话，母亲做饭时，帮忙添把柴火就是了，饭吃了，给帮忙洗个碗。

大哥一贯勤劳，在这个时候，更是肩挑重任，担水，劈柴，下地，略微重一点的活，他都抢着干，唯恐累着了大嫂。大嫂只要能给他生儿子，让他做什么他都行，反正，大哥就是想儿子。

那时，我尚小，只觉得大嫂就像是我们家里的公主，大家都宠着她，呵护着她，啥好用的尽着她，啥好吃的尽着她，我就觉得，怀孩子的人好幸福。

大嫂到我家来的时候，我只有五六岁，大嫂婚礼上，村人都让我向大嫂要糖，我还不敢，但已经能够清楚地记事了，我用一个孩子的眼光打量着这个世界，打量着周围的人与事。

大家都宠着大嫂，我也不敢惹大嫂生气。在大嫂跟前，我就像是一只乖顺的小猫，别人都忙，唯有我是一个闲孩子，又老爱在大嫂跟前蹭，因此，大嫂也不厌烦我，有吃的也给我吃，没事了就让我在她眼前腻着，当然，有活了也让我干，她不想动了，便指挥我："小妹，去给我把针线盒拿来""去给我把鞋放好""去去去，去给我把水缸子拿来。"反正是我能干得了的，大嫂就会吩咐我，我也乐得在她屁股后面屁颠屁颠地跑来跑去。

因此，在多年后，大嫂都与我亲着。

侄子的出世是在一个夏日的夜晚。当时，人们正在忙着收麦，大哥和母亲是天黑尽了才挑着麦捆回家的，回家后，大嫂已经将洗脚水烧好了。我们帮着大哥和母亲将麦捆靠在屋檐下，码好，母亲让大哥先洗，我们便随大哥一起洗了，大哥洗罢，倒了水，母亲又从锅里新添了水，自己洗了，一边洗，一边问："你大嫂呢？"我说："大嫂在房里。"母亲"哦"了一声，便没再言语。

一天艰苦的劳动，母亲也已经是很累很累了。

每年夏天，麦收时间，就像赶着打仗似的，用母亲的一句话说，就是在跟老天抢饭吃。麦收得顺当了，一年生活就有着落，麦收得不顺当，逢到下雨，尤其是连阴雨天气，那就瞎得净净的，麦子烂在地里收不回来，就算收回来，也都芽了。芽麦子做不成好饭，面是脆的、黏的，擀面成一截一截的，没筋道，根本就擀不长，做馍，粘牙，还发甜，再用好酵面，都发不起来。因此，逢上年景不好，麦子芽了，一家人一年到头都甭想吃上可心像样的饭。

因此，每年割麦，我们就如在虎口夺食。母亲会发动我们所有的人下地，因为大嫂即将临产，才让大嫂在家里给我们做个饭什么的，我们其余的人全都下了地，能割的割，能捆的捆，能挑的挑，反正都不能闲着，而我年龄小，我便会帮母亲将割洒在四处的麦子收拢起来，放在一起，供哥哥姐姐们打捆。

见大嫂没有做饭，母亲洗了脚，便自己做了起来。本来母亲是想刮几个洋芋的，但是累了，就简单地做了点，用酸菜打了点拌汤，熟后，撒了点生葱花，便开吃了。见大嫂还没出来，母亲就让大哥去叫大嫂，没多一会儿，大哥出来，脸上变了颜色：“妈，不好了，凤梅肚子痛，是不是要生了呀？”

母亲一听，忙放下手中的碗，去了大嫂的房里，大嫂躺在床上，也没点煤油灯，屋里黑乎乎的，母亲就吩咐大哥：“快，把灯拿过来。”这时，大哥也顾不上吃饭了，丢下手中的碗，赶忙将灶房的灯拿了来，我们所有的人也都一起跟了过去，见大嫂侧卧在床上，手捂着肚子，脸上冒着冷汗，母亲将手塞进大嫂的衣服里摸了摸，喃喃地说：“估计，估计怕是要生了。”

平时镇静的母亲，也有点慌了，她一生中生了九个孩子，其中好几个都是自己接生的，等到临了自己的儿媳妇生娃了，她又怯了，她想来想去，不敢亲自给儿媳接生，接得好倒没什么，接不好，那可咋办呐。这时，母亲想到了二队的郭婶，她是村里培训过的接生婆，四个队里，好多的孩子都是她接生的，还是让她接生安全、放心。

想到这，母亲便吩咐大哥去二队请郭婶，母亲将要交代的事宜一一给大哥说了，让大哥说话态度放客气点，自己妻子要生了，请郭婶来给接个生，回头酬谢，说话客气点，晚上，要过河蹚水，你把人背过河啊，大哥听完，拔脚就跑。

因为，这毕竟是母亲的第一个孙子，母亲不由得不紧张。

大哥走后，母亲便吩咐三哥赶快去烧水，说："外锅的饭还没吃完，将里锅烧了吧！"三哥就急急忙忙去烧水了。

过了二袋烟的工夫，郭婶来了，我们都赶紧闪开，母亲将郭婶让进屋里，说："哎呀，大妹子，不好意思，黑灯瞎火地将你麻烦来，看看，这躺在床上已经痛开了，这才让娃去请你。"郭婶说："没啥的，生娃谁能算得准个时间呀，说是个啥时候就是个啥时候，刘姐，不客气的哦。"

母亲让三哥去给郭婶泡了茶，郭婶还没喝，便先将手洗了，开始整理她要用的东西啦，她从带来的箱子里取出剪刀，还有一些纱布，以及碘酒，放在桌上。然后就开始摸大嫂的肚子，她上摸摸，下摸摸，左摸摸，右摸摸，说："是快了，快到口上了呢，你们都别着急，这种事急不了，瓜熟蒂落，到时候，自然就出来了。"母亲见状，忙递过来水，郭婶在床沿上坐下，接了茶缸，不紧不慢地喝了起来。

郭婶和母亲年龄相仿，关系一直不错，两人在一起，难免有很多的闲话要说，说今年麦收的情况呀，说娃们的事呀，两个人唠着，我们便在旁边听着，等着我那即将出世的侄子。

两人唠着唠着，大嫂便呻吟起来了，痛得一阵比一阵紧，呻吟声也一阵比一阵急。眼见着大嫂大发作了，母亲也坐不住了，母亲拿了毛巾不停地擦大嫂头上和身上的汗珠，她让大嫂抓住她的手，以便痛得时候有个依靠，并对我们说：“你们都出去，在外面候着，有事了叫你们。”

大哥和三哥及我们就都出去了，屋里只留下她、郭婶和大嫂。我们在外面，只听到大嫂一阵紧似一阵的喊叫声，而且声音愈来愈大，我们兄妹几个人坐在门口的大青石上，谁也不敢做声，只有大哥一支接一支地抽着旱烟，一时间，满院子里弥漫着呛人的烟味。

此时，所有的声音都是从屋里传出来的，大嫂的叫喊声、母亲的安抚声、郭婶的劝慰声，全部都糅杂在夏夜的知了聒噪的叫声里。年幼的我，这才知道，生孩子原来是这样一件煎熬而惊恐的事，令我又惊又怕，却又无限期待着。

只听得屋里发出“哇”的一声婴儿的啼哭，我们都“蹭”地一下站了起来，但门依然紧闭着，我们一个一个只有在屋外徘徊。此时的大哥，一把掐灭了烟头，露出满脸的喜色，不停地叫着：“我的儿子出世了，我的儿子出世了，我做父亲了，我也是有儿子的人了。”

大哥高兴着，我们也如大哥一样高兴着。我们个个脸上满面春色，像是开满了灿烂的花朵。

过了好长好长时间，门开了，我们一拥而入，全都挤到大嫂的床前，郭婶已经把娃放到了大嫂的床里面，我们伸长了脖子狠劲地瞅着。大哥更是兴奋得不得了，说：“哎呀，我的儿子，长得真像我！”然后又用手捋了捋了大嫂汗晶晶的头发，说：“你受苦了，好好歇息一下，我待会去给你打两个鸡蛋来，补补。”大嫂只轻轻地说了一句：“我想睡一会儿。”

母亲说：“你们把毛兔娃都看到了，这回都出去，让大嫂休息休息，我去给你郭婶做点饭吃，受了一晚上的累，估计都饿了。”郭婶说：“我不饿，娃既然已经平平安安地生产了，我也就回去了，不早了，我明天还得起早，跟你家一样，得抢着收麦。”

见郭婶执意要走，母亲不放心，就让大哥送郭婶回去。大哥帮着郭婶提了药箱，将他的儿子望了一眼又一眼，才恋恋不舍地出门了。

郭婶走后，母亲长长地喘了一口气："哎哟，我的妈呀，可吓出我一身冷汗，自己生娃都没这么紧张，你大嫂生娃呀，可将我的心提到嗓子眼了，干着急呀，使不上劲，好在娃平安出世，一切顺利，这才让我心里踏实了。"

母亲让三哥去生火，给大嫂做点饭吃下，生娃是体力活，严重消耗人的体力，生个娃比干几天的大活都受罪，得给补补。母亲在抽屉里找出几个鸡蛋，在开水里打了，放上糖，颤颤悠悠地拿着这碗荷包蛋去了大嫂的房里，我感觉到母亲现在的手还在发抖呢。

常常听到母亲说到一句话：儿奔生，娘奔死。

每每谁家生产了，母亲便会说。

作为一个女人，她深知生产所受的罪，在当时，医疗条件还非常不好的情况下，没有什么措施可采取，只能听天由命，自然生产，人们常常在一种茫然的等待中听任一个新生命的到来，除此之外，只有干着急。而这个婴儿，意味着母亲的第三代人，它是一种香火的延续，他是父亲这个分支的传承。

侄儿的出世，意味着老七房后继有人，这于我们整个家族来说都是一件大事，因此，一家人都盼望着，一家人都欢喜着，一家人都欢天喜地。

父亲是在得到消息后的第三天回来的。侄儿出世的第二天，母亲就托人给父亲捎信了，说他的大孙子问世了，给他报个喜。父亲得了信，自是坐不住了，赶快把自己手边的工作向同事交代了一下，便向单位请了假，急急匆匆地赶了回来。

临走之前，父亲还专门上了趟街，给侄子买了小拨浪鼓，这是他这个做爷爷的给孙子的见面礼。

说实话，这么年多，母亲生下好几个孩子，父亲从来没有买过礼物，这回是破天荒第一次，足以见得父亲的兴奋和在乎。这是他的第一个孙子，这是他的又一辈人，他这个做爷爷的必须得表现出应有的重视，当然，更多表现出来的是他内心的喜悦。

这是内敛的父亲一向所不曾表露出来的。

第十五章　大哥建房

侄子出世了，家里来来去去的人多，大嫂娘家的，我们老徐家的，这个来，那个往的，家里一天到晚都是一堆堆的人，两间房子间隔成的四间房子根本就不够住。

更何况能住人的也只有三间房子，一间做了灶房，除了大哥大嫂外，基本上就是男的住一个床，女的住一个床，一个床上通常要挤三四个人，连个身都翻不了。

大哥看到这个窄小的屋子，人一挤进一挤出，就着急，母亲也着急。来了客人，远道的当天又回不了，不让人住咋行，留了客，便只得给人借歇处，这也不是个事，娃娃们都大了，老这样挤下去也是不行的。

母亲同父亲商量，问父亲能不能将大叔家的房子借来给大哥住住，等咱有了自己的房子再还给他们。

父亲一想也是，除此之外，一时半会还真找不到合适的给予大哥的安身之所。他便与大叔去了信说："你们不在家，房子空着也是空着，我家老大结婚了，我们家房子住不过来，能不能让他们先搬到你们家里住住，等我们家盖了新房子，就搬走，在他们住房期间，让他们保护好你们的房子，不要有任何的破坏和损坏。"

大叔见信后，同意了借房与大哥，并随信寄回了房屋钥匙。

大哥拿到钥匙，就赶快打扫屋子。屋子好久没有人住了，到处都是扬尘，蜘蛛网，大哥把里里外外齐齐地打扫了一遍，洒了水，让它敞晾了半天。然后每到晴天的中午，他都要把房子门窗打开，敞上一两个小时，为的是让屋子里的霉气全部都散发出去，以免人住进来气味难闻，也影响了侄子的健康。

有了新住处，大哥一天到晚地为之忙乎，家里也就任他忙乎了，要搬新地方，兴奋么。

一切弄妥当后，他又向父亲找了钱，说是要买锅，另立灶头。锅是必须得买的，还有菜刀、火钳，还有锅铲、水桶等一应生活用具，这些都是一样少不下的，少一样，饭都吃不成，无法生活。这些东西准备停当后，就可以立灶火了。

侄子一满月，母亲给他剃了头，洗了澡，大哥就开始收拾要搬的东西。

出月子的第五天，吃过早饭，大哥就开始搬东西，他将母亲分给他的筷子、碗，以及垫的盖的，一样一样地往过搬。

当然，在那时，生活用品极简单，也就锅碗瓢盆和床上用品，有了这几样基本的东西，就可以生活了，东西少，没两下，也就搬完了。他将这一切弄好之后，从母亲手里接过了侄子，大嫂便跟着他，一家三口就这样住进去了。

于是，大哥有了一个临时的家。

也就是在这个房子住的时候，大哥开始了建自己的房子。

盖房，首先得选宅基地，自己的儿子盖房，着急的是自己的父母。当时，宅基地难批，可是不管咋的，房子得盖呀，借人家的房子终究是借，是住不了一辈子的，那可咋办呐，父亲和母亲商量来商量去，也商量不出一块地啦。最终，母亲心一横：求不来，就在咱自己家的菜园里给老大盖吧，大不了，我们少吃些菜，日子过得再清苦些，但盖房子是大事，不能因为没宅基地耽误了。

母亲主意拿定，就让大哥在菜园里下屋根子，可那些菜苗都还青绿着，一棵一棵铲去，铲得母亲心痛，母亲拾着那些绿汪汪的菜，动作非常缓慢，眼里明显透着忧伤，她将它们一棵一棵地捡进竹篮里，拿河里洗了，做成了酸菜，供我们每天食用。

兴一块菜地要几个月，毁一块菜地只要半天的工夫。地上的菜铲光之后，地面就只剩下黄亮亮的泥土，没有了青苗，大哥放开手脚地干，半个月的工夫，他就将屋根子掏好了。本身，他干活就卖力，肯下工夫，又是给自己建房，他更加是干劲十足，母亲劝他悠着点，他全然不听，家里别的人都歇着了，他一个人还顶着太阳汗流浃背地干着，母亲看不过，给他拿了一顶草帽扣在头上。

大嫂要带侄子，帮不了多少忙，一天只能给做个饭啥的，挖根子抬石头打墙的活，全都是大哥跟三哥干，兄弟俩个，抬石头了一起抬，砌根子一起砌，打墙了，一个挑土，一个筑墙。

放假了，二哥会回来搭把手，平常里都是他兄弟俩干，母亲抽空也会来帮个忙，但力气活，女人终究不行。在盖房的事上，母亲出不了大力，母亲就一天三顿地把饭做好，她知道，他们干的都是耗力气的活，好饭赖饭得让他们吃饱，别把兄弟俩的身体给耗损了。

这栋房子，除了下雨，除了春种秋收，大哥三哥天天都耗在上面，就包括在有月亮的晚上，也没有歇着。他们认为，干一点是一点，每天多干一点这房子就能早一天建起来，就这样，紧赶慢赶，也建了一年多。

终于墙打好了，快要上梁了，快封顶了，这时，母亲才在村里发出消息，村人一听，我们家的房子要收工了，就都来帮忙。

那一天，天不亮，村里的人就都来了。按老规矩，母亲和自家的一些亲戚，赶早将饭做好，人来了，赶快吃过早饭，就好上屋干活。

母亲搅得是干干的洋芋糊汤，四个菜，一个腌菜，一个酸菜，一个洋芋丝，一个黄豆芽，用四个大盆子装上，放在院子中间的四方黑油漆大桌子上。母亲和自己家的一干亲戚给把饭盛上，村人拿了碗，就自己夹菜去了，人多，饭也吃得快，菜也吃得快，半袋烟的工夫，一大牛头锅的饭就吃完了。吃罢了饭，搁下碗，众人就直接奔大哥的屋庄去了，上的上檩，搬的搬瓦，男的多在屋面上，踩着檩子跑来跑去，我眼见着都害怕，可屋上的人一个个谈笑风生，如履平地，屋上的与屋上的开着玩笑，屋上的又与屋下的开着玩笑，因为都是一个村的人，都熟，一个工地，也就是一个热闹场，大家说说笑笑，打打闹闹，活也干了。

在整个建房的过程中，最惊险的莫过于抛瓦了。一个人在上面接，一个人在下面抛，抛瓦不是一次抛一片，它是一次抛一摞，最少是五片，最多达十片到十五片。女人多胆小，抛得少，男人们却胸有成竹，一次都抛在十片以上，那一大摞瓦没有东西捆，也没有粘在一起，却能一起团在一块从空中飞上飞下，而且抛瓦和接瓦的都能准确无误地接住和抛出，仿佛玩杂技一样。这在我看来，实在是一件高难度而且危险的技术活，可抛瓦人却气定神闲，同玩儿似得，这又不得不让我心生佩服。

地上成堆成堆的瓦片，就这样，被抛瓦者在谈笑间抛上了屋面，地下的瓦越来越少，屋面上的瓦越来越多，那些瓦片再由盖房者一片一片地盖到了屋顶上，空荡荡的屋顶逐渐变得紧密严实起来，以前的几堵山花墙逐渐有了房屋的雏形，我在看热闹中欣喜着，母亲让我拿水，我快跑着倒水，母亲让我拿烟，我忙不迭地递烟。

看到大哥的新屋盖起来了，我甭提有多高兴啦。大哥这可是新房呀，比我们家住的那老房子可好多了，屋大宽敞，到处都是新新的。我们家的那老房子到处都是黑乎乎的，连墙上的土都发灰发黄，每年的过年，我们都要拆下头一年的旧报纸，重新糊上新报纸，才使家里有一点新的气氛，因此，每到过年，父亲就要将一年收集下来的报纸让二哥用自行车带回来，糊我们陈旧而斑驳的墙面。

而今，大哥的房子盖起来了，我以为，大哥的房子，就是我们家的房子，在我幼小的年龄里，还真不太明白分家是怎么一回事，我认为我们以前住在一起，就一直是一家人。

因此，大哥的房子建成，我便以为是我们的房子建成，我们所有的人都可以住进这栋房子里来。母亲说："傻孩子，这是你大哥的房子，不是我们的房子，以后住在这栋房子里的是你大哥一家子，你大哥、你大嫂，还有你侄子，他们才是真正的一家人。你只是你大哥的娃的姑姑，你迟早都是要嫁人的，住哪都不是住嘛！"

听到母亲这么说，我顿时心生沮丧，我看着高高大大的新房子，不禁有些失落起来。

下午，太阳落山的时候，大哥的新屋盖起了，众人陆陆续续地从屋面上踩着梯子下来了，像是打了一场大胜仗，一身轻松，喝的喝水，抽的抽烟，散乱地坐在大哥屋前的空地上，议论着，这个房子的朝向好，朝阳，菜园子毁了就毁了，盖这一栋房子也值了。听到这话，就有女的接话了："你们说话不嫌腰痛，没菜，饭咋做、饭咋吃？"有油滑的男人便说："吃白饭么，咋就不能吃了。"

众人说归说，笑归笑，毕竟不是人家家里的事，人家也就说说而已，只有母亲心里最清楚，我们家的生活质量在原有的艰苦的基础上要下降很多，人说巧妇难为无米之炊，而没有菜，一样做不出可口的饭食，而我们再想多吃菜，只有母亲到山上去找野菜了。

在当时，大哥的房子建的是气派的，是改革开放后最新式的房子，明三暗六，假二层楼式的土楼，房子比老式的房子高，空间结构也大，隔墙也是一次修好的，直接留了门，安了门即算完整。

房子盖好后，接下来便是安装门和窗户。那时候，已经有了玻璃，因此，便请匠人做的那种安装玻璃的窗户，四个房间，一间一个，还有一个大门。

工匠一边做门窗，大哥一边整屋子里的泥地。他弄了黏土，将那些不平的地方一一填平，用大木锤一下一下地锤实，锤平，一块一块地锤，等木匠活做好的时候，他将屋子里的地面都整顺溜了，母亲一直说大哥做事有账算，还真是，他从来没有让该做事的时候闲过，没有空他都能挤出三分空。

安好了门窗，新屋总算是彻底落成了，就等着屋干，墙干，大哥搬新家了。

大哥要搬新家了，他兴奋，我们也兴奋，这幢屋可是我们家这两年来做的最大最重要的一件事，可以说是举全家之力，把这幢房子盖起来的。看着这所有人的汗水都变成了这幢看得见摸得着的实实在在可供居住的房子，我们甭提有多高兴了，最主要的它比我们的老屋高大气派，这让我们都颇有成就感，这一两年，纵然辛苦，也是值了。

这次搬家是一件郑重的事，母亲专门请人看了日子，挑个黄道吉日，反正房子都盖好了，也不差这三日两日。看日子的人是母亲专门从西川请来的，说这人道行深，看啥灵验，母亲将人请来，还管了一顿酒，那人摇头晃脑地对母亲说了日子，冬月十三。还有一个多月，那就等吧，反正大哥现在还住在大叔家里，又没有人催房，无所谓着急。

一家人掰着指头数日子，好不容易到了冬月十三。

这天天气还算好，有太阳，暖暖的，阳光透过后山的树林发出道道金光，虽是冬天，却不觉得寒冷，父亲也专程从学校里赶了回来，以见证大哥搬家这个日子。母亲专门给大哥去街上扯了一个老布的棉床单，不管怎样，搬家都应该新一下，哪怕是只有一两件，也是个新意，大嫂将床铺好之后，母亲便将新床单拿来了，郑重地铺上家里那唯一的一张床上，顿时屋里焕然一新。

屋太大，没有太多的家具，大哥有四间房子，可是他搬过去的东西，还不够一间房子里放，他们就集中住了一间房子，将最后面的房子做了厨房，其他的放了粮食和作物，中间还有那么一个大堂屋，也闲着，因为家里连一张供人客吃饭的大桌子都没有，只有暂时空着。

大哥搬家的当年，因为家里没有大桌子，仍旧在我们家里过年，虽然大哥分了家，但在母亲的心里和眼里，我们仍然是一家人，过年的几天，大哥大嫂天天都在我们家吃饭，他们家基本上一连好几天都没有开火，因为有小侄子在我们跟前，我们都有逗着玩的，大人开心，我们幺娃也开心。

过年的对联是父亲亲笔书写的，而且是亲自拟的。

每年年跟前，父亲都会给村里的人写对联，也会给我们家里写对联，但都是给别人家写完了，才给我们家写的，就算是写，也就惯常的那些话，无非就是新桃换旧符，辞旧迎新，阖家欢乐之类的吉祥话，而这一年，父亲认真了，反复思虑，写下了“筑新屋安家立业，迎新年增福添口”。

足见盖房子这件事对父亲来说，也是让他颇为这个家自豪而引以为荣的一件事。

新房建起来了，我们所有的人的生活又恢复了常态，该上学的上学，该种地的种地，该上班的上班。而我的大哥，又在计划着一桩大事，生二胎，家里这么大的房子，得有多一点的人住才好，当务之急，赶快再生一个。

不管是儿子女儿，只要生了，都好。

第十六章　三哥失明

“妈，妈，你在哪儿？我看不见了，我咋啥都看不见了！”侧屋传来三哥凄厉的喊声，母亲当时正在灶屋剁猪草，听到三哥的叫声，她赶快放下手中的菜刀，从灶屋奔了出来，三步两步跨进侧屋，说道：“三儿，你咋啦，刚才还好好的，咋一会儿就看不见了呢？”

三哥坐在床上，两只手伸在空中乱抓，他想要抓住什么，可他什么也没抓住，他只是急，害怕，手足无措。母亲一把上前，拉住三哥的手，说：“三儿，别怕，别怕，有妈呢！妈在这儿，你摸摸，摸摸妈，就不怕了。”三哥带着哭腔说：“妈，我看不见，啥都看不见了，我是不是瞎了呀？”母亲“呸呸”了两声说：“儿呀，你可别胡乱说，这可能只是一时的，待会就好了，你不要着急啊，妈找人送你上医院，找医生看去，医生一看就好了！你乖乖地先躺下，妈这就去找人送你上医院。”

母亲将三哥扶着平躺在床上，安抚着说：“你先躺一会儿，乖乖地，不要乱动，小心掉床下面了，我一会儿就回来，听话啊！”

见三哥躺好，母亲就出去了，她向生产队上借了一辆架子车。架子车借好，正好遇上队上的丑娃从地里回来，丑娃问：“刘婶，您拉个架子车干啥？”母亲说：“三儿眼睛看不见了，送他上医院去看！”丑娃说：“那我帮你送，再叫上几个小伙子，刺沟口河不好过，多叫几个人，路上好换着拉，快一点儿。”

其实，丑娃虽然叫丑娃，却一点也不丑，五官端正，高挑的个儿，在那个年龄，还是一个蛮帅气的小伙子，可是家里却给取了这样的一个奇怪的完全与人的相貌相反的名，大抵也是因为觉得名越贱越好养吧。

当时，我家离县城有 15 华里的路，一般情况下走路要一个半小时左右，就算走得再快，也得一个小时，母亲见丑娃这样说，连忙说：“好，好！”丑娃说：“我回去将锄头放一下，叫上人马上过来。”母亲感谢地说：“你才从地里回来，还没歇一下，就又要帮我拉车，辛苦你啦！”丑娃说：“刘奶，不客气，三儿从小跟我们一起玩大，他生病了，我们也着急，那我赶快回了啊！”

丑娃走后，母亲拉着车子到我们家的路口停下，回到家里，拿了两床被子，放在架子车上。这时，丑娃和村里的几个小伙子都来了，他们帮忙将三哥抱到架子车上，母亲给三哥盖好被子。这时，村里的好多人都围了过来，问三哥咋啦，母亲说三哥突然眼就看不见了，得赶快送医院去看。大伙都说，那快，赶快送医院去，别耽搁了。

当时，我们正在学堂里读书。

母亲急着要去照顾三哥，又害怕我和祯兴在家里没人管，就去找了五嫂的娘家妈妈。五嫂的娘家妈妈小脚，家里一个儿子是抱养的，五嫂心痛母亲，就将老母亲接到自己这儿，一直住着。

老太太倒是一个贤惠的人，与人无争，同谁都和气，关键是人还勤快，一天到晚歪着一双小脚扭来扭去，一会儿洗点衣服呀，一会儿洗点菜呀，只忙乎五嫂家的事，也不乱串门。

在村里，就只偶尔同母亲叙些闲话，因此，母亲倒也是喜欢这个温和的老太太的。这要去医院给三哥瞧病，也不知要啥时才能回来，母亲便想到让老太太来照看一下我和祯兴，晚上在家里给我们做个伴，村里旁的人家里都有活，不方便长时间照看我们，只有老太太算是个闲人。

母亲一说，五嫂和老太太都答应了，连忙说：“那你们赶快走，晚上让娃外婆去照看你俩娃就是了。”

安顿好我和祯兴之后，母亲就和那帮年轻人赶快走了，丑娃拉着架子车，母亲和几个年轻人跟在后面，路好的时候只管走，路不好的时候，就几个人在后面推，一伙人就这样急急火火地往县城去了。

我是在最后一节课的时候，才知道三哥生病的消息的。

老师正在上课，上院的一个半聋哑的女子跑到教室门口，朝着我在的地方一直比划，当时，我不明白她在比划什么，只知道她想要告诉我什么，但什么事呢，我又看不懂。我便仍在上课，一直到下课，收拾好书包，走出教室，才发现，她还在门口等着我，一见我，就拉住我，往我家里走，我仍是不知道是怎么回事，她只是给我比三，比眼睛，一边呜呜啦啦，等我到家，门掩着，家里一个人也没有。我推开门，连喊着几声“妈，妈！”都没人应，哑女很着急，但又说不明白。

听到我的喊声，隔壁的表婶就连忙答话说：“幺女，你三哥突然发病，眼睛不知道咋回事，突然就看不见了，你妈带你三哥去县里医院了，让你和祯兴在家里乖点，你三哥病好了他们就回来了。”

正说话间，五嫂的妈扭着小脚来了，说：“幺女，放学了呀，放学了就做作业，你妈去县上给你三哥看眼睛去了，让我给你们做几天饭，你看你和祯兴想吃啥，说，我给你们做。”我说：“您随便做，我们啥都吃。”

其实，听到三哥的眼睛看不见了，一下子给我吓蒙着了，我的三哥才多大呀，还不到20岁，眼就看不见了，咋办呐？连妻子都没娶，哎，可怜的三哥！村里有一个瞎眼的老人，很可怜了，每天摸着门出，摸着门进，再好的太阳他看不见，再好的春天他也看不到，甚至连每天吃的饭是啥颜色啥样子的都不知道。一个盲人，世界就是一片漆黑，我的三哥绝对不能瞎了啊，我们一家人还指着三哥给我们种地养活我们呢。

我郁闷着。

祯兴拎着个书包懒洋洋地走进门，说：“小姐，三哥眼真看不见了呀？”我说：“你胡说，三哥咋会看不见，肯定能看得见！妈不是带三哥去看病了吗？医生一看就好了，我们的三哥这么年轻，咋会看不见呢！”

祯兴听我一顿噼里啪啦，顿觉自己像是犯了大错了似的，低着头小声说：“我听院里的人说的。”

我知道怪祯兴也没用，便摸着他的头说：“医生会看的，一看，一用药就好了，我们在家里乖乖的就是，妈让陈妈妈给我们做饭，晚上照看我们，我们要听人家的话啊，我们在家里好好的，妈才能给三哥安心的治病。”祯兴惊恐失色地点了点头。

妈把三哥送进县医院，让丑娃和几个年轻人照看着，就赶快去学校里找父亲。父亲这时已经从凤凰镇调到了县城的中学，有父亲在，母亲也有了主心骨，最主要的是三哥住院要花钱，这种病到底严重不严重，要花多少钱，多久才能治好，母亲心里都是没有数的。

毕竟母亲没有经历过这样的事。她风风火火地赶到父亲的住处，也就是父亲的办公室，在那时，上班和住宿是合二为一的，一间房子前半间做办公室用，后半间便做了卧室。母亲走到父亲的办公室前，一把掀开竹帘，说：“他大，不好了，三儿眼睛看不见了，快，赶快去医院，看咋治？”

父亲一听，赶快从椅子上跳起来，大惊失色地说：“啊，怎么搞的，眼咋就看不见了呀？”母亲说：“我也不知道，中午干活回来，我就剁猪草，他就去床上休息了，突然就在屋里喊着看不见了，可吓死我了。”父亲连忙说：“那快走，快走！”

两人迈着大步急匆匆就往医院里去了。

来到医院，医生正在给三哥做诊断，父亲和母亲就在外面等着，几个年轻人一路拉架子车，跑了那么久的路，也累了，在医院大厅里的木头长椅上坐着。父亲向他们一一说了感谢的话，又去医院门口的小卖部买了一包烟，给一人发了一支，有的吃*，有的不吃，吃的就接了，不吃

---

* 吃，抽烟，陕西方言。

的，就推辞着，父亲将发剩的烟都给了丑娃，说：“你们拿着吃，我不吃烟，拿着也没用。”丑娃就接了。大家都说着一些宽慰的话，希望三哥的病不要紧，经过医生的诊治，能够很快地好起来。

说着说着，父亲和母亲又沉默起来。因为他们谁都不知道，三哥的病究竟会怎样？

过了一袋烟的工夫，医生推开了诊室的门，从里面走了出来，他取下嘴上的口罩，问：“谁是孩子的家长？”父亲连忙走过去，医生一边擦着手，一边对父亲说：“你儿子患的是急性肾炎，由于肾炎引发了高血压症，眼底出血，导致暂时性失明，不过不要紧，送来得及时，抓紧治疗，会恢复的，不过，肾炎要注意保养，不能吃重盐，不能劳累，不能抽烟喝酒！”母亲连忙在旁边说：“嗯，我们记住了，回去尽量让他注意，您这一说，我们就宽心了，谢谢医生！”

父亲也说了几句感激的话，望着医生远去的背影，父亲和母亲长长地出了一口气，不管咋说，总算得到了一个确定的消息，三儿的眼睛没大问题。

那几个年轻人见三哥的病可以治，也都松了口气，他们对父亲和母亲说：“三儿还要在医院住几天，我们先回去了。”父亲说：“吃点饭吧，都这个时候了，今天把你们几个都辛苦了！”在父亲的执意挽留下，几个年轻人留了下来，同父亲一起来到医院对门的小餐馆，父亲给他们一人要了一碗臊子面，土豆丁和红萝卜丁的，在那时，这算是上好的饭食啦，年轻人吃饭快，不一会儿就吃完了。吃完后，他们一一起身，跟父亲打了招呼，准备回村。

这时，母亲从医院赶了出来，说：“你们回去给我家幺女和幺娃带个话，说他三哥不要紧，在医院里看着，要过几天才能回去，让他们在家里听话，好好上课。”

几人应着，看天色不早，飞快地就往村里奔去了。

他们回来的时候，陈妈妈正在给我和祯兴洗脚，我和祯兴面对面地坐着，两双脚泡在一个小木盆里。这是一个老式的木盆，全是用木片围起来的，外面用铁丝箍着，每次用完，给里面装上一点清水，就一直不会漏，但若任其干着，就会漏水，母亲掌握了这一规律，每次都会在里面放一点清水。据母亲说，这是她的嫁妆，娘家人专门请上好的木匠做的。陈妈妈烧好了水，让我和祯兴先洗，我们正在洗的时候，丑娃进来了，一进门，就上气不接下气地说："幺女，你妈让我告诉你们，你三哥没事，眼睛能治好，你们不要着急，在家里好好听陈妈妈的话，按时上学。"

看得出，他是一路小跑着回来的，我连忙应着，陈妈妈拉了凳子让他坐，他说："不坐了，话带到，回家还有事。"然后就掩了门走了。

我们洗完了脚，陈妈妈让我们上了床，她害怕我们晚上要上厕所，自己小脚，出进不方便，照顾不了我们，就去厕所里将尿盆拿了回来，放在堂屋里，说："你们晚上要起夜了，就尿到尿盆里，我明天给你们倒。"我和祯兴应着，见一切收拾妥当，陈妈妈也上了床，我和祯兴两个睡一头，陈妈妈一个人睡一头。

睡下后，祯兴小声问："小姐，你说三哥的眼睛真的能治好吗？"我说："会好的呀，你没见，妈都让人捎话回来了，医生看的，肯定没问题，放心吧，三哥一定会好的，三哥那么年轻，咋就会眼睛看不见呢，我们就在家里乖乖地等他们回来就行了。"

陈妈妈说："是呢，你们就乖乖地在家，不让你妈操心，你妈才能安心在县上给你三哥好好治病呢，你们放心，这几天，有我在这儿，饿不着你们，放学了，你们直接回来就行了，钥匙你妈都给我留了，到时候，我就过来给你们做饭，你们放学可要按时回家哟。"

我和祯兴听话地应着，陈妈妈吹灭了煤油灯。

夜顿时深了。

姐姐是在爸爸回到学校后才知道三哥住院的，她三下两下吃了饭，就赶快向医院跑去，她一边跑一边纳闷，今天中午跟同学在山上掐韭菜，不知怎么的，眼前突然好像有一只羊鹿子跑过，可仔细一看，又什么都没有。她问同学，同学都说没有看见，她就在心里奇怪，明明好像是看见一只羊鹿子飞一样的从眼前跑过，可别人都说没有看见，难道是自己的眼睛看花了，怎么会这么奇怪的，这难道跟三哥的病有关吗？她一边快步地走着，一边瞎想着。

来到三哥的病房，母亲正在给三哥喂水，一进门，姐就大喊了一声“妈！“母亲回过头，见是姐姐，忙唤了一声“兰儿”，姐姐就扑到了三哥的床前，说：“三哥，你咋这样了？”母亲说：“突然发的，也不知道咋回事，一下子就眼睛看不见了，不过，医生说能治好的，没事，你不要担心，我刚才给你三哥喂了药，药吃着，过几天就会好起来的。”

姐姐拉起三哥的手，说：“三哥，你一定要好哇，我还等着你给我摘桃摘叉叉果呢。”三哥说：“大妹，没事，三哥好了，还会去给你摘的。”

母亲示意姐姐在三哥的床边上坐，姐姐坐下之后，便将自己今天在山上掐韭菜遇到的怪事同母亲说了。母亲说：“你三哥的病还有征兆呀，哎，不管咋说，能治好就好，就是万幸。你不知道，当时，可把妈吓死了。你说，你三哥这年轻轻的小伙，眼再看不见了，可咋办呐。当时，听到你三哥大叫，我腿一下都软了，多亏村里的几个小伙子，是他们一路给你三哥拉到医院的，这么远的路，可把人给累坏了。”

母亲和三哥在医院的这几天，天天都是姐姐做饭，送饭。父亲生来是不爱做饭的，也不善于做饭，跟他一起上学的孩子都得自力更生，饭自己做，水自己烧，衣服自己洗，反正是生活中大小的事，都得自己学着干。

姐姐每天吃罢头顿的饭，就将二顿的饭菜准备着，水提好，柴火劈细，样样都准备好，以便放了学就做好，省得耽误时间，人说苦出身的孩子早当家，姐姐自小就能干，啥都会做，啥也都能做得像模像样，特别是母亲做的一手好饭菜，姐姐就学了个八九不离十，家里没有大人的时候，她一个小女娃，也能把饭菜做得可口。

这两天，姐姐就琢磨着，掐的有韭菜，给三哥和妈包顿饺子吧，三哥生病在医院，也怪闷的，能把饭吃好，也能开心点。她就让父亲在街上买了点豆腐，她将豆腐切成碎末，和碎韭菜拌在一起，放上盐，她听说三哥不能吃重盐，就特意将盐放得很轻。

父亲见姐姐这么有心，平日不怎么做饭的他也来帮姐姐包饺子了。姐姐笑父亲："大，你还是心痛三哥！"父亲说："咋不心痛，你们哪一个我都心痛，只是我不爱说罢了！"姐姐听到父亲如此说，就笑了。姐姐手熟，包得快，她包了好几个，父亲还没包好一个，一个饺子半天都捏不拢，边他老压不死，包着包着馅就出来了，反复地捏，反复地包。姐姐见父亲笨手笨脚的样，说："大，你去烧火吧，我来包，水烧开也还要一会儿，我很快就包完了。"父亲便去灶间添火。

一会儿，姐姐将饺子包好，这会锅里水也开了，她将饺子下好之后，盛出三哥和母亲的，让父亲先吃，自己还没吃就先急着去医院送饺子。父亲让她先吃了，她说害怕饺子泡化了不好吃，先去医院送了，再回来吃，父亲让她快点，她就拿着饺子一路小跑着走了。

一跨进病房的门，就对母亲说："妈，咱们今天吃饺子！"

母亲取了碗，看着姐姐包的饺子，一边责怪一边怜惜地说："哎哟，你要上课，哪有时间包饺子呀？"姐姐说："没事，我啥都准备好，放学直接包，也很快的，这不，一会儿不就好了么。"母亲看着能干的女儿，欣慰地笑了。母亲将饺子分好，对姐姐说："兰儿，你也赶快回去吃吧，待会儿化了，就不好了，这儿你不用管了。"

姐姐走到三哥跟前说："三哥，你多吃点儿。"三哥说："嗯，好，我一定多吃点，吃饱饱的，你快回去吃吧。"姐姐对母亲说："那妈，我走了啊。”母亲摆摆手说：“走吧，快走哦！”姐姐又一路小跑着回了学校。

数日后，三哥出院，是父亲陪着一块回来的，除了被子褥子，还带了一些药和肾炎病人用的专用的盐。医生让三哥坚持服药，将所开的药要吃完，吃饭的时候，尽量用医院里给配的盐，这种盐是专门给肾炎病人吃的。

在此后，好长一段时间里，母亲做饭都要做两种口味，一种是三哥吃的，一种是我们吃的，每次饭做好，给三哥调一碗，然后才调我们大锅里的。母亲严格地遵照医生的嘱咐，照顾着三哥，以期三哥能够尽快地好起来，恢复成一个健康人的状态。

在后来的日子里，三哥似乎是好的，眼病再也没有复发。

第十七章　我的二嫂老师

我在上二年级的时候，二嫂来到我们村的。

二嫂是以一名代课老师的身份进入到我们学校的。学校是队办学校，只有四个老师，一个男老师，三个女老师，都是国家正式教师。当时，好像是有一位女老师怀孕了，学校里缺一位老师，我的二嫂便来了。

王坪四个队的学校，建在我们三队，因为三队的地方开阔，学校便在村正中心，也就是徐家大院的前面，总共有三间教室：一年级二年级共用一个教室，三年级四年级共用一个教室，五年级一个教室。一年级二年级在靠近大边路，三年级四年级在最里面，五年级在中间的高台上。

为什么会有这样一个高台呢？据母亲说，这所学校以前是牛栏改造的，因为四个队的娃娃要上学，队干部集中看上了这个地方，就将牛栏移去了上院，把眼前的这个牛栏改建成了现在的学校，而在教室的旁边，还有一个猪圈，这依然是队里的，因此，上着上着不时地飘出一股猪粪味。

在农村，土里生土里长，早对这些乡村气息的物事见怪不怪了。因为在早几年，村人还将从厕所里掏出来的大粪以及从牛栏猪圈里掏出的牛粪猪粪，晾干，用手搓成粪粒呢。因此，对于整天待在猪圈边上课，学生和老师也都已经习惯。

确切地说，在二嫂来之前，我算不得一个好学生。那时，我对于学习是没有兴趣的，我经常逃课，不好好写作业，记忆最深的一次是我将书包藏在屋后的阶沿下的包谷壳里，然后一个人就跑到田野间小河边逛去了，因为家离学校很近，我没上课，老师就找家里来了。

母亲见我不在，就四处找寻，结果将我从小河边的沙地里找了回来，让我去学校。我说没书包。母亲问我："书包哪去了？"我说："不知道。"母亲知我撒谎，便耐着性子给我做思想工作："娃儿呀，你要念书，不念书不行呀，你看，妈这一生，连个字都认不了几个，你看你爸是念书的，人多高贵，而妈妈一生都是伺候你爸的命，你好好念书，也可以像你大一样穿得整整齐齐，坐在办公室里。"

在母亲的反复劝说下，最后我才将自己把书包藏在屋后包谷壳里的事与她说了，母亲在包谷壳里找到我的书包，又将我连人带书包送回了学校。

虽然回了学校，但对于学习，我一直有抵触情绪。

二嫂的到来，从某种程度上改变了我的学习态度。

村子小，有个什么风吹草动，一村的人都会知道。听说村里会来一个新老师，而且给我们代课，我们早晨起来，都各自烧好火，就坐在学校门前的场地上等着了，等着新老师的出现。

不一会儿，从队里的知青房中走出了一个女老师，很年轻，鹅蛋脸，大眼睛，梳着两条长长的麻花辫子，穿着一件浅咖啡色的黄格子衣服。她手上拿着两本书，急匆匆地走过来，见到我们，就大声说："都回教室了啊，回教室上课啦！"

这里，我要交代一下，女老师现在住的老师宿舍，其实是以前知青点的房子。那一溜排整齐的房子，也是村里最整齐的房子，以前知青在这里住，这四间房子是专门为知青盖的，紧挨着村里存放粮食和农具的库房。房子的侧面，写着八个白色的大字"自力更生，艰苦奋斗"。房子的侧面紧挨着路，村里人从这儿经过的时候，都能够看到。据母亲说，以前在这里住个四个知青，三个男的，一个女的，女的叫了一个很好听的名字——绿叶，只是胆小怕羞，总不咋跟村中的男人说话。

在这里蹲点的知青在几年前走了，这个房子就腾了出来，成了老师们的宿舍，刚好四个老师，就住了这四间房子。

我们在她的招呼下，又各自搬了凳子回了教室。我们在教室坐下后，她走上讲台，用普通话说："我姓姚，叫姚鸣凤，以后大家就叫我姚老师好了，从今天起，你们的数学和语文就由我来给你们代课了，希望你们都能好好学习，做一个勤奋上进的好学生！"

有学生鼓掌，大家就跟着一起鼓掌。

第一堂课上的数学，姚老师给我们讲了两位数的加减法。她讲得很认真，说话声音也好听，脆亮脆亮的。我时不时地用眼睛偷偷地去瞄一眼，对于这个老师，我不反感，竟然有点喜欢。

只是没想到，有一天她会成为我的二嫂。

母亲劳动忙，常常顾不上给我梳头，我就自己随便将头发用皮筋扭两下到学校去了，所以头发常常梳得不好看，毛乎乎的。

课间的时候，姚老师就会给我叫出来，拿上她的梳子，让我坐在学校门前的石头门楼子上，给我梳头。在她给我梳头的时候，我觉得她不像老师，倒像是我的姐姐，我一点都不害怕她，而且还敢随意地跟她说话。我对她说："老师，你长得真好看！"她笑了："是吗，你们不讨厌我就好。"她会向我问一些村子里的情况，我把我能知道的都给她说了，比如说村里有多少人，有几个孩子在咱班上学，等等。

有了第一次，过后的每一天，她都会给我梳头，有时说一些闲话，有时也说一些学习上的事情，慢慢地，我不再讨厌学习了，甚至喜欢上课，喜欢学习了。

记得有一次，姚老师改作业，将我叫到她的办公室，让我看她改作业。一边改，一边对我说："你看，这些同学中，有作业做得好的，有做得不好的，做得好的字就写得认真漂亮，做得不好的就零乱潦草，你说，你是希望做一个好学生呢，还是一个不好的学生？"我毫不犹豫地说："我要做一个好学生！"姚老师看着我，开心地笑了。她又对我说："想不想改作业？"我说："想。"姚老师将红水笔递到我手上，她先让我判断对错，我说对了，她就非常开心，让我打对号，我说错了，她就帮我分析，分析那个学生的题到底是怎么错的，错在哪里。在她的指导下，我竟然认认真真地改完了两个学生的作业。姚老师从我的手中取下笔，放到红墨水瓶中，然后问我："喜欢改作业不？"我说："喜欢。"她说："喜欢，你就要好好学习，以后才能像我一样当老师。"我点了点头，用眼睛表达了我的渴望和愿望。

数月后，母亲问我："喜欢不喜欢姚老师？"我说："喜欢呀！"母亲说："让你姚老师给你二哥做妻子咋样？"我一听，喜出望外："好呢，姚老师是老师，二哥也是老师，他们正好么。"母亲见我这么说，也挺高兴，说："是啊，两人都是老师，也算是般配。"

母亲听得姚老师和村里的一个女子是同学，便托她给问问，看看姚老师的意愿，并让那女子找机会让姚老师跟二哥见个面。二哥长得高高大大，五官端正，相貌堂堂，在村里的男青年里，也算是显眼的了，只是二哥在别的地方教书，回来得少，反正在我眼里，二哥是一个优秀的青年。二哥知道得多，二哥会译乐谱，二哥还会吹口琴，他会的很多东西，村里的人都是不会的，因此，二哥一回家，我就常常腻在二哥身边，听二哥唱歌，听二哥吹口琴。

如今，要把姚老师说给二哥，我是打心眼里喜欢，两个人都长得好，都是老师，关键都对我好，他们喜欢我，我也喜欢他们。想想，姚老师该是上天赐给二哥的缘分。

果然，两人一见面，姚老师就同意了，虽然没有明说，但是她通过她的同学表达了自己的意愿，说交往一段时间看看，并说自己家境不好，让二哥考虑好。

听这话，便是有些愿意，母亲不是保守的人，并不会因为姚老师的家境不好而轻看和怠慢了她。母亲说，家里是家里，你是你，我们相中的是你的人，现在这时代，谁家都是困难的。

二嫂是养女。原父姓孙，母家里属老五，上有两个哥哥，两个姐姐，下面一个妹妹，因为家里子女多，姑姑家一直没有生养孩子，父母便将她给了自己的亲姑姑，姑姑一双小脚，行动不便，姑父弓腰驼背，患有哮喘，天一凉，就咳嗽。她要照顾姑姑，还要帮姑父打理地里的农活，这样的一个孩子，相对于别的孩子来说，更要早熟一些，就算这样，二嫂也坚持念到了高中毕业，要不然，她也不能凭白到我们学校来代教。

二嫂说自己家境不好，是实情，她没有丝毫的隐瞒。母亲是一个善良的人，见二嫂自小在这样的环境中长大，更是叹息二嫂的不易。

二哥和二嫂见面之后，两人都很愿意，二嫂喜欢二哥的仪表堂堂，二哥喜欢二嫂的美丽能干。见两人都没有意见，母亲便决定将这门亲事定下来，当然，首先得让二嫂的姑父来看家。在媒人的带领下，二哥将二嫂的姑父接了来，姑父一看，我们家里里外外干干净净，摆放整齐，虽然不是什么富庶之家，但也算是书香礼仪之家，再加上二哥又是个老师，说话做事周到体贴，让他心生喜欢，在酒桌上，就将二嫂的事定了下来。

不开亲了是两家，开亲了是一家。开了亲了，母亲就将二嫂当作自己家的媳妇看待了，家里做了什么好吃的，就会把二嫂叫过来，二嫂来了也不见外，又是帮忙做饭，又是帮忙剁猪草的，母亲见了，很是喜欢，这个媳妇，不仅能教书，在家还挺勤快，不禁喜从心来。

逢到过节了，母亲就会让二哥带上礼物，去给岳父岳母辞节。二哥看未婚妻，跑得比谁都快。为了方便二哥回家，父亲特意为二哥买了一辆飞鸽自行车，那在当时，可是让人羡慕的东西，因为在我们村里，二哥是第一个骑自行车的人。他骑着自行车上班，骑着自行车接二嫂，当然，我们时不时地还可以蹭着坐两下，在那时，坐个自行车，比现在坐个小轿车都让人高兴。

除了二哥，祯兴是接二嫂最多的人。

二嫂来村一年后，我们便被父亲带进了县城上学。记得当时，我上三年级，祯兴上一年级。那个时候的孩子远远比现在的孩子坚强，我们每个礼拜要走 15 里的路上学，还要再走 15 里的路回家，那条长长的乡村公路，留下了我们瘦瘦弱弱晃动着的小身影。我们姐弟俩结伴，有时也跟五哥家的女儿们结伴，在这条路上一走，就走了好多年，一直走到我高中毕业。

我们进城后，二嫂也被调去了别的学校。

每到周末，母亲依然会让二哥去接二嫂，二哥不在家，母亲就让祯兴去接，祯兴欣然领命，下了学，背着个书包就奔二嫂家了。来到了二嫂家了，也不见外，见了饭就吃，吃了就拉二嫂走。见这么个小孩子来接二嫂，二嫂的姑父就让二嫂赶紧跟祯兴走，他怕祯兴一个人不安全，其实，我们虽然小，但在这条路上早已经走习惯了。

当然，二嫂的姑父是从一个长辈对娃关心的角度来考虑的。

数月后，二哥从小岭调到了东坪，离家就近多了。二嫂和二哥婚事提上了议事日程，两家父母都是通情达理之人，也没有太多的讲究，就是让二嫂告知下亲生的父亲，认个亲，父母生娃一趟，结婚是大事，应该知晓。父亲和母亲就让二哥和二嫂带着水礼上门了，双方一说，相互都知道。这徐家和孙家，原都是县上的大户人家，徐家以耕读传家，孙家以医药立世，早些年间还是有交往的，一说，彼此都知道些大致情况，二嫂的亲生父母也就很愉悦地接受了这门亲事，两人一并报上结婚的日子，请兄弟姐妹们来家喝喜酒，众人应了，二哥二嫂方归。

接下来，便是给二哥准备婚事。

结婚，首先得有婚房。当时，我们家里的住房实在是紧张，紧张得为二哥腾不出一间婚房，母亲和父亲为这事愁啊愁啊，想来想去，想到了隔壁的杨风德。这是一个五保户，一个人在这个村中，因为一直未娶妻生子，便常年在外流浪，甚至常年不归，有人说他在山外有相好的，有人又说他在山外有亲戚，反正一年四季不归家，偶尔回来一次，住不上三五天，便又跑了，原因是常年不在家，家徒四壁，既无粮食，也无蔬菜，在家待几天，也就东家混一顿西家混一顿。父亲和母亲就合计着，可不可以将杨风德的房子买下来，给二哥结婚，于是，四处托人打听，找到杨风德。谁知杨风德一听说我们想买他的房子，他竟然喜出望外，几个人当面锣对面鼓很快就谈妥了，谈好后，一手交钱，一手便交付了房屋买卖契约。估计在那时，人们还没有市场意识，因此事情谈得很顺利。在杨风德来说，这屋常年空着，倒不如卖上几个钱来得实惠。于是，杨风德的房子便成了二哥的婚房。

房子买过来之后，又要扫扬尘，又要糊墙。这一次是大规模的糊墙，家里的各个地方包括灶房都要糊白，父亲在学校里各个老师处找来了大量的报纸，让二哥用自行车带回来糊墙。全家总动员，所有的人都加入到了这场糊墙大军中，小的在下面糊浆糊，大的站在凳子上往墙面顶棚上糊，当然，二嫂也来了，在这场婚礼中，二嫂从来没有当一个旁观者，任何事情她都参与到其中，因为，她觉得大家都在忙她跟二哥的事，她理应帮忙，而且应该好好地帮忙，就这样，我们一家人整整忙了一个周末，才将墙糊好，整个家顿时焕然一新。

在当时，时兴三转——自行车、手表、缝纫机。自行车，家里买已经买过了，但二嫂的手表是要买的，缝纫机，其他的，还有糖果呀，烟酒呀，都是少不了的。为这事，二哥跟父亲在县上跑了几天，好在当时有自行车，买了就让二哥骑自行车带回去了，缝纫机带不回去，是二哥和三哥用架子车拉回去的。

一切准备妥当，就等二嫂进门了。

原以为，二哥结婚，我会参加二哥的婚礼的，因为我一直很想看看二嫂当新娘子是什么样子。可是二哥结婚，却在星期中间，学校正上着课，父亲没有让我和祯兴请假，他只自个请了假回去操办二哥的婚礼。

我和祯兴知道二哥结婚，却眼睁睁地回不了家。

二哥结婚的当天，我们虽然在学校里，但心早跑回王坪徐家大院的家里了。一整天，我们的心就像是猴抓了似的，老是痒痒的，激动着，但父亲没让我们请假，我们又不敢回家，只是凭自己的想象，想象家里的情形，想象婚礼的状况。

周末，学校放学铃声一响，我抓起书包就跑，跑到祯兴教室门口，大声地喊："快，快，走了啊，回家啊！"

祯兴连忙拿了书包，我们俩一路小跑着往家里赶，就好像是还能赶上二哥的婚礼似的，其实婚礼已经过去几天了，我们就带着这样急切的迫切的心情往家里赶。

其实自己并不知道在赶什么，是想早些看到二哥的新房呢，还是想看看新婚中的二嫂，还是想家里有什么好吃的好喝的留给我们的，或者这些想法都有，只是都不明朗，但归家的心情，十二分迫切。

我们回到家，已经是下午，母亲将饭做好，等着我们了。我们来不及放下书包，就直奔二哥的新房，二嫂正在房中，见我们回来，忙与我们拿糖吃，我和祯兴一人一把。我们接过糖，喜滋滋地吃着，两眼望着二嫂，望着这个新房子里的一切，床是新的，家具是新的，二嫂的穿着也是焕然一新的，顿时觉得口中的糖甜蜜无比。

第十八章　跟堂哥读书

堂哥是族中年龄最大的哥，也是大房的长子。因此，我们族下人都叫他大哥，一来依他们家的序，二来依他的年龄。在我成长的记忆里一直有两个大哥，一个是我嫡亲的大哥，一个便是徐家大房堂伯家的大哥。

从我能记事时起，大哥就没有妻子了，据母亲讲，大哥的妻子年纪轻轻得病死的，死后，大哥一直没有续弦，一个人带着两个儿子过着。

大哥其貌不扬，形象也不高大，但是大哥有一个特点，爱读书。在村里这些做农活的人当中，大哥算是最有文化的啦。

每每跟大哥在一起，大哥说起话来总是头头是道，纵古论今，信手拈来。因此，大哥虽然没有妻子，但家里从不冷清，他那火炉边常常围满了人，村人没事了，就围在那里烤个火，听大哥讲古今。

家里来人了，大哥总是将柴架得多多的，火烧得红红的，因此，村里人都爱来大哥的家，在这儿，茶有喝的，火有烤的。逢到无事，或者是雨雪天，他们在大哥家一耗就耗上半天，不到家里喊吃饭，都不肯回去，还有的，吃了饭，放下碗，又来了，反正只要大哥在家，大哥没睡觉，一些无事的人就一天到晚地偎在大哥家里。

村里文化高的人不多，只有几个在外面上班，其他的人基本上都是在家里务农，还有就是几个高中毕业生和初中生。其余如我一般的孩子们还正在学校里读书，未来尚没有定数。

在这些孩子里，我是一个爱读书的人。因此，别人喜欢大哥家的茶，喜欢大哥家的火，而我则喜欢大哥家的书。

周末无事的时候，我就会拽上母亲去大哥家。母亲有时间了陪我去，没时间了让我自己去。我去了大哥家，就在大哥家里东找西找，找我想看的书。我是同辈里最小的妹子，大哥心疼我，我来了，也不拿我当外人，爱找什么，自己找去，反正他知道我是一个乖孩子，不会搞破坏，就由着我自己去翻腾。

在当时，我是很奇怪的，父亲是个教师，我们家里都没有那么多的书，而在大哥家里，却有着那么多的书刊，并且许多都是当时的主流刊物，如《钟山》《收获》《当代》。在改革开放初期，它们都属于主流文学刊物，一般人是看不到的，尤其在我们这样的农村，没有书的流通渠道，更何况大哥并不是什么了不起的人，他只是我们村里的一个普通的村民，在我们家族中，他读过书，稍微喜好文化一些而已；而这些书，在我见到时，也并非新书，它们都是被人翻阅了好多遍的，才流浪到了大哥这里。到了大哥那里，对于我来说，就成了稀罕物了。

在我估计，大哥在外面是有一些爱读书的朋友的，要不然，他在哪里能弄到这些书。这些书除非在邮局订阅，在我们这样一个秦岭深山中的小县城，市面上是没有售卖的，如果不是哪个单位长年的订阅，是没有机会看到的。

我每次见到一本没有看到过的书，就像是捡到了一个大宝贝似的，喜不自胜。我一个人抱着书坐在大哥家的小凳子上一坐就是半天。逢到大哥饭熟了，也会叫我吃，“小妹，就在这吃饭？”我说：“行。吃了再接着看。”看到晚上，还没有看完，我就给大哥说：“大哥，书我还没看完，我要将它拿回家里去看。”大哥总会很爽快地说：“行，但有一点啊，不能将书弄坏弄丢了，这书可都是我借人家的。”我应着，将书拿回家，小心翼翼地收藏，当然，家里其他人也没时间看书，也没人像我这样迷书。

记得，当时在《钟山》《收获》《当代》中读到了好多的中短篇小说。其实要论年龄，我那时尚小，还没上到初中，但是我对读书却如痴如醉。那些字，我有的认识，有的不认识，实在不认识的身边有人了就问问，没人问了，就自己猜，反正也能猜个八九不离十。因此，一篇文章看完，基本的故事情节也能明白。

至今，我常常想，我对于文学的兴趣，是不是在那个时候自觉不自觉地培养起来的。

大哥不光喜欢读书，还喜欢曲艺。他喜欢唱民谣，说快板，常常不知从哪弄来一些老本子，如《梁山伯与祝英台》《天仙配》《窦娥冤》等。没事了就坐在那儿唱，冬天的火炉里，夏天的树荫下，甚至是田间地头，常常都是他唱曲的地方。

大哥一唱曲，就会招来一些人，跟的跟，学的学，经常，他的门前就跟个戏台似的，热闹得不得了。在村里，有几个嗓音好的，母亲算一个，烟袋嫂算一个。村人何以叫她"烟袋嫂"，因为她不管走到哪里，都腰上挂着一个烟袋，而是装烟叶的旱烟袋，村里少女人抽烟，而她在女人中是最显眼最独特的那一个，她爱抽烟，大声开朗地跟人开玩笑，而且笑起来声音又脆又亮，只要听到哪里有响亮的笑声，哪里一准就有烟袋嫂。

在那些爱唱曲的人中间，还有一个唱的好的，是一个独臂的男人。他不是天生独臂，是在一次意外中没的手臂。听村里人说，他年轻时，力气好，个子高，身材魁梧，干活没几个人能比得过，是个壮小伙。可是由于年轻人的贪玩，胆子大，不幸便发生了。

那是一个冬天，干完农活，一些人没事，就凑在一起闲谝，谝着谝着，就有人说，咱们去炸点鱼吃吧。几个年轻人一约，便"忽啦"一下子就都去了。

当时，农田基建，他们将炸石头的炸药偷拿了一点，就跑到了一个有大石头的浅水湾去了，一伙人围在旁边，他点火。为什么他敢点火，因为他平日里放过炮的，可是，就在这次炸鱼中，他失手了，他将炸药点着，还没有扔出去，炮就响了，鱼没有炸着，却把自己的一只手给炸掉了。这帮小青年一看，鱼没炸着，却给人炸着了，都惊得眼睛瞪到核桃大，有人冷静地说："赶快送卫生所。"

送了卫生所，医生一看说："这手没用了，废除了，神经和软组织都炸坏了，要截掉！"于是他那一只手臂就被医生生生地切下来了，一个好好的青年从原来的四肢健全的人成了一个独臂人。没有了一只手臂，干活也就不方便了，村里人叹息他，也不强行给他安排活，他爱干了干，不爱干了算了，只要一年能够挣得够自己吃的口粮就行。而他，也从此养成了吊儿郎当的习惯，没活了不干，有活了也不想干，有点放任自流，也有点自暴自弃。

可说到底，他是可惜着，人长得不错，相貌周正，身宽体健，而且人聪明，悟性好，我之所以这么说，就是因为他在唱曲方面一学就会，而且能把歌词记得一字不落。这，也算是一种能力。可因为他的父母早故，在他出事的时候，没有亲人积极地对他加以引导，让他度过心理上的难关，以致一蹶不振，从此混迹人间。

众人都可惜着他，叹息着他，可也无力管他多少，他来了，有饭让他吃口饭，有水让他喝口水，众人能帮他的也只能这样。他在家里待一待，待得无聊了，到外面去跑一跑，在外面跑得烦了，又回来。因此，常听人说，独臂李回来了，独臂李走了。这两句话，是我在村人的嘴里常常听到的。

独臂李每次回来，都要到大哥的家中坐坐，和大哥唠唠嗑儿，讲讲外面的事，也打听打听村里人的事。哪家里有什么事了，哪家谁又娶妻子啦，哪家里又添了个幺娃儿了，反正村庄里的事不外乎吃喝拉撒、生老病死。

当然，他回来了，唱几嗓子是必不可少的。有时，别人让他唱，有时，没人让他唱，他自个也会唱将起来，那声音高亢开阔，一下子能跑遍半个村庄。一听到他唱歌，就都知道他回来了，有人就在惋惜地说，这个独臂李呀，也不安安生生地过日子，一晃这么多年了，整天在外面东漂漂，西漂漂，也不娶个妻子，到老了可咋办呀，人又不丑，身体又好，找个本分的女子，咋不是一份好日子。

别人着急归别人着急，可独臂李从来没有娶妻子的打算，也没有托过任何人给他介绍，更没有为这事着急过，别的男人都讨妻子，那似乎只是别的男人的事，跟他丝毫没有关系。偶尔别人家过喜事，他也会去凑个热闹，别人说起他，他都一笑了之，从不当回事，还说，要妻子干啥，还是个累赘，不如一个人过了自由。人们见他如此，说过几回之后便不再说了。

独臂李每次回家，在家里顶多待上半个月，然后拎着旧衣服往肩上一搭，就又走了，因此，他在村中一直是一个传说。他的存在与离去，在村人们的嘴里只是一个谈资。有了他，人们凑在一起热闹一会儿，他走了，人们该忙啥忙啥，生活一切照旧。

而大哥家从来也不缺少人，任何人的来与去，都不影响大哥家的热闹。

我依然跟大哥读书，偶尔也跟他们一起学唱曲，将那些老本子老段子抄在我的笔记本上，没事了哼哼上几句，拿到学校里一唱，同学们还都说好听，我便愈发学得有劲。除了老戏本子，他们在一起经常唱的还有渔鼓曲，像《拉篱笆》《猪氏割肝》《王端刻木》等，都是教人行孝的。因此，可以说，我最早接触的文化是跟孝道有关的。

在农村，最有趣的事莫过于过年。过年是一村大大小小的盼望，大人盼着过年好歇息几天，小孩子盼新年有好吃的好喝的，而我的大哥，不仅爱读书，爱唱曲，还会做纸扎。记得毛主席逝世的时候，就是他带着全村人做的纸扎花圈。他会做各种各样的花，而且还会做纸灯笼，圆灯、方灯、宫灯，甚至是兔子灯，各种各样的灯，只要能想得到的，他都会做，就包括大队里玩的满家灯，也是大哥带领大伙做的。

因此，快到过年的时候，大哥就会问我："想要灯笼不？"我说："想要。"问我："想要什么？"我有时说想要个鱼的，有时说想要个兔子的，有时还会说想要一只公鸡，反正只要我想要什么，他都会给我做，而且做出来都是彩色的，活灵活现，非常漂亮。有时，也会做成灯笼车，下面按上四个轮子，多是用梧桐树木做的，有了轮子，这些漂亮的花灯就像花车一样，用绳子一牵，就能满村里跑。

大年三十的晚上，吃完团年饭，母亲就给我的灯笼里点上小蜡烛，我和祯兴拉上或者是提上就一起出去玩了，我们这些幺娃拿着各式各样的灯笼满村上上下下地跑。当然，也有没有灯笼的，没有灯笼，就跟着我们有灯笼的一起跑，天再寒冷，我们这些娃儿也觉不出寒冷，从下院跑到上院，从上院跑到下院，有的提在手上，有的用绳拉着，一个村庄被我们一伙小孩子吵得沸沸腾腾的，大家叽叽喳喳，就像是一群春天的小百灵鸟。家长也不管我们，由着我们自己玩，玩累了自然会回家。

最开心的是有一年，母亲请大哥给我们家做了三个宫灯，两个挂在大门上，一个挂在堂屋里，我们家顿时有了一种古色古香宫廷般的味道，隆重庄重起来。那种灯笼有灯体、灯罩和灯串，全部都是用纸和绢花做成，包括灯串的吊轴也是用纸卷起来的，做工非常精致漂亮。这几个灯笼悬挂在我们家的堂屋，让我们家的新年与别的家顿时不一样起来。以致后来好多年，在市面上都买不到这样的灯笼，这才不得不让我佩服大哥是一个能工巧匠，大哥的骨子里有着太多的艺术细胞，只是在那个年代，所有人都扑在农业大生产上，大哥将这种才华埋在了黄土地里，偶尔为之，也少有人识得它的高贵与华美，它的别具一格和匠心独运。

要放在现在，大哥也算是能人的，因为在他的身上，有着文化人的禀赋，有着艺术家的气质，而他，竟然不自知。不管怎么说，大哥的一生算是活得有趣的，他的生活不空泛，他的心灵被好多的东西充盈着，于此，又觉得不必为他遗憾什么。

人活着，归根到底，只要开心就好。其他的外在的名与利呀，都是虚的，都没有做自己想做的事，读自己想读的书来得逍遥和自在。

观大哥一生，又觉得大哥并不虚无，而我便是深受大哥感染的一个人。他用文化充实了自己，又给村里的人带来了许多的精神食粮，甚至影响着我喜欢上了文学，以致今天走上了文学的道路，从内心来说，我是爱着这个大哥，又是敬着这个大哥的。

第十九章　晓华寄学

某个周六回家，家门口坐着一个陌生的小伙子，细皮嫩肉的，穿着和我们都不一样，身着一件藏蓝色牛仔扣的夹克衫，用一双审视的眼光打量着我和祯兴。

当时，我就纳闷，这家里我是主人，还是你是主人呀。

母亲见我们回来了，忙迎过来，说："你俩回来了呀！"然后用眼睛朝那个陌生的小伙子看了看说："我给你们介绍下啊，这是你晓华哥，从青海回来的，以后要在我们这里上学，跟你们一起在县上读高中，你们以后又多了一个一起上学的伴。"然后又把我们介绍给晓华，说："这是我家最小的两个娃，一个是你妹妹，一个是你弟弟。你妹妹大一点，弟弟小一点，以后跟着你一起上下学，我就放心了。”晓华说：“没问题，他俩交给我啦！”说话那口气，一点都不客气。

我们看了他两眼，就去放书包了。

一会儿，他的父亲，也就是我的小叔回来了，人还没进门，就听见爽朗的笑声，随后便喊：“晓华，晓华在哪？”

晓华应声过去了。他的父亲给他交代在我们这儿要注意的事情，比如说，要跟我们搞好团结呀，不要跟弟弟妹妹吵架呀，对长辈要礼貌啦，在家里要学得勤快点呀。“你在这待着，给你大伯大妈要添不少的麻烦，你一定要听话，不要让大人生气，周末想回来了，就跟弟妹一起回来，不想回来了，就待在县上，好好看书，反正，我不在你身边，这儿就是你的家。”他说着，晓华应着：“知道，知道，你说的我都知道，在路上你都跟我说了一路了。”小叔呵呵地笑了，说：“我不是害怕你记不住嘛。”晓华说：“我忘性有那么大吗？”小叔说：“没忘记就好，就是要你不要忘记，我这么远将你送回来：一者来说，这里的教育好，你伯和你哥都是老师，他们能够照顾你；二者，这里是你的老家，我放心，希望你在这里好好学习。三年之后，能够考上一个像样的大学，不要辜负了我费这么大的心力将你从青海转回这里。”

父子二人还在说着，母亲的饭就做好了。母亲说：“来，都回来上桌吃饭了。”因为晓华和小叔的归来，母亲专程炒了一桌菜。

其实对于小叔，我不陌生，几年前，小叔下放的时候，就在老家住了好久，每天扛着锄头下地干活，除了他脖子上一直搭着一条白毛巾，看不出他和村子里的人有什么两样，那时，母亲常怜他不易，家里改善伙食了，都会让我们去将小叔叫上，总感觉，那时，小叔没少吃我们家的饭。

如今，他平反了，工作恢复，一晃又是好几年了，这次送晓华回来上学，再见到他，也没有多少变化，只是比以前白了胖了，坐办公室到底还是能养人一些。

小叔见到我和祯兴，亲热地拉起我们的手，问我们还认得他不。我们说："认得，你是小叔么！"他高兴得就将我们的手往他的脸上拿，一直蹭到他的脸上，放了好一会儿，才让我们放下来。

这一天，我们一家人基本全部坐齐了，另外在座的还有五哥，这是我的一个堂哥，和父亲在一所学校里共事。据母亲说，五哥和母亲同岁，但我们仍得给他叫哥，因为辈分在那儿摆着。

大家一边吃着饭一边唠着嗑，说晓华上学的事，说我们家的事，说五哥家的事，也说小叔青海的事，甚至还说起以前小叔下放劳动的事。反正一顿饭，大家吃得热火朝天，你说几句，我说几句，一个还没说完，一个又将话茬接了过去，好多年没见面了，见面都有些兴奋，再加上晓华这孩子不怯人，初来我们家，就像是跟我们一个一个混得有多熟悉似的。说话他还要老抢话头，我在心里想，这个哥哥倒是一点都不见外啊。

吃完了饭，母亲收拾锅碗，父亲和小叔、五哥又聊了一会儿晓华上学办手续的事。小叔说："那边的转学证已经开了，都带着，直接到这边办入学手续就行了，至于晓华的住处嘛，你们就不用管了，我准备在外面给他租房子，毕竟你们都是住单位的房子，紧张，让他在外面租个房子，方便学习。"

不过，租房子还得麻烦你们，你们看在哪合适，最好离学校近一点，方便。当然，私人的更好，方便的时候，给人家打声招呼，让给孩子帮忙照看着。

父亲说："晓华看着挺成熟的，自立能力也一定是比较强的，反正在这儿，不管是在县上，还是在家里，这儿都是娃的家，想吃啥了就直接说，需要啥了也别客气，反正在这儿，我们就拿晓华当自己家的娃看待。"说罢，又看着晓华，认真地对他说："不管咋说，你爸不远千里，将你送回老家，你也知道为的是什么，好好学习就是，争取在这儿上几年，能够顺顺利利地考上大学，完成你爸的心愿，你爸就你一个儿子，所有的希望都在你的身上，你可要好好念书哟！”

晓华听了，连连说：“是，大伯说得对，我一定要好好学习，要不然，就没有颜面回青海。”

众人都笑了，还知道没有颜面回青海，就不错了，有这话，我们大家都放心了。

办完晓华的入学手续，小叔就回青海上班了，他来来回回只请了一个星期的假。走时，母亲给他带了点腊肉和豆酱，让拿回去给小婶尝尝，小叔说：“那我就替晓华他妈谢谢大妈了。”父亲将他送到柿子树下，一直看到小叔的身影消失在那弯弯的乡间土路上。

晓华的生活安顿好，是在一个星期之后，在房子没有租下来之前，他一直就跟祯兴两个搭铺，他个子大，老拉得祯兴没被子盖，两人将一个被子一扯来一扯去，你嫌我盖多了，我嫌自己盖少了，反正两个人睡在床上老打架。晚上在床上打来打去，白天却形影不离，干个什么都一前一后一高一矮地黏着，我老是笑他们说：“见不得，离不得！“晓华就会调皮地朝我鬼笑：“去去去，我们爷们儿的事情，你不懂。”

我也会调皮地气他们：“谁不懂了，两个臭皮匠，终于混到一块了。”

晓华说：“你不知道呀，两个臭皮匠，可顶个诸葛亮。你等着瞧，有我们的好，也让你跟着沾光。”我说：“行了吧，别让我给你们洗烂袜子，就是我跟你们沾光了。”

搬进出租屋后，安静了几天，晓华又来了。我们是自己家里做饭吃，他来了，就给他的饭做上，时间久了，放学了，他就直接来我们家了，就跟我们自己家里的孩子一样，我们也没拿他当外人，有时想吃好的，就嘴甜地跟我说，“小妹做的啥好好，啥啥好吃，我吃了心里一个劲地还想呢！”我说：“想吃了就直说，别拍马屁！”他说：“没拍马屁，我说的都是真的。”

周末了，我们一起回家，因为晓华，母亲就会千方百计地弄上一点肉菜，总怕亏了晓华，说晓华家生活好，到我们这儿来，没好吃的，给晓华饿瘦了。

一年到头，我们家里也就几块腊肉，养几只鸡，平时鸡都是舍不得杀的，可晓华来了，每隔几个月，母亲都会杀一只鸡，炖了给我们几个孩子吃，我们有时也会说，我们是跟晓华沾光。晓华不懂我们家东西的不易，还洋洋得意地说："大妈就是好，就是好！"他还跑过去，把母亲拥抱一下，这时，我就会说："你就会甜言蜜语，酸死了。"晓华还喜眉笑眼地说："大妈爱我，我也爱大妈呀。"我说："爱大妈，要用实际行动。"晓华便说："等我以后工作了，能挣大钱了，我给大妈买好多好多好吃的，我将大妈接到我家，啥也不让做，让她好好地玩上一阵子。"母亲听了，便笑笑地说："那时，还晓得大妈在不在哟。"晓华说："在，肯定在，你身体这么好，你要活到一百岁。"说得母亲又乐了。

有时吧，在我们家，我也觉得母亲说的是，我们真是亏了晓华。这个哥哥呀，是特别地能吃肉，估计在家里，就他一个娃，经常给他买肉吃，养成了吃肉的习惯，逢到有肉吃的时候，就特别的开心，吃得那叫一个香呀，满嘴流油，鸡头、鸡翅膀、鸡脚、鸡内脏都吃得喜笑颜开，鸡肉更不用说了，没一样放过。锅里一边煮，他就一边在锅里捞，母亲和姐姐看见了，就打开锅盖，给他捞上两个，让他慢慢啃，他也不客气，接着了，就香喷喷地吃了起来，等到锅里完全煮熟透，差不多一小半就让他吃了。

记得有一次，母亲让他和祯兴去接姐姐，姐姐见他们俩来了，高兴得不得了，就忙着给他们弄吃的，知道晓华爱吃肉，就将一个猪头一起煮了，熟后，将肉全部剃下来，剃了一大老碗，那时的老碗相当于一个小盆，可他和祯兴两个人一会儿就吃光了，等到姐夫回来，肉星子都没了。姐夫笑着说："哎呀，你们俩有用，会吃，吃得好，人能吃才叫有用，那可是口福呀！”

那时的八月十五，学校不放假，同平时一样，照样上课，只是晚上不用上自习，母亲见是在礼拜中，给我们拿了一块腊肉，让我们自己做着吃，我就把腊肉都煮了，肉煮好后，还没开始炒菜，他们俩将瘦肉全部撕光了，光剩下了一溜子肥肉了。我气得说：“你们俩呀，真就像狼一样，咋那能吃肉！”父亲见我说他们了，就连忙说：“吃就吃呗，炒着是吃，煮着也是吃嘛，早晚都不是要进肚子的。”我见父亲如此说，也索性就说：“你们要能吃，我将这剩下的肉炒完啊，反正总是过节，让你们吃个够。”没想到，二人竟连连说好。我就真炒了，一块肉一顿让我们分食而光，我回家说与母亲，母亲呵呵地笑了，说：“都爱吃肉，明年就多养头猪吧。”

果然，第二年，母亲又养了一头猪。

姐姐学过制衣。过年了，晓华是客人，总应该让晓华沾点新气，姐姐就计划着扯几尺好布，晓华讲究，给他做个西服吧。姐姐将布扯回来，给晓华量了尺寸，就开始着手做了，她严格地照着书上的示意图，如何挂里子，如何做领，如何缝制袖口，比给自己做衣服都精细认真。两天后，衣服做好，她把晓华叫到跟前，一试，哇，真好，比买的还合身，我们都夸姐姐手艺了得。姐姐欣慰地说：“还生怕做坏了，穿不了呢！”

晓华自是喜出望外，过年有这么帅气的一件新衣服，那得让人多开心呀，他穿上身就不肯脱下。姐姐说：“只是粗熨了一下，回头还得再细细地熨一遍，西服要平整了才好看。”他才不得不脱下来，那是一件咖啡色横竖格子棉麻的西服，他果然喜欢，上学时经常穿着。

周末，我们回家，晓华也总会跟着我们回家。一来可以改善伙食，二来可以有地方跑着玩。一回到老家，晓华和祯兴就像是从圈里放出了的羊，他们捉野鸡、逮兔子。有时拿回来，有时，两个人就在山上烧着吃了。吃剩下的，留一点肉，带回来，说让母亲弄给我们吃。

有一次，他们竟然逮到了一只老鼠，扒了皮，破了肠肚，自己弄上盐，调料面，烧上一堆火，烤了吃了，被父亲知道后，狠狠地训了他们一顿，因为那时正流行出血热，说是因为老鼠身上带的病菌感染导致的，父亲厉声对他们说："你们连这个也敢吃，中病毒了咋办呐，老鼠是最肮脏的动物，下水道、厕所、粪堆里乱钻的，以后可不许胡吃了啊！"

是啊，晓华在我们这待着，一来我们要为他的安全负责，二来要对他的健康负责，没出事就好，要真出事了，小叔就晓华这么一个儿子，我们可怎么向小叔交代呀！

父亲问晓华学习怎么样，晓华说差不多。父亲问老师，晓华学习怎么样，老师也说差不多。差不多，说到底，就是一般化，并不是多好的。老师说，这孩子聪明，就是爱玩。晓华的爱玩我们是领教了的，点子多，花样还多，一会想一个这个鬼点子，一会儿又想一个那个鬼主意，反正是只要没在教室，便一刻也不肯闲着。说到底，一个差不多，还是让我们担心着，小叔将晓华在这里放三年，就是想让他在这儿学好一份学业。三年后，要考不上大学，我们的心里也会不安的。

一转眼高三了，晓华有点着急了，有时候回来，有时候就又不回来了，估计父亲说，五哥说，晓华也有些压力了。当然，小叔肯定时时还有书信给他。不回家的时候，他就给我们说一声，他在县上复习功课，倘若家里做了好吃的，或者是蒸了包子，母亲必定会让我们给他捎一点，他吃着的时候，总不忘记说一句，大妈做的饭就是好吃。

一年的时间一晃就过去了，晓华马上要面临高考，小叔来信说，想让晓华回青海去考试，那里因为是高寒地区，有补助分，一个学生可以补到 30 分，于是父亲和五哥帮晓华又赶快办了转学手续，帮他退了屋，收拾了东西，准备送他回家。

晓华要走了，说真的，还真有些舍不得，三年时间，在一起说说笑笑，打打闹闹，也好像就成了真的兄妹，突然他要走了，以后再也看不到这个熟悉的调皮的影子在眼前晃来晃去，心里突然觉得像是有一个珍贵的东西要被别人拿走似的，心情难免沉重起来。

我和祯兴默默地帮他收拾着东西，他要走的那个礼拜，专程又回到了下梁我们的家，专程同母亲告别。走时，他拥抱了母亲："大妈，感谢您这几年对我的照顾，我会永远的记在心里，我马上就要回去考试了，其实说真的，我舍不得您，舍不得这个家，舍不得这个家里的每一个人，很喜欢咱们家里的这种气氛，永远幸福甜蜜，永远热热闹闹，而我们家，老是三个人，冷清多了。我走了，我会想您和大家的，大妈，咋办呀？"

母亲说："想我们了，就回来，我们永远都欢迎你，这儿也永远是你的老家。"

晓华和家里的每一个人道别，走时，母亲仍旧给他装了一块腊肉和一包豆酱，还有一包新磨出来的洋芋粉，因为除了这个，家里也没什么稀罕物品可以送人的。晓华拿了，同父亲、我和祯兴一起又走上了县城的路。

一路上，我们都少说话，再也不似平时的嘻嘻哈哈、打打闹闹，我们似乎都有点感伤，父亲交代晓华，说："回去了要好好考，争取考上，完成你爸的心愿。"我则对他说："路上要注意安全，一个人回家，要走那么远的路，坐那么远的车。"晓华说："没事，相信哥，我已经是一个大孩子了，都高三了，还找不着回家的路，也太没出息了。"祯兴说："晓华哥，你走了，以后我就无聊了，没人跟我玩了！"晓华说："你还有小姐呀，你跟姐姐玩。"祯兴说："小姐老管我，给我管得像个瘪三似的。"我们都笑了。我说："我啥时给你管得像个瘪三。"祯兴说："开个玩笑么。"

晓华走的那天，父亲、我和祯兴都去送了他，他将自己没有用完的洗发水和护发素给了我，说："小妹，这个新买的，只用了一两次，你拿去用吧。"将他的收音机给了祯兴："让这个陪着你，看着他，就像是看见了我，是我在跟你说话。"

我们都黯然地接下了，没有说感谢的话，因为，在此时，所有的话语都无法道出我们三年相处的感情。

父亲提着他的一个包，祯兴提着他的一个包，五哥也给他带了点吃的，让他路上吃。我们将他送到车站，帮他将行李放好，看着他坐上车，车出发了，我们才慢慢地离去。

五哥说："这晓华突然走了，还有点舍不得。"父亲说："可不是么，几年的时间，整天在跟前混着，混得久了，就当成自己的娃了，吃个虱子也没少他一条腿。可这突然一走了，心里就像掉了个什么似的。"

我们一路默默地走回校园，父亲和五哥回了他们自己的办公室，我和祯兴去教室上课了。

一个月后，收到晓华一封信，他已经参加高考，似乎不太理想，要是考上，马上就给我们报喜，要是没考上，他就不给我们来信了，他一定要好好复习，争取明年考上。

第二年的夏天，收到晓华考上了青海大学的信，据说，学校在西宁。

于此，我们为他牵挂了几年的心总算落下来了。

第二十章　三哥相亲

一晃，三哥到了 24 岁的年龄，母亲思虑该给三哥娶妻子了。

在三哥的青春年华里，有没有喜欢的人？或许在他的内心，是有的，但是从来没有说破过，因为凭我们的直觉，他喜欢村里的一个读过一些书的女子，该女子上到高中毕业，而三哥才上到小学三年级，相差太远了，两人注定不可能走到一起，就算走到一起，也不能幸福。

婚姻总体来说，还是要才貌相当。

村里另外一个喜欢三哥的，也就是在三哥生病的时候着急的女子柳春。柳春生性善良，勤快能干，而且针线活还做得好，只可惜从小吃药吃坏了，不能准确地说话。她倒是挺喜欢三哥，经常来我们家帮忙干活，对我们一家大小也都关怀备至，虽然不能说，但是她的心是能体会得到的。

虽然柳春不能流利说话，但是她用她的善良感化着我们，我们倒也都不讨厌她。母亲私下里问三哥，同他开玩笑说，把那柳春给你说上，三哥头摇得跟拨浪鼓似的。

甭看三哥，没念到多少书，眼光还不低，普通的女子他还看不上。

母亲自此再不说这个笑话。

可三哥的妻子从何说起，既要说一个三哥喜欢的，还要人家喜欢三哥，这样的女子哪找去呀?

村里同三哥年龄相当的女子没几个，远的又不认识，对于已届婚龄的三哥，母亲不知道该从哪里给他物色一个女子。

时间一晃又过去了几个月，端午节时，母亲将二姑接回来过端午，同二姑谝起了这个事，二姑听了想来想去，也没有想到一个合适的人。但是二姑回去了，将这个事同姑爷说了，姑爷听后，把这个事放在心上了。

大嫂是姑爷介绍的，父亲和母亲没想到姑爷还会为三哥操这个心。

事情放在心上后，姑爷没事就在他们村里转悠，看有没有适龄的女子，同三哥旗鼓相当的，观察来观察去，他发现了一个女子。该女子母亲早亡，也没有上到多少学，但勤劳能干，一家人的吃穿用都在该女子手上，她平时在家里务农活，时不时地还做点小生意，这对于一个女子来说，算是有头脑的，三哥没读到多少书，来来去去找一个会过日子的最主要。

想好之后，姑爷就专程来了一趟我们家，将赵家女子的事说了，父母一听，觉得姑爷说在理，就说：“依你吧，你考虑问题周全，过日子靠的就是人稳妥，你能想到的都八九不离十，就由姑爷给三儿张罗了。”

姑爷回去之后，挑了一个中午休息的时间，去了赵家，果然，赵家人都在，那女子也在。姑爷就先跟赵家父亲谝了一会儿，谝着谝着，就谝到了各家儿女，自然也就说到赵家女子身上了。姑爷问：“你家女儿多大了呀，找婆家了没？”赵父说：“已经23岁了，还没找下婆家呢，我们家庭苦寒，给娃都拖累了。”姑爷说：“哦，没找呀！”姑爷将烟袋磕了磕，准备再装一锅子烟，赵父赶快拿出自己的烟：“来，吃我的，不嫌弃，尝尝我的烟叶。”姑爷便装了赵父的烟，说：“你女儿还没有找人家，我倒有一个亲戚跟你女儿年龄相仿，要是你有意，我给你们说合说合。”赵父一听，说：“那感情好呀，有劳你给我操心，我是托了哪门子福哟。”

姑爷顺口将我家的情况说了：“父亲是教师，家中大哥分家，二哥也是教师，常年在外，早都单过了，家里剩下两个妹妹一个弟弟，都在学校里上学，常年在家的就老三和他的母亲。”赵父一听，说：“哟，还是吃公家粮的家庭。”忙不迭地答应了，并说请姑爷去说，他们等消息。

过了些日子，姑爷又去了赵家，说已经同我的父母和三哥都商量了，如果愿意，相个亲，双方父母和孩子见个面。赵父一听，应道：“这是自然，见面是必须要见的，儿女婚事，这是大事，一定得认真对待，两家亲开好了是一家，开不好，以后相处就别扭。”

母亲请人看了日子，准备定在星期天，家里人都在家的时候。那天，姑爷带着赵父，还有赵家女儿，三人一起来了家里，母亲早早准备好了饭菜，只等姑爷到门上了开炒。

见姑爷上门，母亲就急忙喊父亲：“娃他姑爷来了，你快去接接。”

父亲连忙从内屋走出，三步两步走到院中，将姑爷和赵父及那女子迎进家门，让他们在房里喝茶。

坐定后，姑爷将那父女俩介绍给父亲，女子皮肤有点黑，估计是常年干活所致，但穿戴却整齐干净，父亲和姑爷说话，女子默默地听着，不说话，也不插话，当然，姑爷和父亲都只说一些与婚事无关的话，两人寒暄了一阵之后，父亲问赵父多大年龄了，身体咋样。赵父说身体不太好，大毛病没有，小毛病老是不断，叹了一口气："人年龄大了，不行了。"父亲说："看样子，你年龄还没我大吧？"赵父说："你年龄大，你吃轻巧饭，到底显年轻，我俩在一起，你到底看着年轻。"说罢，脸扭向姑爷："你说是不？"姑爷说："我这舅子哥哇，一天坐在办公室里，风不吹，雨不淋的，比我这村干部舒服多了，那咋不年轻么。"三人说着说着都笑了。

唠着唠着，母亲的饭就好了。姐姐来请吃饭，四人一起动身就出了房屋，这时，三哥才正式和三嫂碰面，三哥偷偷地看了一眼三嫂，三嫂压根就没好意思朝三哥看，不过我想，估计也用眼睛的余光看到了，相亲的女孩子都比较害羞。

坐在桌上，母亲为了表示关怀，特意将三嫂安排在自己身边，她一边同三嫂问些话，一边给三嫂夹菜，一会儿，三嫂跟前就堆成了一个小山堆了。三嫂连连说："不用夹了，夹多了我吃不了，浪费。"母亲说："没事，你年轻，长身体，多吃点。"

总之，吃饭的时候，气氛是很好的，两家人都客客气气，礼貌周到。三哥没有照顾三嫂，也没有跟三嫂说话，但是三哥坐在赵父的身边，也在不停地招呼赵父，"叔"长、"叔"短的叫个不停，赵父自始至终笑眯眯的。感觉得到，赵父对这个家和三哥是满意的，虽然三哥念书少，但自己的女儿书也念得少呀，人家这家庭，不管咋说，比自己家生活质量要高得多，最起码女儿过来有吃有喝，不会受罪，看这婆婆，慈眉善目，人能干，又贤惠，能嫁这样的人家，还多亏了娃姑爷的介绍，要不然，咋认识呢。

这一顿饭吃得欢欢乐乐，融融洽洽，我和祯兴也变得比平时规矩，生怕别人说我们没礼貌，家教不好，我们俩老老实实地坐在桌子边，想吃菜了，就认认真真地夹一筷子，然后坐在那儿安安静静地吃，听着大人们说话，听着他们又是劝酒又是让菜。我在吃菜时，会时不时地看一眼未来的三嫂，她穿着一件枣红色的金丝绒的褂子，头发扎在后面，皮肤有点黑，不丑，但也说不上多漂亮，一个普普通通的女子，只是笑起来挺好看，露出一嘴白白的牙齿，但她是不怎么笑的，只在母亲给她夹嘴的时候，她朝着母亲微微一笑，以微笑表示感谢。感觉到整个一顿饭，她说的话不超过十句。

饭后，母亲收拾锅碗的时候，三嫂帮忙收拾了一下桌子，她做事慢慢的，但是挺稳妥，一下一下，不紧不慢，有条有理。下了饭桌，她说话也比在桌上多了一点，说你们这咋的，我们那咋的，你们跟我们不一样呢！也是慢慢的，一句一句地说，从说话做事，能够感觉得到三嫂是一个有心计慢性子的人，恰巧三哥是一个急性子的人，两人从性格上，刚好互补，我在心里默默地比较着。

晚上，一家人都在一起坐了下来，当时天已经有点凉，母亲烧了一盆炭火，有了火，一屋子的人就有了重心。大家都能坐到一起，说话方便，交流也方便。

这时候，三哥和三嫂才正儿八经地面碰面了，姑爷将他俩的名字叫得应应的：“今天我们来，是专门让你们两个年轻人见个面，用我们当地的话说，就是看家。秀琴，三儿家就是这样，家里的人基本今天都在这里，该见的你都见到了，这个是三儿，就是给你说的女婿，你现在用眼睛好好地看几眼，看好了说愿意，就愿意，要不愿意了，咱今天就算是出来逛着玩了一天。”

三嫂是个慢性子，好一会儿没吱声。赵父沉不住气了，说：“这还有啥想的呀，人家这家庭父亲是老师，母亲又贤惠，标准的礼仪之家，我看着很好，心里乐意着。”

见父亲发话了，三嫂这才表态了说：“我没啥，只是我怕我们家条件差，拖累了你们。”

三哥见三嫂如此说，就赶紧表态说：“那说啥话呀，我们家也就我大拿点工资，我还不是个种地的，有啥呀，不要那样想，忙完了我们家里的事，你们家里有事了，我也过去给你们帮忙，两边都是要管的，你放心，我别的没有，有的是一身力气，干啥活我都不怯。”

两人这么一说，这事基本上就成了，也没有什么再要研究和讨论了的了。

姑爷见状，连连说：“好，这是我们当大人的都想看到的结果，回头你们看个日子，让两人将事情订了吧，订了婚，两个孩子来往也名正言顺些。”

父亲说，这事就交给他妈吧，这些事她比我懂，她找人看下日子，最好在年里就订了，过年的时候，两方好走动，相互辞个年，拜个年也都方便一些。

那一晚，二哥将自己的房子腾出来，让三嫂在家住了。二嫂素来知书达理，见三弟要娶妻子了，她心里高兴着呢，忙着换干净被子干净单子，包括枕巾都换了，她说换下，睡着舒服，要不然上面有男人味。

三嫂微微一笑说：“姐，你真细心，来你这住，都给你和二哥添麻烦了呢！”二嫂说：“看你说的，你今天第一次来家，是贵客了，以后，我们就是一家人了，有啥事你不好意思同别人说的，你就只管同我说，其实这个家里的人都很好，尤其是妈，对我们就像对自己亲生的娃一样，你来这家里绝对是来对了。一般的家庭婆媳关系都不好处，可在这个家，妈年轻，又能干，一天到晚闲不住，你看，一个农村的家打理得亮亮堂堂，到处都让人看得清爽舒服。最主要的呀，是妈做的饭好吃，啥东西到了妈手里，就跟变魔术似的，都能做出色香味可口的饭菜，这家里呀，你若是待久了，让你走，你都不肯走了。”

第二天，送走了姑爷和赵家父女，母亲就找人看日子，看日子的人说，半个月过后，那日子就行，适合结亲婚娶，于是日子就定在了半个月之后。

三哥要订婚了，这在我们家也算一件喜事，母亲泡了豆芽，磨了豆腐，煮好了肉。媒人嘛，姑爷一个，还得再找一人，那就二姑吧，反正这事是二姑说给姑爷的，二姑也算是个媒人。姑爷大笑说：“哟，这样也好，还让哥家省了一份酒水。”父亲说：“酒就不省了，你好这个，让娃将两份一起拿你家去，你没事了慢慢喝，反正是喜酒，咋喝都高兴。”

儿子订婚，做婆婆的得给妻子见面礼，给点啥呢，母亲想来想去，想不到合适的。首饰吧，自己年轻时倒有几件，可现在家里却没啥值钱的东西，思来想去，不知道买啥好。二嫂说，现在人时兴戴表，要么给三儿妻子买一块表，又时尚又好看，她一准喜欢。母亲听二嫂如此说，一想，也是哦，送人礼物嘛，就是要让人高兴，现在时兴这个，就给那女子买个手表倒也合适。

于是，母亲就让父亲在县上给三嫂买一块蝴蝶表，是西安手表厂生产的。

手表买回来之后，放在那，我看到了，那表小巧玲珑，莹亮发光，简直是好看极了。为了自己也能有这块手表，我后来去了同学松霞家捡毛栗，卖了钱，自己也买了这样的一块手表。

半个月后，三嫂和他的父亲，还有姑爷二姑，他们一起又来到了我们家，吃过接风饭后，订婚仪式是在下午进行的。在我们家的堂屋，摆了一张长条桌子，桌子上摆了六个干果盘子，有花生、核桃，有柿子干、炒板栗，还有一盘月亮酥、一盘点心，意寓“六六大顺”，放成一溜。众人在桌子两边坐下。

这次三嫂不是看酒，而是拿着茶壶看茶，三嫂先给父亲和母亲一人倒了一杯，逐个递到他们手上："大、妈，你们喝茶！"父亲和母亲接过，喝了一口后，父亲朝母亲使了个眼色，母亲赶快将装有手表的盒子拿出来，说："这是我和你大的一点心意，现在年轻人都时兴戴手表，也就给你买了个手表，可以看时间用。"三嫂接过，对父亲和母亲说："谢谢大，谢谢妈！我给你们两位老人一人做了一双布鞋，本来说要给家里人一人做一双的，时间来不及，这两双鞋子都是我晚上加夜工赶出来的，等结婚的时候，我给大家一人做一双。"她说着，朝坐在旁边的我们一人看了一眼。二嫂连忙说："好，好，秀琴鞋做得漂亮，我们先心领了。"

父亲和母亲从三嫂手上接过布鞋。父亲说："真亏得这娃有心，熬更受夜地给我们做鞋，回头要爱惜着穿。"母亲拿在手上，首先看的是针线活："哎哟，秀琴这鞋做得好哇，看这鞋路，看这针口，均的哟，又干净，又漂亮，你家那么忙，你咋还能做得一手好针线活呀？"三嫂说："家里兄妹几个，整天买鞋穿，又买不起，就自己晚上抽空做了，反正别的我也做不了，就只能做个鞋子。"母亲说："女人能将针线做好就很不错啦，你这鞋我拿了，放抽屉里，慢慢穿！"三嫂说："妈，你也别省，回头有时间了，我再给你做。"

其实我是知道的，母亲是想留个纪念，就母亲的针线活来说，在村里，在整个大队，乃至整个公社，都是数一数二的。她做的衣服那叫一个漂亮呀，你压根看不见针脚和线路；她做的鞋子上的花，就像是尺子量的，画笔画的，那个美观，那个漂亮，是少有人及的。

在论成分的年代，村人老说我们家是地主什么什么的，我一点也不感到自卑，我觉得我的母亲比我见到的任何一个母亲都优秀，她做的针线茶饭无人能及。见到的嘴上说好，吃到的心里说好，就连当年知识青年上山下乡，都喜欢吃我们家的饭。工作组驻村，吃了我们家的饭，别家的饭都不肯吃了，要给我们掏钱，请母亲天天给他们做饭吃。后来，队长就专门拨了粮，在队上给母亲计工分，让母亲专门给工作组做饭吃。

时隔多年，母亲走在县城里，吃过母亲做得饭的人，仍记得母亲，见了母亲，远远地就打招呼，母亲以她的贤淑与能干博得了村人，乃至众多的外村人地认同和赞誉；而我们，也因为有母亲，时时生活在一个甜美幸福的环境里，听到人们夸母亲，我们总会露出自豪的笑容。

从那一天起，三嫂就成了我们家的一员了。

第二十一章　烟袋嫂自杀

听说烟袋嫂自杀了，我大吃一惊，嘴张得老大，半天合不拢。烟袋嫂怎么会自杀，这样一个热情洋溢活力四射的人怎么会自杀，太不可思议了，简直是太不可思议了。

烟袋嫂，我之所以称她烟袋嫂，一者因为她跟我们平辈，二者她常年四季腰间别着一根旱烟袋，村里抽旱烟的男人尚且不多，而她又是这为数不多的抽旱烟的人中唯一的一个女人。

因此，她在整个王坪村都是独特的另类的，加之她性格开朗，声高嗓亮，常常是人未到，声先至，不管在哪里，她都是一个让人无法忽略的人物。

虽然烟袋嫂是一个女人，但是在她的身上有着男人的性格，爽朗，大大咧咧。可是就是这样一个人，却喜欢我的母亲，我一直以为，母亲跟她根本就不是一种类型的人，但是没事了，她却爱来我家坐，跟母亲唠嗑，唱曲。母亲向来贤淑，与任何人都没有过节，她每次到来，母亲也都欢喜地相迎，她在我们家里也不客气，遇上水了喝水，遇上饭了吃饭。

听母亲说，烟袋嫂不怎么会做饭，也不爱做饭。起初的时候，吃食堂，村里人换着做饭，一同吃大锅饭，后来，各家吃各家的了，就由男人做饭，女儿们慢慢地大了，又由女儿做。她的女儿之所以勤快，从这个角度来说，不勤快也不行，母亲是个大大咧咧的人，没心没肺，家里的事一应俱细得有人操持，因此，时间久了，锻炼也锻炼出来了。我一直认为，人做事是一种习惯，做事做习惯的人闲不住，老不做事的人，越来越不喜欢做事，越来越散漫，因此好的习惯是养成的，不好的习惯是惯成的。

烟袋嫂是一个会生产的女人，一气生下了五个女儿，村里演过《五朵金花》的电影，于是，她的女儿们便被人们称作了“五朵金花”。母亲说，烟袋嫂性格开朗，活泼好动，生娃根本就没有受到罪，别的女人生娃痛得翻来覆去、连声叫娘，可烟袋嫂生娃又快又顺溜，娃生下来，自己拿剪刀“咔擦”一下就剪掉了脐带，用个绳子将脐带一扎，过几天伤口自然就长好了。

说得呀，村里的女人都羡慕得不得了，都说，哎哟哟，我生娃要能那么利索，就是让我给老天爷烧高香我都愿意。

烟袋嫂整天在外面东跑西逛，女儿没管到多少，家里也没有管到多少，可是，女儿个个都长得健康还漂亮，从没见生过什么毛病。村里人总说她家的孩子就像地里的野草，自己生自己长，完全不用人费力劳神。别人家的娃管着还管不好，可她的女儿不用管，还自己知道干活，自己知道摘金银花、挖药挣钱。

在成分论的年代，烟袋嫂是属于根正苗红的那一类，她男人吴松是从山阳来的，外来户，又没有房屋，又没有土地，在村里是地地道道的贫农。吴松和她是完全不同类型的人，吴松身材瘦小，说话慢吞吞的，有一句说一句，平时看来都只安安静静的。而她却相反，爱说爱笑爱闹，哪里人多她往哪里去，哪里热闹她往哪里去，是个不肯让嘴闲住的人，两个人一闹一静，按说也算相得益彰。

可谁料想，烟袋嫂的死却和她这个安静的男人有关。

据村里人说，烟袋嫂自杀的头一天晚上和吴松吵架了，吴松怀疑烟袋嫂外面有人，烟袋嫂说没有。吴松不相信，为此，两人吵了一夜，吵得天昏地暗，吵得天翻地覆，把女儿们都惊动了，可是女儿们个个都不敢言声。这一夜，两人自然都没有睡好，背靠背，生了一晚上的闷气。

第二天一清早，烟袋嫂起来了，自己梳梳洗洗出了门，几个小时后，她又回来了，回来的时候家里人正在吃饭，大女儿叫她吃饭，她说吃过了，想睡一会儿，自己就回屋，关上了门。头一天吵了架，见她要睡，就任她睡去了，见她门关了，吴松也就出去了。她这一睡便睡到了中午，中午吃饭的时候，见她还没起来，吴松就让女儿去喊门，来到门边，门仍关着，推不开，女儿又跑到窗子边上喊，窗子也关得死死的。怎么回事，今天妈怎么啦，把门窗都关得这么严实，女儿便使劲敲，敲打也没有人理，床上倒是睡着一个人，一动也不动。女儿就连忙喊："大，我们叫妈没人答理，你来叫。"

吴松就来到窗前，使劲地喊，可是喊叫半天，床上的人还是不动，吴松顿时意识到不好，就对女儿说："赶快砸门！"女儿拿来大锤子，吴松两下给门砸开了，进了屋，床上的人喊不动，屋里到处飘着一股酒气。

一家大小一齐涌到床前，见床上的烟袋嫂口吐白沫，一点动静也没有，一摸鼻子，早没气了。顿时，吴松一屁股坐到了地上，哭喊道："哎呀呀，你这个要死的，你咋走了这条路了呀，我们不就是吵了个架嘛，至于你这么样嘛，你不管我啦，娃你也不管了，这几个女儿都还没长大，还没有出嫁，你怎么就能这么狠心地抛下她们不管呀？你这个挨千刀的，你赶紧回来，你赶紧醒来呀，女儿们不能没有你这个妈呀！"

吴松一顿哭天抢地，几个女儿也跟着一起嚎啕大哭了起来，顿时家里哭声震天，周围的人听到哭声，都不知道咋的了，都跑来观望，及至屋里，才知道烟袋嫂没了，大家个个睁着大眼睛，完全不相信这是真的。

烟袋嫂死了，烟袋嫂咋会死呢，谁死了烟袋嫂也不能死呀。她这么样一个谈笑风生的人，她这么样一个精力旺盛的人，她这么样的一个活蹦乱跳的人，她这么样一个天生的乐天派怎么会死呢？她能有啥想不开的，在人们的想象里天塌下来了，她都不会眨一下眼睛。她会死，她会为什么而死呢？什么事又能让她去死呢，她怎么就又能舍得去死呢？

可是，烟袋嫂死了，真的是死了，烟袋嫂的死完全超出了人们的想象，超出了人们的常规思维。她在人们没想到的时候死了，她在人们无意识的时候死的，招呼也不打一声地死了，死得像一只戛然而止的弦，来得那么简洁，来得那么直接，来得那么出乎意料，来得那么让人措手不及。她的死不仅是她男人和女儿的损失，似乎也是村里人精神上的损失。她死后，人干活干累了到哪儿去找乐子？她死了，队里再组织秧歌队，没有了这个活力十足的女人，便似乎少了许多的味道。

一时间，烟袋嫂的死传遍了整个三队，又像一阵风，一会儿传遍了整个村庄。大家都知道烟袋嫂死了，大家都惊诧于烟袋嫂死了，在这几个队中，烟袋嫂也算得是个名人了，开朗的人同谁都容易结识，开朗的人和谁都能打成一片。她的有趣与热闹不只在三队，在整个大队都是被广泛知晓的，可是这个烟袋嫂却在人到中年选择了死亡，实在是想不通啊，想不通。

人们咂咂着嘴，相互议论着，议论个不停，可不管咋说，烟袋嫂死了，终是死了。

只是可怜的烟袋嫂，死了连一副棺木都没有，谁能想到她年纪轻轻会死呢。一般的棺木都是给老人准备的，老人去了那叫喜寿，谁年纪轻轻地弄个棺材放着，等死呀，这不合常理，也不合风俗。可烟袋嫂死了，总得有个安顿的地方，于是村里上上下下的人都给帮忙找棺材，看哪里有现成的棺材，先给买过来，把人葬了再说。

最后熟人帮忙在西川寻得了一副棺材。棺材拉回来的时候，已经是第二天的中午了，亲戚们和乡亲们都来了，将早已穿好了衣服的烟袋嫂装进了棺材，一个平素里热闹的人就这样安静地去了。她死的时候，有多痛苦，有多挣扎，没有人能知道，因为用酒吞服的毒药，药性发作的很快，估计一会儿人就断气了。她是个做事明快的人，也希望自己死的时候，一下子能死个彻彻底底，痛痛快快，别人要死的时候，还希望会被人重新救起，而她死的时候，却是下了十二万分的决心，不给任何人抢救的机会。

烟袋嫂生前是一个热闹的人，现在死了，也再让她热闹一回吧，吴松请了人，给她唱了三天的孝歌。因为毕竟膝下还有五个未成年的女儿，母亲没了，这些孩子从此将成了没妈的人，让她们将自己的母亲再好好地陪几天吧。

谁家夫妻不吵架，原以为烟袋嫂性格开朗，吵架吵过就完了，没想到她却如此想不开，走上了这条轻生的不归之路，而自己，也只是道听途说的呀。作为男人，逢到是非事谁不要问个明白，可这个一向大大咧咧的妻子咋就在这个事上较了真了，想想自己真是悔呀，可现在，后悔有啥用，死也死了，就让自己用后半生的孤独来惩罚自己吧。吴松想到此，抹下了一把浑浊的泪。

而烟袋嫂，估计是想用死来证明自己的清白，性格爽朗的人，面对生死估计也是不会含糊的。

唱夜的几天，远远近近认识的人都来了，说来陪陪这个爱热闹的女人坐一坐，送她一程，生前爱热闹，死了也热热闹闹地走，在这里面，有同情，有惋惜，也有不舍。不管咋说，人都走了，就是再忙，也挤出时间来看一看。

母亲这几天一直在这儿帮忙，只是晚上夜深了回去打个盹，她本是村里的厨娘，村里人家大小的事，都没少了请母亲。烟袋嫂死了，说真心话，母亲是可惜她了，这个乐天派的女人，一天总有那么旺盛的精力，别人干活再累再乏再蔫，她都能笑出声来，有她在的时候，人干活也就不觉得累了，一天在嘻嘻哈哈中就过去了。烟袋嫂活着的时候，给村里的人带来了很多的快乐，如今，她死了，再也回不到大家中来了，陪她几天，也算是相好一场的送别吧。

其实对于烟袋嫂，我也是有感情的，她喜欢来我们家，也喜欢我们，每次亲热地称我“小妹”，把我叫到她跟前，给我唱歌，我想听什么，她就给我唱什么，而且每次都唱得很认真，从来不拿我当一个小孩子敷衍。有时，我想玩她的烟袋锅子，她就从腰上拿下来给我，让我随便玩，母亲常叮嘱我：“不要给弄坏了。”烟袋嫂说：“没事，弄不坏的。”

只是背后，母亲却说：“玩玩就行，可不要学烟袋嫂抽烟啊，抽烟可不是一个女人应该学的。”我便问母亲：“妈，那烟袋嫂不也是女人嘛，她咋抽烟？”母亲便说：“你看咱村里，除了烟袋嫂还有女人抽烟么？”我摇摇头说：“没有。”母亲说：“这就对了，烟袋嫂是抽久了上瘾，戒不了，那也是以前的事。你看现在的女人都不兴抽烟，抽烟抽一口大黄牙，也不好看。”

事后，我偷偷地观察了烟袋嫂，果然，牙齿有些黄。我便知，母亲说的是对的。尽管她抽烟，可总的来说，烟袋嫂人还是挺好的，母亲喜欢她，大家喜欢她，我也是喜欢她的。

碰巧，烟袋嫂唱夜的时候，逢着周末，我回到了老家。于是便随母亲去了，在那儿坐到了半夜，我没有见到烟袋嫂死时的状况，我见到的只是一个还没有上漆的原木的棺材。她的几个女儿在跪着给她烧纸，一边烧，一边抽泣。

歌里唱到的“没娘的孩子像根草”，这些孩子，以后真没母亲疼了。

我在心里默默地说：“烟袋嫂，你一路走好！你生前是快乐的，死后也要快快乐乐的啊！”

第二十二章　姐姐的爱情

姐姐初中毕业后，没有上高中，直接上了职中（即职业技术学校）。因为职中离我们家近，而且还可以学到技术。

那一年，职中新建起来，在柞水和镇安，是唯一的一所职业技术学校。对于新生事物，人们往往比较好奇，最主要的是，这个学校离我家近，只有四五里的距离，走路一会儿就到了。为了方便照顾家，也为了能为家里分担一些家务，父亲便让姐姐上了离家比较近的职中。

职中是一所新建的学校，姐姐是学校的第一批学生，学校只建起了教室和宿舍，其他的很多基础设施都没有完善，姐姐的幸运是尝试了新生的事情，姐姐的不幸是要面临着长达三年的学校建设劳动。

人生，总是没有预见性。

第一次招生，只招了一个班，50个学生，他们都是从柞水县各个地方来的，当然，在这些学生当中，也不缺乏优秀的学子。

姐姐和姐夫便是在这所学校里认识的。在这个班中，姐姐应该算得上是校花的。那时的姐姐高挑的个儿，红扑扑的脸蛋，柳叶眉，丹凤眼，老爱穿着一件灰蓝色的喇叭裤，因而显得格外高俊。我们家，虽然生活在农村，但因为父亲每个月有点工资，我们在同年龄人当中，穿戴一直算是整齐的，姐姐年轻，长得漂亮，又会打扮自己。因此，姐姐在众多的学生当中是醒目的。

姐夫是来自龙潭的一个小伙，白净，爱好体育，尤其是写得一手好字，平时上早操或者体育课的时候，都由姐夫喊操，发口令。在这些男学生中，他是优秀的，人干净，学习好，有号召力，同学们也都爱听他的。

人都是环境的动物。如果有更大的平台，或者说更大的天地，姐姐和姐夫会不会产生爱情呢？这个难以预见。可就是在这个狭小的天地，姐夫的优秀和姐姐的美丽，像两块磁石相互吸引，以致在他们的心灵中擦出了爱情的火花。

在职中的学习，一般是早上上课，下午劳动，整院子，平操场，修地，反正学校里除了建筑工人做的事情之外，所有的后期清理工作都由这些学生来完成。姐姐他们在学校基本上就是那种半工半读式的，多数学生是寄宿生，而姐姐属于跑学者一类，但如姐姐这样跑学的不多，听姐姐说，只有几个。

姐姐每天早晨去学校，下午劳动结束回来。中午和同学们一起在学校里吃一顿饭。对于劳动，姐姐是不怯的，在我们家里，姐姐基本上可以当一个男孩子用，大哥分家，二哥在外教学，三哥由于患了肾病不敢过度劳累。因此，姐姐在家里就顶起了家里的主要劳动力，上山砍柴、下田种地、打猪草，姐姐都是主力军，哪一样都少不了她，而她也总是任劳任怨，觉得这一切都是应该的，她是这个家的大女儿，又比我和祯兴大，她理当肩挑重担。

在学校的天天接触中，姐夫喜欢上了这个勤劳而又美丽的女子，而姐姐在心中也对这个清清爽爽的男同学有了好感。在这些学生中，他自始至终是不同的，他的字写得好，人精干，爱干净，说话做事有板有眼，虽然是个学生，但是在这一群人中，却显得非常的干练和成熟。尽管只是个学生，却有着老师的威信和威望，老师也挺喜欢他，有啥事爱交代他去做，他也乐意为同学们服务。

两人的好感都是私底下，心理上的，通过他们的眼神态度和语言传递着，谁也没有说破，但谁都知道对方心里在乎自己。几年的时间，过得很快，一晃就到职三了，快要毕业了，姐夫有点坐不住了，他希望向姐姐表白，赢得姐姐的芳心，但是怎样迈开这一步，姐夫犯难了。

可时间不等人，转眼就要毕业了，这一毕业，可就各奔东西了，这个事现在不说破，恐怕两人的缘分就要从此错过。姐夫一想到这，就心如猴抓。他决定就在最近几天找机会向姐姐表白，可怎样将这个事对姐姐说呢？

姐夫想来想去，直接对姐姐说吧，恐怕不妥，太唐突了，他充分发挥了自己会写信的优势，给姐姐写了一封情深意长的信，让姐姐的一个好姐妹代转给姐姐。姐姐收到信，反复地看了又看，最后同意跟姐夫单独见面，其实在姐姐心里，也有着跟姐夫一样的担心，她也害怕他们这一错，一生都错过了。

两人是约在学校后面的菜地边见面的。

一见面，姐夫说："信你看了？"姐姐点点头，说："看了。"姐夫说："我的心意你都明白，你看咱们一晃在一起待了三年了，我是一个什么样的人，你也了解得差不多了，我人就是你面前的这个人，家里的情况我跟你说一下吧。我家里，我老大，下有两个妹妹和一个弟弟，父母都是农民，按理说，我是配不上你的，配不上你们家的，你爸和你哥都是教师，书香门第，我们是农民出身，但我主要想问你的意思，你喜欢不喜欢我？"

姐姐沉默了一会儿说："我嫁的是你，又不是你们家，跟你爹妈是不是农民有什么关系呀？"姐夫一听，喜出望外，说道："这么说，你是愿意啦？"姐姐轻轻地点点头说："这么几年，你还看不出来呀？"姐夫一把拉住姐姐的手说："我就知道你会喜欢上我的。"过了一会儿，他又有点担心地说："你说咱们俩都愿意，你们家会不会同意呀，我总害怕你们家不会同意咱们俩的事？"姐姐说："没事，有我呢！"

姐姐与姐夫的爱情，从这一天就拉开了序幕。

事情并不像姐姐想的那样顺利，她以为她愿意，家里人就会愿意，她是家里的长女，因此，在此之前，家里还没有讨论过女儿婚嫁的事，而姐姐是家里面临的第一桩为女儿找婆家的事。

姐姐不便对父亲说，就私底下对母亲说了。当姐姐把姐夫家的情况一说完，母亲马上不同意了，说道："你呀，你怎么搞的，你一个大路边的女儿怎么嫁到高山垴上去了，你也不想想，你以后咋样生活呀？"姐姐说："他父母在高山垴，也不一定他也一直要待在高山垴呀，他以后不在那住不就行了吗？"母亲说："你说的简单，想不在那住就不在那住了呀？不在那儿住在哪住呀，现在想在哪盖个房，连个宅基地都弄不到手，你没见你大哥，盖房难的，将我们家的菜园子都占了，要不是你大哥盖房，我们能没菜吃吗？你就可想而知，现在要讨一块宅基地有多难，你说得轻巧，一句话，不想在那住就不在那住了，每个人的家是能由得自己选的嘛。"

任母亲怎么说，可姐姐是铁定了喜欢姐夫，她觉得只要两人相爱，什么都不是问题。背着母亲，她照样和姐夫来往，一来二去，学校快要毕业了，姐夫觉得丑妻子总归是要见公婆的，他买了个四色礼硬着头皮来到了我们家。来了之后，自报家门，说我是谁谁谁，是您家兰儿的同学，我喜欢兰儿，想要她做妻子，希望您们能同意我们的婚事。

姐夫亲自上门，令母亲没想到，她没想到这个年轻人会这么胆大，而且勇敢，竟然不顾自己的反对跑上门为自己说亲，可为了女儿以后的幸福，她不得不狠下心来，断了姐夫的念头。母亲平静地说："你喜欢我的女儿是你的事，可我们，我们家都不喜欢你，也不会欢迎你来我们家，你就死了这条心吧，别再纠缠了，纠缠下去也没意思，都老大的人了，我也不便向你说不好听的话，我今天将我们的态度都表明了，我们不会同意你们的婚事，你也就别再想了，想也是白想。"为了断掉姐夫的念头，母亲硬着心肠当着姐夫的面将姐夫带来的酒和罐头摔碎在门口。

这是姐夫第一次上门，可以说是吃了一个很硬很硬的钉子。姐夫闷闷地走了。可姐夫并没有因此而退缩。过了些日子，姐夫又上门了，这次他没有拿东西，是来给我们家干活的，我们家菜园让大哥盖了房子，没地种菜，恰逢河滩那地方被水冲了。队长说，谁家愿填了谁就种。母亲就决定填上一块，给我们家种蔬菜吃。姐夫听姐姐说了以后，就想，干活他是一把好力气，他要用自己的行动感化母亲，让母亲同意他和姐姐的婚事。

姐夫来的时候，母亲正在用架子车给地填土，姐夫忙接过架子车，母亲不让，但姐夫的态度非常坚决，自己就拉着架子车走了，倒了土，又自己去装车，填地的土在我们家的后山上，离要填的河滩地还有一段距离，而且是一段上坡路，很费力气的。姐夫不由分说，自己干起来了。母亲见他非要干，也无可奈何，就自顾自地走了，临走时把三哥也叫了回去，心想，都没人理他，看他还干个啥劲。

姐夫可不管这个，没人帮忙，就自己一个人干，一个人装土，一个人拉车，一个人倒土，一个人填土，忙得不亦乐乎，一会儿就干得满头大汗。姐姐要去帮忙，母亲不让，要干让他一人干去，看他能干到啥时候。母亲以为，所有人都不理姐夫，姐夫感觉到没意思了，就会知难而退的。

饭好了，一家人都坐在院里吃饭，也没人叫姐夫，姐夫拉土路过的时候，见吃饭了，就放下了架子车，自己拿个碗去盛饭了。

哎呀，母亲气得，简直没办法，你不让人干活，人活干了，还能不让人吃饭。

姐夫盛了一碗饭，没凳子，就蹲在大家中间。一边吃，还一边说："姨做的饭真好吃，比我妈做的好吃多了，我们生在高山，比不了你们河道，居住条件和生活质量都跟不上你们，我们家里兄妹四个，我是老大，一忙起来了，就常常是我做饭，开头呀，火都烧不着，烧得人满头满脸的黑灰，后来慢慢做顺了，才好一点。”

母亲说：“你还知道你在高山垴呀，那你叫兰儿到你那去咋生活？”姐夫说：“我们可以不在上面住呀。”母亲说：“那你们在哪住，住大街上？”姐夫说：“我们可以租房子呀，现在城里都有房子出租，我们先租房子，等我有钱了，我们再自己买一个。”母亲说：“是你想的那样容易的吗？”

反正一顿饭，一直是母亲和姐夫呛来呛去。

饭后，姐夫仍旧去干活了。三哥又下地了，因为姐夫不走，也不能光等着他平这块地，人多了到底干得快一些，三哥又找来一个架子车，同母亲一起装车下车，姐姐见母亲下地了，自己也下地了，她见姐夫一个人吃力，就去帮姐夫了，母亲见了，气得直生闷气，脸拉得长长的。

一连半个月，姐夫每天都来家里干活，该干活的时候干活，该吃饭的时候吃饭，反正不拿自己当外人，母亲气他，却又拿他没办法，也只得由着他去了。

半个月时间，姐夫跟我们家差不多都混成了熟人，别人不跟他说话，他主动跟人说话，对谁都主动示好，表热情。我当时小，对婚姻这事也不是太懂，好像对姐夫也说不上反感，只是因为母亲反对，不敢跟他往一块凑，但他给我们说话，我们还是跟他说话，他给我们逮知了，教我们用树叶吹口哨，我们也都饶有兴趣地学着，他还上山去给我们摘杏和桃子，有吃的有玩的，我们自然高兴。见母亲一直不喜欢他，也挺为他着急的，但是当着母亲的面，我们什么也不敢说。

因为那时的我们，真不知道婚姻的实质是什么。

地整好后，家里也没多少事可干了。母亲说：“你回去吧，你整天待在我们这儿是咋回事，名不正言不顺的，以后不要再来了。”姐夫说：“那我找人提亲？”母亲态度坚决地说：“我们都不同意，提啥亲呐！”姐夫没辙了，只得极不情愿沮丧地走了。

转眼，姐姐职中毕业。毕业那天，母亲让姐姐将学校关系好的同学都叫来家里吃顿饭，因为，我们家离学校近，好多同学在农忙的时候，都来我们家里帮过忙，锄麦草、收麦、掰包谷、割黄豆、挖洋芋，甚至一些男同学还老帮我们家打柴，为了感谢这些同学，母亲专门办了一桌酒菜，让大家来坐坐。走的时候，母亲还专门叮嘱姐姐说道：“不要让他来，听见没有？“姐姐没敢叫，姐夫到底没能来。

姐姐三年的职中生活，就这样结束了。

毕业后，学校鉴于姐姐裁缝手艺好，让姐姐留在学校里代教，姐姐便在那里做了一名临时的教学老师。在这中间，姐姐和姐夫一直保持着联系，只是我们和母亲都不知道而已。母亲以为，她每天看着姐姐走，等着姐姐回来，就将姐姐给看住了。可是她看住了姐姐的人，却没有看住姐姐的心，姐姐的心仍是在姐夫那儿。

这是在姐姐偷偷去了西安之后，母亲才知道了。

姐姐说，学校组织学习，让去西安一个月。这是姐姐第一次出远门。母亲帮姐姐收拾了衣物和洗漱用品，将姐姐送到村口的河边上，姐姐过了河，对母亲说：“妈，你回去吧，我走了，没事，你放心，学校里有老师带着呢。”母亲说：“嗯，知道了，你在外注意安全，学习结束了就回来。”姐姐答应了，看了母亲一会儿，依依不舍地走了，母亲一直看到姐姐的背影消失在河对面的公路上，再也看不见了，才返回。

谁知，这一去，姐姐和姐夫的婚姻就成了定局，这是母亲怎么也没有料到的。

因为，在姐姐没去之前，母亲已托人给姐姐介绍了几个对象，都是有工作的，人家对姐姐都很中意，只差姐姐的态度。母亲心想，等姐姐回来，她在中间好好说合说合。总的来说，还是希望姐姐找一个工作安定家境好一点的青年。

可是，就在姐姐学习期间，姐夫也去了西安，在那个没有人监督，没有人看管的地方，两人的交往就变得自由，姐夫无微不至的照顾和关心爱护，让姐姐更加死心塌地。就在那里，俩人私订了终身，决定不顾家人反对，自己决定自己的婚事，他们采取的方式是不通过家人，自己去领结婚证。

姐姐学习结束后，没有回家，而是和姐夫直接去了姐夫家所在地的乡政府，因为人熟，当天就办下了结婚证。领了证后，两人回了姐夫的家，在那一待就待了好多天。

母亲在家里盼姐姐就像是盼星星盼月亮一样，可是两个月了，姐姐还没有回来，母亲就去学校里问了相关的带队老师，老师说学习结束以后，姐姐跟姐夫一起走的。母亲一听，完了，彻底完了，这女儿绝对是被那野小子给拐走了。

正逢母亲在气头上，姐姐和姐夫回来了，姐姐给母亲带了一块衣料，说是要给母亲做衣服，母亲连看也没看，当然，姐夫也带了水礼，两人对母亲说，他们已经将结婚证领了，希望母亲能够同意他们的婚事。母亲一听，顿时怒火冲天，你们眼里还有我们这当父母的啊，我们都没有同意，你们就将结婚证领了，还让我们同意，你们这是征求我们意见吗？你们证都领了，还让我们同意个啥，你们爱咋的咋的，走走，都走，走到我看不见的地方去！母亲将姐姐和姐夫的东西一起塞到姐姐怀里，愤怒地说："都拿走，拿走啊！"

姐姐被母亲推出了门，她"妈"的一声哭了，母亲说："不要给我叫妈，我没你这个女儿，你也没我这个妈，从此，我们一刀两断，你们爱上哪上哪，爱咋的咋的，我也管不了你们，也不想管了，你们都走，走远些，快走。"

看母亲的态度，姐姐知道没有再缓和的余地了，她看了看母亲，又看了看这个家，她将东西在地上放下，突然一转身就跑了。姐夫忙在后面去追。

这一走，一直到姐姐生孩子的时候，我们才有姐姐的消息。

腊月的一天，姐夫来了，这次他是骑着自行车来的。他来的时候，母亲正在地里摘菜。见他来了，母亲也没理会，他就径直走到母亲跟前，也帮忙摘起菜来，一边摘一边说：“妈，兰儿生了，我接您上去看看？”

母亲听了心里“咯咚”了一下，但脸上依然面无表情。

姐夫接着说：“妈，您生我们的气，您还生你外孙女的气呀，您知道吗？兰儿生的是一个女儿，好漂亮，胖乎乎的，可爱极了。这次来，我是专门来接您的，让您去看看您的小外孙女。以前，我们年轻，做事考虑不周到，惹您生气了，您别见怪，我和兰儿是真心相爱呀。您一直不愿意，我们心想，生米做成熟饭了，您估计就同意了，没想到您还是不同意。这一年来，我心里一直非常不安，兰儿明明有娘家，却不能回。我总觉得自己就像是犯了大错似的，心里老在内疚自责着，您大人不计小人过，您别跟我们计较了，好吗？您放心，您以后就是我的亲妈，我一定会把您们二老当亲生爹娘孝顺的。妈，您就原谅我吧！”

姐夫说着说着眼泪都下来了。

母亲见状，说：“啥时走？”姐夫说：“您看啥时方便，我啥时都行，家里有我妈照顾着，能放心的。”母亲说：“那就明天走吧，我收拾一下东西，将家里安顿一下。”说罢，母亲拿起菜就回屋了。

姐夫跟了回来。母亲麻利地做了饭，吃了之后，就去大哥家了，她将姐姐生产的事给大哥大嫂说了，问他们谁去，大哥说他去。

母亲顺便交代大嫂帮着给家里照看下，猪需要天天帮忙喂一下，她待会儿连夜再煮一大牛头锅猪食，估计够管一个礼拜的，鸡空了撒把包谷米，都别饿着就行。明儿早上就走，门锁着，钥匙留在大嫂这。大嫂应着。

听完了母亲的交代，大嫂也去给大哥准备看望姐姐的东西了，鸡蛋拿一点，鸡逮一只，再把家里的猪骨头拿一块。哎，还有啥呢，还有一点柿子干和核桃，也给带上吧。

把这些东西都装好后，大嫂问母亲行不？母亲说，这哪有个数，有个心意就行。几个人又坐在火炉旁拉了一会儿家常，看着时间不早，母亲也回去忙乎去了。

回了家，母亲先将猪食煮上，姐夫见状，赶快来帮忙。煮到锅里，火添好后，母亲就去收拾自己的东西，先找来两件换洗衣服，又准备了一些幺娃的屎尿布，让姐夫把家里的那只老母鸡给逮了，说这个炖汤是补的，还有刚杀了的那个猪的四个猪脚还在，也都一起拿了。姐夫说："给家里留两个吧？"母亲说："猪脚是发奶的，我们吃也行，不吃也行，但月子里的人吃了可管大用处，奶好了，娃就有吃的，娃不吃亏，大人娃都轻省。"姐夫听了，便不再说什么。

果然，姐姐后来的奶水一直很好，一直管到娃一岁多都吃不完。

第二天，母亲起了个大早，早早地做了早饭，将大哥大嫂都叫过来，几人一起吃了早饭。饭后，母亲将该交代的交代，该嘱咐的嘱咐，然后就跟着姐夫和大哥一起上路了。

路挺远，上坡路也多，但一路上姐夫都没让母亲下自行车。走到半道上，大哥说："咱们换着带妈吧！"姐夫说："不用，这路我们整天骑，没事，妈我带着您放心。"大哥说："我是害怕你太累，这么远的路，又都是上坡，很吃力的。"姐夫说："没事，我们都习惯了。"其实在内心，姐夫却想，累点苦点都没事，只要母亲能原谅自己，就是他最大的盼望。

傍晚时分，他们到了龙潭姐夫的家。母亲四处一打望，这地方到处都是山，除了山就是一条路，屋后是山，门前是一条河，河对面又是山，哎呀，亏得兰儿在这待住了。

事已至此，还有什么好说的呢。母亲随姐夫走进了屋。

姐夫的母亲和父亲赶忙迎了过来，将母亲让到火炉边。母亲说："我不冷，我先看看娃。"姐姐听到母亲说话的声音，忙在里屋喊："妈！"

母亲走进去，姐姐正半坐在床上，已经将娃抱在怀里，见母亲进来，忙将娃递到母亲的手上。母亲将娃接过来，放在眼前反复地看了又看。

这一看，所有的恩怨都化为乌有。

第二十三章　多灾的弟弟

夏天的时候，村里收了麦，打起了高高的麦草垛。大场边便有了一个一个蒙古包一样的麦草垛，高大雄伟。于是，这里便成了孩子们的乐园。

有的在麦草垛里掏一个洞，睡大觉，捉迷藏，有的爬到麦草堆上往下溜，坐滑滑车，没有玩具的年代，农村的孩子都是自己找乐子。

祯兴向来淘气，闲不着。哪里有人，哪里就有他，家里人都在忙的时候，他就溜出去玩了，一玩玩到夜深才回来。

一天晚上，母亲正在家里筛麦子。突然村里的一个孩子跑来说：“刘奶，刘奶，不好了，幺娃从麦垛子上摔下来了，腿摔得不能动了。”

母亲一听，忙放下手中的罗筛，跟着那孩子去了打麦场，祯兴正抱着腿哇哇大哭。母亲走上前去，看了看祯兴的腿，没有明显的外伤，但是祯兴却一个劲地喊痛，不能行动，母亲知道，这是骨折了，骨伤比红伤难治。

“这孩子！”母亲叹了一口气，心情沉重地抱着祯兴走回家了。

祯兴被母亲抱回来后，一点都不能动弹，她让三哥照看着，自己去一队请医生。“一队有一个治骨病的医生，姓孔，幺娃这骨伤也不知道他看不看得了，能看不能看，都得试试，这不是幺娃已经不能动了嘛！”

她说罢，拿了手电筒，掩了门，就迅速地出去了。

母亲走了，我们一伙都围到祯兴跟前，你一嘴我一嘴，都怪祯兴贪玩，没高没低，这下摔着了，好吧！母亲去找医生，还不知道人家给你看得好看不好，这回可有得你痛受的！

祯兴知道犯了错误，大家说他，他低眉耷眼，鳖溜溜，可怜兮兮的样。姐姐见状，忙说："大家都别说了啊，摔都摔了，再怪他也没用，自己以后长点记性就行了。"

一顿饭的时间，母亲回来了，后面跟着那个姓孔的医生，我们见医生来了，一下散开。母亲叫我去给医生倒水，我去给医生泡了一洋瓷缸金银花的茶，医生接过来，放在一边，说："先看看娃的伤吧！"

母亲挽起了祯兴右腿上的裤子，一直抹到腿根，露出了祯兴细细的柴棍一般的腿，祯兴的腿关节处弓着，伸不直，见了医生，他没敢乱叫，乖乖地让医生查看，医生看了一会儿后说，是骨关节脱臼，要重新接骨。不过，这估计很痛，恐怕这娃受不住哇，不过，不接，以后就麻烦了，腿可能会残了。母亲一听，连忙说："接吧，能受得住也得受，受不住也得受，谁让他自个淘气呢，弄下这麻烦。"

医生看了看祯兴，说："那你忍着点痛啊，实在忍不住，就叫出来，我给你接了啊！"祯兴无奈地点了点头。

只见孔医生拽住祯兴的腿，使劲一用力，一拉一扯，再往回一送，祯兴一声"哎呀，我的妈呀！"再一扯，他再一叫，那声音凄厉的像深夜里的狼叫，母亲和我们几个都在旁边用力地捉住他，以防他乱动，一会儿，给他痛得浑身上下衣服汗都湿透了，看着他痛得那个惨样，我们都深深地为他捏一把汗，这个小弟，怎么玩着玩着惹了这大个麻烦。

这样反复几次后，医生收了手，他拉下祯兴腿上的裤子，给他盖上了被子。母亲给医生端来一盆水，让医生洗了手，然后坐下。医生说："这一次还不行，估计得好多次才能彻底地接上！"母亲说："那让你受麻烦了，简直不好意思，这幺娃不懂事，看这弄的。”医生说：“没事，我一个礼拜来一次，保证给他接好，不过，最近他走路可能不方便，让他不要乱动，以免影响接骨的效果。”

母亲连连说是，我们一定让他听话，不要再乱来。

医生喝了水，离去。

此后，好多天，祯兴一直就在床上躺着，上厕所干啥都在屋里，母亲给他准备了个尿盆，有事了就让他喊。

起先，祯兴还老实着，待一待，他就不老实了，自己整个小板凳，一天骑进骑出，他自我解嘲地说，他在骑马。看着淘气的祯兴，母亲摇摇头，知道他在床上待不住，便由着他去了。

孔姓的医生一个礼拜来一次，来了，就拽住祯兴的腿，狠劲地拉扯，反复地一次又一次，一直拉扯到祯兴“娘娘爷爷”叫个不停，就算祯兴叫，他也得拉扯，医生，有时心不狠还真是不行。

就这样，过了一个多月，祯兴才算好些了。慢慢地可以扔了凳子自己行走了，这让我们一家人都庆幸不已。祯兴仍是一个健康正常的人，完全和我们一样了。

可祯兴，总是好了伤疤忘了痛，腿一好，他又淘气起来了，不是上树掏鸟，就是下河摸鱼，反正有人一叫，飞起来地跑，全然不顾自己受过的痛和罪。

在山里，野生木耳多，特别是下雨后，山上到处都是，很多孩子都有下雨采木耳的习惯，一来可以采来自己家里吃；二来可以晒干了卖钱。有的孩子就靠着这个挣钱攒学费。

因此，一到下雨天，村里的一些孩子就披着塑料纸上山了。

一有人叫祯兴，他便欣然同意，说给母亲，母亲说：“你小，算了，就不要去了，要捡，让你哥他们捡去。”祯兴非要去，自己找了挎包和塑料纸，披着就出门了。母亲在背后连连喊着小心。

祯兴应着倒快，一边应，一边跑了。

中午，雨还在下，母亲正坐在窗前纳鞋底，祯兴被隔壁的阿黑送了回来，说是遇到马蜂，被蜇了。母亲把祯兴拉到跟前一看，满头的蜂包，有的肿到核桃大了，母亲忍不住埋怨道："哎呀，我的儿，你真是不听话，让你不要去，你偏要去。看，看，让马蜂蜇成这个样子了，好受了吧！"

祯兴辩解说："妈，我哪知道会遇上马蜂呀，要知道会遇上马蜂，我就不往那个地方去了！"母亲这才问究竟是咋让马蜂蜇的。祯兴说："当时我们都在雨中找木耳，我看到有一个耳树粗粗的，想着上面一定会有木耳，就挥着刀一直往前走，路边上有一些刺架，我在用刀将刺架劈开的时候，马蜂'嗡'的一声就出来了，一下还出来一大群，我连忙就跑，可是越跑马蜂越追，追得我抱头乱窜，阿黑看见了，喊我赶快蹲下不要动，我才抱着头蹲下，马蜂蜇了一阵后才跑了，然后我就成了这样子了。"

母亲心痛地说："你坐这儿，别动，我去找些葫芦叶子，给你挤些汁水涂涂。"

说完之后，便急急忙忙地去了菜园子。当时，雨天，地特别湿，母亲穿着塑料雨鞋深一脚浅一脚地摘着葫芦叶子。按说，下雨天，不能进地，进地就将地踏死了，可祯兴都被马蜂蜇成那样，母亲也管不了那么多，眼下治疗祯兴要紧，得赶快给他的蜂毒解了，要不然，中毒深了就麻烦了。

一会儿，母亲就摘下了一大篮子葫芦叶子，她三脚并做两步地跑回来，走到门口，脱下雨鞋，换上刚才穿的布鞋，就一步跨进门，说："来，来，快过来，到妈跟前来。"

娘儿俩一个在高凳子上坐下，一个在矮凳子上坐下，母亲麻利地将葫芦叶拿在手掌中来回地揉碎，挤出绿汪汪的汁水，淋在祯兴的头上，来回地涂抹，来回地揉搓，一遍又一遍，揉了一把，水挤干了，扔了，又拿起一把接着揉，揉干了再扔，一直将整篮子的葫芦叶子都揉完了。

祯兴的头都差不多成了绿的了，母亲还不放心，她又到屋后的坡上弄了一些湿泥，就着雨水和成稀糊状，抹在祯兴头上。她说这样可以吸毒气，省得毒气往里渗。

见母亲担心着，我们也都担心着，祯兴也有些害怕了。说到底，我们都不知道马蜂的毒会怎么样，祯兴中毒的深浅，会不会真的影响人的身体健康。因为村里发生过一个马蜂蜇人的事件，那人被蛰之后晕在山上，后来被人发现，背回来之后，也仍是稀泥糊身，好几天才好过来的，那人能说点话，但不明朗，所以也根本搞不清楚，到底中毒之后，对他的大脑和身体究竟有没有影响。

祯兴年幼，还要上学，遭遇此类事件，不由得不让人担心。

这时，祯兴的头就像个葫芦，圆圆的，光溜溜的，黄泥色，祯兴知道自己犯了错，像个泄了气的皮球，乖乖地坐在那儿听凭母亲的摆布，其实，在他的内心，他也是害怕的，因为这种毒一时半会根本就看不出来。

母亲给祯兴的头上抹了好几道泥，一直到看不见头发和发根，她才停手。她让我们照看着祯兴，她去磨一些绿豆浆，绿豆浆是解毒的，我们家的猫那次吃了死老鼠，母亲就是用这个方法救过来的。她把绿豆浆磨好，放在锅里烧了，放了一点糖，然后拿过来，递给祯兴，说："来，快把这个喝了，这个喝下去，好往外排毒。"

祯兴接过碗，放在嘴边，咕咚咕咚，一口气就喝了，喝完之后，母亲就让他坐着，等着头上的泥自己变干。中间，母亲又给他换了几次湿泥，一直到吃过下午饭，母亲将祯兴的头放在水盆里洗了，头上的蜂眼和肿的地方明显地消了，才松了一口气，又去地里摘了一些葫芦叶，再挤了汁水抹了，稍干，让祯兴去睡了一会儿，又不放心，让我在床边陪着祯兴。

直到晚上，祯兴醒来，大叫饿了，要吃饭。母亲见没有什么事了，才放心了，赶快去擀了面，给祯兴盛上一大碗，一家人心也都宽了。

其实，也不知道怎么回事，在我们兄弟姐妹中，总感觉到祯兴麻烦多，意外多。记得很小的时候，有一次吃午饭，我们都在院子里，那时他才只比灶台高一点，自己一个人跑到锅里盛饭，盛了饭，又去自己夹菜，人矮，结果案板碰翻了他的草碗，将一碗包谷米汤一起扣到了他的胸口上，当下饭流一胸，自此留下了一个很大的伤疤。以致后来征兵，他的身体各方面都合格，就是因为胸口的那块疤痕，没有被选上，让人懊恼不已。

当然，在前面，我还说到，他在玩的时候，不小心将竹片插进了喉咙了，这也是一件很危险的事情。当时，硬是让我们一家人心惊胆战了好几天。

9月，核桃熟了，在收完核桃之后，树上总会留下一个或者是多个没有打尽的核桃。当然，还包括在树下一些没有被发现或者说是捡到的核桃，于是，溜核桃便成了村里好多孩子的一项乐趣。他们溜来，可以自己吃，也可以卖钱，因为当时，当地的核桃由县上外贸公司统一收购，只要有，只管拿去卖，不管大人小孩，都给付钱，孩子们因为想挣几个钱，好多男孩子都参与到这项活动中来，一说溜核桃，一大帮子人就一起去了。

在这些事上，祯兴向来是不甘落后的，有人叫，他跟着去，没人叫，他自己也会去吆喝。因此，他要去，也没人能挡得了他。你不让他去，他还是偷着去了，回来，你骂他一顿，他还这说那说，正反总有理。

那一天，刚刚下过暴雨，初晴，家里的人都在忙着剥核桃皮，洗核桃，就着有太阳好晾晒，他就跟人进山了。因为大家都在忙，因而他出去了，也没有人注意到。

记得那一天，剥了很多青核桃，洗了很多核桃，晒了很多核桃，母亲、三哥、我和姐姐，都忙得不亦乐乎，没有一个人能闲着。去的去皮，洗的洗，晒的晒，各人都在忙着各人手中的活。因为，一大堆核桃，若不赶快去了青皮，就会都变黑了，核桃变黑了，成色不好看，就验不上等级，验不上等级，就卖不出好价钱，因此，得就着这天气晴起来，赶快在两三天之内将这些核桃收拾出来，以防影响核桃的品相。

正在我们忙得昏天暗地的时候，祯兴却被人背回来了。一群孩子咋咋乎乎地涌进我们的院子，见被背回来的祯兴，我们都大吃一惊，怎么腿又被摔折了？同伴说他爬到一棵核桃树上，脚踩滑了，一下子从树上掉下来了。母亲问：“多高的树？”孩子们七嘴八舌地说，有一丈多高，幸好地面湿，没有石头，要不然就给人摔重了。

母亲让人把祯兴背到屋里，先放在床上，背的人就将祯兴背进了屋里，祯兴都这样了，我们自然无法再剥核桃皮了，得赶快找医生给祯兴看。母亲洗了手，又去找孔姓的医生，医生放下自己家里的活，又来了，医生又用上一次的接骨方法给他接，他仍然痛，仍然喊叫，一声声叫得凄厉，叫也没办法，谁让你顽皮呢，痛是为了治病，就算再痛，也得忍着。我们见他那样，又抱怨他，又同情他，看他痛得满头大汗，也出不上力。

就这样，祯兴又骑着板凳骑出骑进骑了一个多月，后又才恢复了正常的行走。

夏日的午后，男孩子们都喜欢到河里去游泳，祯兴也常常跟着那些孩子们一块下水，并且学会了游泳。因此，他们下河玩水是司空见惯的事，见怪不怪，说去就去，一伙人吆喝一声，就都走了，尽兴后，又一窝蜂地回来了。

这种事，母亲也没有刻意阻止过。

可有些意外的发生，实在是令人猝不及防，想都无法想到。

某一日，祯兴在玩水的时候，突然晕在了水里，又被一帮孩子救起。他们将祯兴赤身裸体地背回来，放到母亲的面前，母亲简直是又气又急。

她赶紧放下手中的活，给祯兴穿好衣服，将他背到四五里开外的刺沟口卫生室，经过医生检查，说是绞肠痧，遇凉刺激所致，医生给扎银针，祯兴从晕厥中醒来，一睁开眼，便问："妈，我咋在这里？"母亲说："你还好意思问，你自己下河玩水，玩着玩着就晕了。咋在这里，不在这里，还在哪里呀？"

祯兴知道，又惹祸了，便不再言声。

祯兴幼年，一直单薄，消瘦，却一直顽皮，淘气，每次险关重重，却每次都能有惊无险，化险为夷，因此，常常又觉得祯兴是幸运的。而我们，亦深以为幸。

第二十四章　吐血亡命女

在村口，住着一家人，姓何。家里兄妹三个，一个弟弟去了无锡，后来就留在了无锡工作。家里还有一个妹妹，只有十几岁的年纪。这个妹妹便跟着哥嫂一块生活。

哥哥有两个女儿一个儿子，她跟哥哥年龄相差比较大，跟这几个侄儿侄女年龄倒近些，因此，常在一起玩，姑侄几个玩得挺和睦。

何家住在村口，来来去去的人都要从他们家门前经过，种地的呀，担水的呀，洗衣服的呀，还有进山的呀。总之，他们家门前是村民来来去去必经的一个地方。

在屋旁侧的柿子树下，有一个碾盘，是村里人打糍粑的地方。逢到夏天的中午，家家户户都拿了蒸好的洋芋来这儿打糍粑，常常一排排上好几家，这家打，那家等着，那家打好了，这家又接着打。一个夏天，碾盘边总是热热闹闹的。

这个碾盘是哪儿来的，据母亲说是以前村里碾谷子用的。后来村里不种谷子，嫌产量太低，就将这个碾盘挪到这儿，做了打糍粑之用。碾盘很大，圆圆的，比一个大椤子还要大上半圈，中间有一个小孔，是以前碾谷子时做碌碡轴用的，后来不碾东西了，便将碌碡及轴取了，只留下了一个圆圆的碾盘。年长日久，这个碾盘被磨得光溜溜的，白亮亮的，跟水磨石一样，夏天的时候，人们将它用来打糍粑，平日里也在这里打个扑克或者是下个棋什么的，小孩子也会弄一些石头子在这儿抓着玩。

这个路口，因为来往的人多，又有这样一个碾盘，因此，总是热闹着，大人小孩都爱往这个地方凑。我记得，我小时还常爱在这儿玩的一个游戏是，将树上才长起来的小柿子摘下来，用一个细细的小竹签插在柿子心，在碾盘上转动，小小的柿子，一转起来就是一个青青的陀螺，非常漂亮，非常好玩，因而，这也是我们和何家姑侄在一起常玩的。没事了，我们就凑在柿子树下，荫荫的，也晒不到太阳，在那一玩就玩上一中午，直到母亲喊饭了，我们才肯回去。

因此，对于何家姑侄，都是很熟的。

何家在村里另外一个与众不同的地方，就是他们家有一个在无锡工作的人，因为何家在外有一个能干的弟弟，就好像他们家门口时时亮着一盏明亮的红灯笼，总有着一些耀眼和令人瞩目的成分。特别是在他的弟弟每次回老家的时候，就表现得格外强烈。他弟弟每次回来，都拎着大包小包，身后还跟着一个漂亮的妻子和一个穿着讲究的小男孩，这在村里，都是令人新鲜而又让人好奇的。

每次他的弟弟一回来，好多人都会站在远远的地方观望，还有一些爱看热闹的，就直接跑过来，帮忙拿行李，送到家，还顺便乘机拉上几句话，于是，好多天，他们家就成了村子人关注的一个焦点。这样的状态，一直持续到老二走了之后。

老二为人倒也谦和，见村里人了，有烟了装根烟，没烟了也会打一声招呼。在村里，有四家姓何的，有两家是亲兄弟，而他们与这两家似乎多少有一点亲戚，因而老二回来了，也会在各家走动一下，以示看望和问候。

此兄妹三人，年龄相差有点大，因此，最小的妹妹，在老二来说，也是在乎的。每次回来，他总要给妹妹买件衣服或者是围巾什么的，那时在村里，都是时髦的东西。因为在那个时候，村里很少有围围巾的人，穿的衣服基本上都是缝纫铺做的，或者是用手工缝起来的，我小时候就一直穿着那样的衣服，一直到我上了高中，母亲才用卖毛栗的钱给我买了一件带腰带的红色条绒衫。这件衣服卖十八块，因为我喜欢，母亲犹豫了半天，最终还是给我买下了。因此，在那个物质贫乏的年代，何家哥哥买回来的东西，自然就成了稀罕物，何家小妹名叫果儿，果儿一穿上哥哥买的新衣服，众人都要围到跟前看上半天，叽叽喳喳议论好一阵。

平日里，也看不出果儿有什么问题。作为农村的女子，果儿还是挺勤快的，父母不在了，跟着哥嫂过日子，哥嫂干啥，她就干啥，吃饭干什么也从不挑剔，因为很多年，没见说她跟嫂子吵架的事，我们前后屋场，谁家里有个啥风吹草动，都是能听到的。

可是，突然有一天，却发生了一件让所有人都没有料想到的意外。

那是夏天的一个中午，应该是在暑假里。暑假里，我们多数女孩子都会上山打猪草，因为家家都养着猪，猪跟人一样，也天天顿顿要吃，不打猪草，猪就没啥吃，我们这些半大不小的孩子，就成了打猪草的主力军。每天早晨，早饭一吃，就背着挎篮上坡了，天天打，近处的坡上基本上打不到了，我们不得不跑到几条沟之外，或者是好几里开外的远坡上打猪草，唯有那远的地方，才有一些没有被人打过的茂盛肥嫩的猪草，为了一挎篮猪草，我们常常要跑好几里，甚至是十来里的路。由于路远，打点猪草不易，既然打了，就总想多打一点，好多管两天，所以一般的挎篮都装得实实在在的，满满的，就那还不算，还要在上面插上棍子，高过挎篮两个头，因此，一挎篮猪草往往是相当于两挎篮的，因而背起来也就格外地艰难格外地吃力。

我们背着挎篮，走一程歇一程，歇歇走走，等到好不容易走回家了，身上就跟要散了架似的，往那一坐半天都不想动弹。回到家里最想做的事就是喝一大碗凉丝丝的凉水，或者是酸菜缸里的淡酸水，这是最过瘾的，这是我们农家女孩子都有的经历和体验。

可是，就在那一天的中午，不幸发生了。

果儿晌午头上回来，放下猪草，四处一瞅，家里没人，她就自个儿跑到灶房，揭开缸盖，舀了一葫芦瓢凉水一口气喝了下去，一瓢水喝完，她觉得还不过瘾，就又舀了一瓢，喝到半截，她就觉得有什么不对了，好像有什么东西要往出喷，她赶快往外屋跑，还没跑到屋中间，大口大口的血就像喷泉一样喷溅而出，她大叫一声，便倒在了地上。听到声音不对，邻家立马赶了过来，果儿已奄奄一息了，只有出的气，没有进的气了。

众人赶快将她哥嫂从地里喊回来，她哥嫂见状，忙将她从血泊中拉起来，擦了她脸上和嘴上的血，大伙又是捏鼻子又是掐人中，又是压她的胸，都无济于事，十多分钟的时间，果儿就咽了气。

见还扔在屋当中的水瓢，所有的人都傻了眼，怎么喝个冷水也能给人喝死呀，平时大家不都这样喝呀，也没见咋的，可咋果儿喝着一下子就给喝死了呢?

果儿的哥不甘心，去了大队的卫生室，让赤脚医生来看看果儿到底是怎么回事。医生来看了之后，说果儿是因为喝凉水给心脏惊炸了，导致大量出血死亡的，这样的事虽然少，但也有。人体内太热，太过于劳累，心脏本身都处在紧张状态，又一气喝凉水喝得太多，导致心脏承受不了，惊裂，致使血一涌而出，血尽命休。

哥哥将妹妹抱在怀里，痛哭不止：“果儿呀，果儿，是哥哥没有照看好你，发生了这样不该发生的事情，这可怎么办呐，我们兄弟两个，就你这一个妹妹，你怎么就能舍下我们自己去了呢，我还说要给你准备嫁妆，将你风风光光地嫁了呢，可你咋就这样突如其来地走了呢，我的傻妹子呀？你叫哥我怎么跟你无锡的二哥交代呀，你二哥最惦记你，你这一走，不等于拿刀剜我们的肉么？”

可千呼万唤，果儿还是去了，再也回不来了。

果儿的嫂嫂派人赶快去给老二发了电报，没敢说妹亡，只说妹病危，速归。老二接了电报，就赶快启程了，他怎么也没有想到妹妹死了，因妻子要上班，就自己一个人回来了。回来之后，见妹妹已经被装在一个木头匣子里了。

在我们当地，没有年满十八岁的人死了之后，都不进棺材，只用木匣子装的，葬礼相对来说也要简单得多，不戴孝，不唱孝歌，不守灵。

老二见妹妹一个人孤零零地待在木匣子里，不禁悲从中来，扑在上面嚎啕大哭，他要哥哥将木匣子打开，让他最后再看妹妹一眼，哥哥又让人打开了木匣子，看到脸色白得如一张纸的妹妹，他的心都要碎了。父亲先去，母亲后去，母亲去世的时候，对他兄弟俩说：“你们就这一个妹妹，对她好点。”兄弟俩人一应完，母亲就咽气了。

可如今，妹妹还没长大成人，却突然没了，这让我们咋跟母亲交代呀！本来想嘛，带妹妹去无锡，可妹妹在这里生活习惯了，在无锡待着一直闹着要回老家来，回来就回来吧，等过几年，妹妹大了，给妹妹找个好人家，多给她陪上几件嫁妆，尽一点做哥的心意。可人算哪如天算呐，妹妹就喝了一瓢水就喝没了，这让我这个当哥的怎么能够接受得了？

哭完了妹妹，兄弟俩就坐在那里，一支烟接着一支烟地抽。此时说什么话都抑止不了他们内心的悲伤和难过，他们只有用烟来抚慰两颗痛失小妹的心，你给我发一根，我给你发一根，两人就这样吞云吐雾地陪着妹妹，妹妹明天就要下葬了，现在且好好地安静地再陪妹妹一天吧。

本来，还想着过年的时候回来顺便给妹妹带到无锡去玩几天，年后，农活不忙，玩上一两个月，等哥哥家里忙些了再让妹妹回来。妹妹上学只上到小学毕业，不肯上了，家里也就算了，认为女孩子能认几个字就行了，念得再多也是那回事，反正总是要嫁人的，嫁了人之后，还不是生娃，照顾公婆。后来，自己家里没人带娃，便让妹妹来无锡带了几年娃。可现在，人才回来一两年的功夫，咋说没就没了呢？如果当初坚持让妹妹多读点书，说不定就不会发生这样的事了！

那一天晚上，兄弟俩都没睡，果儿比不得常人，成年人死亡，好歹还有一个像样的坟，可果儿未成年，死后，也就只有一个小土堆，连个自己的标志都没有，就这样无声无息地从这个世界消失了，这个小妹算是空到世间来了这么多年，啥都没留下一点，真是悲惨呐。

生，留不下什么；死，也带不走什么。那么，就多给果儿烧一些纸钱吧，或许纸钱在那边的世界能用得上，以后，就是果儿一个人过日子了，要花钱的地方可能会多，做哥哥的也只能尽到这一点心意了。

次日一早，户下的几个亲戚就来了，众人一起将果儿抬到了挖好的土坑，放了进去，木匣子小，占的地方也小，跟通常的坟墓相比，这座小坟简直单薄得可怜，只堆起了一个小小的土堆，知道的人晓得这是一个年轻女子的坟墓，不知道的人还只道是一个小土堆，果儿以后就要在这安身了，一个人孤孤单单，无依无靠的，实在凄凉啊！

葬完了妹妹，别人都走了，老二还在妹妹的坟前坐了好半天，一直坐到太阳落山。

当晚，老二便向哥哥嫂子辞行，哥哥让他再待几天，回来一次也不容易。他说：“不待了，待在这儿总会触景生情，想起果儿，一想起果儿，心里就难受，还是回去吧，让心里慢慢地平复下，你们在家，记得有空了去果儿的坟上，将坟上的草拔拔。我离得远，也只有靠你们照顾果儿了。”哥哥说：“你放心，这也是我的妹妹，我的心情跟你一样，你要走，就放心地走吧。”

次日一早，嫂子做了早饭，老二吃过早饭，便踏上了回无锡的路途了。

老二走了，心头留下了一道一生都无法缝合的伤。

第二十五章　追电视剧的日子

某一天中午，大家都端着碗在院子里吃饭，一个年轻人走过来说：“你们都有谁看过电视？”

大家看看他，都摇了摇头。他便有些神秘地说：“没看过呀，我可给你们说啊，四九厂里有电视啦，我昨儿晚上还去看啦，可好看了呢，就这样一个小匣子。”他用手比了一个长方形的盒子。“一按人出来了，再一按，人没了，可神奇了，里面啥人都有，男的女的老的少的，就跟我们这一样，还有古代的呢。”他说的那个好看呐，感觉比他吃的饭都香。

说完了，问大家：“你们想看不？”有人不吭声，有人说想看。他便说：“想看，下午跟我走，我带你们去。”便有人问：“你带我们去，人让进去不让进去，四九厂可是驻兵的地方，能随便让咱们去看？”他说：“没问题的，放心好了，那些兵娃子好着呢，让看，昨天晚上就有好多人在那儿看呢，人那儿前面放的有椅子，是人家当兵的坐的，我们去站在后面看就行了，只要不给人家捣乱，人家也不会说啥的，我可提前说好了啊，你们去了一定得守规矩，你们表现好了当兵的让咱们看，表现不好了，人家再也不让咱们看，你们就别想看了。”

一顿游说，便有人蠢蠢欲动，问啥时走。他说：“那下午边上还不得去呀。去早了，能站在前面，看得清楚；去迟了，站在后面，脖子伸得鸭长，那看着累不累呀？”听年轻人这么一说，便有几个小年轻人应着：“我去，我去，我下午跟你一块。”立时，有三五个人响应。年轻人便说：“那可说好了啊，下午村口梨子树下碰头。”

众人连连说好。

第二天吃饭就热闹了，大家个个端着饭碗，又都坐到了院子里，只听得昨天几个去看电视的说：“哎呀，你们是不知道呀，这个电视可真是好看呀，我们去的时候，在演新闻，那新闻里，全国各地的事都能看得到，新闻完了，便是电视剧，你们猜啥电视剧？”有好奇者便问：“啥呀？”答曰：“《上海滩》，没听说过吧，许文强，老厉害了，人长得又帅，本事又大，还有那个冯程程，比咱们村的哪个女人都漂亮。”众人一起笑了，有人调笑道：“看你这个没出息的样，人漂亮，是电视里的，你能把人家娶回来吗？”一听这话，小伙急了，忙分辨说：“说啥呢，我娶她干啥，那是许文强喜欢的人呢！”众人又是一阵哈哈大笑。

当日下午，跟着去的人就多了。

四九厂是一个军工厂，据说是中华人民共和国刚成立的时候修建的，作为屯兵和储备军用物资，加强全国军事力量建设的。因为建在1949年，所以就叫“四九厂”。因此，在我们这样一个地处秦岭山中的小村庄中有了这样一个专业的军事化基地。

四九厂在一队，距离公社只有一条河，但是从地理划分上讲，它是属于我们王坪地界上的。因为有部队驻扎，那儿还专门修了一座水泥桥，几十年后，已经很老很老，桥两边附着的浓绿的青苔足可以想见这座军工厂有些年头了。

厂里究竟驻扎了多少士兵，在我想，最起码有一个连吧。因为每次出操的时候，都有长长的一队人。当时路上车少，一般情况下，他们都是四个人一排，一个人在边上喊口令，其他人跟着一起喊。每天天不亮的时候，村里最早听到的响动便是这些士兵跑操的声音，他们沿着我们经常走的公路一直往上跑，踢踏踢踏，一直跑到雷达石或龙颈子，步伐整齐，铿锵有力，听到这些操练声，我们便知道该起床了。夏天且罢，冬天他们跑步的时候，天还没亮好，他们跑了好一会儿，天才大亮。因为有这些士兵，又让我们觉得是有趣的，我们常常可以看到他们穿着军装威风凛凛的样子，而且还可以时不时地跑到他们的大门口看他们练兵。

四九厂里有一辆黄绿色的吉普车。在我们这整个地区，包括公社，都是没有一辆这样的车的，而四九厂，那么百十号子人里就有一辆这样的车，他们一跑出一跑进，一跑上一跑下，出出进进都非常引人注目。能够坐上那辆车是村里很多人的梦想，可是坐过那辆车的人却很少。本来，那辆车都让人羡慕得不得了，现在厂子里又有了电视，这更是激动人心。

村人们一连去了好几次，每天回来，第二天都在院子里谝得唾沫星子直飞，见那些人说得那么神采飞扬，眉飞色舞，我也沉不住气了，我也向母亲说，我要去电视。最主要是当时是在假期，要在平时，我要上学，也没有这样的机会，在我的再三央求下，母亲同意了，说要去了让三哥或者是姐姐带上我们，我太小，不能一个人瞎跑。

见母亲应了，我高兴极了，当然还有祯兴，我们手舞足蹈，好像捞着了天上的月亮似的。下午边上，母亲在做晚饭，我们饭都顾不上吃，拉着三哥和姐姐就要走，母亲逗我们，今天做好吃的，你们走了，可别后悔哦。我知道母亲是在哄我们玩的，有好吃的，我们不在她不仅不肯做，即使做了也会留给我们的。母亲对我们无私的爱，我从来不加怀疑。我调皮地说，做吧做吧，反正我们要看电视。

四九厂离我们家，准确地说，还有四五里的路，可一想到马上就能看电视，简直是脚步如飞，几里的路在我们脚下根本不算什么，一会儿就到了。

我们到了的时候，电视室里已经有一些人了。这是一个很大很宽畅的礼堂，前面放了几排长条的木椅，木椅上已经坐了一些人，后面也已经站的有一些人了，我们一进去，就赶快往前面钻，三下两下，就挤到了椅子的背后，哥哥姐姐个子高，在哪都能看到，只是叮嘱我和祯兴，小心啊，别挤摔着了，我和祯兴就像是两只小猴子，充分发挥了我们瘦小个子的优势，众人见我们俩小孩子，往前挤了就给我们让一下，而我们总会露出感激的一笑。

当时电视里演的是新闻，好像是哪个地方粮食丰产了多少，哪个地方麦子歉收之类的事情，有一个人讲，还有一些不停变幻的图像，电视是黑白的，还有少许的雪花点，但人和脸都是能看清的。大家都在静静地看，我们也静静地看着，整个礼堂里静悄悄的，只有电视里发出的声音在屋子里回响，我很好奇，拿眼瞅瞅我周围的人，一个个屏声静气，全神贯注目不转睛地看着电视，就好像是母亲去庙里敬神的姿态一样。

新闻结束以后，便是电视剧《上海滩》，演到多少集了，我说不清，反正已经演了好多日子，电视开头是主题曲：“浪奔，浪流……流里分不出欢笑悲忧，淘尽了世间事，化作滔滔一片潮流……”歌比较长，也很好听。电视里主要演的是中华人民共和国成立前的上海滩，那些帮会之间的人物恩怨情仇以及许文强与冯程程之间的爱情故事，许文强高大英武帅气，冯程程年轻妩媚漂亮，整个电视剧的背景和画面让人耳目一新。

此时，礼堂里已涌满了人，就连过道，边上的走道上都站满了人，整个礼堂给人的感觉是挤得满当当的，这么多的人挤在这间礼堂里，却并不吵闹，大家都安安静静地，屏声静气地观看电视。

哎呀，这新生事物还是有影响力呀，平时干啥也没有一齐集中过这么多的人，印象中，只记得毛主席逝世，公社的大操场上一下子聚集了很多的人，余外干啥都是各队忙各队的。可今天，在这个四九厂，因为一台电视，将这么多一河两岸远远近近的人都吸引到了这里，足见这电视的魅力还是很大。

晚上的第一集电视演完，是广告，除了要上厕所的，竟然没有一个人离开。大家都害怕走开了，地方让别人站了，待会来了又没地待了，就都又静静地站在那儿看广告，要在平时，没有凳子谁愿意站这么长时间呀。可为了看电视，站时间再长也不觉得累，三哥和姐姐喊了下我们，知道我们还在原地待着就放心了，让我们看完电视不要乱跑，在门口站着等他们，我们愉快地应着，没看过电视的我们，就连广告都觉得新鲜，我们看着画面不停地变幻，心里充满了趣味感。

十分钟的广告一会儿就过去了，电视剧又开始了，人们马上停止了议论，又津津有味地看起来了。

一集电视剧四十多分钟，两集电视剧基本上就是一个半小时间，两集电视看完，差不多九点多了，然后我们又一窝蜂似的奔回自己的家。我们一路披星戴月，大步流星地往家里赶，回到家里，已经十点多了，有时母亲在忙农活，有时母亲在灯下给我们做鞋子，有时母亲已经睡了，却还给我们亮着灯，害怕路黑，我们磕着碰着了。

假期里，我们就去四九厂看，在学校期间，我们就在学校附近的一个建筑公司看。

建筑公司也有一个对外开放的放映室，那时电视少，有电视的单位都有包容之心，在地方宽裕的情况下，也会让外面的人来看看，让诸多的人能够一起分享看电视的乐趣。因此，我们在晚上下了自习去看上一集，一般多数情况下，下自习都八点多了，一集电视剧已经演完，就算去看，也只能看一集了，就算如此，我们也会赶过去。记得，当时在那儿看过的电视节目有《聪明的一休》《霍元甲》和《陈真》，我们不仅喜欢一休的聪明智慧，也常常为英雄的大义凛然和万丈豪情激动不已。

后来，又陆续演了《昨夜星辰》、《篱笆女人和狗》系列，还有《渴望》，那些电视剧都是在学校期间和假期断断续续地看的，有时电视看不完整，我们就学电视剧里的歌曲，那些风靡一时的旋律，激荡着我们贫乏而单调的青春。

一到假期，我们仍旧在四九厂里追电视剧。

直到某一年新年，村里一户蒋姓的人家买了一台电视机回来，村里人才结束了去四九厂看电视的日子。

于是，村里人看电视的阵地就转移了，从以前跑几里路，到现在，可以在村子里的人家家中看电视了。蒋家新买了电视，也乐意让大家都来看，每天下午，就将电视搬到院子里，将家里的板凳悉数搬出来，放在院中，供来人看电视，一到下午边上，村里的小青年、小姑娘们就都跑到了蒋家的门前，在那候电视。

村里以前不看电视的老人，也出来了，想看看这个电视到底是个什么玩意，为什么一个塑料匣子里能装那么多的人和事，当然，他们不知道电视的原理，很多人都是不懂电视的原理的，就包括那时的我，都只是看个电视里的热闹。

因此，每天下午看电视的人群总是很壮观，蒋家门前一涌一大片，有时几乎一个村庄的人，全部出动，聚在这儿看电视。

蒋家一个儿子，一个女儿，女儿嫁在一队，跟前只有一个儿子，儿子常年在水泥厂上班，因此，两个老人就带着三个孙子跟儿媳过日子。有人来看电视，也是好事，家里热闹，人气旺，因此，有时冷了，他们也会给烧一堆火，让大家暖暖手。

这样的日子又持续了一年多，姐姐家买了电视，我们便不用再到别处去看电视了，每天干完了活，下午边上，就来到姐姐家里。那时，姐姐跟我们住两隔壁，这里要交代的一点，姐姐后来，也从龙潭搬到了我们家旁边，在这儿买了一幢空闲的房子，就住在我们的近侧，我们一家人聚在一起，聊个天，看个电视，一家人到底随意，不用想着看人家的脸色，也不用想到人太多，挡了视线看不到，我们随便坐在哪，都能看到电视。

只是在当时，都还是黑白电视机，天线也是自制的，是用一个铝铁丝做的放射性接受器。没风的时候，信号还可以，电视可以清晰地看到，有风的时候，或者是雨雪天气，就很糟糕，雪花点太多，图像就有点模糊，看不清，在这样的时候，常常是我们一边看电视，姐夫一边去给我们调整天线，他在外面调试，我们在屋里看信号，转来转去，天线总能搜到一个位置是清晰的。这样的情况，隔一段时间就会发生一次，因为一有风，天线就会偏离，但是为了我们能看上清晰的电视，姐夫总是不厌其烦，一次又一次，用十二万分的耐心为我们做着调试。

但无论如何，就算是黑白电视机，有看的，我们就已经很满足了，最起码，我们的精神生活不再贫乏，不至于每天天一黑就睡觉，或者待在床上发呆，而我对外面世界的很多了解，也都从电视里接触到了。

在电视里，我看到了很多的文艺节目，看到了京剧、秦腔，还有越剧和黄梅戏等，学会了艺术的审美与甄别，也看到了众多优秀的电视影视作品。它就像一扇天窗，打开了我通往未知视野的大门，让我知道，生活和艺术是可以如此多元化地呈现的。

第二十六章　新屋落成

三哥是在订婚一年后结的婚。记得当时是初秋，天已经有些凉了，但是还不冷，三嫂到家的时候是晚上。

下午饭一吃，大家都在焦灼地等待着，等待着新娘子的回来，可是迟迟不见迎接新娘子的婚车。一直到天黑尽了，在外面路口等的人才回来报喜说，新娘子回来了，已经在过河了。于是，放鞭炮的人赶快准备鞭炮，厨房的赶快备菜，母亲今天是主人，没时间在厨房里做菜，便请了她的徒弟盛家的妻子来做菜，母亲在家里里外外地招呼安排着。

这一天，我要做的事是给三嫂端洗脸水。我要等在三嫂进门后将洗脸水端进去，三嫂好洗去一路的风尘，新娘子贵在一个“新”字。因此，就包括外面的灰尘都要洗掉，当然，这个差事是有偿的。给多少，我不知道，反正我知道三嫂一定会给钱的，这是规矩。

一阵鞭炮声响，三嫂回来了，三嫂被迎进新房，好多人在从车里往下下家具，抬家具，人多，也挺快。一会儿，三嫂的嫁妆就都抬进新房里了，一个梳妆台，一个高低柜，一个大衣柜，还有两床喜被及其他一些床上用品。一切摆放好后，一伙人便去收拾轿杠和绳子，屋子里安静下来。

我赶快端了母亲给我准备好的洗脸盆进了三嫂的房，盆是新的，毛巾也是新的，三嫂只轻轻地擦了把脸，然后洗了洗手，就算好了。她擦干手后，给我取出一个红包，递给我说：“这是给你的，你拿着，小妹！”我接了红包，就将水端了出去，放下盆后，众人都好奇，问我给了多少钱？我打开红包，是两张一块钱的人民币。以前小姑子在给嫂子拿洗脸水的时候，嫂子一般都是给盆里放上一些硬币，基本上总数都在五毛，那时的硬币有一分、二分、五分的，还没有五毛、一块的，因此撒一盆底钱，也没几个，众人就笑着对我说，幺女今天还挣了两块钱，不错哦，自个花吧。

自那天，三嫂便正式进了我家的门。一年后，三嫂便生下了我的三侄子，随着人口的增多，屋子明显地拥挤，此时，恰值父亲退休，便又起了建房的念头。

要建房，还得有宅基地，但是在哪里搞块宅基地呢？这又是个问题，父亲没事就村里上下地转悠。

终于父亲看到了河对面的瓦厂，那个瓦厂建了几年了，村里也是想搞点产业，鉴于以前村里有过瓦厂，一些人有过做瓦的经历，现在政策好了，想重新办个瓦厂，为村里创点收，但瓦厂办起来之后，效益一直不好，烧烧停停，做了没两年，便停置下来了。见瓦厂一直荒废着，父亲便和村里商量，想将那个地方申请做屋庄子，瓦厂办不下去，正愁找不到下家，见父亲愿意出钱换瓦厂这块地做宅基地，村里也就同意了。商量好后，父亲写了申请，不久乡政府就批了，我们建房的事情算是有了眉眼了。

盖房子是一个艰巨的工程，拉根子、打墙、运土，哪一桩事都没有轻松的，但哪一桩都得做到实处。

当时，我和祯兴在上学，姐姐已经出嫁，要论家里，只有母亲和三哥，因此，建房的重要担子便落在了三哥的头上。

鉴于打墙工程量太大，新式的明三暗六的房屋墙体高，面积大，父亲决定请人打墙。

经过四方打听，最终父亲将工程包给了刺沟的一个包工头，由他们来完成整个墙体的打造工作。当时，我们建房的土全部用的是屋后的山土，等到我们在建房的时候，才知道这个瓦厂为什么办不下去。因为这儿的土质根本就不行，这儿的土是松散的，完全没有黏性，打墙很难让土和土完整的黏合，第一次打墙，都打了几米高，没想到一场雨，全部塌了，打墙工人说土不行，得另找土，于是我们又找车从另外的地方拉土，无形中增加了工程的造价和劳动量，但开弓没有回头箭，即使再难，也得将这幢房子建起来。

土质问题解决了，但要建这样大的一幢房子，椽木檩料的用量也是相当大的，而在我们家，我们的柴山上，根本就没有可以建房的粗壮的木料，这些木料又得从外面购。在当时，我们最初购置木料的地方是中河，中河离我们家有一二十里路，过两条河，而买木料和运输木料的活，便由父亲和三哥来承担。

父亲年迈，体力不济，因而买下的木料基本上都是由三哥往回拉，父亲只能在后面推推车。他们常常是早上出去，晚上才回来，有时出门带点干粮，有时出门在哪儿饿了在哪儿找点吃的，遇上卖木头的人也有善良的人，他们见到了吃饭的时候，也会让三哥和父亲吃上一碗，多数时候，都是吃得半饥不饱的，碰到渴了，就在河里喝捧冷水，三哥的病，也是在那个时候因为过度劳累和生活无序加重的，而他们竟浑然不知。

中河的木头买了还不够用，他们只得又拉着架子车去西川买木头。舅舅给他们打听好后，他们去跟人说价，价钱谈好后自然又得往回运，在整整一两个月的时间里，父亲和三哥都在拉木头，在那条弯弯的长长的崎岖的乡村公路上，常常有一老一少两个跋涉的身影，一个在前面拉，一个在后面推，早上出去，晚上归来，除了雨天，从没有间歇过。

以前从不干活的父亲如今竟然成了家里的主要劳力，房子是父亲提出要建的，不管如何的难，这幢房子都得建起来，这是他现在最大的心愿。而这幢房子的造价就是由父亲的退休金来置换的，本来，父亲退休，学校给了5000块的安置费，因家里无房，父亲便将这笔安家费，也可以说是他的老年生活费全部用来建了房子，因为家里除了三哥，还有我和祯兴，我们都慢慢地大了，得有一个安生的地方。

我们的房子，从春天开始，一直盖到了秋天，因为工人是外来的，我们家得给工人管饭，母亲忙种地，忙家务，还要天天给工人做饭。在我们当地，有一个规矩，家里请人做工，一个礼拜还要管一顿酒，母亲整天忙得两脚不沾地，放下这个就是那个，干完那个活，又是这个活，一天到晚，都没有个闲的，常常见到的是母亲风风火火急急忙忙跑出跑进的身影。每天从眼睛一睁开，到晚上半夜才能上床，母亲就像一架机器，不停地运转着。

为了这幢房子，我们所有的人都参与进去了，一到周末，我们回来帮母亲做饭，帮母亲用压面机压面，帮着父亲和三哥整理东西，反正我们不停地干，不停地有人给我们安排，好像活永远没有做完的时候。

三嫂娃小，她要带孩子，只有在孩子睡觉的时候，她才能帮助母亲剁个猪草什么的。

最忙的时候，姐姐的婆婆和公公还来帮了好长时间的忙，我们分别唤他们“干娘”“干爷”，干娘帮母亲干家务活，干爷就帮三哥和父亲锯木料，可就在他们给我们帮忙的时间当中，一件不幸的事情发生了，干爷的一根手指被电锯锯断了，当时，血流不止，送到医院救治，没有能接上。后来，干爷便因此少了一根指头，这是让我们一家人都内疚不止的事情。

事情发生了，所有的人都叹息，所有的人都无可奈何，好在干爷一家人明事，并没有见怪于我们，他们自个回家休养去了，而我们的房子依然在建。

终于，建房进入了封顶的流程。这天，村里的人都来帮了忙，一个整天，房子也就盖好了，落成了，一幢我们建了大半年的房子总算竣工了。我们满怀着喜悦，办了好多桌宴席，将村里来帮忙的人都好好地招待了一下，也庆祝我们的房子大功告成。

那一天，父亲破例多喝了几盅。平时，父亲都是不怎么饮酒的，那一天，他是太兴奋了，太激动了，高兴得有些失控，他一桌一桌地给大家敬酒，向大家传递着他的喜悦。

村里的人也都向我们表示了极大的祝贺，不管怎么说，我们是从村里第一个移出固有的拥挤的村庄的人。

我们的新宅是在西北方，与老宅相距一条河。在此前，村庄里所有的人都生活在那一片住宅群中，我们是第一个从这一片住宅群中走出来的人家，我们的分离是安身，也是无奈，毕竟那是我们生活了几十年的地方，搬到这里，意味着我们和村庄脱离，从此，要在这儿过着独家村的生活。

但既然房盖了，还是随遇而安吧，也没有必要再想那么多啦。

屋盖好后，要平屋内的地，这也是一个有着相当大工程量的活。平日里是父亲和三哥，周末了，母亲也会带我们过来帮忙。母亲常说，一个公鸡四两力，不能做多的，也能做少的，干一点总比不干强，我们干一点，三哥和父亲就可以少干一点，或者说是可以早日将这些坑坑洼洼的地弄平整，弄到一个水平线上。我们一人拿着一个大木锤，锤着地面，锤着我们即将面对的生活。

接下来是安装门窗，平整院落，爱好花木的母亲从各处找来一些花苗，在院子里四围栽上，又从我们老家屋后的坎上挖了好多的迎春燕，还有刺玫花，在土坎边一一栽上。于是这个新宅子慢慢地有了生机，有点像家的模样了。

搬新居的时候，我不在家，我和祯兴都在学校里，恰巧遇上当时学校让勤工俭学，两河的同学松霞让去她家捡毛栗，我们便随她去了她在两河乡的家。两河乡距离县城有 60 多公里的路，当时还不通公路，只能沿着机动三轮车的道路骑自行车。

我们一行人骑着自行车交替带着就去了她家，路远，路况不好，且山高，我们前一天下午放学走的，天黑了都没到，晚上寄住在她在沙沟的舅舅家里，第二天在她舅舅家吃过早饭后又启程，至中午才到。走过这么一次，我才知道松霞上学有多不容易，就这，她还得每个星期回家拿第二个礼拜要吃的菜。

我们在松霞家待了好几天，天天随着她和祯兴去捡毛栗。两河的毛栗呀，真叫多，满山遍野到处都是。这个地方吧，除了交通不好，当地的物产和环境还是挺好的，山高路远，但到了两河，却又仿佛到了一个世外桃源，土地平整，物产丰富，当地人民生活殷实。松霞家就是明显的例子，她家兄妹四个，父亲和母亲勤劳淳朴，家里居住环境和生活样样都挺好，这又让我为她深感欣慰。

三天后，我们便拾得了一蛇皮口袋毛栗，我和祯兴两人合骑了一辆自行车，也不敢再多拾，害怕多了我们自己也拿不了，松霞又带着我们在他们居住的村里转了转，然后我们就提出我们先回。走的那天早上，松霞妈妈给我们蒸了馒头，大大的糖包子，一个能顶普通的包子三个，长条形的，我一个都没吃完，喝了些包谷稀饭，就已经很饱很饱了。

饭后，我们便收拾着行装，准备出发。

我和祯兴按照来时的路返回，上岭还好走，他在前面走，我在后面推，下岭的时候，感觉车子在直飞，祯兴推着，我在后面拽着，一路心惊肉跳，生怕车子冲下河沟。我们一路小心翼翼，好在有惊无险。

至营盘，我们将毛栗在集市上卖掉，记得当时卖了60多块钱，够我和祯兴的勤工俭学费了，而且还有节余，后来，我用这笔钱买了一块三嫂结婚时我就惦记着的蝴蝶手表。

我们卖了毛栗，就径直往家里赶。

回到家里，已是中午。因为，我们知道，在我们还在学校上学期间父亲就给我们说，我们搬家了，因此，我们就直接往新家奔来。走在门前的大路上，就看到一幢白白的漂亮的房子耸立在一个高台上，旁边的灶房里冒着炊烟，一股盼望已久的喜悦，顿时涌上心头，我们在新屋安家了，我们以后就要在这里生活了。母亲已经在给我们做饭了，不管什么饭，都已经让我们兴奋不已。

还没有走到家门口，我们就在大声地喊：“妈，妈！”母亲听得我们叫，忙出来，将我们迎上去：“哎呀，你们回来了，看看看，我们的新家！”

我们一起站在门前仔细地打量着我们的家，明三暗六的三间大瓦房，白墙红门，一切都是崭新的，门前的场地被母亲打扫得干干净净，院子边上的花木都已经活过来了，而且在旺盛地生长着，一切都是那么崭新的，那么悦目的，那么明亮的。

我不由得大声地说了一句:“妈，真好，以后这里就是我们的家了！”母亲说:“是的，以后这儿就是我们的家了。”父亲听得我们说话，忙从屋里出来，喜悦地说:“你们两个小家伙总算回来了！”我们说:“是，才到家呢！”父亲说:“看看你们的新家吧，你们的房间你妈都给拾掇好了，晚上只管睡觉就行了。”

我们在院里看看，又在屋里看看，在屋里看看，又到院里四处张望着，心里有说不出的欢喜和激动。我们四个人站在院里，喜滋滋地感受着我们新屋落成带来的一切。

终于，我们有了宽畅的房子，我们不用四五个人挤一张大床了，我们有了崭新的生活环境和生活空间，那么多年墨守成规的生活终于被打破了，这是一种怎样的意外和惊喜呀！那一晚，躺在新屋的床上，我久久不能入睡，想着新家的一切，又想着老屋的一切。

母亲累了，早早地入睡了，而我的思绪还在漫天地飘飞。

新屋落成时，这边还没有别的人家，为了安全，为了我们都在外面时母亲不孤独，托亲戚抱来了一只狗，取名“阿黄”。

从此，我们家里不只是四个人，狗也成了我们家重要的一员，它为我们看家护院，成了母亲最忠实的伙伴。

第二十七章　邻居阿黑

阿黑是我老屋场的邻居，因为皮肤黝黑，所以叫“阿黑”，他还有一个弟弟，因为长得白净，叫“小白”。阿黑在家是老三，头上有一个哥哥，还有一个姐姐，下面一个弟弟，也就是那个小白。

一母生九子，九子各不同，这话是真的。

同是母亲生的，阿黑和小白两个长得却一点都不像。小白白白净净，说话做事还略有点害羞，典型的白面书生。阿黑长得黑乎乎的，虎头虎脑，一股天不怕地不怕的劲头。

阿黑一家住在我们的坎下，我们在上屋，他们在下屋，因为我们的屋比他们的屋要高出半米左右，所以分上下屋。用农村的话说，就是上屋下坎，我们大门的坎子下面，便正对着阿黑家的后门，他们都在家的时候，就打开了后门，同我们便是一个院子。

母亲素来贤惠，同村里的人交好，阿黑的母亲是一个快言快语的人，说话风风火火，做事风风火火，但是却喜欢母亲。他们与我们似乎也是有着一点亲戚的，见她一直唤母亲为“表婶”，当然，也因为她比母亲年轻，倘若她在家，后门总是开着，一边做家务，一边同母亲拉个家常，唠个嗑儿。因此，一般的吃饭时间和晚上闲余的时间，他们家的后门总是敞开的，两家人凑在一起，大人们说些家长里短的闲话，小孩子就在一起嬉闹。

阿黑的父亲是队长，在我的印象中，我都没有同他说过几句话，他是一个严肃而又倔强的人。其实，在我小的时候，他的年龄是不太大的，但是他常年四季头上戴着一个白羊肚子手巾，可能是从样板戏中学来的，也可能是生来怕冷，反正是头上一直戴着个白手巾，让人感觉年龄挺大似的。他当队长的时间很长，从我能记事的时候起，他就是队长，说话一口通山喉腔，队上有事了，他就拉着一口通山喉腔上下院子地喊：“开会了啊，开会了啊，都到前院子开会了啊。”

因此，尽管我很少跟队长说话，但是他的声音我是再熟悉不过了，以致他打个喷嚏，我都能知道是他。虽然他的妻子跟我们家很好，走得很近，但他，总是冷着个脸，说话做事，一本正经挺严肃的，有事了说事，没事了就自己装一袋旱烟锅子，坐在门凳上子抽着。他是怎样当上队长的，我不清楚，估计当时成分好，因为听母亲说，他们不是本地人，是从凤镇上来的，在当地，他们被称作“通山喉人”。

因此，这个严肃的队长，常常令我们这些小孩子生畏，我们多不敢跟他说话，似乎也没有多少想说的话跟他说，他不与我们开玩笑，也不与我们聊天，多数的时候就是干活吃饭抽烟开会吆喝人。

给我印象最深的是他爱吃辣椒，吃什么饭都离不了辣椒，而且是满碗红，天生的能吃辣椒，且不上火。在他们家里，吃饭顿顿是要辣椒的，要是没有辣椒，他就会大着嗓子喊叫：“咋搞的，吃饭连辣椒都没有，让人咋吃？”他的妻子就会赶快跑到地里去给他摘上几个大辣椒，放在辣椒窝里捣碎捣细，加了盐，给他拿到跟前。

在那时的村庄里，家家都有一个大的石头辣椒窝，是自己家里的男劳力用大的整块的硬石头凿出来的，再在河里寻上一个像样的条形石头锤，以供捣辣椒吃。在生活贫瘠的时候，辣椒估计便是人们吃饭的最佳佐料，饭没菜了，没味道了，吃点辣椒，提个口感，开个胃，而队长呢，则是个离了辣椒吃不了饭的人。

在这个队上，队长还有一个弟弟和两个侄子。他们是亲戚，也可能还有别的亲戚，但是他们走动的都不太多，只在各家有大事的时候，才相互去看望一下，一般情况下，各家忙各家的，各种各的地，各过各的日子，各养各的儿女，就包括年节，也少见来往，母亲不说，我还不知道他们是亲戚关系。

兄弟俩都倔倔的，都不大爱说笑，这一点，估计是遗传，两人都经常冷着个脸，又似乎都不喜欢小孩子，每次我们这些小孩子捣乱玩要的时候，只要被他们看见，就会给我们猛吼一顿，吓得我们拔脚就跑，跑得远远的，一直到他们看不见为止。在我的印象中，很少见到他们笑，只有在他们跟大人说话时，说到极高兴之处，别人都笑得前仰后翻的时候，他们才会跟着笑一下，其他的时候，都是严肃的冷峻的，让人望而生畏。

队长的妻子是一个急性子的人，而他弟的妻子却是一个慢性子的人，用农村的一句话说，就是火烧到脚背上都不着急的人。她说话慢慢的，做事慢慢的，锄草慢慢的，走路也依然慢慢的，唯一印象深刻的，就是她会时不时地望着人一笑，那笑容一脸淳朴与安静，没有一点奸诈与恶意。

在母亲的口里，她做事虽然慢，但却做得非常好，细致周全。这体现在她锄草和包饺子上，她锄草务必除尽，一丝杂草不留，她锄过的地，清清亮亮，干净清朗得让村人嫉妒，只是慢，别人锄一天，她咋都得一天半或者是两天，至于说到饺子包得好，这是我亲眼见到的。

有一次，村里的一户人家过喜事，母亲被请去了主厨。当时，她也在帮忙，母亲带了我去，母亲说我会包糖酥饺子，让我跟着她包糖酥饺子，我便听了母亲的话，同那些大人一起包糖酥饺子。别人几下捏一个，而她呢，一个花纹一个花纹地摁，摁得仔仔细细，摁得认认真真，别人包几个，她才包一个，但她包出来的糖酥饺子，确实好看，匀称精致，品相好，虽然效率低，出活慢，但我在心里又是佩服的。

村里爱开玩笑的男人就说，哎呀，你这人呐，一定会阳寿长！

一语中的。果然，她在村里的老人中是阳寿最长的，90 多岁了，还能每天推个小板车到县城里去卖菜。县城离村里有 15 华里的路，她每天走着去，又走着回来，还要拿那么多的菜，逢到我见了她，便说："还在卖菜呀？"她说："是，待家里也没事，卖点菜，赚个零花钱。"

回到村里，常见她躬着腰在地里荷锄，旁边的人就说，这几块菜都是她种的，天天还是起早贪黑地在地里劳动。她见了我，仍是如向日葵般地明净地一笑。

这时，她的丈夫已经走了好多年了。

阿黑长得黑，大家都叫他阿黑，时间久了，也没人在乎他叫什么名。在我们这个村庄里，阿黑是一个爱读书的孩子，加之他父亲是队长，在一般人的眼里，他的学习应该得到家里的支持，可是并非这样，他的父亲虽是队长，但对他的学习基本上是不管不问，放羊式的，爱上了上，不爱上了，根本不咋管的，他们上学的钱，都是他的母亲东挪西凑，卖点毛栗，卖点核桃攒的。

父亲不管吧，但是家里的孩子却个个都爱学习，老大考上了师范，做了一名教师，二女儿也念到了高中毕业，阿黑在家里是老三。别的孩子没钱了就死劲向大人要，要不到了就要意气不念了，可阿黑没钱报名念书就自己去挣学费，这一点在同年龄的孩子中是难得的。他比我大几岁，我们都是懵懵懂懂的年龄，但在村里的这一群孩子中间，他却是一个有独立意识独立见识和能力的人。

在农村，要挣钱，就只得在山里刨，春天了挖中草药，摘金银花，掐韭菜，夏天了就摘五味子，采地耳和木耳，秋天了捡毛栗和核桃，打八月炸，冬天实在是没有什么往家里弄的了，就上山砍柴砍树棍子拿到县城里卖。

因为阿黑的独立意识，也带动了村里的很多孩子，孩子们见他上山，就跟着上山，见他下河，也跟着下河，因为我们两家离得近，祯兴便成了他最好的伙伴，一到周末，各家吃完了饭，相互吆喝一声，几个人就背着个挎包和挎篮走了。

回来了，不是装点香菇，就是装点木耳，或者说是中草药之类的。反正跑出去，总不会放空，晴天一身汗，雨天一身水，一身泥，风里来雨里去，饱一顿饿一顿的，却个个跑得精神十足，因为只要上山，总会有些许收获，这让他们心里乐滋滋的，觉到特别有成就感。

就这样，阿黑硬是靠着自己赚学费和生活费读完了初中和高中。按说吧，他的学习应该是好的，因为在同龄人中，他显而易见比大家都懂得多。可是他既没有考上中专，也没有考上大学，这，打心底，让人觉得有点遗憾，高中毕业，就此辍学了。

原想吧，一生注定要跟自己的父亲一样，在泥里，在地里扒拉一辈子，不曾想，县信用社招工，他便抱着试试看的态度报考了，谁知，却一举考中了，被录取。看样子，人生任何的努力和积累都是有用的，只是没到要用的时候，他良好的学习基础终归在他人生关键的时刻帮到了他。

假如，当初他是一个淘气的孩子，不好好上学；假如他听天由命，父母管了管，父母不管了自暴自弃，他的命运会怎样，他的未来会怎样，他又会有着一个怎样的人生？这都是不确定的。而他，是村里唯一一个靠着自己的努力顽强走向更广阔的社会天地的人，这多多少少是让人有些佩服的。在农村，这是农家子弟能用知识改变命运的一个很好的典范了。

阿黑成了吃公粮的人了，最高兴的当然是他的妈妈，这个孩子一直顽强自立，现在终于有出息了，成了国家职工，多让人开心。他的母亲本来就性格开朗，见人爱说爱笑，这一下，更是，逢人都乐得脸上像开了花。

村人说："你娃成了国家职工，你高兴哇！"她说："可不是么，没考上学，本想着，完了，完了，也要跟我一样一辈子在这地里刨土疙瘩，没想到，这回一考，还直接就考了个工作，成了个上班的人，哎哟，这做娘可不都盼着娃有点出息么！"

素日里严肃冷峻的父亲，见阿黑招干了，终于像乌云里钻出的太阳，露出了笑脸，平时很少请客的他们，这次破例请了客，把村里的人都叫去吃了顿饭。

阿黑上班了，周末了依然会回来，不像别的年轻人，一走出去心就野了，不知道回来，把家撂下了，他仍会周末回来看望父母，给家里帮忙干干活。在做农活时，他又是舍得出力气的，挑麦啦，背粪啦，挖洋芋啦，这些重活，他都干在前头，把轻松的留给父母。旁人都说："你家养了个好儿子，懂事，知道体谅父母，心痛父母。"又有人说："哎，这倔队长有福气，对儿子不管不问的，儿子还孝顺得打紧，人好命呐，落得个好命。"

单位离家好几十公里，每次来回骑自行车费时间，他就将自己的工资省着用，一点一点地攒着，等攒够了钱，去买了一辆摩托车，自此，回家方便了。一到周末，单位一休假，他骑着摩托车就回来了，听到摩托车响，就知道是阿黑回来了。在记忆中，他是村里第一个买摩托车的人，也是第一个骑摩托车的人。

转眼，到了成婚的年龄，经人介绍，娶得一个镇安的女子，女子人泼辣，也勤快，两人自立门户，过起了小日子。

可是好景不长，他的母亲病了，得了一种很难治的妇科病，用现在的说法，就叫子宫肌瘤。年轻时，她身体就一直不好，我们住前后院，她每次发病动静都很大。身上血流不止，好多次是到镇上的卫生院里，医生才给把血止住的。她生病期间，我的母亲也多次去照顾她，母亲说这叫"血崩"，来月经了，止不住，血就一直不断地流，非要医生处理才能止住。这病我没亲眼见过，但想想真是挺可怕的，人身上的血有多少呀，咋能一直流？一直流，肯定很伤人伤身体的。因为这个病，他的母亲一直瘦，一直消瘦，虽然开朗，面带喜相，但却呈病态，感觉风一吹就能给吹走了似的。

母亲病了，阿黑带着她在柞水、在西安的医院四处治疗，可是看来看去，恶疾日久，已难治愈，阿黑只好关掉了自己的小卖部，将母亲接到自己新建的房子里，让妻子回来专门照顾自己患病的母亲，母亲害这种病，不能受冷，不能见凉水，所以，几乎所有的家务活都不能做了。

在这种情况下，阿黑的妻子就只有带着孩子在家里照顾婆婆，逢到周末放假，阿黑就回来在家里陪着母亲，为母亲洗衣做饭，端茶倒水，陪母亲说话。母亲在他的细心照料下，也活到了70多岁。他的母亲常说拖累了他，他说拖累啥，您是我妈，我照顾您还不是应该的，儿子不照顾您，您说养儿干啥呀？母亲只好欣慰地笑了。

经年累月的疾病，掏空了阿黑母亲的身体，她就像是点干了油的煤油灯，冬日里的枯草，一口气不来，说走便永远地走了，阿黑含悲为母亲料理了后事，将母亲送上了山。

还没消停上一年的工夫，父亲又病倒了。他的父亲，曾经是村里响当当的人物，当了多年的队长，一直到我的大哥接手，他才退下来。在众人的眼里，这是一个要强倔强较真的人，可他这一病，却病得连人都不认识了，据说患的是老年痴呆症，分不清男女，分不清张三李四王麻子，一天只知道痴呆呆地，看着人呵呵地傻笑，人怕病呀，再风光一时的人病了，也是一件凄楚与无奈的事。

阿黑的父亲病了，这一病，不是三天两天，病了好几年，几年中间，他们只有全力以赴地照顾着老父亲的衣食起居，送医喂药。而他的父亲这一病，却再也没有治好，有人安慰他们，说这是老年病，只能这样了，没办法，让他吃好喝好就行了。

常言道，老人怕冬。年龄大的人过不了冬天，他的父亲，也没能扛过严冬，在一个寒风萧萧的夜晚去世了，接到消息，他马上从单位赶了回来，挑起了料理父亲的大梁。众人皆说：“你真是个孝子。”他却说：“做儿女，这是应该的，我们不管自己的父母，还能让外人管我们的父母吗？”他给父亲鼓了墓，将父亲和母亲安放在一起，说年轻时两人老吵吵吵的，老了，不能让他们住远了，没人吵，怪寂寞的，会不习惯。

在众人的眼里，阿黑的父母都故去了，他身上的担子总算卸下来了，总算能过上几年轻松的日子，可是，老天像是要考验他似的，他的岳母在一次走路中不小心摔着了，将腰摔坏了，自此，再也站不起来，瘫痪了，成了一个完全行动不能自理的人。这下，屎呀尿呀，全在床上，每天伺候岳母上厕所，给岳母翻身，按摩，喂饭喂水，又成了他下班后主要的活。自岳母瘫痪后，一家人全都围着岳母团团转，常常天不亮起，半夜不能睡，可他却没有抱怨，也没有埋怨，更没有嫌弃，只是心平气和，任劳任怨不声不响地做着这一切。有人说他孝顺，有人说他不易，在我眼里，我就觉得他做了一个男人该做的，做一个儿女该做的。

做人，问心无愧最好。

因为这个，我对于他，总有着一些敬重，虽然，我们不常常见面，见面了也就匆匆忙忙地打个招呼，能一起坐下来聊天和谈话的时间很少，但从内心来说，我觉得他是一个把“人”字写端正了的人。

阿黑的一生，虽然没当多大的官，在单位，他只是一个中层职员，但是，他却是一个好儿子，一个好父亲，一个好丈夫，或者说，作为一个朋友，也应该是一个义气的朋友。

做人如此，足矣。

第二十八章　五嫂患病

“不好了，不好了，我妈倒地上了，来人呐！”

只听得田田一阵急叫。听到的人赶快跑进五嫂的家中，只见五嫂已经倒在地上，田田正要往起扶，略懂一点的人说：“不要动，赶快请医生来，将你妈先轻轻地移到床上。”

有热心人赶快去请大夫，大夫来了，对五嫂做了检查，说病人是高血压导致的脑溢血，要赶快送医院救治，不敢耽搁。

于是，五嫂被火速送到了医院。

五嫂之所以患脑溢血，跟她的肥胖有关系。五嫂个头不高，但体重最起码有 150 斤以上，因此，整个人显得浑圆浑圆的。用母亲的话说，五嫂是一个有福的人。在我眼里，五嫂也确实是一个有福的人，整天笑嘻嘻的，从来见她都是喜眉笑眼的，弥勒佛似的，没见过她啥时忧愁过。因此，在我眼里，五嫂是村里最快乐的一个人。

当然，五嫂的快乐跟她的家境有关，五哥是个工作干部，同父亲一样，是一名教师，而且还跟父亲在同一所学校里从教，并且还曾经住邻居，所以，我们两家的大人亲，我们两家的小孩也亲。一者是因为亲戚关系，二者多多少少也因为门第相当，志趣相投，大人们在一起处得多，孩子们在一起也处得多。

可谁也没有想到日子殷实，性情开朗的五嫂会得病，而且一场病剥去了她所有的快乐和自由。

五嫂被送进了医院，医生诊疗后，得出的结论是五嫂以后将行动不便，最终能不能行动要看康复的情况，这是一个漫长的过程。五嫂快乐的一生，就这样彻底地改变了。

我跟五嫂的几个女儿关系颇好，母亲也与五嫂交好，因此她在医院住院的期间，我专程去医院看了她。五嫂躺在床上，依旧跟我们说话，聊天，只是神情消沉，面容呆滞，再也不似以前的快乐爽朗。一场病，让五嫂彻底蔫了，五嫂就像秋后被霜打的茄子，再也挺不起她那饱满的身躯。

五嫂躺在床上，无奈地对我们，也像是对自己说：“这回瞎了，瞎了啵，一辈子估计也就只有这样子了。”我们安慰五嫂，对她说：“五嫂，莫要着急，你会慢慢地好起来的，你以前是那么开朗的一个人，怎么会叫疾病给你打垮呢，不要紧，这病得慢慢来，以后肯定会恢复的，你年龄又不大，身体健壮，经过锻炼，应该可以彻底好起来的。”

在众人的一致劝说下，五嫂不相信似的挤出了一丝勉强的笑容。

我们家的人陆续都去看了五嫂，因为两家的交情，她在我们大人眼里，在孩子眼里都是一个重要的亲戚。

五嫂是四房五哥的妻子，我们住前后屋场，相距不足 100 米。他们住公路边，我们住后院，我们来来去去常从他们门前经过，我们家六个孩子，他们家也六个孩子，我们四个儿子两个女儿，他们一个儿子五个女儿，这也是五嫂享福的原因。

女儿多听话，在家肯帮着母亲干活，家里做饭、洗衣服、打猪草、拾柴禾之类的活，都由他们家的这些女儿承担了。每次上山下河，不是她们约我们，就是我们约她们。在学校，我们是一路上学的伴；在村庄的家里，我们是一起干活的伴。因此，在我们的生活里总有她们，在她们的生活里也总有我们，我们从童年到少年再到青年，一直都是这么相伴着成长的。

五嫂面相喜庆，也喜欢我们，从来没有拿我们这些孩子当外人。当然，母亲也一样，拿他们家的孩子就当我们自己家的孩子一样，因此，我们两家来往都很随便。

我们出出进进，常从五嫂家门前经过。五嫂一见到我们，就亲热地喊："妹娃儿，来，来玩一会儿；来喝水；来，我们这里有桃子，来吃一个！"他们家门口有一棵桃树，桃子的形状有点像点心，扁平的，因此大家都叫"点心桃"，五嫂一叫，我们就很高兴地去了，在她家门口坐下，她便挪动着胖胖的身子，从她家高高的石坎子上下来，去给我们摘桃，摘了，拿屋里一洗，给我们一人递一个，我们顺从地接了，高兴地吃着，每次这个时候，我总是觉得五嫂格外地可亲。

当然，我们每次吃了五嫂家的东西，都要回去给母亲说的。母亲听说，不说什么，却总记得五嫂对我们的好，有什么好的东西了，也总要给五嫂家拿一些。

母亲在村庄里以厨艺见长，村里家家的红白喜事都是由母亲掌厨。五嫂的儿子结婚，女儿出嫁，母亲就当是自己家里的事，甚至比自己家里的事还上心，一连一个礼拜都耗在五嫂家里。母亲说，五嫂不是外人，做饭她不擅长，我不用心帮忙谁帮忙，我也没别的本事，只能做个这些。

当然，说这话，母亲是谦虚，母亲的厨艺与现在的宾馆食堂里的厨师是不相上下的。母亲做菜可以不用尝盐，却能绝对可口，母亲的刀功非常好，切的土豆丝能够细如钢丝一般匀称，一样的菜在她的刀下可以切出很多花样，就包括一个葱，她就能切出好多的名堂，切段、切丝、切片、切块。我常常觉得母亲这样一个心灵手巧聪慧的人待在农村可惜了，可母亲因为没有读到多少书，只能做一个家庭妇女，相夫教子，与村民帮个忙。

五嫂病倒，她家里顿时不方便起来，五哥要上班，儿子女儿上班的上班，上学的上学，顿时家里忙乱得一团，猪没人养了，鸡没人喂了，门也没人看了，一连好长的时间，五嫂家的门都锁着，家里没有了女人，一切都变得混乱无序了。

好久了，回来一个人拿点东西，锁上门走了；再过好久，又回来一个人，看看地里的菜是否还好着，扯上一点，就又走了。再从五嫂门前经过，也没有了那爽朗脆亮的笑声了。后来，五嫂家的锁慢慢地锈了，五嫂家的门也慢慢地脱漆了。

出院后，五嫂没有回家，一直待在县城的女儿家中，众人轮换着照顾着她。五嫂很要强，在腿脚稍微有点知觉的时候，就一个人顺着墙摸，一摸来，一摸去，时间久了，居然可以走些路了，这让五嫂惊喜不已。五嫂是一个在村庄里生活习惯了的人，那里有她说说笑笑的老姐妹和乡亲，那里有她的菜园子，那里有她的鸡呀猪呀，那里有她长久已来习惯了的生活方式，让她离开了村庄，她就觉得寂寞无趣。

慢慢地能走些路了，她就瞒着家人，偷着往回跑。

她手拄一根拐杖，一边走，一边歇息，15 里的路，常人一两个小时就走到了，可在她这样一个行走不便的人，咋都要用四五个小时，早上饭吃了走，到下午了才能走回家。见她回家来，母亲赶忙来看她，给她拿了饭，拿了吃的，两人相见，总有说不完的话，来来去去，她总是觉得家里好，家里的一切都让她舒心自在。可五哥和儿女们又担心，她前脚回来，后脚女儿就找回来了，在家待不了两天，就又强行地将她接走，她恋恋不舍地，一步三回头，总怕走了，再也回不来了。

果然，在某一次之后，说是五嫂因为不小心在房子里摔了一跤，这一跤摔下去，五嫂再也没有站起来。从此，五嫂便与床相伴，在病床上度过了她寂寞无趣的后半生。

后来，我在县城时，从她女儿处路过了，会去看看她。当时的她，还是能认识人的，见是我来，惊喜不已，忙要从床上爬起来。其实，她已经是爬不起来了，我挡她，女儿也挡她，她无奈，只得颓然地坐着，一迭连声地叹息自己没用，连个孩子也不如，我们安慰她说："老小老小，老了可不就是跟孩子一样吗？"

眼前的五嫂，让人感到，再要强的人，在疾病面前也是无力的。

五嫂病后，多数时候是在欣然处住着，欣然是一个幼儿教师，对母亲也是极孝顺和有耐心。在五嫂的五个女儿中，我跟欣然关系是比较好的，也因为我们年龄相近，我们在一起玩得多，她只长我几岁，虽然我们是姑侄，在很多时候，我感觉到我们更像朋友。欣然好学，且敬业，尤其写得一手非常漂亮的钢笔字，记得，在她考上中专的时候，我还在学校读书，她常常写信鼓励我好好学习，她予我写的那些信，我一直珍藏了好多年，后来由于搬家，丢了，再也找不到了，很久很久，我都一直感到遗憾。这不仅是一份亲情，更是一份纯洁的友谊。

数年后，五哥退休。

人老了，都是恋旧的，五嫂回不来了，五哥就常常回来，五嫂的家里，常常也会冒几天的烟。五哥回来，剪剪门前的刺玫花，锄锄门前的荒草，打理打理菜园子。这些年来，尽管五嫂病了，但是他们家的菜园子一直还种着，周末了，她的儿女中的一个人就会骑着自行车回来，将菜园里的草锄锄，栽栽秧苗。菜仍旧一季一季地种着，菜园依旧兴着，这让人觉得，这个老家，还有人在乎着。

五哥回来时，在忙完自家屋里要忙的活，也会来会会父亲。五哥退休了，父亲也退休了，叔侄俩前后差不多时间退休的，退休后的父亲在家里种点地，种点菜，务点农活，这是工作中和退休后的父亲最大的改变。

父亲以前是不做农活的，也是不会做农活的，退休后，他慢慢地都学会了，而且做得像模像样，这让我们不得不对父亲刮目相看，原来，父亲不是不会做，而是没有心甘情愿地做。

五哥和父亲在一所学校共事了十多年，不管是从同事角度或者是亲戚的角度，两人都是对方生活中的一个重要的人。因而五哥每次回来，都要来家里坐坐，跟父亲聊聊生活中各种各样的事，一些他们的同事，一些他们的朋友，还有各自的儿女，还包括我的五嫂。没啥可聊了，两人就下棋，打桥牌，碰到我在的时候，就让我凑份子。我打桥牌，便是跟他们俩学会的。

我的五哥，年龄不大，但头发却早白，这与父亲又是不同的，父亲 70 多岁的时候，仍是满头黑发，头上找不见一根白头发。五哥在 50 多岁的时候，头发就开始发白，几年的功夫，就满头银丝，这样的头发全部白完，也挺好看的。

当然，五哥的白发，多多少少跟五嫂生病是有一些关系的。

一个村里，就他一个人的头发白得这么银亮，白得这么纯粹，见着他，总觉得有一种仙风道骨之感，果然，五哥的身体一直很好，没见有啥大的毛病。

五哥在三队，也算是个有威望的人。他比父亲低一辈，当时在村里徐家两个学问最高的人就父亲和他了，两人都会毛笔字，两人都会写文章，两人又都在一所学校共事。在他之后，他的儿子秋生又成了教师，我们家里的我二哥也成了教师，我们都是半农半工的家庭，却又是典型的耕读传家的一族，我们一部分人吃着商品粮，一部分吃着农业粮。在别人的眼里，我们都是日子好过一点的人家，但是我们也在白天黑夜里的劳动着，因为家里人口多，来往客人也多，不勤劳，生活就接续不上，我们只有把地种好了，把菜种好了，年年养上猪，才可以过上稳妥的日子。我们家如此，五哥家亦是如此的。

也正是因为五哥身体好，五嫂才没受罪。退休后的五哥除了偶尔回趟老家散散心，基本上都是在照顾五嫂，一个男人，也能将五嫂的床上床下收拾得干干净净，屋子打扫得一尘不染。

每次来人了，根本就感觉不到这是一个家里有长年睡床的病人的房子，母亲一直说，五嫂是有福的，她虽病了，但是五哥没有嫌弃她，还能这样细心体贴地照顾着，两人做一世夫妻，也是值了。

人与人做夫妻，不看两人都好的时候什么样，最主要的是能不能同甘共苦，患难时候见真情。在西式的婚礼中，相爱的两个人在举行婚礼的时候，牧师常常会说这样的一句话：不论将来是富贵还是贫穷，健康还是疾病，你都愿意跟你眼前的这个人不离不弃，永远在一起吗？这句话答起来很容易，很多人都会说“愿意”，但这一句话要做起来却很难，尤其是多少年如一日的不离不弃，若不是一份视若亲情的爱，一般的人是做不到的，尤其是于一个倒床多年的身体不能行走吃喝拉撒都在床上的病人。这是对一份爱情的严峻考验，也是对一份患难与共真情的检验。

而五嫂有幸享受到了这份爱情的忠诚，自己不幸患病，却获得了五哥无微不至的关心和爱护，从某种角度上来说，五嫂是幸运的，她在有生之年能够享受到五哥对她体贴入微的照顾。而在五哥的暮年呢，或许已经没有这样的一个伴侣能悉心地给予他精神上的照顾了，或许儿女都会孝顺，但儿女之情永远代替不了夫妻之情，也永远代替不了两个精神上相依相伴的人。

从这个角度上来说，我觉得五嫂还是幸福的。

我的五嫂在这样的状态下，竟然还活到了 70 多岁，可以说，这中间 20 年的时间，五嫂都是在病床上度过的。这对一个病人来说，是漫长而又煎熬的，而我的五嫂竟然生生地挺过来了，这得益于她自己精神上的顽强，也得益于五哥体贴入微的照顾。她的儿女相继长大，成家立业，包括最小的女儿也嫁了人，有了外孙，病床上的她也算欣慰了，一生的责任和义务总算完成，儿女们都有了自己的归宿和生活，并且他们可以生活的很好，不用再操心什么，这也算是自己求到的福运了。

某一日，接到消息，说五嫂没了，我们急忙从不同地方赶回来，到她家时，五嫂已经被装入棺材。那时，村里到处都在拆迁，到处都是一片乱象，房子东倒西歪，残砖破瓦堆积满地。她的女儿都回来了，她的女婿也都回来了，还有她嫁在山外的大女儿，女婿过世，大女儿带着三个孩子回来了。就算村里如此零乱，五嫂还是要落叶归根，要落到自己的庭院中，要葬到老家的土地上。

屋子好久好久没人住了，坐也没地坐，待也没地待，只记得院子里到处站的都是人，灵堂待不下，人都涌在门前的场地上，闹哄哄的。这些人不为别的，只为来送送她，送她顺利平静地走上天堂的路。

五嫂走了，也带走了我的好多欢乐和温馨的记忆，从此，村庄再无五嫂，生活再无五嫂，五嫂便成了我记忆中时时发出欢笑的一个影子。

第二十九章　窑煤事件

简娃去山西煤矿，一直是村里人眼馋的事。因为简娃每年过年回来都要带好多的钱，这体现在他同村人在一起打牌的时候，别人又想打，又舍不得钱，而他总是出手很大方。

在煤矿待了几年，简娃不仅盖了新房，而且娶了妻子。平日里妻子在家看家，他就在煤矿打工，赚了钱，给妻子寄回来。妻子在家很轻闲，做个饭，务点菜园子就行了。村里的人都很羡慕，说简娃小时候命苦，现在娃有志气，肯吃苦，总算是过上好日子了。

要说简娃的身世，还真是不易，母亲早年一直患病，在床上睡了多年，最终还是病故了，父亲阿贵忠厚老实，除了能干活，别的也做不了什么，孩子们的前程都靠自己闯。他们兄妹五个，一个哥哥年纪轻轻酒后没了，一个姐姐远嫁山里，生活不幸福，服毒自杀了，剩下他和弟弟，还有一个妹妹，因家庭条件不济，有人抱养，就将其小妹送人了，后来的家里就剩下他和弟弟，还有老父亲相依为命。

可就在某一天，老父亲不知何故，竟自己去了山里，在人们常路过的路边，在一棵一人多高的小核桃树上吊死了。阿贵瘦小个子，树也不大，可就是这么一棵小小的核桃树，还是要了阿贵的命，人们发现阿贵的时候，阿贵已经死了，那是一个打猪草的女的路过的时候发现的，一见是阿贵，魂飞魄散，一路小跑着尖叫着从沟里冲回来，还没进村就喊。众人一听，阿贵死了，一齐涌到沟里，见阿贵小小的身躯吊在那棵小小的核桃树上，离地不足一尺，人们惊讶，这样的小树也能要人的命？而阿贵终是死了，用一根裤带结束了他悲苦的一生。

一直觉得阿贵是悲苦的，这从他的笑容中能看得出来。无事的时候，村民爱逗他乐，逗他了，他也会笑，但那种笑常常是很牵强的，言不由衷的，在笑容的背后，是一种深深的凄苦，这种苦有对贫穷的无奈，也有各种人生打击，让他对人生无望，对生活无望。最主要的是，他对生活一直有一种无所适从感，在这个世界上，他对谁都不是重要的，包括对儿女，他除了跟他们在一起吃饭，再也没有任何的建议和指导，他自己清楚自己可有可无，他自己也清楚自己无能为力，可他又真的做不出让村民和孩子们尊重和重视他的事。

对于这样的生活，他估计也厌倦了，绝望了，反正自己就是这样了，生与死，又有什么关系，最终他选择了死亡，这又是让村里人意外而没有想到的事，阿贵一生胆小懦弱，怎么在死亡这件事上又这么勇敢和决绝？

阿贵死了，留下兄弟俩人相依为命，因为家庭的原因，兄弟俩人都没读到多少书，但生活还得继续。简娃是老大，这个家义不容辞得由他扛起，最主要的是，慢慢地俩兄弟都大了，得盖房，得娶妻子。

经人介绍，简娃去了山西的煤窑，在那做了一名井下工。

要论劳力，简娃还真是一个好劳力。人常说，穷人的孩子天照应。自小，简娃就没有穿到一件像样的衣服，有限的那么两件衣服，也从来都是皱巴巴，随随便便罩在身上，有的是亲戚给的，有的是别人接济的，反正总不合身。数九寒天的时候，别人家的孩子都穿着棉衣棉裤，他们兄弟俩却常常穿着很单薄的衣服，小的时候，常常屁股冻得通红，腿露半截，可奇怪的是，很少见他们生病，而且个个长得像个小牛娃儿，非常的壮实，慢慢地大了，在村人眼里，还是很结实的壮汉子。

因其身体好，被介绍到了山西的煤窑上，在那里做了一份在时下人眼里赚钱的工。

村里人都以为，简娃家的日子会好起来，最起码，看到这是一个务实的娃，肯下苦，能赚钱，每年过年回来能给家里拿回来一叠一叠的票子。几年时间，房盖了，妻子娶了，总算苦尽甘来，来年，再生一个娃，一切就都好了。

可是生活的意外又常常超出人们的想象。山西煤窑塌方，简娃死了。

噩耗传来的时候，已是傍晚，人们都在自己的家里做晚饭，有人慌慌张张来报与队长，简娃家里只有一个弟弟，年纪还小，这事只得由村里给他做主了。

队长组织了村里的几个干部和精壮劳力，乘坐第二天的早班车就去了山西，一行人到达山西的时候，简娃已经被从煤窑里清理出来了，众人是从他卷曲的头发上认出他的，他的面部和身上已经被砸得血肉模糊，惨不忍睹，这个年轻健壮的生命就此魂归黄泉。

在简娃的旁边，还摆着别的工友的尸体，众人都不忍看。为了挣钱，这些远走家乡的年轻人，他们为了让自己生活得好一点，为了让家里人生活得好一点，抛妻别子，来到了这偏僻的小煤矿，在这里过着一份清苦的生活，为的是一年到头能够拿一些票子回去，贴补家用。可是谁能想到，煤窑塌方，家乡，竟然再也回不去了。

看着这些年轻的身体，不由让人潸然泪下。为了生活，他们去了远方，而故乡却成了他们再也回不去的远方。

最初煤窑老板只给 15 万元钱，经过几天几夜的交涉，煤窑老板作了妥协和让步，最终以 20 万元作为生命赔偿，以当时一个交通事故费的命价了结，予简娃做了安置。简娃的生命，最终以 20 万元终结。

这样的结果，虽然不理想，可也无奈，生命的风险无处不在，而意外，常常不期而至。

赔偿金交付的当日，队长就找车将简娃往回运送了，那时路况不好，1000 多里的路程，跑了一天两夜才到。

回来的时候，又是晚上，尽管很多人都已睡下，但听到简娃回来了，就又都赶快起来了，弄柴的弄柴，烧火的烧火，一会就把场子里的火点起来了，众人抬来早已备好的棺材，将肢零破碎的简娃装了进去。大家都从来没有见到过这样悲惨的死相，见到简娃的样，不禁后背发凉，心软的看着就忍不住落下泪来："哎呀，这娃，可怜的娃哟，咋就搞了，出去挣个钱，咋就弄得没命了哟，小时候受可怜，遭罪，现在刚过上几天好日子，咋就没了？"问天，问地，都没有人能说出所以然来。

村里的人都围着棺材静静地站着。

简娃的妻子，一个才来不到一年的新娘，身上还没有褪去一个"新"字，丈夫却没了，这是她无论如何无法预料的事，更是她无法承受的意外。她怎么也没有想到，自己的命会这样的苦，新婚丧夫，连孩子都没有养下一个，男人就没了，这可叫自己的后半生怎么过呀，本以为，自己的新生活开始了，可不曾想，花还没开，就已经谢了。

自从简娃回来的那一刻，她就一直哭个不停，哭得上气不接下气，哭得肝肠寸断，哭得悲声四起。众人都能理解她的心情，有什么比这新婚丧夫更让人伤心绝望的呢，她扶着棺材哭啊哭呀，哭到一点力气没有了，从棺材边上滑了下来，边上的人一看，赶快将她扶进屋里。

外面，叹息的人、议论的人，喧哗成一片，村里从来没有经见过这样的事，这是第一次，第一次面对这样一个年轻的男子在外面意外身亡。当地人对于这样见血的死亡，一般称为"凶死"，而简娃这样的死亡，更是凶中之凶。有人便议论起迷信的种种，反正胡说一气，不管咋说，这些人没有恶意，都是充满了善意的怜悯，知道他家不容易，便将自己家的萝卜、洋芋、包谷、红薯都往他家里拿，不管咋说，人走了，事得过，得将简娃稳稳妥妥地送进土里，简娃活着不易，死了要住一方安乐土。

村里这时人心一致地齐，没有谁耍小心眼，也没有谁斤斤计较，大家能出东西的出东西，能出力的出力，一些青壮的劳力就自动地到山上去打井。简娃和他们自小一起长大，虽然家境不同，但却是一起玩大的伙伴，对于简娃的死亡，发小的难过不言而喻，他们已不能再为他做什么了，出些力气，为他打个井，让他从此安安然然地落眠，也算尽一点发小的心意吧。

简娃的弟弟还是个半大的孩子，哥哥死了，就等于天塌了，一连几天，他不吃不喝，众人劝他，也不理睬，就一个人坐在门凳上，痴痴地发呆。他实在是想不通，妈妈死了，爸爸死了，姐姐死了，哥哥也死了，究竟是怎么回事，他们家里的人咋一个一个都没了，剩下他一个人，以后该咋活呀？眼前的这个嫂嫂，哥哥走了，还会在家里待吗？深秋的风已经很冷，他打了一个寒颤。

本来吧，正常的死亡，会请人唱孝歌的，可是简娃属非正常死亡，众人知道这个规矩，也就没有人来唱孝歌，大家都只来坐坐，后半夜，由于没人唱歌，大伙困倦了，就都回去了，基本上就是他的妻子和他的弟弟在守着他，自己的亲人，倒也不怎么觉得害怕，他们就在他的棺材边坐着，一会儿给烧些纸，一会儿泼泼油蜡，以让灯火一直长明着。

今晚是最后一夜，明天天一亮简娃就要上山了，自己能陪伴他的也只有这一晚上了，简娃的妻子想着想着，心里又难过起来。自己和简娃是别人介绍着认识的，介绍人说，他们家就兄弟两个，负担轻，家里房子是新盖的，简娃又会挣钱，以后是好日子，她见了简娃，浓眉大眼，四方脸，头发有点自来卷，身体不胖也不瘦，结结实实，印象不错，一眼就相中了。

个把月后，便定了亲，当年底，简娃从煤窑回来，两人就结了婚，简娃待她很好，把自己挣的所有的钱都交给她了，说这个家交由她打理，自己只负责挣钱就行了。简娃做的一切，让她心里甜津津的，觉得自己还真是遇上了好男人，对自己不设防，也没有外心，这样的男人，是可以和他一辈子好好地过日子的。

可灾难说来就来，来得天崩地裂，来得天塌地陷，让好端端的日子一下子成了泡影。自己以后，该如何呀，可该如何呀？看着眼前的小叔子，自己有说不出的苦楚。

次日一早，天一亮，简娃就上山了，村里人在家的都来送了，送送这个眼见着长大的孩子，也送送这个苦命的青年。

照片是他弟弟捧着的，他的妻子跟在旁边，一个孝子也没有，摔盆的时候，是让一个聋子给帮忙摔的，众人族拥着将棺材抬向了墓地。

这一天，天气晴朗，虽然上坡，但路并不难走，大伙吆喝着使使劲就上去了。坑打在一个向阳的坡上，太阳一出来，就能照到，朝阳晒暖的，用道师先生的话说，这是一个好地方，是亡人的安乐窝，众人也就信了这个，但愿这个孩子能够舒舒服服地在这儿住下。

到了地方，棺材被放了下来，落进了坑里，众人在上面填了土，堆出一个小山包的样，然后在前面砌了几个圆石，让他的弟弟在跟前同他告了个别，他的妻子也在坟前默默地鞠了三个躬。

简娃的一生就这样画上了句号。

第三十章　被考试决定的命运

我要高考了，一家人都有点着急，但是他们却又是帮不上我什么忙的。而我，则有点撞大运的感觉，确切地说，我不知道自己要考什么学校，上了文科会怎么样，上了理科会怎么样，那时的学生太单纯，其实更应该用信息闭塞或者无知来说。

那时的上学，只是为了学到好成绩，真正成绩好了，能怎样，并不是很明白，没有人指导，也没有人引导，家庭条件好的孩子有人帮忙指导，农村的孩子基本上就是听天由命，考到什么样子算什么样，考到哪算哪。

高中的我，学习算不上太好，也算不上太差，就处个中上游。总的来说，我们这个班的学生学习基础大都是不错的，因为在当时，是学校的一个重点班，多数是因为没有考上中专录取到这个班的，学习成绩和实力都还算是优中选优的。

当年，中考的时候，我以 3.1 分之差落榜，没有考上中专，于是我开始了我的高中学习生涯。

对于考上中专的同学，我是羡慕的，他们可以公费上学了，而且三年之后就可以开始工作，而我们上高中的同学，三年之后，还是个未知数，这是我的担心，现实确实如此。

社会形势时时在变，高考在那些年，实在是抱着一种侥幸心理，谁能考上，谁不能考上，心里都没有谱。我们在读的几年，高考从来都不乐观，那三年中，一年考走了一个，一年考走了两个，轮到我们那年，剃了光头。用外界的戏称，考走一个是“独生子”，考走两个是“双胞胎”，一个没考走被戏为“结扎了”。

这样的结果，于考生是一件尴尬的事，也是一件颜面无光的事。当年集体落榜，没有喜讯，没有捷报，只公布了一下考试成绩，三年的马拉松就这样结束了，同学们都有些垂头丧气，像被霜打了一样，没有欢呼，也没有庆祝，蔫不拉叽地回到各自的家，不知未来该如何。

于是，我有些懊恼，懊恼当年没有考上中专，要是考上了中专，也不会有今天的尴尬了，可人生的路没法回头。

有时觉得是天意，有时觉得是命运的捉弄。

当年，如果没有学校给我统计错了分数，我将如何？或许，我的人生是另外一番状况，也未为可知。

可是，没有也许。

在我们当年，参加中考是要预选的，预选上的学生才有资格参加最后的正式考试，而我便是在预选的过程中出的差错。

中考前一个月，学校举行了中考预选，我们年级四个班的学生全部参加了，考试结束，成绩出来，我竟然落选了。当时，我实在觉得丢人，好像自己做了一件见不得人的事似的，怎么，怎么，我会落选？我连预选都没有预选上，这是怎么搞的，这几年的学是咋上的，不是在校期间学习成绩一直挺好的吗，还屡次拿过奖状。可是，在这样重要的时刻，我竟然连预选都没有预选上，这该是一件多么颜面无光、让人无地自容的事呀！老师怎么想我，同学们会怎么看我，我怎么给我的父母交代？一时之间，我像是犯了一个弥天大罪，完全不可饶恕似的，我悄悄地收拾了行李，一本书都没有拿，只拿了自己平时穿的衣服和袜子，背了一个小布包，就悄悄地离开了学校，连父亲都没有告诉，就悄悄地走了。当时，我真觉得自己无颜见父亲，无颜回家，可是不回家，我又能去哪里的呢？我在小河边，一直逗留，一直徘徊，一直到天快要黑了，我才不得不垂头丧气地回家。

因为我平时话语少，母亲并未看出我的异样，还连连问我，考得怎么样。我真不想说出那几个字，可是还不得不说，于是我低下头，硬着头皮，连眼睛都不敢向大家看，说："我没预选上。"半天，家里人都没吭声，过了好一会儿。大家都说："吃饭，吃饭吧！"

晚饭是母亲做的红小豆糊汤。

大家都默默地吃了饭，偶尔有想说话的，也说着一些与考试无关的话。

毕竟，这场考试成了过去式。埋怨也罢，责备也罢，都无济于事，不能解决任何问题了。

我再次回到家，这次不是以假期的形式回去的，而是以一个落选生的形式回去。在家的日子，便天天随着母亲和三哥上山干活，打猪草、锄地、担水、洗衣、做饭，反正我能做的，我都自觉地做，不管有没有人叫我，我都会一起去，我没有预选上，我不做这些，还能做什么呢？

日子一晃过去了20多天。

某一天的中午，有人捎信来，说学校让我去上课。我有些费解，不知咋回事，捎信的人说，是我的班主任杨光旭老师让我去学校的，赶快收拾东西，去学校参加复习，准备参加中考。

一时间，我懵住了，我不是落选了么，怎么又可以去学校学习呢？捎信人说，不知道，你到学校去，自然就知道了。

我又装了衣服和袜子，当天下午就赶到了学校，去了杨老师的办公室，杨老师说教育局把我的考试成绩统计错了，将一门英语课的学分漏掉了，当时，谁也没有想到会有这样的事。预选后，我没再来学校，杨老师想来想去，总觉得我这样一个学生不可能预选不上，因为平时学习成绩一直还算不错，要说考不上情有可原，怎么可能连预选都预选不上呀？他心里犯了疑惑。

于是，杨老师专门去了教育局，查了我的分数，原来，教育局在统计学分的时候，将我的一门课给漏掉了，因此造成了很大的差错。于是，赶快通知我的父亲，让赶紧捎信，叫我回学校。可是，这时，我已经离开学校近一个月了。

预选后，学校将预选上的学生都放在一个班，重点复习，集中训练，而我在这20多天里连书本都没有摸一下，突然接到消息再次来到学校，真是有点措手不及。还有一个礼拜就要举行中考，很多东西我都要重新再捡起来，去记去背，去巩固，对于这个，我又是惶惑的，眼下这种情况，只有尽力而为吧。

能再次回到学校，我对班主任杨老师充满了感激，这个老师，确实算是一个负责任的好老师。于是，我就想着利用这一个礼拜的时间好好复习，尽力能考得好一点，以不辜负老师的关心，也不要辜负这一段时间的沮丧和失落，更不负我这么多年的寒窗苦读。

可命运之神并没有垂青于我，此次中考，我失利了，以 3.1 分之差，我中考落榜了。虽然这一次的落榜，有客观的因素在里面，可是我能怪谁，该怪谁？怪学校，怪教育局，怪统计学分的老师？谁能为我无辜而失意的人生买单？我不知道能怪谁！

生活中一个不经意的错误，常常会改变一个人一生的命运和走向。

就这样，我被录入了高中，杨老师善意地安慰我说："没事，上高中也是一样，上高中了以后考大学，说不定会更好。这个班是年级里的重点班，你们将会是学校的希望。"

事实已成定局，我亦无可奈何，于是又重操旗鼓，安心学习，总想在高考的时候不再像中考一样，能够考入一所差不多的学校，以对得起这十多年的寒窗苦读。

三年的高中生活是紧张的，又是枯燥的，所幸的我们的班主任老师是一个幽默风趣的人，爱说歇后语，他批评我们常常不正话正说，而是用歇后语一针见血。譬如：小姐的身子——丫环的命；净尻子撵狼——瞎胆大；老鹰吃柿子——挑软的啄；等等，爆笑而有趣，但在笑声中，让我们受到了教育。他教我们数学，课讲得很好，只是说话一快，一紧张会有点咬舌，我们都爱逗他，他也不生气。在紧张的学习之余，经常给我们组织一些文化娱乐活动，比如节日弄个晚会什么的，春秋季去户外郊游，或者是野炊啦，让我们在紧张的学习生活中时不时地能小开心一把。

这是我们常常怀念的。

忙碌的学习又是很快的，三年的时间，弹指一挥间，转眼就准备高考。新学期一开始，就在倒计时，后面的黑板上每天更换着离高考还有多少天，每看一眼，都让我们的心紧一把，以前，还跑着玩玩，看看电视，当时，《渴望》《篱笆女人和狗》演得火热，每晚下自习了还会去建筑公司的电视放映室看一会儿电视，高三了，也不敢放纵自己了，个个像绷紧的弦，每周除了体育课，其他的一切时间都在教室里。同学们都在默默地复习着，暗中较着劲，都希望能在高考中胜出，实现自己一生的理想和愿望。上大学，对每一个人来说，都是一个期待已久的梦，不管这个梦有着多么地遥远和迷人，都一样的期待着。

可无论当时我们是抱着怎样的愿望，我们都齐刷刷地落榜了，没有一人幸运，也没有一人上榜。那一年，创下了柞水县中学教学史上的一个零纪录，我们沮丧，老师也同我们一样，这是所有人都没有想到的，原以为一年考一个两个，已经很悲催了，可是，我们这一届剃了光头，岂不是更悲催，这一次的高考，让我们很受挫，也备受打击。在火辣辣的太阳下，我们第一次感到了心如油煎的滋味。

在残酷的高考面前，我们不得不认输，我们输了，我们一个班的同学，甚至是一个年级的同学都输了，输得英雄气短，输得暗无天日，输得穷途末路。因为，这始终是我们所料不及的，我们原以为，我们会实现一些超越，最起码可以比他们上两届考得好，没想到，我们竟然会比他们考得更惨，曾经的雄心万丈，满腔抱负，在此刻一下化为泡影。我们一个一个在毒辣辣的太阳下徘徊着，像一只只流浪猫，找不到生命的方向，大家除了叹息还是叹息，谁也不知道未来的路，现实已然如此，只得认命。

不想回家，不是怕谁怪我，只是觉得自己输了一次，又输了一次，实在是有点无颜见江东父老，作为我的父母，他们希望看到的是结果，而我总不能给他们拿回一个满意的结果。第一次中考失利，第二次高考落榜，我的失望与失落，亦是他们的失望和失落，他们希望我通过高考踏出一条路，而我却没有能够实现他们的愿望。

一年来，因为补课，我回家少，菜基本上都是祯兴回家拿的。每个周末母亲都会做饼和包子，让祯兴或者是父亲赶十几里的路给我送来，年幼的祯兴还给我担水做饭。父亲退休了，隔一段时间，都要来学校看看我在学校里有没有油，有没有盐，生怕我在学校里没有吃的、喝的，饿着了我。

在家人的眼里，他们一直认为我是一个会学习的孩子，在我身上寄予了太大太大的希望，可是，我却一次又一次地让他们失望，当我再次见到他们，我该怎么样面对他们，该怎么样面对那一双双失望而沮丧的眼睛？

可我不回去，我又能去哪里呢？在这个县上，我除了家，是没有地方可去的。

最终，我还是鼓起勇气回了家，回到家，父母没有怪我，也没有批评我，他们再一次用沉默接受了我的高考失利。我像一个犯了错的孩子，小心翼翼地面对着每一个人，生怕引起谁对我发火或者是不满，可是，没有人对我说什么，越是这样，我越是内疚与自责。

第二年，好多同学都参加了复读大军，有在柞水复读的，有去镇安复读的，说穿了，很多同学是不甘心的，他们要拿起书本，继续高考，直到自己考上为止。

经过补习，多数同学都考走了，虽然院校不同，最起码，他们实现了走进大学的愿望。

而我，由于家庭的原因，放弃了复读，这该是我人生最大的一个失误，也是我后来一直懊悔的一件事。可人生不能重来，失去的将永远失去，错过的将永远错过，我错过了高考，便意味我的人生要错过很多很多的东西，而我也将为此付出非常艰辛和惨重的代价。

在现行的机制下，才华与能力主要是通过学历来体现的，因为我没有走进大学的校门，我的人生就此搁浅，甚至是沉沦，沉沦到一个只能靠体力来做事的分上。

纵然我再努力做事，做出了怎样的成绩，因为没有大学文凭，我仍然是处处受肘，有人说我字写得好，有人说我文章写得好，有人说我做事麻利，效率高，可是因为我没有大学文凭，这些年，我一直在社会上漂泊，没有一个合适的工作机会，也没有一个可以施展自己抱负的平台和空间。

为此，我在生活的河流上漂泊了很多年，都找不到一个适合我的栖身之所，我彷徨，我迷茫，我一生便要如此么，我所有的学识都只有埋葬在我的身体里么？

这些年，我发表了许多作品，遍及全国180多个城市和地区，多次将柞水写上了《人民日报》。可是，因为我没有大学文凭，我仍一直是国家体制外的文化人，直到我再次进修了汉语言文学大专文凭，成了柞水县第一个中国作家协会会员，第一个走进中国有名文学专业培训机构鲁迅文学院高研班进修的专业作家，我才得以被启用，成了柞水县文化馆的一名工作人员。

我的人生，因为两场关键的考试，而几乎颠沛流离一生。

第三十一章　川儿中毒

川儿中毒，我没有亲见，是听人说的，说毒性发作很快，还没送到医院人就没了。

怎么中的毒呢，说来也就奇了。

那天中午，应该是夏天吧，雨后初晴，勤劳的川儿却没有休息，他冒着酷暑的骄阳在给地里的庄稼打农药，热辣辣的太阳一会儿就给他晒得满身是汗，他又焦又渴，便走到河边，打农药的手没洗，就捧起一捧水喝了，接着又接二连三地捧了几捧喝了，没想到，一会儿，毒性就发作了。喝完水后，他便与哑妻坐在地边歇息，坐着坐着就不对劲了，脸色发青，口吐白沫，他的哑妻感觉到了不对劲，赶快去叫他的兄弟们，他的兄弟和弟媳赶来，川儿已经躺倒在地了，众人赶快将他弄到蹦蹦车上，还没到医院，他就咽了气。

这样的事件，确实太意外，在农村，打农药是一种很普通的农活，家家户户都有一两个人会这活。因为虫害严重的时候，不打农药，根本就无法保证粮食的产量，打了农药，灭虫灭害，几场雨水之后，又一切都没事了，很多家都有一个小小的农药喷洒器。

川儿就是用这样一个农药喷洒器打的。这种东西有一个喷嘴，给里面装上农药，可以背在背上，直接用手按着喷嘴就可以喷洒了，很简单。川儿用，别人也用，别人用都没有怎么的，可川儿用，就出事了，估计是他将多一些的农药弄到了自己的手上，一时口渴，忽略了洗手，酿成了这样一场大的惨剧。

要论川儿，是一个苦命的人，人不笨，在我感觉，还挺心灵手巧，会做手工，编制竹器，木工制作，扎纸花纸灯笼，反正手工艺方面的活他都会，为人忠厚，勤劳，在村里，从来都不是一个讨人嫌的人。

只是，不知怎么回事，他说话有点不太明朗，能说，但不够流利，也不是很清楚，农村将这一类人叫做“半语子”。这是我觉得他身上唯一的不足，正是因为这个不足，导致他很多年都娶不上妻子，跟母亲生活在一起。

川儿在徐家属于二房，是四嫂的大儿子。为什么只说四嫂，不说他的父亲，因为在我一出生，他的父亲便没了，在我的印象中，一直是四嫂带着他们兄弟几个生活。

因为川儿早早地没有了父亲，四嫂做人做事愈加小心翼翼。

四嫂生了五个孩子，四个儿子，一个女儿，一个女儿嫁至营盘上面，四个儿子跟她一起生活。她是个小脚，是旧式的中国妇女，在我叫嫂嫂的这一辈人中，她是唯一一个裹小脚的，当然，也是村中少数几个裹小脚的女人之一。她的身上继承了中国传统女姓的美德：温良、贤淑、勤劳、本分。

在我有限的记忆中，我是喜欢四嫂的，在对人没有一个明确的概念划分的时候，便一直认为她是一个好人。

很多年，川儿就一直跟着四嫂一起生活，当然跟他们在一起的还有一个弟弟兆儿，兆儿耳朵有点问题，也一直没有娶妻子。虽然他和这个弟弟都有点智障，但是他们的两个小弟却聪明伶俐，一个读到高中毕业，一个做了小生意，都娶了妻室，各生养了好几个孩子，另筑新居，日子过得顺风顺水。

日子过得好的四嫂都不担心，最让四嫂忧心的便是川儿和兆儿，两人都没娶下妻子。

数年后，四嫂过世。四嫂过世后，兄弟俩也分开了，兆儿便随了二弟，跟哥哥过日子，川儿自己分出来，另建了一幢房屋。要说论川儿，人不笨，心不笨，又勤劳肯干，是能过一份好生活的。

房子盖好后，村里有好心人便给他张罗娶妻子。时间一晃，川儿已是四十好几的人了，在农村，已经是超大龄了，原本是不好说妻子的。可是川儿的机缘来了，用农村的话说，就是婚姻动了，有人为他说得一个山里的女子，女子小他许多，因小时误吃了药，哑了，不会说话，却很勤劳，两人便都相互不嫌弃，在兄弟与众乡亲的支持下，两人结了婚。

川儿结婚，在村里算是一件大事。本来嘛，一般的人家结婚很正常，到了适婚年龄，说结就结了，这是很平常的事，可川儿不一样，他人到中年，加上自己有缺陷，还能说得一房妻子，十分难得，非常令人意外，也算是老天眷顾了。

众人都为他欢欣和惊喜着。

川儿自己也是，天天乐得合不拢嘴，盼了这么多年，总算盼到了一份正常人的生活。

结婚那天，人出奇的多，出奇的热闹，村里人都来闹他的新房，为的是好玩，也图为他添一份喜气。当然，更多的人是想看看川儿当新郎是什么样子，平日里常见随随便便习惯了的川儿，当了新郎会是一个什么样的派头呀？众人好奇着。

结婚那天，母亲当然也去帮了忙，而且是很用心地帮忙。我们家里用的几个灶，都是川儿先后帮忙搭的，而且每一个灶都好烧好用。对于这样一个堂家的侄孙子，母亲一直念着他的好。但凡家里有点大小的事，只要母亲一说，川儿立马就来了，最主要是做事做得好，有板有眼，而且乖巧，讨人喜欢，虽然有点半语子，但并不影响与我们的正常交流。他要说啥，我们能懂，我们对他说话，也尽量会显出有耐心一点，因此，川儿与我们家一直常来常往。

母亲对于帮我们的人总是厚道，肯让人吃，肯让人喝，又加之母亲饭菜做得可口，很多人都愿意来帮我们家做事。当然，别人帮了我们，母亲也会让三哥，或者是她自己给人换工，人需要借的东西也从不吝惜。母亲常常对我们说："别人对我们好，我们也要对别人好，一好报一好。"在母亲的影响下，我们也善意地对待着村里的每一个人。

川儿结婚了，母亲提前两天就去了，给他备菜，拉菜单子，待帮忙的。他母亲不在世了，母亲就觉得自己应该关心关心这个堂家侄子，一者原与他母亲互为睦邻，二者这个侄孙子确实令人痛惜，加之平时没少帮我们家，他过大喜事了，应该好好地给帮帮忙。

听母亲说，这场婚礼是川儿的二弟和三弟给操持着办的，请媒、谢媒、挑礼、迎亲，都是他们上前，婚事办得很热闹，也很顺利，摆了十几桌的酒席。当时川儿办婚礼的时候，我不在家，具体在哪，做什么，时间久了，已记不清，只记得当时听到他结婚的消息，很是为他高兴，川儿终于有家了，终于可以过正常人的生活了。看着他这么些年一个人孤孤单单，娶不下妻子，我还真为他着急过，现在总算好了，老天开眼，天遂人愿了。

两人婚后，日子过得还挺好，干什么事，夫妻俩都一块，一块出，一块进，一块上地，一块下河。村里人都说，川儿年龄大了，娶一房妻子，小日子过得还美满，正是老来得福哇。妻子不会说话，但逢人就笑，那笑容很淳朴，很亲切，很善良，大家见她也都一笑，有时也用手比划着同她交流，她很有灵性，也都能懂，很快地，她就融入到这个村庄中，成了这个村庄的一员。大人小孩子见了，都知道这是川儿的妻子。

人勤地不懒，一勤劳啥都能做好。

自川儿妻子回来后，家里的菜种得多了，门前屋后的空地都变成了菜地，辣子一行，茄子一行，西红柿、黄瓜、青菜，一块一块的，长得青汪汪的，油肥油肥，门前的庄稼地也兴得齐茬茬，绿叶招展。人都夸赞：“哎哟，这小两口，还真是过日子的好手。”

见两人和和美美，岳父岳母也喜欢，时不时地给带点这个，拿点那个，亲戚们也常常来看望他们，以前孤孤单单的川儿，一下子拥有了许多人的关心，天天脸上都浮着笑意，人逢喜事精神爽，事顺了，人心就情好了，人心情好了，啥事也都顺畅了。

不到一年光景，川儿妻子怀孕了。这对川儿来说，可是天大的喜事，这喜事来得太快太突然，让川儿高兴得不知道怎么样才好。开始妻子一直吐，他不知道怎么回事，后来邻居见了，便说：“是不是你妻子怀孕了？”他带着妻子上医院一检查，还果真是。

川儿没想到，自己这辈子还能当上父亲，原以为能捡个妻子就不错了，可妻子真争气，居然给他怀上孩子了。当时，在医院，得知检查结果，他抱着妻子转了好几个圈，医院的医生护士都给他们鼓掌叫好。

回来后，他把妻子当个宝一样地看着，生怕摔着了，闪着了，走路干活，干什么都小心翼翼地照看着，看着妻子肚子一天一天地大起来，他的心里就像是吃了蜜一样，天天把妻子扶出扶进。

村里人都羡慕，别看这两个成个家不容易，但成了家，却比一般的家庭和睦幸福得多，轻易得到的都不珍惜，不容易得到的倍加珍惜，人就是这样。说罢这话，人又常常是叹息的，叹息别人，也叹息自己。

十月怀胎，一朝分娩，经过了艰难的九个多月，川儿妻子终于要生产了。这可是大事，这样大的事，一定得在医院，最主要的是两人都没有经验，遇到危险紧急情况不知道如何处理。还是去医院生，现在医院条件好，有专门的妇产科，还是医疗保险，大人小娃有保障，最起码可以顺顺利利地将孩子生下来，娘俩不会出什么岔子和危险。

在众人的建议下，川儿收拾了东西，让蹦蹦车将妻子拉去了县医院，到医院的第二天，就生产了。医生说，到底是农村的人，经常干活，娃来得快，要城里养尊处优的，娃急忙都生产不下来，这个娃很顺利，大人少受罪，也少担惊受怕。

医生将娃递给川儿，说："看你的娃，女儿，眼睛还挺大的！"这一点，像她的妈妈，她妈眼睛就大。川儿接过娃，就像接过万两黄斤，贵重无比，他将自己的脸凑近女儿，想亲她一下，又害怕自己的胡子扎着了她，轻轻一挨，就又赶快让开，只是拿眼睛在娃儿脸上不停地端详，这是我的娃儿，这是我川儿的娃儿，我有娃儿了，我当父亲了。他在心里一百遍一千遍地呼喊，他这时的幸福就像是大海涨潮，不断地向外涌动。

川儿从小到大，从来没有这样幸福的一个时刻，这是由自己创造的小生命，并且她将陪伴着自己一生，自己看着她长大，看着她上学，看着她从一个咿呀学语的婴儿长成一个待嫁的姑娘，这该有多么好呀！

川儿的幸福，在此时此刻是用语言说不出来的。他太快乐了，快乐地抱着孩子不知道如何是好，医生见他抱着孩子一直发笑，就说："来，给我吧，让她睡在她妈妈的身边，跟她妈妈亲近一会儿，你呀，以后有的是抱的。”于是，从他手里接过了娃，放到了他妻子的旁边。

孩子很乖，睁着大眼睛四处看，不哭也不闹，川儿妻子一会儿看看孩子，一会儿看看川儿，一会儿看看川儿，一会儿又看看孩子，脸上自始至终洋溢着幸福的笑容，对他们来说，这个孩子太难得，太珍贵。人到中年成婚，孩子却来得这么顺利。很多夫妻想要孩子，三年五年都怀不上，可他们，本没敢想的事情，可这孩子却“忽的”一下子钻进了他们的生活，这如何不让他们喜不自胜，这如何不让他们喜上眉梢？要说个迷信的话，这真是上天对他们的恩宠。

川儿给女儿取名“云儿”，意思是天上飘来的一片云，也有上天恩赐的意思。

妻子认为，川儿取什么名字都好，云儿就云儿了。

时间一晃，过去了好几年，云儿都快要上学了，看着女儿一天一天地长大，长高，川儿有说不出地欢喜。云儿小小的身影一直在他和妻子之间晃动着，亲昵地在他们身边说点这，说点那。也真是奇怪，川儿夫妻两人语言都不好，可是孩子什么都正常着，智力说话都没有问题，这是大家都为他们感到欣慰的事。

川儿心想，自己一生就这么个样子了，只要孩子健健康康的，没有问题，就是两人最大的愿望。

别人的孩子都上学了，自己的女儿也要上学，他们给孩子凑了学费，将云儿送到了学校。于是，每天接送孩子便成了川儿的任务，早上送去，下午去接回来，女儿听话，在学校不惹事，从没见老师找过他们，也没说过女儿学习上的问题，这让他们心里很安慰，女儿还是争气着。

生活已经这么美好，所有的一切困难，一切不顺利都成为过去，原以为生活就会这样一直顺顺当当地进行下去，永远风平浪静，永远晴空万里，不料想却又发生了这样一桩不该发生的事。

川儿中毒了，中毒了就中毒了呗，怎么一下子还要了人的命？多少人喝毒药三番五次都未能死了，可川儿的一个意外，却就这样轻易地送了命，他原本是不想死的呀，他的好日子才刚刚开始。他要照顾妻子，要陪女儿一起长大，他的女儿还太小太小，可怎么，怎么，就在一个干活的当口，一个疏忽的举动中，生生地丧了命。

这有多不该，这有多让人无法想象，这有多让人不能接受，生命有时顽强到遭遇无数次电闪雷鸣毫发未伤，但有时又脆弱到经不起一个小小的失误，好多人打架，死命地打，都没事，好多人求死，死不了。

可川儿，就在那样一个夏天的午后，他在灭害虫的同时，竟然误伤了自己，而他原本是要把地种好，把庄稼务好，把日子过好的呀！

川儿去了，给村人留下了无尽的叹息！

第三十二章　错误的邂逅

高考落榜，我没有继续复读，回了家，便也回归了农村。一天除了帮家里做一些农活和家务活，似乎也做不了什么。

日子就在这平凡的琐事中一天天流逝。

春天了，树木发青，春暖花开，河水也解冻了，一切又都变得轻快令人欢欣起来。几年了，没有好好地端详我生活过的村庄，而今，我要天天与它相伴，我每天眼里看到的都是这些事物，那高高矮矮的群山，那弯弯曲曲的土路，那长年四季“哗哗”流动的河流，它们成了陪伴我动的或者是静的朋友，我的生活单调得只有它们。

一连数月，没有新奇，也没有变化，我的心有点无端地惶惑起来，这该不是我以后一直要过的生活吧？如果真是这样，我念那么多的书有什么用，我曾经那么长时间的努力的价值在哪里？我很怪那一次意外，让我产生了这么一个想法，同时，也有点怪父亲，怪家里在我人生最关键的时候，没有替我拿一个准确的方向。

可现实已经这样了，我的生命，似乎只有等待。

等待什么，等待上天的怜见，等待命运的眷顾？我不得而知。

几场雨后，大地迅速地变绿，地上的青苗都长起来了，特别是河对面的大平地，那一大片青油油的麦苗泛着生命的绿意。我家门前的豌豆也开花了，并开始结荚了，豌豆的生长期长，前后长达一二个月，一边开花一边结豆，这是一种很经济的农作物，可当粮可当菜，因此，母亲爱种它。在她来说，我们种上一片豌豆，几个月都有下饭的菜，又经济又划算。

母亲是从过日子的角度考虑。

早饭后，等地里的露水稍干一点儿，母亲提着小篮，让我和她一起下地摘豌豆。豌豆地正在路边上，地平且缓，摘起来很方便，但这是个细活，要慢，豌豆要一个一个地摘，不能伤了藤蔓，影响它的继续生长。因此，我们摘一小篮子豌豆也是要费些功夫的，母亲的耐力好，可以一直蹲在地里，我就不行，蹲一会儿就要站起来伸个腰，要不然，受不了。

母亲见我一会儿站起来，一会儿蹲下，一会儿蹲下，一会儿又站起来，知我耐不了这个细烦，就说："你先回去吧，回去和一点面，剁点油渣，中午做油渣馍，煮豌豆汤吧。"我一听，如遇大赦，抬起脚就走了。

回到家里，依母亲的吩咐；揉面，剁油渣，做馍。做着做着，听到一阵自行车的铃声，急促，忙乱，最后在我家院子下边竹园边的空地上停了下来。因我家在路边，常有人在我们门前停放自行车，有人懂礼数会打个招呼，有人连招呼也没打就自行停放，反正就是想让我们帮他们看着，放在我家门前总比放在大路上放心，这种事多了，我们便也不怎么理会。

脚步声又起，一个人急匆匆地又来到了我家灶房前，他一上来，见门开着，直接将头探了进来，说："哎呀，我不小心，在上面路弯处骑车子，路滑，摔了一跤，你能不能给我找点水让我洗洗手？"

我抬头看了一下，是一个年轻人，我们住在路边，多数时候，经常会有人有求于我们的，我们几乎没有拒绝过，对于这个年轻人，也不例外。我说："那你等一下吧，我将馍翻一下，给你倒水去。"我将馍齐齐翻了一遍，见我翻馍，他说："你饭还做得挺好的呀，颜色好漂亮！"我说："好啥，自己吃，想咋吃就咋做呗！"他笑了。

倒了水，他洗了手，又将裤腿儿上的泥用水捞了捞，将盆冲净，递给我说："谢谢，谢谢啊！"我说："不客气，也不费个啥事。"嘴上那样说，其实心里在想，费水呢。因为我们吃的水，都是在河里担的。

他道过谢后，走了。走了几步，又回过头朝我看了看，我没有理会，住在路边上，啥人都能遇到。

一个月后的一天，一个久未上门的亲戚来了，听母亲说，这是我们的一个远方的表姐，早些年嫁到了镇上，那时我们还小，因此，并不熟识，母亲让我叫表姐，我就叫表姐。

表姐同母亲聊了一会儿家常，无非是家常理短，家里孩子啦，老人啦，还说到一些亲戚间的事，聊过一阵后，便问到我："小妹现在在做啥呀？"母亲说："没干啥。"又问："不读书了？"母亲说："没有考上。还不知道以后能干啥！"

说到这儿，表姐接上了话说："我今天是来给您报喜的，有人看上小妹啦，让我来提亲呢！"母亲说："哪家的？"表姐说："县上的，是一个部门的干部，见过小妹，对小妹印象很好，听说我们是亲戚，特地找到我，让我来提这个亲。"

对于这种事，女孩子终归是腼腆的，我不好问什么。表姐又说道：

“想起没想起，一个月前，有一个青年人来过你家，找水洗手，跟你见过面。”她这一提，我顿时想起来啦，我说：“有这事。”表姐便问：“你觉得那小伙怎么样啊？”我说：“只一面，咋说得清，谈对象这事要慢慢了解，不是一下子能决定的。”表姐说：“不急，不急，慢慢处，回头你们多接触接触，现在的年轻人，时兴自由恋爱，不喜欢大人包办，反正你们都年轻，自己处处，了解了解也好。”

那一天，母亲留表姐吃了饭，表姐也很高兴地留了下来。母亲见表姐久未上门，专意弄了好几个菜，提亲的事见我没有明确表态，就留了个活话，让我们以后处了再决定。

其实，就我自己的心理，我是不想早结婚的：一来，我觉得自己年龄尚小，不想人生就这么一锤子定音；二来，对于婚姻，我确实没有想好，或者说是我还没有心理成熟到要结婚。

对于人生，我尚且迷茫，对于婚姻，我更是迷茫。

可那个青年却是认真的，最主要的是，他认真地看上了我。数日后的一个周末，他自己上门了，并且带了礼物，他自报家门，说他叫宋端，父母一听，便知道他是谁了。不管我意向如何，但来者都是客，父母依然热情地接待了他，他也不见外，见了我父母，就“叔叔”“阿姨”一声一声地叫了起来，亲得感觉到早已熟悉似的。

而我，却在以一种挑剔的眼光打量着宋端。因为，从内心来说，我是抗拒他的，或者是拒绝婚姻的。

这一顿饭，我的父母与宋端相见皆欢，而我却表现得非常冷淡，似乎他的到来与我没有任何的关系，而他呢，似乎也并不在意，只是时不时地用眼神偷偷地瞟我一眼，再瞟我一眼。

饭后，宋端自动地给父母帮忙干了些活，劈柴啦，担水啦，父亲下地，他还跟父亲一起下地做了一会儿农活，他们聊了些什么，我就不知道了。父亲是工作人员，他也是工作人员，两人有共同关心的话题，他又积极主动，两人一会就聊得很熟了。

下午边上，从地里回来，宋端对我说："我走了啊！"我只说了一句："走吧。"他看了看我，然后骑着他第一次骑的那辆自行车风一般地走了。

起初，宋端会周末来，来了在家里待一阵，帮父母干一些他能干的活，后来，便几乎天天来家。而宋端每次来家，因为内心的抗拒，我是不主动跟他说话的，他只跟父亲和母亲说话聊天，实在说到我跟前了，我答一声，不知为什么，相识多时，我却一直没有与他相处的渴望和热情。

我把我的这种感觉同母亲说了，母亲说："你们现在的年轻人总是东想西想的，我们那时候，哪有什么喜欢不喜欢，有的见过面，有的连面都没见过，长得横鼻子竖眼睛都不知道，还不照样结婚，过一辈子。我觉得这小伙挺好的，人爱干净，勤快，最主要的是家庭条件好，还有一份正式工作，而你现在，啥都没有，人主动找上你，是你的福气，你还挑三挑四的，挑啥呢。"

母亲一顿呛白，我无话可说。是的，以前的婚姻是那样的，可现在，婚姻自由了，每个人都有自由选择的权利，我找的结婚对象一定要是我喜欢的，要是不喜欢，这日子咋过呀，以前人注重的是形式，现在婚姻里感情是占第一位的。

可母亲不能理解我对感情的慎重。

宋端依然每天来家，来家后跟父亲和母亲打得热火朝天，他们俨然是一家人，我倒成了外人，我有时在暗笑，我不喜欢你，你跟我爸妈这么热乎干啥呀？

有一天，我终于忍不住了，我对宋端说："你以后不要来我家了吧，这么久以来，我发现，我没有喜欢上你。如果这么长时间我都没有喜欢上你，估计以后也不会喜欢上你了，你还是另外找别人吧，别在我们家耽误时间了。"宋端说："你不喜欢我，没关系，我喜欢你，我是真的喜欢你的，要不然，我也不会天天来你们家。我妈在家生病着，我天天来你家，就是为了能天天看到你，你现在没有喜欢我，不要紧，只要我对你好，总有一天你会喜欢上我的。”我说：“不会的，我对你真的没有热情，没有感觉，这样下去只能是耽误你的时间，你何苦呢？”宋端说：“我愿意，我愿意等，等到你愿意嫁给我的那一天！”我生气地对他说：“爱情是两个人的事，现在咋成了你一个人的事，你愿意等，可我不愿意让你等呀！”

我们这次谈话，宋端告诉了母亲，母亲将我痛斥了一顿：“你这个女子，咋这不现实呀，你自己就这样，连个工作都没有，你想找一个啥样的？人家宋端在家里是独子，有工作，家境好，你身子单薄，重活做不了，嫁这样一个人家，过个轻闲日子有什么不好，你自己要条件好，你可以东挑西挑，你自己啥都没有，在家里一待待这么久，还没有一份可干的事，你咋还不知道为你自己的未来打算一下呀？净想些不现实的东西，感情是啥，感情能当饭吃吗？你姐不是谈感情吗？你看，现在谈的，要房子没房子，要啥没啥，你还没看见？我看你们念书都念傻了，不知道三个多两个少，净整些虚的没用的玩意儿，过日子就是柴米油盐，贫贱夫妻百事哀，你没听过这个话呀！你看看，咱周围，有钱的家庭和没钱的家庭吃的穿的用的都是不一样的，过日子哪一样离得了钱哪，没钱，你连想孝敬个父母都孝敬不了，还谈什么。你对人放好一点，别再乱说那些让人伤心的话了。”

母亲给我狠狠地教训了一顿，我承认母亲说的都是大实话。可我，还是喜欢不起来他。

好久以来，我苦恼着，这苦恼一直缠绕着我，让我焦躁，让我不安，让我一见到他就烦。

可宋端，却并没有知难而退。

我没有想到，我人生的第一次爱情竟然是这样的苦涩，苦涩到我整天陷入到无穷无尽的煎熬和烦恼。

因为没有工作，我渴望一份工作，宋端洞悉到我这个心理，便托人与我介绍了一份工作。他的承诺是只以朋友的名义帮我，我们成不成都没有关系，他只是希望能帮到我，看到我高兴起来，我高兴了，他就高兴了。由于对工作的渴望，我想试着慢慢地接受他，和他一起散步，一起逛街，一起串门儿，可是，在跟他相处的过程中，怎么也激发不了我的热情。

我工作了，可是，我依然无法拿宋端当男朋友。在宋端跟前，我总是刻意地保持着距离，总是不情愿与他靠得太近，而我内心又内疚着，最主要的是，他并非如他所说的只拿我当朋友，他依然希望和我走到结婚的那一步，这是我又惊惧的。我不愿意和他结婚，我又接受了他与我找的工作，这一直让我觉得是个心理负担，令我惴惴不安。

事已至此，在这桩事情里，我进也难，退也难。要么，为了这份工作，我做了宋端的女朋友，跟他结婚；要么，舍了这份工作，跟他分手。眼前的路，似乎只有这么两条，我没得选择。

又一天春天的来临，我实在是受不了这样的煎熬了，我坚决地对母亲说，我要跟宋端分手，我不想要他找的那份工作，总之，我不想欠他的，我说得非常坚定，并且我已经将自己的决定想好，我要去西安打工，自己另谋生路。

那一天，母亲跟我吵得很激烈，但我一直没有让步，我非常肯定，也非常坚决，没有丝毫商量的余地。为了表示我与他分手的决心，我将一把筷子甩飞了，母亲明白再劝我已是无用，她哭了，一个人坐在屋前的核桃树下，非常伤心地哭了。

我知道，在母亲的哭声里包含着太多的内容：有对我不孝的难过，有对我不听话的无助，也有对我未来的担心。

总之，母亲哭了好久好久。

母亲如何知道，在我心里，我是不甘于仅仅做一个家庭妇女的，我有太多的想法和愿望，我真的不想将自己过早地束缚在婚姻里，更何况还是一个我不喜欢的人，这会是令我一生痛苦且无法忍受的。

第三十三章　西安打工

和母亲吵了一架之后，我内心倒坦然了，我知道，她再也不会逼着我跟宋端交往了。

经熟人引荐，我被招去了西安秦龙药材公司。我毅然决然地放弃了原来那份工作，悄悄地走了。走的时候，母亲依然给我准备了行李和衣物，我看着母亲，心里流下了无言的泪水。我伤了母亲，我辜负了她的期望，两个女儿，没有一个听她的话的。

我执着的选择了我自己的路，未来究竟会怎么样，我又是根本不清楚的。

对于那桩始终无法产生的感情，我除了愧疚，还是愧疚，如果我爱上了宋端，或者我们可以走到一起，那么一切都是顺理成章的事，关键我始终无法爱上他。我知道，我说我要走，只能让双方都难堪，不如我一走了之，让他彻底死心，再无指望，这样，说不定是解决问题的最好办法，也能让他去重新寻找属于自己的幸福。

我就这样悄悄地走了，第一次坐上了从柞水到西安的大班车，到了一个我完全陌生的城市。

这个药材公司是集中药种植、销售、储存为一体的公司，用老总的话说，就是产供销售一条龙。公司下面有药物园，有药材种植基地，还在全省各县发展有药农，并且有自己的展厅，各种业务相并存在。

最初去的时候，我被分配在药物园，在那里切药种药挖药，日子忙碌而简单，白天干个活，晚上看个电视，饭有吃，活有做，一天还有一大群人一起说说笑笑，日子虽然清苦，但也不十分无聊。

那个时候，人都年轻，也都单纯。一大帮子年轻人，干活了，就好好地干，干完了就海阔天空地闲聊，最主要的是那里的环境是我喜欢的。药物园里人文气息很浓，对我这样一个文艺青年来说，是有趣的，园里各个墙面上都画着各种各样的彩色的山水人物图案，包括二十四孝，还有孙思邈采药图，并且还有龙头喷泉和地下药浴宫。这里虽然是一个药物园，但是在没有人工作的时候，倒像是一个休闲山庄。

无事的时候，我特别爱在院子里散步，感受这儿独特的人文气息。这里房子整齐，曲径通幽，一个院子与一个院子用拱形门连接，男生一个院落，女生一个院落，相互独立，又前后呼应，工作人员将这里打理地顺顺当当。一到周末，不用干活，我们就在院里洗洗衣服，晒晒太阳，四处走走，真的是很惬意。

药物园周围四处都是桃园，我们来的时候，桃花刚刚开过，我就在想，若是桃花盛丌的时候，我来到这里，那该有多美，肯定就跟到了仙境一样，一定美得桃花纷飞，美得让人心醉。尽管如此，现在这儿依然是美的，四周的桃林齐刷刷的，高矮一样，一样开阔，一样平整，一样四处蔓延，那种绿，是生命独有的绿，蓬勃而欢畅。

离药物园不远的地方，便是渭河了。渭河的水常年都是混浊的，因此才有“泾渭分明”一说。河水浑浊而平缓，慢慢流过，河中心有一些沙滩，还有一些河柳，它们立在河中间，却能长得很好，我不知道它们的根是怎么扎住的，但是它们就是那么长在河中心了，因为有了它们，河水便不单调了，变得有趣而生机勃勃。

哪里有绿色，哪里就有生命的律动！

女生无事的时候爱去河边散步，男生无事的时候，便去渭河里游泳，那条渭河便成了我们这些年轻人常常寻觅闲情的地方。

因为那时的西安，不似在我们山里，河水溪流随处可见。在那儿，可是常常见不到河流的，偶尔见到一条沟，也是排污水的，混浊而乌黑，因此，我们便将那条渭河视为近水源的地方，眼睛焦渴、心灵焦渴的时候，就去看看，去走走，去缓解一下疲劳的神经和视觉。

慢慢地，已经在这儿习惯了，习惯了这儿的生活，习惯了这儿的工作，偶尔学着弹弹吉他，唱唱歌，也倒是蛮有趣的。

某一天下午，晚饭后，有同事叫我，说有人找我，我问谁找，他说是总公司里的人找我。我忙走到院子里，见到了那次面试的经理和其他几个人，他们将我对上号后，一位中等个子的男士对我说："总经理让你去公司总部上班，你赶快收拾东西，跟我们走，车已经在大门外等着了。"我问："为什么？"他们说："去了你就知道了，先跟我们走再说，天都黑了，快点！"我用眼睛看了看管理人员，管理人员说："放心吧，跟他们走，总经理叫你过去，肯定是给你安排好工作，放心地去吧。"我这才收拾了东西，随他们上了车，一路上，都挺迷茫，不知道这么多的人，咋就给我一个人叫到总部上班了呢？

一个小时后，我们来到了莲湖路上的一座大楼，车开进后院，下了车，我随他们上楼，电梯在三楼停下了。

我们步出电梯，进了一间大办公室，中间摆着椭圆形的红木桌面椅，那个姓张的经理向总经理汇报："总经理，人带来了。"那个叫总经理的人朝我看了一看说："来了啊，来了以后就在这里上班，这几天，你先在这里熟悉熟悉环境，这里的工作就是办公室的工作，你协助张经理和陈秘书做一些力所能及的事。"

我仍是不解，问道："总经理，为什么要给我调过来呀？"总经理看着我笑了，反问道："你不愿意来这边？"我四处打量了一下说："愿意，只是觉得突然。”总经理说：“不是让你们每个来的工作人员写进园的心得体会吗，你写得不错呀，有内容有感受，很好，是个有思想的年轻人，而且，你的文笔不错，待在药园种药实在是可惜了。”我一听，顿时说：“谢谢总经理栽培，我一定好好工作！”他说：“在这儿，你就跟女同事一起住，吃饭有专门的饭厅，按时去吃就行了，从今天起，你等于说就是这里的员工了，好好干，年轻人。”

那一晚，我失眠了，因为事情转换得太快，让我又兴奋又激动。我没有想到因为一篇文章就改变了我的工作环境，让我从一个偏远的郊区一下子来到了西安市区，而且就在莲湖路上，听说莲湖公园就在莲湖路呢。在这西安，估计我最早听说过的也就这个莲湖公园了，一来西安，还居然能在莲湖公园附近上班，这有多让人惊喜！

当天晚上，我就给家里写了一封信，我告诉他们，我在这里一切都好，出来一个月，工作就从药物园种药换成了公司的文员，让他们放心，我会好好在这里工作，让母亲不要再为我的事情生气和担心。

写完信后，我依然睡不着，思绪翻滚，想着这一个月来的一切，想着家乡的父母和亲人，所有的事情挨个儿在我的脑海里翻滚涌动。

幸运来得太突然，让我有点措手不及。

此后，我便开始了在莲湖路药材公司的工作，更令我没有想到的是，莲湖公园就在我公司的对面，甚至我们站在公司的二楼三楼都能看到莲湖公园的全貌，那些荷花、亭子，还有那些晨练和游玩的人们，因为莲湖公园，让我更喜欢这个地方了。

莲湖公园在每天八点以前是不要门票的。早晨，起来的时候，在公园里游走一圈，回来吃早餐正合适。于是，很多个早晨，天一亮，我就起来，去公园里散步，公园里的空气很好，除了湖水和大片绿色的植被，还有小山。在城市里，有这样的一个小山就很了不得了，来这儿登山的人很多，尤其是孩子，见到这样的小山新鲜得不得了，不停地跑着打着闹着。而我最喜欢的是在湖边游走，看水里的鱼，看岸边各色的人等，每天早晨，有很多的老人在这里唱秦腔，公园的早晨清冽且人气十足。

只是，当时，我并不知道《美文》杂志社就在莲湖巷，否则，我是要走去看一看的，一直到我离开，我都不知道那儿有一个国内重要散文刊物的出版基地。

起初，在公司的班是安定的、常规的，每天帮忙打扫一下办公室的卫生，整理一下桌上的文件，给经理秘书打个杂，重要的事都是由他们做，我只是打个下手。那些老职工对我们新来的员工都挺好，一副长者风度，因此，在这儿，没有什么心理压力。每天有事做事，没事吃饭睡觉。

某一日，经理又心血来潮，让我们各人写一篇经理印象记，在圆形会议桌周围坐的人一人写一份，一周后上交，这是工作任务。见是工作，就必须得认真对待。会后，我反复思考，写了一篇《经理印象记》，将我从进公司到这么长一段时间对经理的了解和印象种种，都写到了这篇文章里，当时，记得足足手写了三页多，在限定的时间内交了上去，我们每个人都如期上交了。

交后，总经理看了，又将我们集中到了圆桌跟前，我们个个都心惊胆战地坐着，生怕挨批，可是没想到，我没有挨批，反倒受到了表扬。经理说我的这篇文章写得很好，生动风趣，看着都给他逗乐了，还真是用心观察他和动了脑子，并且他还给我们打了名次，这次，我又得了个第一名。

也就是从这篇文章起，我的工作性质改变了，经理给我额外安排工作了，他让我每天写一篇文章，写好之后，拿给他看。要论写文章吧，是要有灵感素材和激情的，哪里会天天有东西写，偶尔写一篇好文章，素材有积累，倘若天天写，哪里有那么多的东西可写呀？

我没东西写，他出差的时候，就带上我，让我沿途观察，写当天外出的情形和感受。

时间一长，这哪受得了，整天写这个，大同小异，有什么可写，天天出去工作的性质都差不多，只是地方不同而已，天天吃剩饭，说剩话，时间久了，我便也不再勤于笔墨了。他忙了，便忘了我，闲了想起来，就又会给我叫去，让我将写的文章拿与他看，我拿去了，只写了两三篇，他看了，有些生气，说："都快半个月了，你才写了二三篇，一天都干什么啦？不是说让你一天写一篇么！"我说："天天都差不多的事，没啥可写的。"他说："我看你这是懒惰，一天怕是净顾着玩净看电视剧了。"

我没有言语，但心里却很抗拒。

他见我不言语，说："你自己看着办吧，我还是希望你能一直写，因为我看你是一个好苗苗，如果你不写，我拿你也没办法，如果一个年轻人整天懒懒惰惰的，那也是没有什么希望的。"然后将我的笔记本放我面前，说："拿走吧！"我心有不悦地拿走了我的笔记本。

当天晚上，我在笔记本上写下了一篇文章《不要一棒子给人打死》。一连几天，我都闷着，我也不知道是在生总经理的气，还是在生自己的气，但后来，他再也没有让我拿笔记本给他看了。我依然是一名办公室的文员，一天做着日常的工作、日常的事。但我对写东西，忽然又有了点喜欢，有感觉的时候，也会写一点的。

接下来的时间，我又沦为一名普通的员工。大家干啥我干啥，总经理不再对我额外的关注，我又恢复了轻松自在的日子，有时随大家一起出出差，散个心情，有时随他一起出差，感受一下他的工作与生活。我感觉，他仍在有意无意地让我知道他的工作的整体情况，嘴上没说，但是我能感知，他还是希望我关注他了解他，我突然想到，他培养我或者是有目的的，但我也没有介意，了解一些人一些事，也并不是坏事。一者开阔我的眼界和思维；二者，说不定在某一天的某些时候，还真能派上用场。有人说，经历就是财富，这话我是深信不疑的。

总之，在这个公司待得很自在，很合我心，虽然工资不高，但在这儿，没有多少用钱的地方。有地方住，饭有吃的，伙食还不错，冬天冻不着，夏天热不着，偶尔买个衣服鞋袜之类的，碰巧离康复路还近，坐10路公交车就直接到了，批发市场东西便宜，又花不了多少钱，如果要用钱，随时可以去借去支取。

当时的想法简单，好像出来根本就不是为着挣钱来的，只是想出来散心或者是换一个环境，老板说工资年底发，年底发就年底发吧，我也没怎么介意。

出来一晃几个月，农历八月十五的时候，我说想回家，就向经理请了假，借出了我的工资，回了一趟家，来回请了一个礼拜的假，其实只在家里待了三天。我问母亲："那青年还来咱家不？"母亲说："来过一次，知道你因为他而逃去西安，感受到很受伤，闷闷地坐了一下午，后来，便再也没有来了。"

母亲说："我一直觉得对不起人家娃，哎，都是你任性。"说罢，长长地叹了一口气，显得无可奈何。我没有言语，但心情很沉重，我不想伤害谁，但又是因为我，让一个人受到了伤害，虽是无心之过，可毕竟让一个人的心灵和自尊受到了挫伤。

一个礼拜后，我就又回到了我上班的西安，母亲将我送到了县上，我是从二嫂家出发坐车去西安的。几天后，接到二嫂打来的电话，二嫂在电话里说："如果可以，你还是回来吧，妈太想你了，你是家里最小的女儿，妈最心疼你，你走的当天，妈就进医院了，可把我们吓坏了，好在没有什么大事，只是妈想你想得紧，着急急坏的。"

我顿时傻了眼，妈会想我想得住进了医院，这可怎么办？

二嫂说："已经不要紧了，出院了，在我家待了几天，又回家了，你知道吗？一个人想人会想坏的，妈年龄大了，你要懂得体谅和理解老人的心呐！"

我嘴里连连应着，心里却像是打翻了的五味瓶，酸甜苦辣咸倒了一地。

当时，我就决定，干到年底，拿了工资回家吧，工作可以再找，但是妈妈却只有一个，我以前那样让妈妈伤心，现在妈妈要真为我有个什么三长两短，我这一辈子都会不安的。

西安的冬天到处有暖气，似乎日子也不似传说中的那样寒冷。天冷以后，我们的工作便天天在屋子里，整理一些药材，处理一些业务和账务。无非就是接接电话，来人接待啦，事不是太多，工作也不是太忙，我们按部就班地工作着，等待着时间快一些，再快一些，我们好回家过年。

因为我已经决定，我年过了，就不再来了，便把自己的东西都收拾了，除了自己平日里要换洗的衣物，其余的东西都打包好了，只等放了假，领了工资，便向领导辞行。

时至冬日，工作都不太忙，总经理外出的时间也相对少了。冬日的某一天，总经理来我们宿舍串门，并且带来了几个副经理和秘书，我们将他们让到我们宿舍坐下，起先，聊了一些闲天，问我们冷不冷呀，冬天在这儿能习惯不呀，被子够盖不够盖呀之类的生活方面的问题。

说罢这些后，总经理将目光转向了我："冬天事务性工作少，有没有写啥东西呀？"我低下了头，没有言语，总经理见我不吭气，就说："你呀你呀，说句不好听的话，有点烂泥扶不上墙，你说你吧，就算是金子，埋在土里，有啥用，还不是一堆土坷垃，是金子就要发光，你就算是有点潜力，有点才华，自己不努力，也是没用的。"

说罢这话，就站起身，对一起来的副经理和秘书说："我们走，让她自己想去！"然后就有点扫兴地走了。

在那么多领导面前挨了重批，我觉得面子受挫，自尊心受不了，当晚就收拾东西，第二天一早气没吭一声就自行离开了。当时，也没地去，又不好意思直接回家，因为我给家里说了，过年了回来，想着现在回去不好交代。于是，想着去老乡那儿转转，就去了老乡处，当然，也是公司在郊区的一个部门。

总经理得知我出走后，让几个老员工去找我，后来，在方新村的分部老乡那儿找到我，又派车给我接了回来。

接我的人安慰我说："总经理说话是重了点，但还不是为了你好，希望你有出息，努力上进。看，这还亲自让我们来找你，放在一般的员工，走了就走了，总经理是不会理会的，来来去去，还是重视你，看重你，希望你能不辜负他的希望，你能被重视，应该感到幸运才是，别犟着啦！"

在他们的苦口婆心的劝说下，我觉得自己确实是有点任性了，就又跟他们回来了。

回来后，我又被带进了总经理的办公室，他让我在沙发上坐下，磕了磕手上的烟说："虽然，我说的话可能有点重，有点狠，但也是为你好，是恨铁不成钢呀，年轻人，连这一点话都听不进去，受不了，还是没有受到挫折。"然后，给我讲了他一路走来的经历与坎坷，他从一个农民奋斗到今天，连晚上睡觉都在想事情。然后又接着对我说："而你们，只图安逸，这对个人成长是不利的，要放在别人，走就走了，而我觉得，你确实是一个好苗苗，就这么样打个闲工，可惜了，今年事务多，明年有机会了，给你送到一个写作班去学习学习，你应该是会有发展的。"

转眼到了年关，公司决定放假了，开了全体职工大会。会后，想去辞工，却没有说出口，心想，还是等年后打电话再说吧，我害怕突然辞工领导会不同意。因为，不管咋说，毕竟这一年的时间里，他在我身上还是投入了许多的精力和心血的，于此，贸然辞职，我是不忍的。

可令我没有想到的是，偌大的一个公司，因为欠下了巨额的债务，没有等到第二年，公司就解体了。所幸的是，我们拖欠的工资，在年底与我们都发清了，只是公司里种下的大量的药材和药材种子无法回收，天天有人催款，天天有人要账，几个保安顶不住，在新年之际，那个希望我能为他写点东西的老总携带夫人离开了，究竟去了哪里，有人说是香港，有人说是深圳，说法不一。

人生真的没有预见性，或者说是，谁都不知道明天会发生什么！

他曾希望我为他树碑立传，他定是想做一番大事的，可他的事业最终以倒闭而告终，这于他来说，或多或少，有些遗憾，或者说是难以料见前路的无奈。

而我也因为母亲的缘故，回到了故乡，没有人再督促我，激励我，让我觉得自己尚有些价值和用处。于是，自此搁笔，时间一晃，便过去了很多年。

令我没有想到的是，时隔多年，我竟然，真的又走上了写作的道路。当我在写作的路上一路通畅的时候，我想到了那个经理，想到了他曾经对我的鞭策和对我的殷切期望，不管他抱有什么样的目的，但他看人的眼光是对的，他的判断是准确的。

今天，我成了一个作家，在业内有些知名度和影响的作家，从内心来说，对曾经的这样一个领导，又是心怀感激的，是他发现了我身上尚存的一线文学的光芒，并对我寄予厚望。

可年轻的我，并没有想到这么远。

第三十四章　弟弟结婚了

祯兴中学毕业后，便不肯再上学，于是回了家，跟着姐夫做个生意啥的。祯兴虽小，能吃苦，且肯出力气，姐夫甚是喜欢，干什么便将他带着。

祯兴在跟姐夫做生意的时候，认识了我的弟媳。弟媳是龙潭人，同姐夫是一个地方的，人长得俏丽、灵性，第一次偶遇，祯兴便动了心，一直对那女子念念不忘，老在姐夫跟前提起。姐夫说："你是不是喜欢上了人家呀？"祯兴只是笑。姐夫说："你要是喜欢，姐夫给你做个媒试试！"

但姐夫没出面，姐夫让他的母亲去探了那女子的口气。

结果一探，那女子也是相中了祯兴的，两人都有这个意思，这个媒就好做了。

啥叫缘分，这就叫缘分，一见钟情。

两人都有意思，交往便不是难事，交流更不是难事。

女子将此事说与了父母，母亲在家管事，一听我们家在河道口上，离县城近，而且父亲又是教师，家里房屋是新盖不久的，感觉啥啥都还算满意，就应下了这门亲事，只是看定啥日子去看家。

日子选好后，又通过姐夫的母亲传达给女方的家，女方没有意见，双方就依了这个日子。

弟媳来看家，是大事，我们家里所有的人基本上都从外面赶回来了。大家一来想看看这未来的弟媳是啥样子，二来也觉得应该拿出当兄长和姐姐的姿态来，表示他们应有的热忱。

早晨，一起来，大家都来家里帮忙了，择菜的择菜，洗的洗，切的切，反正能干啥都自己找事干。我在家老是打下手的，就刮个洋芋呀，剥个葱呀，剥个蒜什么的。

大嫂和我坐在门口，一边帮我，我们俩一边拉着闲话，都很好奇，这未来的弟媳长什么样，让祯兴一见便念念不忘！

祯兴的同学来了，还有他村里的一些发小，他们都在我们门口的场院里晒着太阳，聊着天，还有人支个桌子打起了扑克。

我们都快乐地忙碌着，在等待着一个陌生的女子的出现。

一直到中午，差不多快十二点的时候，弟媳出现了，她是和她的母亲，以及她的哥哥一起来的，当然是祯兴去迎接的，他们走到门前的大路上，就有人来报："来了，来了啊！"

我们都放下手中的活，跑到路口去观望，当然也是迎接。

有人便指着那身穿翠绿色衣服、留齐肩短发的女孩说："看，就是这个，这个就是你未来的弟媳卢迪！"我仔细地打量了好几眼，一个瘦瘦端挑的女子，白白净净，一头柔顺的黑发，由于皮肤白，那件绿衫子穿在她的身上就格外醒目亮丽。

当时，我们是没有机会说话的，他们一行人被迎到院里，我们都只大概地看了几眼，他们便被带进了提前安置好的房里。我们这儿一般的规矩，贵客来了，要先在房里喝茶，茶喝好了才在酒桌上与众人见面。看家的女子尤其如此，当然一是因为害羞，二是也要矜持一点的。

母亲同他们一一打过招呼，让他们在家里坐下，在这样的环境下，得有一个熟人陪客。我们家里，也就姐姐跟弟媳认识，母亲就让姐姐去招呼弟媳和她的家人，姐姐放下手中的活，洗了手便去了。祯兴也在场，今儿是他的事，他热情热心着呢，又是忙着倒水，又是忙着端茶，姐姐到的时候，他把茶水都倒上了，姐姐便坐在边上同弟媳及她的母亲和哥哥拉些闲话。

这边灶房里，母亲加紧忙活酒席上的菜，大嫂二嫂三嫂都在灶房里帮厨，一家人忙得喜气洋洋，兴高采烈。当然，父亲这时主要的事也是陪客人，在来宾眼里，父亲是家里最大的主家，有父亲在，才显得这个事的正式和庄重。

在众人的忙碌下，饭菜一会儿就端上桌了。众人入席就坐，父亲母亲和媒人及祯兴他们同客人坐一桌子，我们其他人坐一桌子。在酒桌上，父亲把双方一一作了介绍，我们都相互点头打了个招呼，就算是认识了。

在酒桌上，敬酒看酒是在所难免的，这是我们这儿的规矩，也是表示对客人的重视。我的几个哥哥都分别去主桌上向女方家人敬了酒，我和我的嫂嫂们多不擅饮酒，便没有过去，只是微笑着关注着他们一桌喝酒的状况。他们都很客气，每个人都只喝了那么一点点，都说喝不了，喝不了，喝不了归喝不了，但心意是要尽到的，于是每个人就都小喝了一下，有了那么点意思。

因为不停地看酒、劝酒，一顿酒竟然喝下了几个小时，这顿饭结束的时候，已经下午三点。父亲让将桌上的盘子碗碟收拾之后，招呼一起都来坐坐，大家将两张桌子并在一起，都围坐了下来。

父亲又将弟媳家的人向我们介绍了一遍，又将我们家人向他们介绍了一遍，说："刚才酒桌上人多有点乱，估计有的没认清。现在，大家都再认识一下，以后就有个印象，我们家里就这些人，今天能来的都来了，除了几个小辈的娃儿在城里上学，没来，其余人的都在，说不开亲是两家，开亲了就是一家，以后咱们就是一家人了。我们对卢迪没啥意见，娃聪明伶俐，又懂事，最主要的是他们是自己愿意的，娃们自己愿意，我们当大人也没啥意见，就是希望他们俩人好好过日子。"卢迪的母亲半开玩笑半认真地说："你们家条件好，在河道边，我们在山里，都高攀了！"母亲连忙接下话说："亲家母，这是哪里的话，生在哪里都一样，我们的女儿还不是嫁到你们那边了。”说罢，双方都笑了。

母亲过去一直不同意姐姐的婚事，现在，木已成舟，有了两个外孙之后，她也不说什么了，还是接受了。

气氛慢慢地松弛下来。大家你一言我一语，大嫂说：“你来我们家就对了，妈做饭好吃，你肯定能生活得习惯，我们家的人都好相处，没有古怪的人。”

姐夫这时候站起来了，他说：“说来说去，还是两个人的缘分，我让小弟去给我帮个忙，他就给自己相个妻子，而且一拍两响，这样顺利的婚事哪儿找去？想当初，我娶你姐，可是受尽了难哪！”姐夫笑着望了妈一眼，姐姐见状，朝姐夫狠狠地瞪了一眼，说：“看你，看你，说到哪去了！”姐夫讪讪地笑了笑说：“没啥，好，你不让说，不说了，不说了，我的意思就是说，你们两个既然相互喜欢，就好好地处，相识是一种缘分，要好好地珍惜！”

大家都说了一些祝福与客套的话，见时间不早，弟媳的母亲提出要走，众人知道他们一定是要走的，也不再作强留，因为女方看家，一般都是当天来当天回，除非有特殊情况，少有在婆家过夜的，这似乎是一条不成文的规矩。

大伙又一起将他们送到路口的拐弯处，他们各自骑上了自己的自行车，骑的骑，带的带，祯兴少不了是要送的，便也一起跟着去了。

这一次的看家，祯兴的事情就算是定了下来，从某种程度上来说，这次看家，其实也是变相的定亲，因为双方都无意见，而且同意了他们的正式交往，大人与孩子都是带有诚意的，相互之间都默认了这个亲事。

祯兴亲事的顺利，当然也超出我们所有人的意外。因为在农村，每一家说妻子都要费一番周折，可是祯兴他们自己相识，一说两人都愿意，没有任何的牵牵扯扯。

这样的婚事，父亲母亲也乐得省心。

接下来，两人来来往往，便成了很自然的事，过节啦，母亲说："去把卢迪接回来吧！"祯兴就连忙往上跑，兴高采烈地将弟媳接回来，在家待几天，弟媳要回去了，祯兴就又劲头十足地送回去。

祯兴做事的热情和卖力我是深有体会。记得在学校里念书的时候，他会很勤快地给我做饭，每次周末的时候，他带我回家，我坐在自行车上不让我下来，我见是上坡，怕他累，要下来走一程，但他硬是不让，自己站起来将自行车蹬上坡都不让我走路，我有时，真怕给他累坏了，他却连连说没事。因而像他这样的男孩，让女孩心动，根本就是一件很容易的事。

有一次，他对我说："小姐，我们一起上龙潭吧？"我知道他想去看弟媳，我恰巧也没事，顺便想看看那个叫了个很好听的名字的"龙潭"到底是啥样，就说："好吧。"我们俩一人骑一个自行车上就去了，90 里的路，骑了几个小时，但总算到顺顺当当地到了。

我一直觉得我们那儿山多，但到了龙潭，才知道那儿的山更多、更高、更大，除了公路，除了河流，两面都是山，我们便是在山的缝隙中来到弟媳的家的。

当时是冬天，但因为骑自行车，一路用劲，却一点没感觉到冷。当时，没有电话，我们的到来，他们有点意外。见我们到了，赶忙给我们烧火烤，害怕炉火给我们熏着了，就弄来了很多烧红的火炭子，他们一家人都很热情，又是添火，又是找这找那吃的，记得当时吃了柿子干，还有包谷糖。我吃啥东西都不贪，但见人热情地拿来了，都多多少少会吃了一些，以酬谢人的热情和美意。

我们在那儿住了一晚，第二天，弟媳和祯兴带我在他们家的附近转了转，印象最深的是他们的屋后旁侧有一棵铁树。有老话说，人遇上了意外之喜，就说是"千年铁树开了花"，意即铁树开花是难得一见的物事，都言铁树千年才开一次花，这是一种难得一见的树种，也是难得一见的景观。可没想到在弟媳家的屋后，竟然会有这么一株奇树和老树，并且长得如此枝繁叶茂，绿意盎然，在寒意萧萧的冬天，竟然还是这么样的生机盎然，这是我第一次见到铁树，也是第一次认识这个传说中的铁树。

这让我意外，又让我欢喜不已。

次日，吃过早饭，我和祯兴离开，在回来的路上，祯兴问我："姐，他们家怎样？"我说："只要你喜欢，啥都好。"祯兴又"嘿嘿"地笑了。

爱情的能量总是巨大的。

在经过一年多的交往之后，两人准备结婚了，其实在当时，我还没有结婚，但祯兴他们决定结婚，那就结吧，反正结一个母亲就安心一个。

时间定在九月，当时，正是秋收。

在这个时节，我们家又要办喜事了，而且是我们家最小的一个儿子的喜事，祯兴一结婚，等于说父母肩上的责任就完成了。我，一个女孩子，父母给不给嫁妆都没有关系，或者我还可以旅游结婚，都未为可知，而祯兴的婚事，必须郑重，他是男孩，父母以为，总得给他一个像样的交代，算是完成了为人父母一生的使命。

结婚的日子定好，就要准备结婚用品了。当时已经不再时兴做的家具了，流行买的家具，买家具、布置婚房、婚床以及床上用品，这一切都要忙上好一阵子。买东西当然由父亲和祯兴一起去看，看下了当下就一买，大衣柜啦，梳妆台啦，写字台啦，那些都是当时时兴的。大件的家具置办好了，还有小的装饰用品，比如墙上的结婚照呀，空中吊的炫彩花串呀，结婚时带的礼花呀，屋里屋外要贴的大红的"囍"字呀，门上挂的灯笼和要贴的对联，还有新娘子内外的衣服呀当然，这个得新娘子自己去看了买。

总之，结个婚，要准备的东西太多太多，母亲在家里不仅在帮他们准备新房里的东西，还要把每个房间里的床上用品都一一清洗了，卫生打扫了，不管咋说，结婚时，整个家里里里外外得焕然一新，虽然是新房，但打扫的程序一点不能少。

母亲一边忙这些，一边涨豆芽，豆芽要涨绿豆芽，还要涨黄豆芽，各有各的用处，还要磨豆腐。圈里的那头猪也得杀了，要不然，肉不够用，杀猪得请杀猪匠和帮忙的人。这一弄，又得几天，反正母亲天天都得算着时间，今天要干啥，明天要干啥，啥弄好了，啥还没弄好，啥自己可以弄，啥要请人弄。

最后，还得去买两个灯笼。以前的灯笼是自己做的，有点不太圆了，现在街上卖的灯笼做得好看、精细，不是用纸糊，是用绸子绷的，形状好，绷得紧，红得鲜艳，去买一对，明天让他们父子俩买去。还有对联，以前的对联老是父亲自己写，儿子结婚的这个对联还是自己写吧，自己写想写啥就写啥，要写对联，还得买红纸，明儿一起买了。

天天晚上，睡在床上，母亲都在想这些事，总害怕把啥落下了，到时临了弄不及，前一个多月的时间，母亲都没有一刻是闲着的，有时睡到床上，想起了，还起来把这整理一下，把那整理一下。祯兴说："妈，算了，明天再说吧！"母亲说："害怕到了明天又忘记了。"

还要买酒，买烟、茶叶，这些都是少不了的，还要给妻子家准备的四色礼，多少家人，多少份，给弟妻子的父母及哥嫂这些至亲的东西另算。到时，要谁去接，让谁去挑礼？接新娘子就让姐姐去接吧，他们一直熟，挑礼呢，父亲和母亲商量的结果，决定让翔叔去挑礼，这几宗主要的大事定了，就有了主心骨了。

接下来，该干什么，要干什么，按部就班地来。

婚礼的那一天，来的人很多，我们家在徐家辈分最高，母亲又常年四季与人帮忙做席面，博得了好人缘，因此，但凡知道祯兴结婚的，远远近近的熟人和亲戚都来了。多亏屋大，屋前的场院大，还有姐姐的家，要不然，客人来了连个坐着喝水的地方都没有。

以前结婚，多数天黑了才进门，现在慢慢地习惯也变了，视路程远近，近的就回来得早，远的没办法，视路程远近选吉时。

弟媳回来的时候，是下午五点左右，九月的天气，下午还有点太阳，弟媳便是在这个时间点到家的。车一到，鞭炮“噼噼啪啪”地响起来了，今天的鞭炮放得特别多，响了好一会儿。弟媳本身皮肤白，穿一身红色的衣服，就显得格外的白，她在一伙人的簇拥下进了屋。接下来是吃糖鸡蛋，举行婚礼，闹洞房，祯兴的同学多，而且多数的都没有结婚，在他们这一伙同学中，祯兴是结婚最早的一个，因此，他们不光看个新鲜，而且也想好好玩一把。但弟媳不爱这样疯狂的闹腾，婚礼后，就钻进了新房，洗漱后，两下地把门关了，直到宴席开始，众小伙无法，只好作罢。

整个晚上，家门口灯火通明，家里摆的桌子，场院上摆的桌子，一气拉了十几桌子的酒席。三哥结婚时，还是小盘小碟的八大件子，祯兴的婚礼时，母亲做的全都是柞水待客规格最高的十三花，一者来说，现在已经有了这个经济条件，再者来说，也是最后一个儿子结婚，因此，就办得隆重一些。

劝酒声猜拳声此起彼伏，好多人都喝得说话不明朗了，夹舌了，还在喝，祯兴和弟媳一桌一桌地敬酒，弟媳不能喝酒，祯兴能喝一些，遇到非要让他们喝的，祯兴就替弟媳代了，酒席待完，已经将近晚上十二点。

夜深了，该走的，都走了，走不了的远方亲戚，也都安顿着睡了。

姐姐嫂嫂们收拾完了桌子，也都各自回屋了，母亲这时才长长地出了一口气，说道：“哎，总算把小儿子的大事办了。”一坐下来，身子就跟散了架似的，但心头却欢欣和快慰着。

还有十来桌，明天吧，明天一天也就结束了，后天再招待一天帮忙的，把大伙感谢一下，这个喜事也就忙完了。回头小儿子就有人管了，我这个老娘也可以歇歇了。

这么想着，母亲便安然睡去。

第三十五章 三哥病犯

那是一个夏天，刚刚下过一场雨的夏天，河水有些浑浊，空气中到处弥漫着一种湿润的气息。

就在那天夜里，我做了一个梦。一个奇怪的梦，在这个梦里，梦中的核心人物是我的三哥，我嫡亲的三哥。

在梦境里，隐约感觉是在过年的日子里，我一个人走在空旷的大街上，街上略有些黑，但是我明显地能看到家家门口张贴着的大红的春联，还有那高高挂起的红灯笼，到处是一片热闹红火的景象。可我们家，门上光秃秃的，什么也没有，没有贴春联，也没有挂灯笼，在这么多的人家当中，我们家显得是那么的特别，那么与乡邻格格不入。我好不疑惑，我搞不明白为什么我们家与别人家不一样。

我就那样一边纳闷，一边走着，没有目的，也没有方向，沿着街道一直走，走了好久，街上没有人，我也没有伴，但是我却仍在一个人地走着。在那样的梦里，我不知道我一直沿着这条街道走的意义何在，也不知道要走向哪里，只是感觉走着走着想要上厕所了，我想起操场的拐角有一个厕所，于是就从街道上下了一个缓坡，来到了那个我平日里非常熟悉的操场。

操场很黑，黑得伸手不见五指，我凭着感觉向着西南角的那个方向走去。

快到厕所边上的时候，我发现了操场上有人，而且不止一个，是一群人，他们在黑暗中扬着锄头在使劲地挖着，一下，一下，一下，又一下，有的在坑里挖，有的在往外铲土，他们全都穿着一身黑麻麻的衣衫，一个个面无表情，只是机械地干着活，并不说话。我很好奇，我问他们在挖什么，但是没有一个人理我，没有一个人答我的话，他们似乎没有听见我在说话，也没有感觉到我的存在，于是，我便不再言语，定定地立在那里，看着他们将那个土坑一点点地挖大。

其实，这样的场景是我熟悉的。

在故乡，村里有人过世了，主人家就会请一伙人专门挖这个，人们称他们为“八仙”，他们的职责是给亡人打坑，坑打好后，在道师先生看好的时间里将亡人抬上山，并将亡者安葬好。然后主人家专门设宴酬谢，并给每个人封上一个红包，包里多是香皂和毛巾，以表示对他们的感谢和对他们付出辛苦的报答。这样的活一般都是由当地身强力壮的年轻人担当。

眼下，我面前这伙人正在做的，在当地，叫打坑，那坑是给亡人做墓穴的，坑的大小要能够将一口棺材放进去，多是一米二宽，二米五长。

我就这么一直在边上待着，怔怔地看着，似乎过了好久，突然发现西北边有亮光传递过来，我扭头一看，一盏并不明亮的灯，伴着一些人嘈杂的声音，隐隐绰绰，我不知道那儿发生了什么，但是脚却不由自主地向那个方向移动。

走到跟前，我看见一群人围成一个圈，不知道在观看什么，我挤进人群，才发现，地上躺着一个人，这个人不停地在地上打滚，一边打滚，一边嘴里还不停地胡言乱语。

不细看还罢了，一细看，不由我大吃一惊，这不是我的三哥吗？

我的三哥。我的三哥怎么在黑夜里跑这儿来了，这可是离我家十几里的县城呀。而这个人，的的确确是我的三哥，上身赤裸着，下身穿着那条他干活时经常穿的黄颜色的卡裤子，头发毛刺刺的，有些蓬乱，他就那样不停地在地上翻腾着，打着滚，满身沾的都是泥浆。边上很多人，他们只是呆呆木木地看着，没有人去救三哥，没有人想要去将三哥从地上扶起来，他们同那些打坑的人一样，面无表情，漠然地围在四周观望，只有三哥梦呓般的话语在黑暗的操场上空回荡，更增加了夜的凄厉与恐怖。

奇怪的是，我明明知道这是三哥，我也没有任何的行动，我没有去将他扶起来，也没有走到他的身边去安慰和抚慰他，我也只是这么默默不作声地看着，心里充满了恐惧和无措。虽然，我知道三哥的病由来已久，每次发作的时候，也有这样的场景发生，但在那样的时候，母亲和三嫂以及我们都会围在三哥身边，给他喂水，掐他的人中，然后将清醒后的三哥扶回到床上。

在这里，要交代的是，我的三哥得的是癫痫病，在常人的口里又称作“羊角疯”，病发的时候不省人事，常常会胡言乱说，说一些常人听不懂的话，而且还伴有口吐白沫的现象发生。

三哥的病是由于幼年过早地从事体力劳动造成的。

三哥三年级辍学，就开始干体力活了，家里劳动力少，沉重的家务劳动就落到了死活不肯上学的三哥头上。于是，三哥就像一个成年人一样，在田里种地，到山上打柴，下河里担水，他用一个孩子弱小的肩膀扛起了我们一家人生活的重担。那时，我们常常是不懂事的，我们不懂得替三哥分担，也不知道体谅三哥，认为三哥不上学在家里干活是应该的。

在山上干活的时候，累了，渴了，三哥就下到河沟里，用手捧起沟里的溪水大口地喝着，以其充饥并解渴。三哥不懂得爱惜自己的身体，又加之他干起活来有些拼命。一天的活他要用半天来干；两天的活，他恨不能一天干完；两捆柴，他也会把它们硬捆做一大捆来扛。繁重的体力劳动，长期的饥饿以及生活无序，再加上过度的劳累，三哥的身体受到了严重的摧残。

某一年的夏天，在要吃午饭的时候，三哥的眼突然就看不见了，三哥惊恐地唤着母亲，母亲吓坏了，赶快将他送进了县里的医院。医生说，三哥得的是肾病，长期劳累所至，不能吸烟，不能喝酒，不能吃咸盐，不能劳累。

三哥出院后，依然没闲住，他看不了母亲一个人的劳碌，他不顾母亲的劝阻，又随母亲下地干活了。

如果仅仅是劳累，三哥不会那样，让三哥的身体遭受严重摧残的是一次意外事故。冬日里，三哥上山打柴，被树枝掀下山坡，跌坐在了一棵树茬子上，三哥当场晕死过去，是我的两个侄子将三哥从树茬子上拔出，从山上背了回来，送进了医院。三哥的命算是捡回来了，可是由于三哥失血过多，身体严重透支，自此埋下了病根，或者是因为神经受损，慢慢地变成了神经系统的毛病，久之，难以治愈，加上当时我们家的经济条件不容乐观，并没有将三哥的病当成一回事，延误了三哥的病的治疗时间，使得三哥的病越来越厉害。

那一夜的梦，让我感到了一种从未有过的惊悸与恐惧。

早晨醒来，我躺在床上一遍又一遍地回忆着梦中的情景，我不知道该怎么对人说，我也不想对人说，因为，我觉得这个梦真的不好，让我沉重，让我压抑，让我非常非常不快乐。一想到那个黑漆漆的夜，一想到那么多莫名其妙的人，我就有着一种不祥之感，于是，我便不愿去想它，更不愿再说它，可是这个梦带给我的阴影一直挥之不去，它们不经意从我的脑中就冒出来了，让我不安与后怕。

吃过早饭，我带着不安的心情对母亲说：“我们好久没有见到三哥了，我们去看看三哥吧！”母亲欣然同意。记得，当时母亲给三哥带了五斤米、一瓶苹果罐头，还有二斤白糖，我提着东西，搀扶着母亲一路向三哥的家中走去。

一路上，母亲一直在不停地说，三哥命苦，三哥可怜。一想到三哥的病，她的心里就像是被谁揪了一把似的难受，我们兄妹六个当中，她最放心不下的就是三哥，让我们以后多关心关心三哥，对三哥好点。听了母亲的话，我的心里一阵一阵地难受，我唯一能做的就是不停地应着，让自己安心，也让母亲安心。

来到三哥家，三哥正在门前的大石头上捣辣椒，说是要调酸菜，我对三哥说："你们还没吃饭呀？"三哥说："早上上坡干活了，才回来，糊汤在锅里正煮着，调点酸菜下饭。"

三哥家的日子比较清苦，三哥两个儿子，他身体不好，靠着三嫂做点小生意补贴家用。三哥因为自己身体不好，所以不论做什么，他都没有怨言。

基于此，我们更替三哥感到辛酸，我们常常为三哥祈祷，希望三哥的病能早日好起来。

饭好了，三哥让我和母亲一人再吃一碗，我们说我们才吃过，让他和两个娃赶快吃。他们父子三个，一个盛了一碗洋芋糊汤，坐在我们的面前，津津有味地吃了起来。这顿饭，三哥弄了两个菜，一个凉拌酸菜，一个炒腌菜，这是我们当地的家乡菜，也是在艰苦年代常吃的菜。这就是三哥家的生活，他的日子一直在困顿之中，而我们却无力帮他多少。

母亲唠唠叨叨地同三哥说着话，问三哥最近有没有犯病，两个孩子听话不听话，在坡上都干些啥活？给地里多种点菜，生活调剂一点，别一天到晚地老吃酸菜和腌菜，没有营养，对身体不好，孩子正在长身体，别的方面少花一点，把生活搞好。

三哥应着，愧疚地对母亲说："你这个没用的儿，没有给你尽到孝，还老让你为我操心！"说得母亲心寒了，母亲责怪三哥，说："你这个傻儿，我不图你啥，我只要你的日子过好，只要你的病能早点好，这比你给我拿啥吃啥都让我高兴！”

听着三哥同母亲有一句没一句的对话，我的心里有说不出的难过，我能理解母亲的心，也能理解母亲的愧疚与不安，三哥的病一部分是他自己不注意，但另一个重要的原因就是为我们这个人口众多的大家庭长年劳累所致。而我们，却无法再还回一个健康的三哥。

吃过饭后，三哥用簸箕盛出一些玉米，拿到院里来剥，我和母亲给他帮忙，两个孩子亲热地围在我们的身边，我们一边剥着玉米，一边说着家常话。我想起了昨儿夜里的梦，便对三哥：“以后把自己看好点，干活不要太拼命，活哪是能做得完的呀，今天做了，明天还有，今年做了，明年还有，在农村，一季一季，一茬一茬，不是一下能干得完的，人慢慢年龄大了，要学会心疼自己，爱惜自己！”

三哥说：“我知道，你们都是心疼我，可两个孩子看着看着大了，人家的家里年年都有变化，而我们家，年年爬起来都是这个样子，熬煎呐！”三哥说着，回头看了看自己那墙皮已经严重破损的家，又说道：“甭说盖新房，就是想翻新也没钱！”听了三哥的话，我和母亲一时黯然。我们没有能力帮三哥，我们也没有办法不让三哥劳作，因为三哥的日子终究要过。

快中午的时候，我和母亲提出要走，三哥留我们吃午饭，说给我们擀酸菜捞面，我和母亲说，你们做着自己吃吧。因为，我们知道三哥家里紧张，平日里的生活开销都是靠三嫂做点儿小生意赚的零花钱，什么都是来得不容易的。

临走时，母亲还特地嘱咐道：“空了，将孩子们一起带过来玩。”我明白母亲的苦心，母亲是想让他们都来家里改善改善伙食。

三天后的早上，我正睡意朦胧间，听到有人敲门，并高声地喊着：“刘奶，刘奶，不好了！”说话的是本家的侄子星娃。

母亲忙应着，披衣下地去开了门，星娃没有进门，站在院子里就对母亲说开了："三叔不好了，你快过去看看！"母亲听到这话，声音都颤了，问道："你三叔怎么样了，要紧吗？"星娃喘着粗气说："好像是不行了，你快过去看看再说！"

听到这话，我一个激灵，全醒了，顿时睡意全无，我赶忙穿起了衣服，我让母亲等等我，母亲焦灼地说："我先过去，你赶紧过来就是！"母亲掩了门，脚步慌乱地走了。

父亲当时正从大路上锻炼回来，听到这个消息，也紧跟着过河去了。

我三下两下穿好衣服，锁好门，直奔三哥家而去。一路上，满是惊惧与不安，我不知道我的三哥究竟发生了什么事，会怎么样。我几乎是一路小跑着奔过去的，因为我想到了那天晚上的梦，我的心中便有一种不祥之感。

走在上村头，遇见与三哥同院的一个人。那人见我站住了，看了我一会儿，用低沉的声音对我说："你三哥已经走了！"闻听此言，犹如一记晴天霹雳，让我觉得天空"嗡"地一下子全黑了，我站在原地，半天回不过神。那一刻，我懵了，我全然不知所措，我的脑子一片混沌，我清楚地知道，他们口中所说的"走了"是什么意义，我的三哥已经死了，彻底地死掉了，自此，我再也不会有三哥了。

可是，我不愿意相信这样的一个事实，我前天还看见三哥，我的三哥还好好的，能吃饭，能做事，还有情有义地同我和母亲说了那么多的话，我的三哥怎么会死，怎么会一下子死掉，这是一个令我无论如何也不愿意相信和接受的事实。听到耳畔有人对我说："快去看看你的三哥吧，同他告个别！"听到这句话，我拔起脚就往三哥家里跑。

三哥的家里已经拥满了人，院子里，屋子里，到处都是。大家在七嘴八舌地说着话，叹息着，怜悯着，看见我的到来，都纷纷给我让开了一条道。我来到三哥的床前，父亲和母亲都伏在三哥的床边上，已泣不成声，族里的大哥大嫂们正在劝慰他们。三哥在床上，直直地躺着，没有一丝表情，如同睡着了一般，三哥仍穿着我平日里熟悉的黄的卡衫。看着一动不动的三哥，我的泪如雨点般倾泻而下，我的三哥走了，我的三哥再也不能同我说话了，我的三哥自此将从我的世界消失，此后的日子，三哥将与我阴阳两隔。

我就那么木然地站在三哥的床前，除了任泪水无声地滑落，我不知道该做什么。长这么大，我是第一次直面与亲人的生离死别，而这个人，却是我年轻的三哥，他才35岁呀，人生还未过半，他的两个儿子还在等着他的抚养，他就这样说走就走了，在不该走的时候走了。

三哥的病是夜间发作的，病发之时，三嫂带着孩子睡在前面的屋子里，三哥睡在后面的屋子，病发之时无人知晓，等发现时，三哥已经口吐白沫，咽气身亡。

众人搀走了我哀痛不止的父亲和母亲，我看着众人替三哥穿好了衣服，将三哥抬走，入棺。

三哥的一生，就这样地画上了句号。

安葬了三哥之后，我将梦见三哥的事说了出来，我没敢对父亲和母亲说，我只说给了我的哥哥和姐姐，我的哥哥和姐姐黯然神伤，相顾无言。我能理解，他们不知道该说什么，也不知道能说什么，无论如何，三哥已经死了，这是一个不争的事实。

自从这个梦之后，我便害怕做梦了，我宁愿一觉沉睡到天明，再也不要有什么可怕的梦魇，让我的亲人遭遇不测和非难。我在心里这么一直地祈祷着！

第三十六章　闺阁出嫁

自西安回来之后，便留在了家里。天天待在家里，于我这样一个读过一些书的人来说，那实是在一件无聊之极的事。

总觉得，自己读过书，应该做点事，可是，做什么事呢，有什么事可以让我去做的呢?

归来数月，我一直赋闲在家，日子久了，难免烦闷焦躁。不行，我要出去做事，不管什么事，我总得有点事做，让我感觉到自己的生活有意义一点，不能老是这样一天吃了睡，睡了吃，太无趣了。

当时，西柞高速公路正在修建。令柞水人没有想到的是，一条高速公路的修建，令柞水倏忽之间，就像是一条开了闸的河流，打通了秦岭通向外界的豁口，人流像滚滚的潮水一般涌向了柞水。

众多的外来人口的涌入，让安静沉寂几百年的柞水一下子喧哗起来。

在短短的一个月的时间，街上的人流倍增，以致到处是车辆，到处人头攒动，到处是一拨一拨朝气蓬勃的青年。那些青年时尚而阔绰，花钱手脚大，舍得吃，舍得穿，舍得消费。他们白班夜班轮流着上，上一个班，休息一天，因此，街面上整天都有铁路工程队的人在四处转悠，从铁一局到铁十四局，他们白天在街上闲逛，唱卡拉 OK，晚上去酒吧、夜市、舞厅。他们的涌入，一下子打破了柞水人常规的生活，也打破了柞水人传统的思维和观念，这种新鲜的生活状态，强烈冲击着柞水人固有的思维和观念，于是，各种娱乐休闲场所应运而生。

而我，也就是在这个时候介入到生意场中的。久居家中的无趣和落寞，再见市井的繁荣，令我一颗早已焦灼难耐的心禁不住蠢蠢欲动起来，我也是该干点什么的，不能这么闲度时光。可干点什么呢？我自问。对于餐饮，我似乎没有多大的兴趣，娱乐场所，我有忌讳，不想沾染那些不良的习气。

可做点什么好呢，我开始思索。

虽然，在那时，我并没有明确的生活目标，但是，我还是希望能够做一些纯粹的事，用自己的能力和智慧做事，最好能与自己的兴趣和爱好有点关系，这样，会有一点做事的乐趣。

我在街上转了几天，考察来考察去，终于确定了目标，我要开一间服装店，一间中青年人的服装店。铁路上的这些工作人员，花钱阔绰，穿戴讲究，只要衣服质量和款式进得好，应该会有市场的，这么想着，便回家同父母商量。

父母一听说我想开服装店，说："你一个人开店，会很辛苦的！"我说："没事，好多年轻人都在外面做事，他们能做的，我也是可以的，年轻嘛，吃点苦没事，锻炼锻炼自己，有好处呢。"

在父母的全力支持下，我接下了一间门面，做起了服装生意。

因为在此之前，我在西安打了一年工，见识了西安太多的形形色色的人，而且又多次去过康复路批发市场，就包括在出差中，还去过渭南、阎良的服装零售与批发市场，抱着好奇心反复地转过。因此，对于时下的服装流行趋势心里有一个大概的了解，也知道现在的人都喜欢什么面料，喜欢一些什么样款式的衣服。

有时，真的觉得，人生的任何经历都是一种宝贵的经验。

由于我货进得好，生意一直是好的，每次进的货都很抢手，而且多数款式能够件件卖完，特别是工程队的那些年轻人和中年人，每次来买东西，都很爽快，只要是他们看上的东西就直接买，价钱都不怎么讲，并且还对我说，下次再进一些什么什么的。由于我的服务热情周到，能够用普通话与他们交流，好多人都成了我这儿的常客，他们每次来县城了，都要到我店里来看一看，转上一圈，进货了没，都进什么了，有他们喜欢的，就拿一件，没有了，就聊聊天，说下次进了再来。

工程队的工作人员，收入高，生活质量要求也相对颇高。他们穿衣服多喜欢棉的、麻的、针织的，有的女的还爱买丝织物，这些衣服穿起来舒服，有质感，而且显品位，搭配得当，总是很斯文很清雅，颇为知性，这是知识分子共有的偏好。

由于生意好，让我对自己有了自信，我是可以将服装生意做好的。因为在我的学生时代，我就喜欢服装设计，自己设计过衬衫、连衣裙、小西装，还设计过布包和皮包，甚至还设计过钱包。很多买回来的衣服，有时是嫌款式不够完美，有时是觉得大小不合身，不满意了，但却又是自己喜欢的花色和面料，怎么办？我就将其中某些地方做一些小部分的改动，然后就成了一件合身漂亮的衣服了，因此，当我进的服装能够售罄时，我就更相信自己有这方面的天赋和能力。

忙碌的生意之余，看看书，读读小说，也是挺好的。当时，乾佑河边的图书馆可以办借书证，我就专门办了一个，以方便在那儿借阅图书。尽管做起了生意，但是我身上的文艺细胞还是“根深蒂固”，我仍是喜欢读书，喜欢接触一切跟文化和艺术有关的东西，县上哪儿办个晚会啦，有人叫我了我就会兴致勃勃地去，甚至嘛，还喜欢接触有文艺气息的人。

而我的爱情，便是在那个时候产生的。

那是一个秋日的午后，当时，还没有到午休的时间，估计一般人饭后会四处逛逛。而我和他的邂逅，便是在那样的一个阳光浅浅的秋日。

刚吃罢午饭，我在店面里踱着步，整理一些被顾客拉乱的衣服，一个戴着眼睛的青年人走了进来，他说想看一件中老年人的衣服，我让他随便看。可他看来看去，都没有看到合适的，因为，我店的衣服，在他看来，有些时尚，而他想要的是传统的衣服，他就给我提这方面的建议。

他的热心，拉近了我跟他的距离，说着说着，大家就熟络起来，见他胳膊下夹着一本书，我兴趣顿起，问他："拿的什么书？"他说："是《读者》。"我说："能让我翻翻嘛？"他很爽快地说："可以。"于是，他将书从胳膊下抽出来，递给了我。我将书拿在手上翻了翻，这是一本新出来的《读者》。我家里也有几本，是前几年的，还有一本合订本，上面的文字多精短，富于哲思性，是当时的流行刊物。

书拿在了手上，便有点舍不得，很想看看，便试探地对他说："能借我看两天吗？看完了还你！"没想到，他挺痛快，说道："可以呀，你只管看，看完了给我就行。"我说："那好，我在路边上，你回头路过了，来取下！"他说："好的。"

见我专注地翻着书页，他便说："你爱看书呀？"我说："是呢，看店没事，看看书打发时间，我还在图书馆里办了借书证，不过，《读者》这一类没有。"他说："哎哟，你要爱看，我以后给你拿，这书是我们单位订的，回头我给你多拿几本。"我兴奋地说："真的呀？"他说："是的，书么，有啥呀，不就是让人看的嘛！"

没想到，走进店里的一个顾客，竟然是一个热心慷慨的人，这一点，让我多多少少有点喜悦。

因为是借的书，又听说是人家单位的，所以，看的时候，就格外小心，生怕弄脏了，弄皱了，不好还给人家，每每看书了，都洗了手，小心翼翼地看。因为迷书，一有空了就看，这一本《读者》一两天也就看完了，看完之后，心就安了，心想，随便人家什么时候来取，就可以心无挂碍地还人家了。

可是，一连好几天，人也没来。

直到一个星期后的下午，他又走进了我的店里，当时，我正在做饭。他说："咋还没吃呀？"我说："一个人随便，想啥时吃啥时做呗。"他说："那倒是。"我说："你吃了吗？"他说："吃过了，在单位食堂吃的。饭吃了，没事，出来消化消化。”我呵呵地笑了：“是哦，饭后走走路是个好习惯。”

我说：“那你坐吧，我给你倒水喝！”他说：“不用倒，你做你的饭吧，你还没吃呢！”我说：“没事，你总是转，坐会儿呗！”便递了一把小椅子，他便顺势坐了下来。因为吧，虽然看了他的书，我和他之间到底还是生疏，便像对待客人一样给他倒了水，他也就端着喝了，一边喝，我们一边聊天。

饭做好后，我让他再吃点，他不吃，让我赶快吃，我也就自顾自地吃了起来，记得那天下的菠菜豆腐西红柿面片，他还夸我做饭好看，红是红，白是白，绿是绿。我不好意思地笑了，说：“自己吃的饭，喜欢咋吃就咋做，不讲究。”他说：“挺好，看着都香。”我说：“是嘛，那你没饭吃的时候，可以来这里蹭饭，我给你捎着做上。”他赶紧说：“好啊！”

我只当是玩话，并没有当真。

饭后，我收拾好锅碗，洗了手，对他说：“书我已经看完了，拿给你，这几天，也没见你来，今天刚好还你。”他说：“不着急的，你看完了呀？”我说：“嗯，我快点看完，省得你来拿了，我还没看完，白向你借一回，嘿嘿。”

见我这么说，他便笑了，说：“一本书么，算啥，不还也是那么回事，我们单位书多，有《读者》，还有《家庭》《伴侣》，有的人看书，有的人也不看，一年几十本，都在那儿闲放着，回头我再给你拿几本来。”我说：“那太好了，先谢谢你啊！”他说：“不谢。书要有人读，才是书的幸运呢！”他这么说，我也承认。

从那一天起，知道了他的名字，一个叫人一听就能记住的名字：向天问。

果然，几天后，向天问又来了，给我拿了好几本书。见他专门来送书，我便开心地接了，看着那些书，有一些亲切，内心也有一些温暖，这人说话还挺算数的，说给我拿书，还真的就拿了。当时，家里买的有苹果，便拿一个洗了，递给他，他一边吃，一边跟我聊天，聊他的工作，也聊他老家的事，还说，那次买衣服，其实是他妈要过生日了，他想给他妈买一件衣服，可看来看去，没看到合适的，后来，就寄回去了一点钱，让她喜欢啥自己买去。

我打量着向天问，心里想，一个男的，还这么有心，在这么远的地方上班，还能记得母亲的生日，真是孝顺哟，比我这个做女儿的都强。说真的，母亲过生日的时候，要不是家人提醒，我常常是记不住的，每每有家人说："妈快过生日了！"我说："现在啥时候了？"哥和姐会说："没几天了。"他们能记得，我总没有用心记过，我知道母亲的生日是10月13日，可每年这个日子，总是别人在提醒我，我恍如大梦初醒一般。哦，妈又要过生日了！

因此，对于向天问的细心，我觉得比我强，同时，也让我对他生出了几分好感。

一来二去，我们熟了，也慢慢地从当初的客套变得随便起来。向天问下班没事的时候，就会来我店里串串门，跟我唠唠闲话，谈谈人生，聊一聊各自的兴趣与爱好。慢慢地，他知道了我喜欢一切跟文化有关的东西，喜欢读书，还包括喜欢文艺演出。于是，哪儿组织活动了，有票了，他就会送我两张，让我和朋友去看。

时间久了，我也没拿向天问当外人。有时，他来了，我会留他吃饭，他也不客气，让他吃饭他就吃；有时，我进货回来，他还会来给我帮忙整理货呀，挂货呀。有人处处替我着想，还肯给我帮忙，当然是好的，最主要的是，这个人，我不讨厌，还有点好感。因为，在他心性中有着一些和我相近和相似的东西，他为我做的一切，我都愿意接受，有他的帮助和关心，心里总觉得暖暖的，荡漾着一股甜蜜和喜悦。

半年后，向天问向我求爱，以一颗南国的红豆为媒。这颗红豆很红，也很饱满，它被夹在一封他精心书写的情书里面，将它一并呈给了我。

“红豆生南国，春来发几枝。劝君多采撷，此物最相思。”

很早的时候，读着王维的这首诗，我就在想，我的爱情会不会和红豆有关。

于是，当这颗红豆出现的时候，我的心动了。这，似乎是我一直在期待的爱情。我笑纳，默认了这份爱情。

转眼，冬去春来，又是一年。

第二年的春天，我生日，向天问来了，并且还送了我一个别致的礼物，而这个礼物，彻底改变了我们之间的关系。当然，在我们聊天时，也曾经聊到过我的出生年月日，有心的他，便记下了。

我生日那天，母亲在我这儿。自我出生以后，只要我在家，年年的生日，母亲都会记得，都会认真地给我过一个生日。

这一年，我在县城做生意，不能回家，母亲就专程来到了我在的县城。记得那一天，母亲专门为我做了两种饭：一顿长寿面，一顿饺子。当然，不言而喻，希望我的人生健康美满，希望我的生意兴隆顺达，母亲对我美好的祝愿和祝福都烹饪在这饭菜中。

吃罢饺子，天已经黑了，我和母亲就坐在店里的灯光下聊天。

正聊着，向天问来了。见到母亲在，他客气地打了招呼，因为在此之前，他是见过母亲的。母亲问他是谁，我只说：“一个朋友，一个熟悉的朋友，不过，您可以考察考察他，他对你的女儿有意思哦，您看看他咋样？”

那天，他来了之后，同我们一起坐着聊了一会儿天，问了母亲的健康状况，也聊起了他的父母，最主要的是，母亲也很想知道一些他家里的情况，我们便唠了好长一段时间家常。看看时间不早了，他便对我说：“你能出来一下吗，我有话对你说。”母亲见如此，知道我们有话要说，就说：“我去睡了，你们聊！”于是，就进了里间，在床上躺下休息了。

我尾随向天问出来，问他：“有啥事呀？”他说：“今天是你的生日，先祝你生日快乐哦！”我说：“谢谢啦，感谢你今天还记得我的生日，有你的祝福，我就很开心啦！”他神秘地说：“我还有东西要给你呢！”

说罢，向天问将一个小盒子递到我的手上，对我说：“快打开看看，喜欢不？这是我今天专门给你买的生日礼物！“我打开盒子一看，那是一个水晶玻璃的礼物，精美且特别。里面有两棵葱绿浓郁的树，并蒂生长，树上停栖着两只美丽的鸟儿，羽翼丰满，并肩而立。我顿时脸有点红了，作为一个女孩子，见到这个礼物，肯定明白，他这是在向我表示他爱意和承诺：“在天愿为比翼鸟，在地愿为连理枝。”

当然，这是一个美丽的爱情故事和爱情童话。

似乎一切都美得无与伦比、妙不可言，因为，这似乎是我一直幻想出现的爱情。

在那个晚上，我心意已决，决定同这个男人共度一生。

后来，当我把这件事情郑重地提到父亲和母亲的面前的时候，父亲和母亲尊重了我选择。只是说，那年轻人只要人好，其他的都在其次，你们两个要是都情投意合，你们的事情就你们自己做主吧。你姐的婚姻，我们干预得太多，到最后，跟你姐、你姐夫差点都成冤家，我们再不愿意，你姐愿意，我们有什么办法，到最后，还不只得听天由命、认命，关键是你们自己要了解清楚，想清楚，想明白。婚姻是一辈子的大事，组成一个家庭不容易，都要认真对待，彼此珍惜，既然选择了，便一辈子无怨无悔。

这是父亲和母亲给我们的交代。

在我的婚姻上，父亲和母亲给予了前所未有的通达与开明。

我们登了一次华山，结成了我们的爱情之盟。

石榴花开的时候，我和向天问携手走进了婚姻，石榴花开得火红火红，我揣着美好的憧憬和父亲母亲给予我们的祝福和希望，离开了家，离开了那个养育了我 20 多年温馨甜美的家。我走时，母亲是含着热泪将我送出门的。

自那天起，我不再是母亲最小的女儿了，我将承担着另一份责任，一个妻子和儿媳的责任，走进另一个家庭，走进另一种生活。

第三十七章　小个子习娃

习娃姓习。我们是来自安徽的徐姓，他们是从西川下来的习姓。

我们住在下院，他也住在下院，跟我们同住一个院子，可以说是自小一起长大的。他同我们年龄相仿，但是我们都在长高长大，他却一直不怎么长，一直小小的个子，只有一个四五年级小学生的个头。

习娃的父亲是个木匠，母亲身体一直不好，从我能记事起，她就一直没有出过房门，因此，对于习娃母亲的印象，我是模糊的。

确切地说，习娃的身高只有一米四几，多年来，一直未曾长壮，也未曾长高，一直瘦瘦弱弱的。他虽然瘦瘦弱弱，但精神情绪一直很好很饱满，对生活和村庄里所有的人与事，都充满着热心和热情。

习娃家住的是土地改革时分的房子。土地改革时将徐家大院的房子改给了他们，只有一间屋，因此做饭睡觉，都在一个地方，在他们来说，能有一个住的房子就不错啦，他们何时住进去的，我不得而知。我只听母亲说过，母亲生大哥的时候，就是在那间房子里。当时，母亲在月子中，来了一队过路的红军，要在我们院前的空地上宿营，母亲和父亲都吓坏了，父亲吓得两条腿直打哆嗦，但红军的领导拍拍父亲的肩膀说："放心，老乡，我们不会伤害你们的，我们只是在此路过，借住一宿，明儿一早，我们就走了。”

虽说借住，但是他们却没进村里的任何一户人家，村里的人既意外又害怕，不知道是怎么回事。因为，他们从来没有遇见过这样不扰民的部队。这么大一队红军只在我们村庄里的空场地上打了一晚上的地铺，在村庄里露宿了一夜。第二天，天刚蒙蒙亮，他们的部队就开拔了，从秦岭翻西安与别的部队会师去了。母亲说，这是她自小到大遇上的最好的部队。

土地改革后，我们的房子被分给了村里的五保户和从外地来的流民，而习娃，便属于外地来的流民。此后，他们一家也成了王坪三队的一分子。

习娃是独子，没有兄弟，也没有姐妹，并非因为计划生育，而是他的母亲身体一直不好，不能再生育，因此，他是整个村里唯一的一个独生子女。他的父亲除了在队上干农活，就常年在外做木工活，剩下他和母亲在家里，母亲常年瘫在床上不能行动，出出进进便只有习娃一个人，显得有点孤零零的。一个院里的人，别人干活他也干活，别人吃饭，他也吃饭，但总是没见吃到像样的饭。

他的母亲是外地人，据说是逃难逃到这个村庄的，后被他的父亲收留，便成了他的母亲，因此，他既无舅舅，也无阿姨。不过，他在村里还有一个亲戚，是他的一个姑姑，住在上院，他的姑姑育有三个儿子，因此说，他还有三个表兄弟，父亲不在的时候，姑姑一家偶尔也能照看下他。

那个年代，人得了重病，基本上是没钱医治的，也没有条件医治，或者说一些病，也不知道究竟是什么病，更甭说怎么医治了，都是听天由命，老天照应了，就多活几年，老天不照应了，就只有等死，拖到哪一天算哪一天。

习娃的母亲在床上拖了好多年，终是没见好转，还是走了。他的父亲是木匠，整天四处给人干活，可是他的母亲临走时，却连一口像样的棺材都没有，他的父亲用木板给他的母亲钉了一口棺材，凑合着将他的母亲埋葬了。母亲走时，刁娃还不到十岁。

母亲在时，虽然不能行动，但终究家里有一个人在，可以同他说说话，母亲走了，父亲外出干活，家里就真的只剩下他一个人了，愈加显得孤苦零丁。

人说，穷人的孩子懂事得早。刁娃便是如此，小小年纪自己就学会了洗衣服、做饭、打扫屋子，父亲不在家的时候，他就自己一个人生活。

刁娃虽然个子小，人丑点，但却不讨人嫌，天生嘴甜手勤，见人肯叫，又肯给人帮忙干活，在村里倒颇得人喜欢。刁娃似乎也是读过一两年书的，由于家庭的原因，没有好好读，便辍学回家了，也或许他天生就不是读书的料，反正，辍学之后，就彻底离开了学堂，成了一个小农民。

农忙时节，他就陪着父亲种地，闲暇之时，就四处给村里的人帮闲忙，东家有事，他去东家，西家有事，他去西家，在一个村里，不管谁家有事，都能见到他晃动着的矮小的身影，天天乐呵呵，见谁都笑眯眯的。

刁娃不但个子小，还生得一头黄头发，且头发薄而稀少，稀稀拉拉地耷拉在头上，像是地里没有务好的庄稼，又像是被霜打过的荒草，要说到他具体像谁，还真说不清，似乎不像他的父亲，也不像他的母亲。看到他，我常常想到《封神榜》里的土行孙，我有时也会在内心祈祷，这是一个善良勤快的人，希望他会有一个好的生活光景。

其实，在我眼里，刁娃是不算笨的，学啥会啥，村里别的青年会的，他大抵也都会。就算个子小，但他居然还学会了骑摩托车，就这一点，我就觉得比我强，最起码，他那么小的个头能够驾驭一头“电驴”，开得四处跑，我就觉得很有胆量和气魄。

习娃会骑摩托车之后，村里这个去县上了，说：“习娃给我带县上去下。”那个说：“习娃，今天干啥，却帮我买点啥啥吧。”他有时间的情况下，从不含糊：“行，没问题。”不是帮忙拉人，就是帮忙拉货，逢到有谁家办事，他便是个请客的，四处叫人催客，慢慢地，村里谁家有个啥事，直接将他列入帮忙的名单，他也乐此不疲。

同龄人中，很多人都成家了，该嫁的嫁，该娶的娶，可习娃的婚姻一直没动，没有人上门提亲，也没有女孩属意于他。他给村里帮了很多很多人家的喜事，可是他的喜事却一直悬在空中，没有着落，村里人看在眼里，也为他着急，可他，依然笑眯眯的，当作没事人一样。

是啊，这种事情急不得，是要讲缘分的，缘份没来，对不上眼，也是空着急，还是习娃看得开。而习娃的父亲又是个慢性子的人，做活慢慢的，说话慢慢的，吃饭慢慢的，就连笑容都是漫不经心的，因此，对于习娃的事，他似乎也有些莫可奈何，听天由命。

一晃，又好几年过去了，同龄人都成了爸爸和妈妈，习娃的婚姻仍是没有动静。这下，习娃有点着急了，他也害怕自己娶不上妻子，打一辈子光棍，便四处托人介绍，也有热心人给他介绍了几个外乡镇的，人来一相亲，看到他家里要啥没啥，房是烟熏火燎黑漆漆的老房，最主要的是，没相中他这个人，嫌他矮，嫌他丑，相了几个，一个都没有成，钱是没少花，但好事总是成空。

慢慢地，他也降低条件了，知道自己不行，不招女人喜欢，就想着，不管咋说，娶个女的就行，哪怕是离了婚的，带着娃的，给人家当后爸，也没关系，最主要的是，自己得有个家，过个像个人样的生活，要不然，再这么晃荡下去，人就要老了，想再讨妻子，就更难。

见习娃如此说，村里的一个大嫂便将自己娘家村里的一个寡妇说给他。那女的丈夫得心脏病过世了，留下女人和两个孩子，这女的原本是想找一个人倒插门，帮助照顾她的两个孩子，于是嘛，提出的要求也不高，只要人勤快，对她和娃好就行。媒人说，这习娃好着，人好，善良，又勤快，来你家，肯定会对你和娃好的，你放心。女方同意约见。

见过之后，女方倒没有提出异议，习娃便时不时地去看望下女方，帮着干一些家务活，农忙时节，他顾不上收自己家里的庄稼，跑到女方家里一忙就忙活一个礼拜，等到忙完了女方家里的农活，再回到家，父亲已经将庄稼收回入柜了。父亲知道他在忙大事，自己无能为力，也便不再干涉和妨碍他，希望他能跟那女的好好地将事定下来，也了了他一桩心愿。

习娃的父亲是个忠厚人，一辈子在村里不多言不多语，不扯是非，不惹事，一天就闷个头干活，干完家里的干地里的，干完了地里的又干家里的，活都干完了，就出门做木工，挑上一个自己打制的木头工具箱子，就出门了。他的木匠手艺不是太好，但是过得去，遇上谁家要做个大桌子、小桌子的，或者是椅子、凳子的，他都能行，或者说是谁家的门坏了，给修个门，或者是窗子坏了修个窗子什么的，都是一些小活，没见过他做大家具，写字台、柜子啦，在我们村里，他是属于那种半拉子木匠。逢到谁家要嫁女儿或者是儿子要娶妻子了，村里的人又都是在外面找四川的木匠。

那些年，我们这一带附近常有四川的木匠在走动，干了东家，干西家，干了这个村，又去那个村，反正就在我们这儿方圆几十里的地方打转转，谁要做大宗的木匠活了，就去找他们，这些四川人做事麻利，敬业，能吃苦，干活也肯卖力气，而且对生活要求简单，吃饭不挑食，但是，一定每顿要有辣子，没酒没肉都行，但只要有辣子，就啥都好说。

与他们同在这片土地上谋生的，还有一些四川的漆匠。这些人更能吃苦，背上一包干粮，就进山了，在山里一待就是十天半个月的，他们怎样生活，估计也就是吃些干粮、喝些泉水、摘些山果之类，运气好的能弄上只野兔或者是野鸡打个牙祭。他们在山里割下土漆，在租户家里一熬，然后又卖给这些个木匠，这些木匠便用这些土漆来漆他们做好的家具。

因此，刁娃的父亲虽是个木匠，却净是捡这些木匠做剩下的一些零碎的活，要说挣钱，基本上也挣不上啥大钱，也就是能混口饭吃。

不管怎样，父子俩是一个家，可以相依为命。每天父亲回来了，屋里有个儿子；儿子回来了，屋里还有个父亲。日子没别人家红火，但是能吃饱饭。

这次刁娃要说的那个妻子，虽然有两个娃，但像刁娃这样的，只要有人跟，人不嫌弃咱这条件，还挑啥哟，给刁娃娶上一个妻子，也算是对得起他死去多年的妈了。自己的娃不济，也不能像村里别的小伙一样，挑五挑六的，能有个知冷知热的暖炕头的就行了。

听到刁娃娶妻子，他那几个表哥还挺热心，忙着来给刁娃家收拾屋子，刁娃家自从住进土地改革分的房子后，几十年也没有翻新过，没有刷过墙，没见贴过年画，屋里又是做饭，又是生火，好好的一间青砖房子被熏得黑漆漆的，白天在家里都要拉灯泡。爷儿俩的屋子，没有女人，屋里基本上是一团糟，东西东放一个，西放一个，衣服这一件，那一件，到处都是乱码七糟，堆得拥拥挤挤，平日里谁要来他们家找个人或者是借个东西，就伸着头在门口一喊，从不进来。他们家没人能做个像样的饭，就是在过年，也很少见他姑一家来他们家吃饭。

好事将近，刁娃天天乐得逢人就笑，众人皆说，刁娃这回妻子总算说成了，叫娃也过几天像样的日子。这娃可怜，小小的就没了娘，跟着个老爹，老爹常年东走西窜的也没管到刁娃多少，一年到头生活都没着落，吃饭热一口冷一口，将就着度日。刁娃肯在别人家帮忙，一方面是这娃勤快，另外一方面也就是想混口热乎饭吃，大家都知道他们家的状况，又加之刁娃这娃儿不讨人嫌，大家也都不在乎他吃这口。

他也常常在我们家吃饭，他跟我们并非有亲戚关系，但他比着我的侄儿一直给我叫“小姑”，见我的哥哥们叫“叔”，见我的母亲叫“刘奶”，嘴甜，见人叫得亲，我们都不讨厌他，相反还有几分喜欢，喜欢他在我们跟前嘟嘟来，嘟嘟去。当然，他自己也有眼色，见我们做啥了，就赶快帮忙做，母亲饭食做得好，也从不亏待他，他在我们家，我们吃啥他吃啥，从不另眼相待。

如今，他要娶妻子了，一村的人都为他高兴，这娃总算有着落了。在农村，一个人不娶个妻子，总不像个人样子，娶下个妻子，算是有了一份完整的生活。

可令人万万没有想到的是，习娃马上要结婚了，却出事了，而且是在大年三十的夜里。老天的不厚道，让所有的人傻了眼，习娃摔死了，摔死在新年的钟声里，这是连算命先生都没有算到的事。于是，这年新年，让一村的人陷入了沉痛与无语之中。

大年三十晚上，习娃和父亲一起吃了年夜饭，平日里不怎么会做饭的他们也做了八个菜，弄了个满桌子满碗，还做了一条鱼，红烧的，过年讲究吃鱼，以示“吉祥有余”，他们希望未来的一年样样吉祥富余。能过个好日子，不管是穷人、富人，在过年，都寄予一份深切的希望，希望今年就此打住，来年样样吉祥，庄稼有好收成，有来钱的路子，家人个个身体健康。更何况这习娃要结婚了，终于混得像个人样了，这日子更有奔头了。

有语道，乐极生悲，我不知道这话用在习娃身上合适不，但习娃就是死了，死在了人们欢天喜的大年夜里。

饭后，本该是看电视晚会的时间，可是习娃好好地要去县城里逛，大年夜，家家都是喝了点酒的，习娃更不例外，一向贪点酒的他与父亲也端了好多杯。按说，大年夜里安安然然待在家里看春节联欢晚会，或许什么都不会发生，可他偏偏还要出去游逛，乡间的路，本就崎岖，弯道多，而且在当时，路上没有路灯，黑灯瞎火的，全凭感觉，习娃骑着个摩托车就上路了，本来天黑路况不好，骑慢点，估计也没事，可是刁娃仗着自己摩托车骑得熟练，飞快地跑，却不料，在一个急转弯处飞进了另一个村里一户人家的猪圈中，刁娃当场摔得脑浆四溢，血流满地，当场毙命，旁边的住户听到声响，赶快跑出来一看，是上村的刁娃，就赶快报信。

消息传来，众人犹如晴天听到一声霹雳。刁娃死了，在大年夜里摔死了，这咋回事呀，这娃命也太苦了吧，他的父亲更是哭得上气不接下气。在这个红灯高悬的夜晚，刁娃被村里人抬回了家，看着满身是血的刁娃，村里人的心都颤颤的，人都说黄连苦，刁娃的命，是不是比黄连更苦？一生热情努力着，一生充满希望地活着，可是在终于可以安家立业，完成人生夙愿的时候，却死在了大年三十的夜里，他一生的希冀盼望和追逐，就此灰飞烟灭了。

这一个新年，村里人的都没有过好，刁娃的死，让整个村庄都陷入了一种莫名的悲伤的气氛当中。众人怜他一生孤苦，生下来，都没有过上一天好日子，如今，又死在人们欢天喜地、鞭炮声声、万家团圆的大年夜里，真是命苦到家了。死的时候，连口棺材都没备下，他的棺材还是村人从邻村里买回来的，人家给老父亲收的棺材，老父亲还健在，给人说了一箩筐的好话，人家才将棺材卖给了刁娃，让刁娃好赖有个葬身之所。

刁娃的父亲做了一辈子的木匠活，怎么也没有想到，要给自己的儿子做一副棺材，因为，在他来说，儿子肯定死在他身后，以后由儿子为他备棺材，哪能轮到他做父亲的给儿子做棺材，可这世上，却偏有白发人送黑发人的肝肠寸断与难与人言的悲痛。

做了一辈子老好人的刁娃走了，对面坡上多了一座新坟。

第三十八章　熊娃和他的妻子

熊娃家住在上院，走到上院的尽头，便是他们的家了。

他们家里的几个孩子名字都叫得跟动物有关，依次是狗娃、牛娃、羊娃、猫娃、熊娃，最小的儿子取了一个正常的名，叫冬生。

因此，但凡跟他们接触过的人，都会入耳不忘。

熊娃据说是因为长得蛮实，就得了一个这样的名字。熊娃中等个头，身宽体健，在他们兄弟中，算是长得敦实的。成年后，娶一妻子，是镇安某地的，妻子喜相，见人一脸笑，她嫁进熊娃家的时候，我们已经从河那边的徐家大院搬到了公路边的新家里，但每每过河对面的老家，总要从他们家路边上经过，所以常常碰面。碰到面上，她都会笑眯眯地跟我打招呼，因此，对这个远道而来的妻子印象总是好的。

她叫什么名字，全名我不清楚，只听得人叫她苹儿，我也便叫她苹儿了。

苹儿很勤快，在家里总没见她闲着，一天不是在地里务农活收拾庄稼，就是在家里干家务，一天到晚，总没见她闲的。

要论我们的新家，跟他们的老屋是隔着一条河的，我们常常在河边取水，洗衣洗菜，他们也是如此，因此，我们也常常有在河边碰面的机会。

每次在河边上遇上了，也会隔着河说一会儿话，这苹儿有一个优点，就是从来不对人是非长是非短的，这一点，让我觉得她跟很多的农村妇女不一样。很多农村的妇女，没事了，就爱在一起是是非非，说说东家的婆婆，议议西家的妻子，还有村里哪个男人跟哪个女人不对劲了，这样的是是非非，说得眉飞色舞，兴致勃勃。而苹儿，常常是不说这些的，这一点，还体现在，她很少串门，除非有事，去某家某户，多数时候，都是在自己家里忙自己屋里的日子。

看到熊娃娶了一个这样的妻子，我打心里为他欣慰。他们家的娃儿早早地没了母亲，就像野地里的草，自己长大，没有母亲操持的家里，常常是一口冷饭，一口热饭，将就着度日，更甭说，能生活得舒服一些了。好在，这些娃儿们一个个都健健康康，顺利地长大成人，这又常常让村里的人感慨：穷人家的娃儿到底皮实呀，没人看管，自有老天照应。

转眼熊娃长成了大小伙子，到了成婚的年龄，年龄大了，就想着该给自己谋日子，他去了一个建筑工地做工，由于他力气好，口齿伶俐，人又灵活不死板，在建筑工地做活的时候认识了和他年龄一般大小的苹儿。

当时，苹儿在一个建筑工地上和水泥，熊娃在建筑工地上做工，做一些搬砖砌墙的活，由于在一个工地，两人天天碰面，时间久了，也从陌生人变成了熟人。熊娃力气好，忙完自己的活，也会抽个空给苹儿帮忙，铲儿锨水泥，虽然是几锨水泥的事，但是让苹儿渐渐地对这个小伙子生出了几分好感，这人勤快，还知道疼惜人，慢慢地跟他说话也说得多了。

男人和女人之间，有了好感，相处起来，就容易多了，什么话也愿意敞开说，什么事也愿意一起做。一来二去，苹儿发现自己竟然喜欢上这个浓眉大眼的小伙子，当苹儿知道熊娃没有母亲时，就更对他生了关爱和怜惜，得空了，帮他洗洗衣服和鞋袜，家里做了什么好吃的，也会给他带一点来。

熊娃不用说，打心底里也是喜欢苹儿的，见苹儿有意于自己，就大着胆子向苹儿表白了自己的心意。苹儿本已属意于熊娃，见熊娃向自己表白，又惊又喜，她红着脸羞涩地接受了熊娃，于是，两颗孤单的心走到了一起。

苹儿知道熊娃家境贫寒，家中兄弟姊妹众多，所以苹儿做通了父母的思想工作，没要彩礼，也没讲什么条件，只让熊娃跟近房的几个亲戚拿了几房水礼，苹儿就跟熊娃领了结婚证，做了熊娃的妻子。在旁人眼里，熊娃好福气，没花什么钱，凭白说了一个勤劳能干的好妻子。

婚后，熊娃仍旧时常在外面做工，苹儿就在家里操持着一切，时时见到她，都是忙忙碌碌的身影。偶尔的几次去熊娃的家，让人大感意外，熊娃的家里大变样了，以前乱糟糟的家变得干净整洁了，地上没了乱七八糟的东西，桌上也没有东倒西歪的瓶瓶罐罐，一家人衣服也穿得干净整齐了，家里有了女人，衣服脏了有人洗，破了有人补，东西放乱了有人收捡，一切都变得有序和整洁，因为苹儿，让熊娃也过上了一种安定有序的生活。

一年后，他们便有了孩子，是个儿子，长得蛮敦敦的，像熊娃。得了儿子，熊娃天天高兴得合不拢嘴，让儿子骑在脖子上，从上院跑到下院，又从下院跑到上院，见到父子俩开心的样，让人觉得，日子就应该这样过。

得了儿子，苹儿依然不肯闲，并非像村里别的女人一样，生了个娃，就成了功臣，一天什么也不做，她仍旧背着儿子下地干活。在家里了，就将儿子放在椅架上做家务，反正，在她眼里，总有做不完的活，当然，也是因为她的勤劳，爱干净，要是懒人，得过且过，也没啥过不去的，但对于爱干净的人来，总喜欢将所有的事情都做得井井有条。

又过了两年，他们又生下了一个女儿，在一般人眼里，这是好命，儿女双全呀。

因为一双儿女，他们更加努力地想将日子过好，以使娃们能有一个好的生活环境。熊娃和苹儿商量，准备建一个属于自己的房子，有了儿女，家里的一间房子明显地不够住，盖房子，势在必行，不管咋说，难也罢，苦也罢，人一辈子，总得有一个自己的屋，这么想着，他们便开始计划。

他们跟老父亲商量，老父亲让他们在自己的屋旁，也就是以前的柴场上盖屋，有了盖屋的地方，就该准备盖屋的费用了。这些年，熊娃一直在建筑工地上做工，从小工做到大工，也挣了一些钱，又加之，夫妻俩过日子节省，都攒着，好在，买个砖瓦和椽木檩料是没有问题的，就差人工费了，人工费可以先欠着，一边建，再一边想办法筹。

这一切，计划妥，两人就开始打地基。为了省钱，熊娃就准备自己将地基下好，再找人打墙，兄弟几个见熊娃建房，空了就来帮忙，年轻人，劳力好，不出半个月，连抬石头，带下根子，一切都弄好了。

熊娃这时才托人找打墙的，刺沟口专门有给人打墙盖房的工程队，他将他们请来，摆上酒席，商量好价钱，一切谈妥，看好日子就动工。

5 月 6 日，是个好日子，宜动土，这一天，熊娃和苹儿放了许多的鞭炮，他的盖房工程算是正式启动了。

经过近几个月的忙碌，墙体总算是快完工了，墙体完工了，接下来就是盖房了。村里有个习惯，一户人家盖房，村里家家都会来人帮忙，在童年的时光里，这几乎已经成为村里的一个惯例。村里就算是有人吵过架，有人骂过仗，甚至打过闹过，但逢上这样的大事，都会不计前嫌，自动自觉地前来帮忙，这又让我觉得，这是一个良好的传统和习惯，人们在大是大非大事件面前，总能保持高度的一致，让人觉得，这个村庄仍是一个和谐团结的整体。

熊娃的屋盖好了，在他们来说，已经将一生最大的一件事情完成了。老话说得好，人生两件事：成家、立业。成家，是两个人的世界。立业，是两个人生活的根。他们从此，要在这座新房子里发家致富，扬帆远航。未来有多么好？只要两个人齐心协力过日子，别人家有的，自己也会有，电视、洗衣机、电风扇，就包括席梦思，一切的一切，都会有的。

就在他们遐想着未来的好日子的时候，意外发生了。

苹儿骑着自行车上街买东西，被车撞了，而且撞她的是一个辆大货车，可想而知，撞伤的程度有多严重。苹儿当时倒在血泊中，不省人事，她给娃买的吃的、喝的、用的，滚了一地。那场景，要多凄惨有多凄惨。

在众人的帮助下，叫来了120，将苹儿拉进了医院，经过医生的紧急抢救，苹儿的命算是保住了，可是，她的腰椎被严重撞伤，坐骨神经损坏，大脑也有所损伤，以后行动会有困难，怕是不能像常人一样生活了。

出院后，苹儿再也没有站起来，一直坐在轮椅上，一个勤劳不肯歇息爱操劳的女人从此什么也干不了了，这于苹儿来说，简直是要命的打击。

以前开朗的苹儿，现在变得痴痴呆呆了，天天坐在轮椅上，两只眼睛空洞木木呆呆地望着天空，好好的一个勤劳喜相的人儿，在一场车祸中，竟然成了这个样子，这让人不由得万分怜惜，慨叹老天的不公。

在意识清醒的时候，苹儿就会拼命地捶自己那没有知觉的双腿，熊娃见了，就安慰她："你不要难过，能保住性命，就是最大的幸运，你看，那么大的卡车，放在一般的人，还不知给撞成啥样了，你好赖拣回了一条命，这都是上天的恩赐，别难过了，你不能干活了，不是还有我吗？我啥都会干，你放心，我会给你照顾好的，保证不让你受罪，当初，你没有嫌弃我家里穷，跟我辛辛苦苦过了这么多年的日子，现在，我们娃也有了，房子也盖了，大问题都解决了，以后，就是挣点钱过日子，放心吧，有我，天塌不下来！"

为了不让苹儿孤单寂寞，度过这阵子心理的脆弱期，使病情有所好转和康复，熊娃辞去了工地的活，专心致志地在家照顾苹儿。他将苹儿穿戴得整整齐齐，推到外面晒太阳，还推到村里四处转转，甚至推进县城里逛街游玩，尽管苹儿已经不能跟人正常的交流，认人也认不清，见人只能嘿嘿地发笑，但熊娃却一直将她当成一个正常人一样对待，让她感受生活的美好和乐趣。在熊娃的悉心照顾下，苹儿的身心慢慢地平复了下来，逐渐从绝望的深谷中走了出来，她知道，不能让熊娃天天这个样子照顾自己，还得挣钱养家，还得供养两个孩子读书，别人家的孩子读书，不能让自己的孩子读不上书。

熊娃见苹儿情绪稳定了下来，才又继续出去做工，不管咋说，日子还得继续，还得挣钱，还得供娃上学，但他对苹儿终是不放心，让两个孩子帮忙照看着母亲。每天早上，他将苹儿穿好，逢到太阳好的时候，就将她推到院里晒太阳；雨天了，就给打开电视机，让她看看电视解闷。

家里的中午饭，由两个娃儿帮忙做，不管咋说，生的能做成熟的，能吃到嘴就行了，有时，老父亲和妯娌也会帮点忙，日子一天就这样慢慢地撑着。

一个人，对另一人好一天二天容易，好一年二年也不难，好上一辈子，就有点难了。

在外人看来，苹儿成这样了，估计也就是三年五载的事了。可是，在熊娃的悉心照顾下，苹儿一直好好的，尽管啥也不能自理，但病情却并没有恶化。最让人感动的是，好多年后，熊娃空闲之时仍然推着妻子四处散心，他仍愿意在重病的苹儿身上花费时间和精力，或许苹儿是知道的，或者苹儿是不知道的，但不论怎样，他始终将苹儿这样的一个重病人当一个正常人一样来爱护和对待，这常让我感动不已，苹儿此生算是遇上了一个好男人。两个正常的人，想要维持一段感情都不容易，更何况，苹儿这样一个身体严重受损、不能自己行动、脑子不清醒的病人，而熊娃，不但没有放弃，并且全心全意地照顾和爱护着苹儿，这足以让人感怀至深。

这么多年来，熊娃没有厌弃苹儿，也没有心生他念，更没有在外面找个相好的，或者说是情人，他仍是一个人挣钱，一个人做工，忙完了工地上的活，就直接回家，做饭、洗衣服，多少家庭圆满的人，都不肯安分守己，而熊娃，一个年轻轻的壮年男人，却一直固守着这样的一份感情，用心照顾着他重残的妻子——苹儿。从这一点来说，苹儿又是幸福的，她拥有了许多四肢健全的女人所没有的完整的婚姻和家庭的美满与幸福。

每每看到熊娃推着苹儿，我就会生出许多的感动和感慨。

村里的亲戚结婚，我去行礼，又遇见了熊娃。出于关心和好奇，我问起了他的妻子，他说："现在身体不好，长期坐轮椅，导致背上长瘤子，做瘤子手术的时候，又查出了脑梗、心梗，又要做心脏搭桥手术。"我问："手术得多少钱呐？"他说："十几万。"说毕，叹了一口气，再贵，也得做呀，苹儿才49岁呀，还不到50岁呢！

是啊，苹儿还年轻着，要是以一个人80岁的年龄计算，苹儿还有小半生的时光，可是，在这近五十年的光阴里，她就已经在轮椅上坐了12年了，12年呐，人的一个本命年，可苹儿的12年，却是在轮椅上痴痴呆呆地度过的，这于她来说，有些残忍，但是在她悲情的人生中却收获了一份真爱与真情。

好在，现在他们的儿女都大了，一个考上了大学，一个在外面做工，已经能够帮衬到父母和家里了，纵然是难，慢慢地，一切也都会过去的。苹儿虽然不能动弹，但于孩子们来说，有一个完整的家，于熊娃来说，是一个精神上暖心的依托。

这么多年，熊娃没有心生他念，想必，这一生，心思也就都在苹儿的身上，以前没有变心，以后，也不会再变心了，那么，守着一份真爱慢慢地变老，等到自己也老了，老到做不动活的时候，两个人，就一起坐在太阳下晒晒太阳，每天数着日月星辰，那也是世间最平凡最珍贵的幸福。

这世间，有多少的爱经不起考验；这世间，有多少的夫妻不能够患难与共；这世间，又有多少的感情脆弱如芦苇，一折就脆。可一场车祸，却见证了一个丈夫对妻子的人间真情，在他们面前，有多少的感情逊色，又有多少的人惭愧，又有多少的人该反思和反省？当我们选择了一段感情，当我们走进了一段婚姻，我们该如何？如何去面对我们的爱人和我们的内心，以及婚姻的担当与责任？都言爱情美丽迷人，可怎样将一份真爱进行到底，那是对一个人人格和人品的考量！

愿世间的爱都可以患难与共、地久天长。

第三十九章　双亲远走

国庆节期间，我回了娘家，母亲说我有孕在身，要多补充营养，特意为我做了很多的好吃的，炸了红薯圆子、糖酥饺子，还特意给我做了香甜的糖炒栗子，而我，自然心安理得而又恣意地享受着母亲的关心和照顾，认为这一切都是应该的。

我们在老家一直待到单位收假，才返回县城。临走时，母亲让父亲给我们装了很多的菜，白萝卜、胡萝卜、红薯、卷白菜、青红辣椒。母亲说，这都是自个地里产的，好吃。我们接受了父母的恩赐与好意，将满满的一大袋子蔬菜带回了县城的家里。

临走时，我对母亲说：“再过几天，就是你生日，你来县上吧，我们都在县上，你来了随便待，多玩几天！”母亲说：“到时看吧。”我说：“不用看，看啥呢，我们儿女一大群，您过生日总不能冷冷清清地待家里吧。更何况，县城里啥都方便！”

父亲和母亲一直将我们送到大路的转弯处，在他们注视的目光里，我们离去。

不几日，姐夫回家，不由分说地将母亲接来县里，我们都很高兴，一有空了就聚到母亲的身边。

母亲生日那天，在祯兴家里举办的宴席，我们家里所有的人都到齐了，也接来了老家的父亲，为母亲举办了一个热热闹闹的生日宴会，并且买了蛋糕，点了蜡烛，母亲也很开心。因为，这是有史以来，母亲第一次来县城里过生日，也是家里人到得最齐的一次，大人小孩都在场了。我们一大家子人都聚在祯兴家里，吃完了酒席，又围着火盆坐下，一直聊到夜深，我们才依依不舍地和母亲道别，回到各自的家。

那一天的记忆，在很多年后，依然印象深刻，温情依旧。

这一次，母亲在县城里住了一个多月，在我们兄弟姐妹之间，这家住住，那家住住，我们都希望母亲多在县城待待，因为母亲的年迈，也因为家里确实没有多少要干的活。

一天，二嫂对我说，感觉母亲走路的脚步有些沉重，我听后，仔细观察，感觉确实是这样，那是我在接母亲来我家的路上感觉到的。我挽着母亲的胳膊，我们在密集的人群中行走着，本来就走得很慢，可是母亲仍走得很吃力，我不得不放慢脚步，依着母亲的节奏，慢慢地走着，一条并不太长的街道，只觉得走了很久很久的时间。

一周后，母亲提出要回乡下的老家，因为父亲一个人在家，她不放心，又惦记着大哥大嫂，在母亲的一再要求下，我们只好答应让母亲回去。

彼时，我们手边都有事，二哥提出由他将母亲送回去，姐姐特意做了一桌饭菜，我们赶来送了母亲。二哥带着母亲坐公交车回了老家，到站后，母亲坚持自己步行回家，让二哥去学校里上课，二哥一再叮咛，让母亲路上小心，注意安全。母亲应着，自己徒步回去了。

这次的生日是母亲在县城里待的时间最长的一次，也是最后一次。

归去的第二日，母亲就去看望了大哥。

那日，是一个冬日里晴好的天气，母亲吃过早饭，就去大哥家了。

大哥的家在以前的老屋场上，离我们现在所住的屋有一里多路，并且还隔着一条河，那条河的桥面上，是几棵老树并在一起搭成的一个圆木桥，河宽桥窄，而且摇摇晃晃，母亲和父亲都不敢过这样的桥，母亲只得选择走大路，沿着公路而下，到邻村的路口过一座水泥桥。大哥大嫂都不在家，他们双双去山上干活了。母亲就一直等着，等着大哥大嫂回来。

母亲从早上一直等到中午，从中午一直等到日头偏西，大哥和大嫂才终于回来，见到母亲，自是欣喜，忙将母亲让进家里，大嫂对母亲说："妈，你一定饿坏了吧？"母亲说："不饿呢，院里的人都让我吃过饭了！"但大嫂仍要做饭给母亲吃，因为母亲好久没有来他们家了。

为示郑重，大嫂提出做米饭，麻利的大嫂赶快洗了米，将饭蒸上，就开始弄菜。那一天，大嫂做了四个菜，一个豆酱炒五花肉，一个蒸鸡蛋，一个土豆丝，一个芥菜炒瘦肉，非要让母亲吃一些，母亲推辞不过，就让大嫂少盛一点，大嫂给母亲盛了大半碗，端于桌上。那一顿饭，三个人都吃得很高兴，一边吃，一边唠着家常话。大嫂不停地给母亲夹菜，母亲说她吃不了，又将菜夹到大哥碗里，给祯国吧，祯国年轻，多吃点！

正吃着，父亲来了，见父亲来了，大哥大嫂连忙起身，让父亲坐下一起吃。父亲说："我已经吃过了，不能加饭。"于是大嫂拿来凳子，让父亲在门口的太阳地里坐下，给父亲倒了一杯水。

父亲说："你妈都出来一天了，没见回去，我有点操心，就过来看看，还正是在你们这儿呢！"母亲笑了，说："这么多年，我出门你从来都没有接过我，今天太阳是从西边出来的了！"大哥见势，忙接茬说："少年夫妻老来伴么，年轻的时候不怎么觉得，老了就觉得身边的这个人重要了！"大嫂一口饭放在嘴边说："那是，那是，现在我们都不在你们身边了，就全靠你们俩自己照顾自己了，好在你们现在身体还都好，自个能吃能动，妈会做饭，一天将日子调剂得很好，祯国整天说，妈做啥饭都好吃，就是酸菜炒个洋芋丝都比饭店里的有滋味！”母亲说：“年龄大了，到底不行了，怕麻烦，现在有时做饭也简单！”

他们边吃边聊着，一直到太阳落到了山后面，放罢碗，母亲对父亲说：“不早了，我们回去吧！”父亲说：“好，回家！”大哥听说父亲和母亲要走，就让大嫂去给装一些玉米面，说：“这是新碾的，好吃。”大嫂将玉米面递给母亲。父亲说：“来，我拿上吧！”母亲眼里闪过一丝暖意，将装有玉米面的塑料袋递给了父亲。

大哥和大嫂将父亲和母亲送到路口，让他们走慢点，路上小心，两人一直目送着父亲和母亲走远，才回去。

母亲和父亲一边慢慢地走着，一边唠着闲话：“祯国的两个儿子都大了，也没个正式工作，整天在外面打工，离家远，一年到头也回来不了两回，现在的娃呀，不听话，念书的时候再说都不用心念，等出了社会，高不成，低不就，好工作都要有文凭，没有文凭，就只能在社会上打工，不固定，也没保障，没见祯国说，老二最近又换工作了，我们年龄大了，也管不了娃，祯国他们还是熬煎呀！”父亲说：“我还是那句老话，本事还是要自己学，大人能管得了你一时，还能管得了你一辈子，自己的路还是得自己走，自己的饭得自己吃，让他们自己锻炼，闯一闯，就知道生活的艰难了，要不然，大人说啥他们都不当回事。”

父亲和母亲肩并肩地往回走着，他们的身影在夕阳中被拉得老长，就像是风中的白杨，步调一致而齐整。

到家后，父亲将玉米面递给母亲，自己掏出钥匙开了门，他们一前一后进了屋，母亲将玉米面倒进抽屉里，用手轻轻地扒开。母亲一直这样，做事小心而细致，任何粮食和蔬菜在她的手里都不会浪费和糟蹋，扒平后，她关上了抽屉，来到父亲的房间里，四处看了看，说：“床上的被套和单子都该洗了，我这一阵没在家，你一个人，看看，床都脏了，也没人洗，明天拆下来，我拿河里洗洗！”父亲说：“好，我明天早上起来就拆了，只是你才回来，还没歇着，就又要忙活！”母亲说：“没事，你还不知道我，一辈子就操劳的命！”

然后母亲又去了院里，给门前的牡丹和芍药浇了水。

母亲是爱花之人。门前的花花草草都是母亲亲手栽下的，坎沿边的迎春燕是我们从河对面搬过来的那一年栽下的，现在已经长成了一面绿墙，完整地护着我们的门前的高坎，一年四季郁郁葱葱，鲜活茂盛，那片绿色便成了我们心中永远的活力与美好。还有那火石榴、桂花树、夜来香、马杆花和各色种类不一的菊花，以及竹林旁那常开不败艳丽的刺梅花，让我们永远都如置身在春天中一样，那些诗意与绚丽的美好，让我们的生活永远不会单调和枯燥，而这些，都是母亲的辛劳和对生活的热爱带给我们的，而这些美好存封在我的记忆里，直到今天都没有褪色。这，我应该是感谢母亲的。

母亲浇完花，搬来凳子，和父亲在屋檐下坐下，直到有些冷了，他们才回屋。

父亲打开电视，里面播放的是一个战争片，是父亲爱看的片子，母亲便随着父亲一起看了，每晚两集，父亲看完后，对母亲说：“我有点乏，想睡了，你还看不？”母亲打了一口哈欠说：“不看了，你关了吧！”父亲关了电视，带上母亲的房门，回了他的房间。

父亲有冠心病，睡觉怕人惊扰，多年来，一直一个人睡一个房间。出嫁前，一直是我和母亲一起住着；出嫁后，母亲就一个人住了。谁也没有想到，就在这一晚，在母亲自县城过生日回来的第二天晚上，母亲就出了事。

母亲和父亲都有早起的习惯，母亲习惯起来干家务活，父亲则每天沿着公路跑步，他每天都会从我们家门口跑到雷达石，再从雷达石跑回来。雷达石是一个地名，据说是因为雷雨过后，一块天外飞来的巨石，落在此处，将一条河截成了激流，成飞瀑状，人们便将此处叫做“雷达石”。雷达石离我们居住的家有两里多远，父亲每天要跑的就是这条路，除过雨天和雪天，从不间断。

次日一早，父亲锻炼回来，见屋门还关着，就径自推开了，咦，太阳都出来了，家里怎么还没见动静呀？父亲纳闷。见母亲房门仍关闭着，就顺手推开了，这一推开，吓了父亲一大跳，原来母亲在地上躺着，只穿着一身秋衣秋裤，此时的母亲，已经不省人事，父亲感到浑身一阵发凉，母亲怎么会这样，这是他做梦都没有想到的事，他怕母亲冻着，赶快将母亲抱上床，盖了被子。

然后就迅速去公路上喊人。对面的亲戚听到了，赶快跑过来，亲戚看后，对父亲说，害怕是脑溢血，先不要动，他去找医生。他骑着摩托车赶快将医生接了来，医生用手掰开母亲的眼皮，看了看母亲说：“不要挪动了，病人估计不行了，赶快通知家人回来见一面，我先给输点氧气，让病人维持住。”说完，他给母亲输了氧气，让跟前千万不要离人，母亲呼出的浓痰要及时地清理，以防堵住了，如果堵住，病人马上就会停止呼吸。

父亲怎么也没想到昨天好好的母亲一夜之间会成了这样，她还给自己讲了好多孩子们的事情，她还要给自己洗被套和单子，她还曾和自己一起津津有味地看着电视，怎么只一夜的功夫，母亲就不行了呢？父亲无论如何不能接受这个生离死别的事实，他在母亲床前久久地站着，嘴里喃喃地说：“你不会走，不会走，我说过以后再也不跟你吵架了，以后我什么都听你的！”

亲戚见父亲难过成那样，对父亲说：“你要想开点，不要急坏了自己的身子，赶快给娃们捎信吧，要不然，再迟了，怕来不及了！”父亲抽泣着说：“那麻烦你想法给他们通知一下！”

我收到口信的时候，已经是中午十一点了，闻此消息，犹如五雷轰顶，我顾不上吃饭，顾不上去办公室与丈夫打招呼，让人捎了个口信：“母亲不行了，赶快请假回来。”便匆匆坐上班车回家了，因为我害怕我见不上母亲最后一面。车子按照平常的速度行驶着，它不知道我的归心似箭，也不知道我的忧心如焚，更不知道我的惊惧惊恐与不安。

下了车，我拦了一辆摩托车坐上，车主知我心急，加快油门，快速向我家的方向驶去。到了门前，门口已经比平常多了许多的人。

姐姐和哥哥他们都已经回来了，舅舅也来了，还有村里的亲戚，还有母亲的一些老伙伴、老姐妹们。医生正在查看氧气瓶的状况。我进门，大伙给我让开了一条道。

我终于站到了母亲的面前，可看到的却是母亲艰难地呼吸着，母亲的嘴张得老大，呼吸声很沉重，只有出的气而少有进的气，喉咙里的痰在上下地抖动着，发出浑浊的声音。姐姐时不时地用棉球棒给沾一沾。我怎么也没有想到，平时那么坚强和刚强的母亲会忽然间变成眼前的这个样子。

在我眼里和心里，母亲永远都在忙碌着，快乐而平和地忙碌着，甚至连瞌睡都很少，晚睡，早起，永远都是精力充足的，她怎么会躺倒？她怎么会再也起不来？她怎么会在倏忽之间与我们诀别？这一连串的疑问在我的脑海里盘旋着，我的泪浮上了眼际，顺着我的眼角默默地流淌。

姐姐看了看我，说：“你想哭就大声地哭出来吧，这样会好受一点！”可我是个不善于释放自己情感的人，我就这样一直地抽泣着。有人给我递过来一些纸，我擦了擦满脸的泪，可是新的泪水又来了，此时此刻，我们什么也做不了，就只能这样听天由命地守护着母亲。

在下午边上，太阳西斜的时候，在我回家的三个小时之后，母亲闭上了嘴，全身一下松弛下去，没了呼吸。我们一起扑向母亲的身体，医生拨开众人，掰开母亲的眼皮，对大家说：“人已经走了，你们准备后事吧！”

顿时屋里哭声动天，所有的不舍和情感在这一时刻爆发了，父亲更是哭得上气不接下气，父亲的哭声深深地刺激了我，我从来没有见过父亲这样痛哭，见父亲哭成这样，我又反过来安慰父亲，我怕父亲哭坏了。因为母亲走了，我们不能再失去父亲。

在此之前，我一直以为父亲和母亲的感情不好，他们老是吵架，老是有分歧，老是为生活琐事磕磕绊绊，我把原因归结为他们是包办婚姻，一辈子凑合着过日子。

可是看到父亲伤心成那个样，我才明白，生活就是这普通的柴米油盐酱醋茶，他们会吵会闹，但在岁月的风雨中他们又早已融为了一个整体，父亲离不开母亲，母亲也离不开父亲，而在此时此际，面临着如此的生离死别，父亲感受到了身与心的撕裂。母亲的离去，意味着父亲的世界被硬生生地撕去了一半，从此残缺，从此不再完整，从此寂寞孤独。

在父亲的身上，虽然有着小知识分子的清高，但在骨子里，他仍是一个传统的文化人，有着浓厚的社会良知和道义感的。听母亲说，1957年柞水特大洪灾的时候，父亲自告奋勇地去抢救医院的病人，摔断了三根肋骨，为了减轻国家的负担，主动让母带着大哥二哥回到了农村的老家种田，从此，我们从居民户口，成了农村户口，一家人在农村辛苦地劳作着。而父亲也摔成了三等残疾，身体从此虚弱，干不了重活，在后来的回乡劳动中，是母亲为父亲扛起了一片天，让父亲平安地度过那段特殊的时光。

父亲在心底里，也是知道母亲的好的，但他们这一代人，总是大男子主义，唯恐在女人面前丢了身份。因此，母亲至死，都没有听到父亲说一句喜欢她和爱她的话。可母亲走了，父亲的伤心欲绝，又让人觉得，父亲和母亲是不可分割的。

我将父亲扶到他的房间，帮他脱掉了鞋子，安顿他在床上躺了下来，我们便在众亲友的帮助下为母亲料理后事，母亲的棺木是现成的，父亲几年前就已经为他和母亲做好，在屋后放置着。父亲曾说，他自己能想到的事情就不麻烦孩子们，这东西迟早是要准备的，就请木匠一起收了两副。众人一起将棺木抬出来，放到了堂屋中间。

二哥跪在母亲的床前烧了落气纸。

本房的一个亲戚开始帮母亲穿衣服，说人没了，要赶紧穿衣服，否则身体冷硬了，就穿不上，七领五腰（七件上衣、五件裤装），一年四季的衣服都要穿上。

母亲要进棺材了，我们兄弟姐妹又一起扑过去，哭了起来，在众人的劝说中才将我们拉开，母亲被众人放进了棺材，我们看着他们将棺木上钉。此时，我的心就像是被人掏走了一样，恍恍惚惚，屋里屋外吵闹成了一片，但我却不知道他们在吵闹什么，我趴在母亲躺过的床边，久久地，久久地，不愿意起来。

母亲过世的消息，很快就传遍了村里村外，很多人都来了，几十里开外，甚至是县城里的好多人也都来了。许多人自愿自发地为母亲唱歌，太多太多的人怀念着母亲的好，念着母亲生前的种种恩德，来为母亲坐夜守夜，陪母亲走完人生最后的一程，我们为母亲的去世伤心难过，又为母亲享有如此哀荣而有所安慰，母亲的一生，虽然只是一个农村的妇女，但是她却以她的品行和美德赢得了众多人的尊敬和爱戴。

五天后，母亲上山。

当时，我正怀孕着。我躲在了灶屋里间，任凭外面的人喧哗着将母亲抬走，一直到母亲被抬到了对面的山坡上，我才从屋里出来。

母亲，我挚爱的母亲，从此就要在那片山脚下安息了，我们从此将与您生死离别、阴阳两隔，您再也不会管我们吃喝了，再也不会操心我们好不好了，再也不会站在门前的大路口翘首以盼我们回家了。您带大了我们及兄弟姊妹各家的孩子，却不能再带我即将出生的孩子了，不能让我的孩子亲热地唤您一声“外婆”，别的孩子都有外婆，而我的孩子却不知道“外婆”是一个什么样的概念，说到您，也就只有一张不具备任何内容和记忆的照片了。

这世间最残忍的事莫过于生离死别与阴阳两隔，它带给我们的痛无药可治，它带给我们的心殇亦无药可治，只有让岁月来治疗。

母亲的一生，贤淑、善良、隐忍、宽厚、坚强，她用她博大的胸襟与善意惠及了村庄里的每一个人，包括村庄外的人们。她为他们主厨，为他们理发，为他们制鞋样，为他们做任何一件自己力所能及的事情，甚至连讨米要饭的人都没有嫌弃过，她用她的善与爱滋润着每一个认识和不认识的人，太多太多的人受到了母亲的关怀和帮助，他们念着母亲的善与好，很多人自降身份，亲热地称母亲为“刘婶”和“刘奶”。母亲的离世，不仅让我们悲痛难抑，亦让众多的人惋惜和不舍，他们亦为母亲悲泪连连。

作为一个农村妇女，母亲用她并不宽厚的肩膀顶起了艰辛岁月的天空，让贫瘠的生活总有欢欣和愉悦，让一个村庄充盈着和乐和美好。而她的离开，却是这样快，让许多爱她的人来不及准备和思考。

而我们做儿女的，终究是欠着母亲的，而且欠着太多太多。

一年后，父亲由于思念母亲，也离世了。母亲走的时候是冬月，父亲走的时候是腊月，两个新年，我们都无法快乐，一直陷入悲伤的氛围中。

第四十章　七个人的砖厂

某一日，来了七个河南人，在村子里上下转悠，东看看，西看看，捏捏这儿的土，摸摸那儿的泥，看来看去，来回地溜达，然后去找了队长，说想租村里的土地，办个砖厂。

近几年来，一些年轻的后生和女孩子们都出门打工去了，村里的人口日益减少，留在村里的，多是一些中老年人和孩子，土地也确实有所荒芜，有的将地租给别家种了，有的将地就那样的荒芜着。说实在话，看着一块一块的良田就这样荒着，也是挺可惜，于是队长就思忖着，租出去，也不是不可以，最起码一年可以收一些地租，总比荒着强。

于是，就问河南人咋租，河南人说想租村里下半边的地，这边离公路近，方便，以后砖出炉了，卖砖，也能方便运输，双方洽谈好价钱，签订了协议。

事情谈妥后，河南人就开始置办机器，修建厂房，厂房很简单，一间灶房，三间平房，仅供他们日常居住和办公而已。

在村人眼里，这些人应该是会挣钱的，做事有把握的，把这些地交给他们，应该能为村里的人创下些收入，地荒着也是荒着，能收些地租总归是好的。

据说，在这七个人里，还有一个人是老付的亲戚，说是什么堂家的侄儿。他就是听老付讲过老付在这儿做了多年的瓦，说是这里的泥好、土好，做出的瓦成色好，品相好，他便琢磨着，既然这里的泥土能做好瓦，那肯定也能做好砖。以前吧，人们在建房的时候都是用瓦，现在人们时兴建楼房，都用红砖，瓦的时代就过去了，建一个砖厂，肯定还是能赚钱的。

老付的侄儿跟几个要好的朋友一合计，就决定来我们村里考察，考察的结果，他们很满意，村里的泥土确实很适合做砖，于是他们就拿定了主意在这儿办砖厂。

当然，这事，是听旁人说的。也有人问及老付，现在咋样了，结婚了吗？据老付的侄儿讲，老付的父亲生病，唤老付回去，一方面是因为家里确实需要劳力，需要老付在家里照顾，另一方面，也是希望老付回去能安个家，好好地过日子。一年到头整天在外头晃荡，终究不是事，老大不小的了，再晃荡，就将一辈子给晃荡没了，才让亲戚来将老付连说带哄亲自羁押回去。回去后，一家人便想方设法地给老付物色妻子，因为提前就考察了几个，老付回来后，便托人去说媒，最后，终于敲定了一个，是一个死了男人的女人，一个人带个女儿生活，家里人全力支持，下了重金，将那女人娶了过来。因为吧，在老付的家人来说，老付也老大不小了，娶个带个女儿的，以后女儿一出嫁，亲不亲，家里都不会产生大的矛盾，兴许，老付再和那女人生个孩子，就有了自己的亲生的娃儿了，这一辈子就有着落了。在农村，终归“不孝有三，无后为大”。没有一个孩子延续血脉，终是一件让人毕生遗憾和无法向祖宗交代的事情。

天遂人愿。一年后，老付的妻子为他生下了一个儿子，遂了一大家人的心愿，家人开开心心，欢天喜地。得了孙子之后，老父亲的病居然好了，真应了“人逢喜事精神爽”。老付有了儿子，自此，也安下了心来，踏踏实实地跟妻子在家里过日子了。

砖厂盖的是简易的房子，用红砖一砌，盖上瓦，里面简单地抹了一下泥墙，工作室嘛，也没有必要弄得太讲究，做砖干的就是泥活，一脚泥来，一脚泥去的，不是身上泥，就是脚上泥，咋干净也干净不到哪儿去，因此，大概地收拾一下，人有个地方安生和办公就行了。

房子建好后，他们又带来了一个女人，说是老付侄儿的妻子，是在这儿给这七个人做饭的。女人长得白白净净，不胖也不瘦，穿得虽不讲究，但穿啥都顺眼。有了个女人一天在这个屋里忙进忙出，这七个男人的日子便有些生气了，一群男人中有了点颜色，不再是天天灰不拉儿的一帮人了。咋一听，觉得有点像白雪公主和七个小矮人的故事，只不过，这七个人并不矮，他们个头都不低，还算强壮。

房建好了，机器买回来了，就可以着手生产了。砖厂生产砖，不是小活，咋都得找工人，单单是他们七个人又不行的，得有人搬砖、码砖，还得有收柴、烧窑，七个人手，显然是不够用的。于是，他们就向村里发布消息，村里的人可以到砖厂来做工，按天计工，做一天算一天的钱，只要做了，天天都有钱，并且现做现结，可以月结，也可以日结。

村里的一些中老年人听了，心想：这个事行，平日里有庄稼活了，务庄稼活，没庄稼活了，就在砖厂里做个工，总比待在家里干闲着强，于是，就有一些人去应招了。砖厂里的活，都是手上的活，没多大的技术含量，有点力气的都能做，泥浆送进砖机，出来的都是成块的砖，直接输送到晒砖的地方，将它们匀称地晒好就行了，等到晒干后，码在一起，等着装窑，做够一窑的砖，才开始烧窑。其实啊，做砖和做瓦的原理是一样的，异曲同工。只不过，以前做瓦是用手工做的，而现在吧，有了生产砖的机器，人就轻松很多，效率也会高很多，以前一个瓦坯一个瓦坯地做，现在是成批成批的砖从输送带里往出直冒，现代化的设备，代替了原始的生产力，劳动效率大大地提高了。

一些中年男人，一些常年守家的女人，甚至还有一些闲不住的老人，他们也来到了砖厂，用闲余时间挣点零用钱。砖厂一开始生产，整个村里就热闹起来了，一天到晚的机器声，女人和男人的喧哗声，沸沸扬扬的，曾经安静的村庄，一下子，沸腾起来了，变得人声鼎沸。

在这一群做工的人中，毛姐是年龄最大的，已经70多岁了，还是闲不住。见村里的那些中年女人都去了砖厂里做工，她便按捺不住了，急得在村里来回地转悠，她想去做工，不知道她这个年龄砖厂还要不要。转来转去，转来转去，心里打着鼓，最后她把心一横，不管碰不碰钉子，还是决定去问一问，不问，她总是不甘心。

中午吃饭的时间，七个人都在灶房中坐着的时候，毛姐来了。她一进门，见个个端着碗在吃饭，就搭讪说："中午吃啥饭呀？"有人回答说："捞面！"毛姐看了一眼说："哦哟，这面还擀得好来，匀匀的，这么筋道，到底年轻，有劲！"意思是表扬那女人做饭做得好。那女人接过话说："自己吃，随便做的。"其实啊，要论做饭，毛姐是行家，她曾是母亲的徒弟，在母亲年龄大的了时候，村里家家来请帮忙，母亲显然有些力不从心，于是，便收下了毛姐这个徒弟。毛姐是个做事认真的人，她也喜欢做厨，所以也就认真地跟母亲学做菜，八大件子啦，十三花啦，没几个月，样样也都能自己做得得心应手、像模像样的了，逢到谁家有事了，主家来请，母亲就可以在一旁指点，由毛姐掌刀、掌勺了。因此，在母亲年纪大了之后，毛姐就成了村里的一个厨娘了。

现在，流行在酒店里包席，村里人在家中待客的便慢慢地少了，除了丧事还会放在家里置办，一般情况下，过喜事的时候，多会到刺沟口的饭店或酒店，或者是县城的宴会厅里包席面了。慢慢地，已经少有人在家里做席面，除了一些不嫌麻烦、经济上比较紧张的，或者是日子过得特别节俭的，人们都开始图省事、讲面子、讲排场，逢到有事了就去了城里包席面。因此，毛姐的厨事就少了许多，而毛姐偏偏是一个闲不住的人，一让她闲下来，她就觉得浑身难受。

拉了一会儿闲话，毛姐开腔了，说："老板，我想到你们这个砖厂上做工，也不知道你们要不要我这个老家伙？"吃饭的人一听，笑了，说："你老都这大一把年纪了，还做啥工呀，你娃不是个个都在挣钱嘛，还用你这个纪年出来吃这个苦？”毛姐说：“不是吃苦，我是自己愿意干的，没人强迫我，也没人要求我做活，但我就是一个闲不住的人，让我干活了，我觉得舒坦，没活干了，我一天就跟丢了魂似的，六神无主，啥啥都不得劲！”老付的侄子开腔了，说：“砖厂的活都是体力活，你能干得了吗？”毛姐忙说：“没事没事，没事的，我一年到头还上坡种地呢，庄稼人啥活都干，皮实着呢，这些天我都看了，砖厂的活也都是些手上的活，没多累的，大家能干，我也能干！”听毛姐这么说，老付的侄儿想了一会儿，说：“是这样的吧，你年龄大了，让你去搬砖码砖，一天下来，你肯定吃不消，你就去和和泥吧，每天下午了用塑料纸给砖盖上，早上了再去揭开就行了，你试两天，干得了了干，干不了了，就算了，反正，你这大年龄，也到了该享福的时候了！”毛姐一听，连忙说：“谢谢，谢谢啊，我能干，肯定能干的。”

第二天，毛姐就来到了工地，跟着大伙一起干起活了。在毛姐觉得，在砖厂干个活，一天还有人说说话，不急人，要不然，自己一个人家里，一天晚到，都没个人说几句话，嘴都憋僵了。在外人看来，这是苦活，可是在毛姐来说，这是乐事，一天跟大家在一起，乐乐呵呵的，有说有笑，热闹，还能挣几个钱。在砖场，一天忙忙碌碌的，还让她找到了存在感和价值感，觉得自己仍是一个有用的人，这大一把年纪了，还能像年轻人一样，挣钱，自己挣的钱，可跟娃们给自己的钱不一样，特别有成就感，让她觉得，自己并非老而无用，还是有用嘛，挣些钱，自己花是方便的，还能补贴家用。看到毛姐在砖厂做工，不但没啥事，反倒人比待在家里精神了，老付的侄子也就放心了。

砖厂做的是新式砖，是那种有透气孔的，比早先的红砖要厚，一块抵得上以前的一块半，因此，对这种砖的质量要求也就要高一些，四周不能破损，哪有一点破损，砖就不完整，不美观，甚至会烂，会破。因此，生产这种砖，对砖的品相和质量要求相对来说，也就更严格。

逢到天气好，做砖是没有问题的，即做即晒。砖做好后，直接晾晒一两天，砖也就晒干风干了，可若逢到雨天，特别是连阴雨天，就有点麻烦，砖做好了急忙晒不干，长时间晒不干，就会被雨水泡坏，砖的拐角被泡软，破损，晒干了总不好看，就好像是人缺胳膊少腿了似的，因此，做砖人最怕的连阴雨天，最恨的也是连阴雨天。

头几年，做砖效益还是很好的，老天也凑气，多数时候，天清气朗的，不几多日就一窑，砖生产出来后，很快就被人订走了，那些年中，房地产生意红火，到处都在盖楼，到处都在建房，单位上的、私人的、开发商的，四处都在起高楼，搞得热火朝天，砖不愁销路，有时，还供不应求。砖厂的七个人自是高兴，做生意嘛，要的就是这样的效果，劳而有获，劳而有功，只见这一伙人天天忙忙碌碌，忙着生产，忙着烧窑，忙着出砖，忙着送货，感觉到砖厂确实是很红火的。

说实在话，村里一些人在砖厂里也挣下了一些钱，不用出远门，在家门口将钱就挣了，当然，还有毛姐这样的老年人，这些闲余的劳动力有了做事和挣钱的地方。可好景不长，才刚刚弄了三年，砖厂说不行马上效益就不行了，不行的原因是，离这儿不远的地方，又有了一家跟这一模一样的砖厂，这家砖厂是当地人开的，生产的是跟这儿一样的砖，一投资生产，规模就很大，很快，这个砖厂占据了建筑市场。当然，也有人为的因素在里面，因为这个砖厂是当地人开办的，因此，好多大的建筑工地都是能拉上关系的，于是，以前的老主顾，都去那个砖厂拉砖了，这个砖厂的生意慢慢地调零，一天不济一天。

起先，大的建筑楼盘都用另一个砖厂的砖了，一些小的私营业主还会来这儿拉砖，慢慢地，那个砖厂在外的名声越来越大，小的私营业主建房时，也到那边拉砖去了。这边要么生产的砖卖不出去，要么，就根本接不到订单，只有等顾主上门，可十天半月都来不了一家，看来看去，有的还能买一些，有的看后又去那家砖厂了。这七个人眼看着砖厂的生意不行了，就自己出去推销，可大的建筑工地上的用砖，在那个砖厂上拉，都是提前讲好了的，一幢楼从起建到封顶，都是用一个地方的砖，根本就不可能中途换砖，拿不下生意，就意味砖厂就要歇业停产，七个人头痛起来，这个砖厂并非像他们想象的那样顺利。

次年，从春天到秋天，一直多雨，做不了几天砖，下一场雨，一下就是好多天，工人做不了工，个个都在家里歇业，砖厂的老板更是急得双脚直跳，天天待这在里，砖厂却不能生产，没有效益，这七八个人还要吃要喝，这大一帮子人，哪一顿饭少了几个菜能行？

于是七个人商量来商量去，这样下去也不是个办法，搞不好将以前赚的一点钱又都赔进去了，商量的结果是，最终决定将这个砖厂转让出去！可转让给谁呢？是个难题。当然，要说吧，村里是最好的接收方，因为，他们就算可以转让机器，但是他们无法转让土地，土地是村里的，他们没有资格转让，而且以前他们是按年租给出费用的，所以他们提出了最低的条件，只将机器折价算给了村里，砖窑和房子等于是送给了村里。其实，在当下，在村里，也没有合适的人能够做砖，接下也是一个烂摊子，可是，不接，给别人吧，关系又难以处置，最后，从大局上考虑，村上还是接了过来，看来年如何，能生产了接着生产，再设法打开销路。

在这个冬天，七个人生产了三年的砖厂宣告倒闭，它以砖机作为固定资产折算给了村里，这七个人收拾了行囊，结清了外面欠的砖款，离开了，回了河南的老家，这个曾经在人们的眼里大有希望的砖厂破产了。

第二年春天的时候，村里请了做砖的技术人员和机器维修人员，将机器收拾收拾，重新灌上油，继续将砖厂运营起来，机器响起来了，村里的那一干工人又上马了，他们又重新成了砖厂的一名工人，砖厂貌似正常起来了，村里专门还找了几个能说会道的人去跑推销。

砖厂上又有了成堆的砖，又有了一伙热热闹闹说笑打趣的人，毛姐依然做着为工地看护的事，每天戴着一顶黑旧的毛边的草帽，挪动着瘦小的身子，跑来跑去，老而不衰，老而不弱，精神抖擞的，愈加地老当益壮。

不止毛姐，还有别的地方的人自动寻到这儿来打工，似乎做砖的气势是不亚于那七个人在的时候，砖窑又开始冒烟了，村里又有了出出进进，来来去去的拉砖的机动车辆，一村的人忙忙活活的。

在这做活期间，春生也加入了做砖的工作。在砖厂干活的时候，他认识了一个女的，这个女的是来村砖厂打工赚钱的，她是离这儿很远的一个外村的，单身，一个人，有个娃儿在外地上学。两人在做砖的过程中慢慢地熟络，还互相情投意合，你情我愿，一年后，两人居然定了亲，组成了一个新的家庭，众人都说，办这个砖厂，成就了春生的一桩好事。

可是，就在这个砖厂的运营刚刚迈上正道的时候，又一个消息传来，村庄里的土地要被征收了，在此种情势下，砖厂不得不再次停产，它生产得好也罢，不好也罢，赚钱没赚钱，它都是没有办法存在的了，村里处理了剩余的砖，最终将机器也处理了，砖厂宣告彻底关张。

这个砖厂，似乎在谁的手上，都是无法长久的，它最终都似乎是被迫停业的命运，任何人的努力，都似乎是徒劳！

第四十一章　失却故乡的人

父母去世后，祯兴也离开了家，搬到县城居住了，老家就真的荒芜起来。

没有人居住的老家，几年便寥落了，荒草齐腰深，连一条能走到屋门前的路都没有了。这估计是父亲健在时远没有想到的事。父亲在的时候，为了盖这幢房子，可以说是费了九牛二虎之力，倾尽了我们一家所有的财力和心血，可在短短的十多年的时间，在父亲过世后没几年的工夫，这幢房子就如此不堪了，如此颓废与破败了，这是他健在时完全没有料想到的。

估计初建的时候，父亲会以为，这幢房子怎么也要留存百十年，或者是一二百年，乃至他的孙子、曾孙子都会居住在这幢房子里，可是世事的变化，却远非父亲可以想见。

时代的巨轮在飞速地旋转着，人们的思想观念也在发生的巨大的变化，以前农耕生态为主的社会，现在都商业化、商品化了，人们不只一味地守家居家，大多的人选择了一种开放的生活，离开农村，去城里创业或生活。

我的弟弟便是如此。

父亲去世后，家里再无牵挂，他们一家人就彻底搬到城里了，城里学校近，教育资源好，而且生活方方面面比老家农村方便，他们便在那儿安居并定居了，弟媳带着两个侄儿上学，祯兴一天该忙啥忙啥，他们一家人很快就适应了城里的生活。

对于农村的老家，每次路过或者是回乡时，他都会停下来看一看。可时间是个残酷的东西，只短短的几年，无人居住的老家，已经面目全非，现在遗留在在这里的只是一幢房子和他思想深处留存的记忆。在现实生活中，这儿与他已经没有任何直接的关联了，他不用回这里吃饭，也不用回这里睡觉，这里也没有保留着他时时必须或者是要用的生活物品。

因此，每次经过了，也就看看，看看而已。

偶尔，想家了，想父母了，我也会回老家看看，看看老家的房屋，看看老家门前的那棵大核桃树，还有那棵经年不开花的丁香，以及老家旁边的那一大片郁郁葱葱的竹园。

可是，每每回到老家，老家门前总是杂草丛生打草丛中经过，会沾一身的草渣草籽和小刺，粘在身上了，拽都拽不下来。于是只好用柴棍劈开一条路，循步走到门前，门前的灰尘堆积得老厚，犹如冬日下起的厚厚的积雪，当初粉刷得洁白的墙皮也脱落成一块一块的，零乱斑驳在墙面上，黄的白的相间，很是颓废和衰败，门上朱红色的油漆也已经剥落，再也不似当初的艳红、新鲜而庄重。

在时间宽裕的情况下，我会掏出一张纸，在门前的石头上坐一会儿，看看眼前满目凄凉的老屋，再想想过去人声喧哗的老屋，恍若隔世，不禁慨然。

尽管如此，总还觉得老家依然是在的，那一方土地依然是在的，那些熟悉的物像也依然是在的，因为它毕竟还是我生活过的村庄，还是我自小长大的地方，还有那些我们曾经耕种过的土地，还有那些熟悉的乡亲，那些宽的和窄的弯弯曲曲的道路，以及那些四季流淌着的河流和小溪，还有村庄里那么多的庭院和房屋，它们都还在。它们在，村庄就在；它们在，故乡依然就在。

可是，我没有想到，有一天我会没了故乡，我会成了一个没有故乡的人，这实在是我此生从来没有预见的事，也是从来没有想到的事。故乡，那么厚重而又丰满，那么令我朝思暮想而又牵肠挂肚的地方，怎么会说没有就没有了呢？

故乡最初的变更，是名称的变化，在撤村并镇过程中，我们王坪大队跟沙坪大队合并成了一个大队，名称也由以前的“王坪三队”改成了“沙坪八组”，此后，在很长的一段时间我都不能适应，在需要填写我的履历时，我总写上“王坪三队”，写过之后，才又蓦然惊觉，自己写错了，然后又涂改。在好长的一段时间里，我从思想上都无法更正。

更名没几年，村庄便说是要征作别用。消息传开，引起了村民极大的震动，有说好的，有说不好的，说好的是因为能给补偿，个人可以拿到钱，得到眼前的实惠，说不好的，当然是因为感情，从心理上割舍不下这方土地。

毕竟这是我们祖祖辈辈生活过的村庄，是养育了我们几代人的地方，它的一草一木，一砖一瓦，都与我们息息相关，这里留存了我们太多太多的情感和记忆。

房屋拆迁，安置首先是个问题，首先得将这些村民安置妥了，才能够拆迁。

当然，在预计征收这片土地的时候，相关拆迁人员已经想好了安置搬迁方案。经过多方面协商与洽谈，决定将王坪二队的靠河边的那一片土地全部征来，用来安置三队被拆迁的居民，根据各家各户的情况，一家按人口划到一个屋或者是两个屋，赔偿款按赔偿比例打到各家各户的账户上，自己承建。

消息传出一年后，征收工作便开始进行了，丈量房屋和土地，清算林木，然后给各家各户划地、赔款，与之相关的工作便一系列大规模地展开。在大形势驱动下，想征也得被征，不想征也得被征，每幢房屋上都用红漆写上了一个大大的“拆”字，徐家的老宅是这批拆迁中最早被拆掉的房子，因为自我的本家侄子搬走之后，已经久废无人居住，这幢房子便成了第一个被拆掉的对象。

拆房子容易，但是拆了房子的村民住哪里？这又是一个很大的问题，最起码他们得有一个临时的住处，才能使他们能够顺利地搬迁，于是每家按人头补给了临时租房费用，一直到房子建好，搬进新房为至。

于是很多人都去二队租了二队村民的民房居住，作为临时过渡。

建时难来拆时易。一个村庄，几十户的人家，说拆就拆，一年多的时间，房子就已经拆得差不多了，村民拿到了补偿，陆续搬走了，在推土机的助推下，那些房屋如地震般“哗哗”地倒下。有过日子细致的，将这些旧木头旧檩子搬回去锯了，烧炉子；有的不生火的，就撇下不要了，任人拾捡。村庄很快呈现了萧条败落之势，那些绿油油的麦田不见了，那些青乎乎的蔬菜不见了，到处都是断壁残垣，旧砖破瓦满地，整个村庄，想找一块洁净的地方都找不到，只有一条灰白的道路歪歪扭扭地横在村庄上，让人看了不禁满心凄凉。

这可是我的故乡呀，我生活了20年的故乡啊，如何，如何，在短短的几年的时间里就发生了如此天翻地覆的变化？

我原以为它会一直陪伴着我，与我相伴终生的呀！可是，可是，在我离开它没有几多年的时间，就已经完全变更了，甚至是要消失殆尽了，这让我如何想象，如何接受，如何不暗生心伤啊！

故乡，曾经是多么灼热的字眼，曾经多么深情而又慈爱的土地，它就像母亲一样，见证着我的出生，见证着我的成长，它是我成长的摇篮，它是我情与爱的生发地，它是我思想和灵魂的根。

可是一架推土机，在瞬间就推走了我的一切，推走了我沉甸甸的过去，推走了我与生俱来的根，推走了我热爱的村庄和乡亲。

这于我，有多么多么的残忍和残酷，残酷到自此以后，我将成为一个无根的人！

母亲过世后，父亲过世，父亲过世后，等于说我就没有老家了，只剩下了这片熟悉而又亲切的黄土地，剩下这片一直伴随着我成长的故乡。因为，没有父母的土地，已经不能叫做家乡了，只能称其为“故乡”。

想念父亲、想念母亲的时候，我就回来看看，在村庄里四处走走，和乡亲拉拉家常，在老家的门前坐坐，看看那些陪伴着我成长的山水和树木，想想有父亲和母亲健在的时光。

可如今，村庄说拆就拆，说搬迁就搬迁，我的故乡从陌生变为消亡，这于我实为切肤之痛，在这个世上，我们每个人最亲的人是父母，最眷恋的地方莫过于自己心心想念的故乡，可面对故乡的消失，我却无可奈何，无力挽回也无法阻止，只得听之任之，眼睁睁地见着它一步一步地走向毁灭，走向消亡，而我却为它什么也做不了。

起初是大哥搬走。三嫂因为房子建得慢，还没搬，因而他们家的房子还得以留存，在拆迁的时候，三嫂的房子已经建的是一幢三层小楼了，刚建起没两年，却又面临着拆迁，这对于三嫂来说，她是心痛的，这可是他们一家人自己苦心经营建筑起来的房屋啊，刚建好，刚装修好，人在里面还没有住安生，却又面临着突如其来的搬迁，这于他们身体和心灵都是一个重创。

没建过房子的人不知道建房子的苦和难，建过房子的人都知道，那一砖一瓦，都是用力气与汗水垒起来的，一块砖，一片瓦，不搬到地方，房子都没法建。可他们用心血和汗水辛辛苦苦建起来的房屋却又不得不随着大形势拆迁，这份心酸，这份无奈，这份无法言说的心痛，不是赔多少钱就能替代得了的。

在村庄里的人差不多都搬完了的时候，三嫂也搬走了，搬到了二队他们宅基地的附近，以便建房方便，因为家里东西多，租住的房子放不下，他们拿了一些必须用的东西过去，其余的一些东西仍暂留在三队的屋里。而他们这幢新的楼房，因为一时半会没能拆了，就作了拆迁办公室，好在可以留存，哪怕是暂时的，于三嫂来说，也是一个念想，就算不能在那儿住，但最起码，还可以时不时过去转转，去看看，自己用心血和汗水浇灌出来的成果。

世事的无常，任谁可以想见。要是当初知道这地是要征的，这房子是要拆的，那么且不建了，不至于让自己这么劳神、劳心又劳力。住了多年陈旧不堪的老屋，好不容易在自己的手上建起了一座新宅子，以为自己从此就可以安生安心，却不曾想，恰遇商业化时代的来临，所有的一切都要为经济发展让路，大势当前，个人只能选择服从，服从发展，服从大局，纵然心有不甘，情有不愿，亦是无可奈何。

每每回到老家的门前，三嫂总是神情黯然。

有谁能理解三嫂悲苦的一生，拆迁工作人员是不能理解的。在他们认为，这不就是个房子吗？拆了给你赔钱，你也没有损失到什么。很多的事，并不是一个“钱”字都能衡量的。

三嫂嫁到我们家，三哥身体一直不好，做不了重活，出不了大力气，家里家外一切的事务都由三嫂一个人扛起。为了生计，三嫂一直做着小生意，每天骑着自行车驮着挎篮去到几十里外的西川、东坪收购土鸡蛋，以此来换得一点微薄的收入，以保障家里的油盐酱醋和供应孩子上学，在那些地方的山山岭岭，三嫂几乎都跑遍了，足迹遍及到每一个有人烟的地方。

提起三嫂，方圆百里几乎没有人不认识。她头一天去山里一些沟沟岔岔的地方收土鸡蛋，第二天拿到县城里去卖，数十年间，这就是她的生活，除了下雨下雪，几乎天天都在那些弯弯曲曲的乡村公路上奔走着。一个瘦小的面容憔悴的女人骑着一辆加重自行车，风里来，雨里去，在乡村的泥沙路上用力地蹬着，上坡路陡，实在蹬不动了，就下了自行车，推着走一程，将这一段陡坡路走过去，又继续骑上自行车奔跑，不论是数九寒天，还有盛夏酷暑，一年四季，除了农忙时季，几乎从没有间歇。坐在办公室里的人无法感受，天天看着电视的人无法感受，拿着轻闲收入的人无法感受，这份苦挣苦熬的生活里所有的汗水、辛劳和盼望岂是一般的人所能体会的了的！

别人建房子都是请工程队来建，而三嫂家的房子硬是靠着他们一家三口人自己建起来的，自己抬石头，自己拉屋根子，自己砌墙，自己和灰抹水泥，自己粉墙，自己打地板，没有建过房子的人不知道这些程序吧。可我的三嫂就是这样咬紧牙关在做一桩自己觉得是她这一辈子最大的事，她要建房，她要在这幢房子里给儿子娶妻子，她要在这幢房子里住到终老，她要完成她这一生最大的人生愿望。

或许在别人的眼里，这一切的一切都是渺小的，微不足道的，不值得一说的，可是在三嫂的生命里，那是头等大事。可是，计划总没有变化来得快，突然而来的现实，一下子将三嫂的计划和梦想击得粉碎，她的所有的愿望和想法落空，她自以为伟大的事业将清零，这于三嫂的打击简直是无法想象的，甚至是摧残性和毁灭性的。数月之间，三嫂头上有了白头发，并且一点一点地多了起来，每次见到三嫂，看到她憔悴而落寞的面容，看到她满头的花发，我总是忍不住一阵心酸。

最终，三嫂也搬走了，搬得一丝不留，搬得片瓦不剩。王坪三队终于成了一个空壳，但这也仅只是很短时间的事。很快，工程队入驻了，各项工程的筹建立即上马，王坪三队改头换面已如大潮汹涌般直逼眼前，大局已定，没有人能阻挡得了，也没有人能改变得了。

明知故乡的消失是无可挽回的事，可是心里还是忍不住惦记，忍不住牵挂，忍不住逢了熟人就打探消息，甚至，时不时的，还会打一个电话回去，问问：故乡的哪些房子拆了，那儿和那儿都变成什么样了，道路改了没，河流改了没？我记忆中的那一棵棵老树有没有砍掉，上院都建了些什么，下院又在建什么？我们经常打糍粑的那个碾盘还在吗？

我知道，那些东西迟早是要被改变的，或者说是清除的，可是我总是希望它来得慢一点，慢一点，再慢一点，让我现实中的故乡还能保存得久一点，再久一点，那么于我来说，也是一种安慰。就比如三嫂，她就是我故乡的一分子，而且是与我相亲的人，她在那片土地，或者说她的房子还在那片土地，那里就有我们熟悉和倾入感情的事物，我便不会觉得完全地陌生或者是隔离，而三嫂的彻底搬迁，那里便完完全全成了别人的土地，与我及我的族人，还有我的乡亲再也没有丝毫的关联，那么，故乡，故乡就真的真的不复存在了。

故乡的消失，意味着我的根的消失。从此，我将成为一个无根的人，成为一叶浮萍，一个身心无所寄托和漂泊的人。

想到这里，我就有些悲伤，悲伤到不能自抑，就像是谁在拿着刀割去我身上的某一部分似的。自小到大，故乡早已融入我的灵魂，融入我的血液，融入到我身体里的每一个细胞，我此生都与它息息相关，无法剥离，可眼前的现实，真的真的就让我成了一个没有故乡的人，我的精神和灵魂被掠夺了。从此，我将残缺；从此，我的人生将不再完整。

没有了故乡，我成了一个流浪的人，一个漂泊的人，一个灵魂无依的人。走到哪儿，哪儿都可以是家；走到哪儿，又似乎都不是家。因为它们没有我储存记忆的地方，它们没有我回忆的土壤，而故乡，我的生活了20年的故乡，我已拿不走它的一草一木。

对于故乡，我除了长久的喟叹，我已做不了什么，我能留下它什么呢，我什么也留不下，唯一能留下的便是那些根植于我灵魂深处的记忆，它们将化作时光的碎片，在我的心海中跌宕起伏，一任波涛汹涌，我只有牢牢记住这些，记住这些连贯和不连贯的记忆，让它们陪伴着我，陪伴我度过此后的年华和光阴。

故乡，那么，且深埋于心底吧！

第四十二章　回望故乡

再次回到故乡，是在清明节的时候。

清明节前的一次聚餐，姐姐说："清明了，咱们一起回老家看看吧，给父亲和母亲送个清明吊儿*，再给他们把坟拦一拦。"

---

* 清明吊儿，一种特殊祭祀物。

众人都点头说好。在我们家，一般情况下，姐姐的提议大家很少反对，因为姐姐是个里里外外都爱操心的人，我们想到的事，她能想到，我们想不到的事，她也能想到。

是啊，现在我们都离开了故乡，离开了故乡的土地，一年便少有时间再回到故乡。除了清明，除了大年三十要上坟祭祖，其他的时间，我们已经少回到那片土地了，可是父亲和母亲还在那片土地上，我们便与那片土地断不了联系。

清明节，天一亮，我就起来了，想到今天要去给父亲和母亲送清明吊儿，就早早地起来了，煮了点甜酒鸡蛋，我和丈夫正吃着，姐姐来电话了，让我们在交通路口集合，届时一起坐祯兴的车走，我们说："行，那我们就不开车了。"

吃罢饭，我们沿着河堤往下走，河边的柳树刚刚发出嫩黄的新芽，呈现出初春特有的明妍与娇嫩，让人觉得春天就是一个可爱的小公主，梳着一把一把的小长辫，在初春的阳光下，欢快地舞蹈着，跳出季节里最动人的舞姿，一个跳起来，很多都跳起来，随风舞蹈，春天便在生命的阵阵律动中蓬勃昂扬欢畅起来。

我们兄妹几个见了面，相互打了招呼。今天一起去的有姐姐、姐夫、二哥，还有祯兴，反正，我们在家中的都到了。其实说句实话，我是第一次给父亲和母亲拦坟，以前这种事都是哥哥们和祯兴操心，我是个女儿家，也没人让我干这个，所以，每次都心安理得地躲了清闲。这次，是我主动要去的，因为，姐姐说她要为父亲和母亲的坟上亲自添几锨土，我作为父母最小的女儿，我也是应该这么做的，父亲和母亲生我一次，我也应该为他们尽点心意。

十几里的路一会儿就到了。当车子驶入王坪村的时候，出现在我们眼前的景象让我们分外意外，老家的道路明显开阔了许多，而且有了格调雅致的人行步廊，清一色的红木结构，像是旅游景区，以前乱石林立的河床现在突然整齐美观了。由于两边进行了修葺，有了河堤，河水不再那么恣意横流，而显得规矩了许多，从上到下，缓缓西流，一直流到职中前面的乾佑河，然后一路向南。

怎么才一年多的光景，故乡就发生了这么大的变化，我直唤祯兴：“开慢点，开慢点！”姐姐说：“要么，让祯兴车开了先走，我们慢慢地走回去吧！”二哥也说好。

于是，祯兴说：“我经常在这条路上跑，你们要是想慢慢地转着看看，你们就走路吧，反正现在的路好，穿高跟鞋走路都不会崴脚。”

是啊，以前的泥沙路，坑坑洼洼，到处是石子，走在路上石子直往鞋子里面乱钻，我的好多双鞋子，不是走坏的，都是在路上被石子磨坏的，不是鞋跟磨得高低不平，就是鞋尖被石子蹭得毛乎乎的，穿不到人面前去了，为此走在这条路上都怯得慌。这脏烂的路，啥时候能是个头？

令我没有想到，没有想到的是，在短短的一两年的时间里，竟然发生了这么大的变化。曾经，对于故乡的迁移，我心不甘，情不愿，我觉得故乡就应该永远是我记忆里的故乡，它变了，就不是我的故乡。我没有想到，曾经贫穷、简陋、窘涩的故乡，会发生如此巨大的改变。

以前的泥沙路，明显加宽了许多，而且全都铺成了水泥路，两车道，宽宽松松。边上的人行步廊全都是用清一色的红棕木做的，两边的扶栏和脚下一米五宽的步道，都是用横木铺排而成，那些横木宽窄一致，排列整齐，走在上面，有质感，而且不硌脚，就算穿着高跟鞋子，脚跟也不会掉进缝里。这确实是一个很贴心的设计，想必是为了这儿念书的孩子们专门修下的这条人行道吧，让车道与人行道彻底分离，孩子们上学就有了安全保障，再也不会因为走路不慎被车撞了，或者是被某个莽撞的司机撞伤，这真是很贴心很人性化很美观的设计。

路的外边，栽植的是成行的绿柳，已经在慢慢地成气候了，很多柳树已经生出新的柳条，在春天的阳光中，随着微风轻轻地摇曳摆动。路的里面，有一些新建的房子，崭新崭新，家家都有一个很开阔的庭院，门前绿树红花，相映成趣，主人有的在门前做十字绣，有的在洗衣服，还有的在修理摩托车和小汽车，还有的捧着一本书在庭院里读着，当然，也有捧着手机在看微信的。感觉人们生活都很闲适和安定。

河对面是一队。以前是整个王坪最穷的一个队，因为地少，人多，很多人家里一年粮食都不够吃，很多人不得不出去打工，有的还将女儿远嫁到山东、河南，只为了能讨一口饱饭吃。

可现在，家家都是白墙红瓦的小洋楼，门前绿树招展。当然，这几年，他们沾了县中和职中的光。这儿两所学校，居住着好几千的学生，学生的吃喝零用，都是一个很庞大的市场，一些脑子灵光的人，就做起了生意，有的开个小吃店，有的开个学习用品商店，有的开个日常生活用品店，反正不管干啥，一天到晚店里人声不断。

因此，这个队上的人很快就富裕起来，很多人将以前低矮的小土房都推了，重新盖上了几层小洋楼，家里居住环境宽敞了，生活条件好了，人们的穿戴也讲究起来。以前，只要有衣服穿就很满足；现在，都讲穿好，穿漂亮，穿出时尚和美来。所以，看这些村里的年轻人和妇女，个个都穿得时尚、鲜亮，迎面走来几个人，根本就不觉得他们还是那个土里土气、贫穷落后的农村人，他们的服饰和生活水平已经跟城市接轨。

这种巨大的变化，让我意外，又让我惊喜。意外的是，变化太快，让我难以置信；惊喜的是，一种新的文明，在老家的土地上诞生，并已落地生根。

二哥说："这村里有我一个同学，在高中的时候，跟我同班，学习非常好，可后来因为家里的条件差，只上到高二退学了，要是他家条件能好一点，也考上学了，可是因为辍学，年轻轻地回到了农村，常年劳作，积劳成疾，最后在还不到四十岁的时候，就没有了，真是很可惜。我们几次同学聚会，大家都说到他，为他叹息，为他惋惜。"

其实那个时候，二哥也是不容易的。二哥高中毕业，在家里待了一年，跟村里人一起干活、种地、修路、修梯田，还给村里管了大半年的水磨，天天弄得个面人似的，天天早上出去，半夜回来。我们这个大队的水磨原在四队，因此，磨房就是二哥的工地。

在那近一年的时间里，二哥感觉到了没有文化的可悲，毕竟二哥是一个读了很多书的人，从山里走到山外，又从山外走回来，他见的世面比一般的人要多，他向父亲和母亲要求，他要继续读书，一定要考上学，用知识改变命运。

父亲又找了学校，让二哥重新入了学，复读。

再次回到学校，二哥铆足了劲，像是彻底变了一个人，一天除了吃饭睡觉，就是看书，做作业，日夜兼读，他要把这一年荒废的时间和知识都补起来。这一次，一定要考上学，做一个用知识来养活自己的人，他相信，只要功夫深，铁棒也能磨成针。

由于二哥的刻苦攻读，在第二年的高考中，二哥一举考上了师范院校，总算鲤鱼跃过了龙门。二哥考上学，意味着我们家书香门第的传统延续下来了，爷爷是私塾先生，父亲是老师，二哥现在考上了师范，以后也会成为一名老师。在这件事中，最高兴的当然是二哥，除了二哥，还有父亲。父亲是一个有着传统观念和意识的人，在他以为，人还是要读书，读书才能赢得人们的尊重。

姐夫说："我第一次走进这个地方，是在职中上学。"那时，职中初建，环境相当差，他们没事了就在这条路上瞎溜达，三个一群，五个一伙。这条路上半里不见人烟，晚上一个人走，还害怕，一到晚上，黑漆漆的，伸手不见五指，有几次，他去我们家里干活，晚上回来，在这条路上，几个同学骑自行车还摔过跤。当然，姐夫也就是在职中上学的时候，跟同在职中上学的姐姐对上的眼缘，然后谈起了恋爱，于是，那一段上学经历，便决定了姐姐和姐夫的一生。

是啊，在这条路上，我们都有着太多太多的回忆。姐夫的话，让我想起了我小时候走这条夜路的时候。有一次，我和父亲从县城回来，已经晚上，天已经黑透了，这条路伸手不见五指，路基本上是看不见，我们都是凭着感觉往前走。我小的时候，是一个胆小的人，父亲严厉，我有什么也不敢说，只是，走一路，我怕了一路，我走在父亲后面，总感觉后面有人跟着我，我走在父亲左边，感觉到左边有人跟着我，我走在父亲右边，感觉右边也有人跟着我，我便一路小跑着跑在父亲前面，父亲说："走路咋不好好走，一会儿跑前，一会儿跑后，小心胡跑，掉河里去了。"

父亲哪里知道，这种黑暗对一个孩子的害怕和恐惧，足以让我胆战心惊。

可现在，这条路上，每隔五十米，都会有一个太阳能照明灯，就算晚上走在这条路上，也明晃晃的，如同白昼，什么都看得清楚楚，半里开外，都能看得见一个人穿着什么样的衣裳，认识不认识，一下都能辨别出来。人外出了，再也不用拿着手电筒或者是提着马灯。

说到这里，我还想到一件瘆人的事，村里的一个男青年，是我的本家，白天去亲戚家，夜归时，亲戚给带了腊肉和自家自制的粉条。他骑着自行车经过这条路的时候，突然被一只狼给盯上了，这件事，想想，都已经够骇人的。

在我猜来，十有八九是因为那腊肉的味，又加之晚上，周围安静，空无一人，狼便大胆攻击。那青年骑个自行车在前面跑，那狼就他的自行车后面追，他感觉到不对劲，就扭头一看，哎呀，不得了，狼啊！狼两只绿汪汪的眼睛闪着贪婪的亮光，正紧紧地盯着他，这一看，给他吓坏了，蓦地脊背发凉，汗毛倒竖，但他知道，他现在唯一能做的，就是摆脱狼的追赶，赶快躲到一个安全的地方。可如何才能摆脱狼的追赶呢，唯一的办法是，赶快将这肉扔了，扔了这肉，狼顾着吃肉，就不再追赶自己了。

于是，青年赶快取下挂在车头的腊肉，连袋子扔了出去。果然，狼见了扔的肉，忙着吃肉去了，就不再追赶他了，他骑着自行车一溜烟地跑到二队一刘姓人家门口，敲开门，人给他让进屋，他半天都说不出话来。主家给他倒了水，让他坐下，情绪镇定了，他才结结巴巴地说了自己在弯道上遇到狼的事情，众人一听，皆大惊失色，让他不要走了，晚上就待屋里跟小儿子住。

正回忆间，来到了移民新区，三嫂已在路口上迎着我们，说："我已经擀了面，给你们下捞面，饭吃了再去！"我们说不饿，早上吃了早点，肚子垫了底了，三嫂执意要让大家去吃饭。二哥说："既然做了，就都去吃点，要不然，让你们三嫂白忙活了。"

三嫂，本是我们姊妹中生活最艰苦的人，这几年，生活也发生了出乎人预料的变化，家里楼房盖起来了，旧的小车还在，又购置了一辆新的小汽车。我们来时，三嫂的儿子东东正在擦新车，见到我们，忙站了起来，将抹布从车窗里塞进去，给众人发烟。姐夫说："你忙你的么！"他说："没事，自己擦擦，就省得去洗车店里洗了，能省点钱。"姐夫说："是。你们这离河近，方便，自己抽空就洗了，完全不用去洗车店里洗。"

我们正吃饭间，大哥电话来了。

大哥电话问："你们到哪了？"祯兴回电说："都在你们家门口来了。"大哥便笑："都到了呀，那也不来家先歇会儿！"祯兴说："在三嫂家吃面，你要吃了，也赶快来。"一会儿，大哥就过来了，说道："你们还挺准时，说早点来，还真就早早地来了，那早上在老三家吃，下午就去我们家吃饭吧，叫你大嫂子炒几个菜，咱们兄妹几个喝几盅。"

祯兴一贯爱玩笑，说："那好，多炒几个菜啊，菜少了不够吃，我们今天去拦坟，力气活，弄点好菜，弄点好酒。"大哥说："没问题，酒有的，放心，家里两个娃时不时地给家里带点这回来，带点那回来，见我爱喝酒，前些日子给我搬的一箱子酒，还没动呢，今天正好，让你大嫂子去河那边再买些菜。”姐姐连忙说：“不用，不用，家里有啥做啥，简单点，就我们几个，能吃多少？”大哥说：“家里肉倒是有，都是腊肉，让你大嫂子去新城再买些新鲜菜回来，今天又不上班，都放松一下！”

不过，话说回来，这几年，大哥的日子，确实是非常好过的了，卫东和宝东都在西安，并且买了房，又都在老家各自盖了一幢楼房，并且也都买了小汽车。平日里，就大哥和大嫂在家，两幢房子换起来住，换起来看门，两个儿子和儿媳都挺孝顺，自家有车，隔几个礼拜就回来一次，看看他们，给他们买一些吃的和生活用品。

大哥，是一个闲不住的人，在本地又打了一份工，两个儿子孝顺，自己一个月还有工资，生活也是挺舒服的。以前，大哥老担心，说养了两个儿子，老了没人管，可是，到老来，两个儿子总牵挂着他们，这估计跟大哥教子严厉有关吧，以前，两个娃都说他大对他们不好，可等到自己娶了妻子，养了娃，却对大哥大嫂都很好，常常说他大他妈不容易。

所以，对孩子管教严厉并非是错，能让孩子及早地明白和理解生活。

其实，不只是大哥和三嫂，村里整村移民过来，生活都得到了非常大的改善。家家户户都是三层半的小洋楼，一排排，一行行。家里也都摆上了新式家具，落地窗帘，布艺沙发，走进屋里，丝毫不亚于城里人的单元房。相反，比那些个复式的楼层还宽敞亮堂，楼顶上可以种花种菜，楼下个个都修的有车库，车开回来，就停进自己的车库里，方便又安全。

路口，三嫂家门前，还留了一块好大的空地，说是准备修建小区广场的，河对面准备引进西安一所学校来此办学。

吃过饭，三嫂给我们一人沏了一杯茶，拿出自己家里产的瓜子和花生，让我们吃，我们一边吃一边聊，大家说了许多眼前的和过去的事，都感慨不已。时代在变，生活也在变，变才是发展，变才是进步。以前，我们做梦也没有想到的，现在村里的每一户居民都幸福地拥有了，他们都成了新时代农村里有房有车的一族，他们在党的好政策下，用自己的辛勤努力，都过上丰衣足食的生活。

如果父亲和母亲还在，看到眼前的景象，他们也一定会很高兴的，他们一生都在辛勤地劳作和耕耘，到老了，也没有过上一天衣食无忧的生活，总是节省，节省，再节省，以防不时之需。

现在，农村人人有社保，有合作医疗，孩子上学有基础设施完备的学校，完全不用受我们小时候颠沛流离的苦。在国家的好政策下，只要勤劳，每个人都可以过上衣食无忧、安宁、和乐的生活。农村的孤寡老人，也得到国家照顾，每个月给钱给粮，实在没有人管的，就被送进了敬老院，每一个生命都可以有尊严体面安稳地生活着。我的疯子堂哥现在年龄大了，眼睛看不见了，就被送进了敬老院，有人做饭，有人洗衣服，还有保健医生，完全不用担忧没有儿女老了不能过活。

其实细想，自改革开放后，我的二哥考上了学，大哥盖了新房，然后土地承包，我的二侄子出生，可以说，我们家大的变化都是从那个时候开始的。

因此，那个时间段给我的记忆非常的清楚，我们慢慢地从吃烂洋芋、烂红薯的日子里走了出来。母亲是个勤劳的人，起五更，睡半夜。白天，忙田里的活；晚上，还得在昏暗的油灯下做针线活。我们嘴上吃的，身上穿的，都在母亲的一双手上。

在母亲的带领下，我们家最小的孩子也知道干活。因为干活就有吃的；干活，就能吃饱饭吃好饭。当时，我们把吃饱饭吃好饭，当作是我们干活的动力和目标。在我们一家人的共同努力下，慢慢地生活有了保障，不再饿肚子了，不再吃上顿时没下顿了；这时，我们考虑到精神需求；后来，家里有了收音机；再后来，家里有了电视机、洗衣机；到现在，个个手上握着个手机，我们兄弟姐妹几个，家家家里都有了小汽车。

回望，这几十年的岁月，思前想后，不由让人悲喜交加，感慨万千，美好的生活就在我们的手上，在我们的汗水里。在如此一个好的时代，我们如果还不能生活得好，那就只有怪自己懒惰了。

大哥说："要拿些啥工具，几个？不够了，我去邻居家里借！"祯兴说："肯定一人得一个么，既然大家都来了，肯定都想动动手，尽一份心，反正这活也不重，就都干干。"三嫂说："我家里有一把锨，两个荷锄，大哥再把家里的一拿，估计借两个，就行了，大哥，你要是借，就你去借，我就不借了啊！"大哥说："我是老大，这要张罗的事，肯定我来嘛！"

一会儿，大哥和大嫂各自拿了几个工具过来了，我们兄弟姐妹几个分了，一人一个，拿了就往三队走。一边走，我还忍不住东张西望，路里面又建了几个农家乐，门口高悬着红彤彤的椭圆形的灯笼，生意好像都挺好的样子，家家门前一个灰砖砌就的花坛，有的在里面种花，有的在里面种的菜，都生机勃勃的。

有的门口坐着一个妇人和孩子，有的门口坐着老人，都很安详，男人们估计都在外面忙事去了，也或者有的正如我们一样，去给亲人上坟去了，留下老人和小孩。

走过二队这一大片村庄，便到了我们以前村庄的所在地。这儿仍在搞着大型基建，好多建筑物已经初步成型，后面最高处的是县民政局在此盖的敬老院，河边那成片以厂房的形式出现的是汇生源绿色生态有限责任公司，面前这一大片新式的建筑是生态疗养院。

以前陷到路下半截的这座桥给了我多少的担心与忧心，雨季的时候，我老担心它会被洪水冲走了，因此，下雨后，我常常不敢在上面行走，就算走在上面，也很害怕，生怕一个不留神，脚下会出什么意外。而现在，那样的一座寒碜的小石桥，已经换成了一座高高的、与路面平齐的水泥石墩大桥了。它那样宽阔，那样平坦，稳稳当当地立在王家河面上，成了连接村庄和道路的线形步道，人走在上面，有多安稳与畅快，又有多心安与踏实。

路边设了公路监理站。

以前，从没有想到，在我生活的这样的一个小村庄里，还会分派一个这样的单位，为过路的行人的安全保驾护航。

为了方便来往的行人，又在路边修建了公厕，一个美丽漂亮的小木屋，橘黄色，雅致且美观，仿佛旅游景区供游人休憩的处所。我笑道：“一个乡间厕所，修得这么漂亮，不识字的人，还真不知道这是干啥的呢？”祯兴说：“现在有几个不识字的，村里的人天天开着小车接送娃上学呢，对娃教育可上心了，现在都懂得了知识的重要，下大力气培养娃呢！”

“现在为了打造西川生态园区，一切都在朝美的、生态的、休闲的旅游方向设计和建造，首先得让人看了赏心悦目，再者自然环保，咱们这儿的优势就是生态好、空气好、水质好。改变一座村庄，等于说是开辟了一个自然的生态山庄，它融多功能为一体，人们在这度假、赋闲、旅游、养心，不论从哪一个角度讲，都是大城市人向往的天然氧吧，这儿，好好打造，一定会前景无限。”祯兴一边说，一边比划着，“好多外地人来这里谈投资项目呢！”

是啊，木耳小镇就是一例。柞水利用当地的本土资源——木耳，纯绿色食品，将自己打造成一个融观光、食用、休闲、娱乐为一处的特色旅游小镇，吸引了众多喜食木耳的人。他们携家带口，来这儿参观、游玩，让孩子见识了木耳以及木耳的生长，同时，在这里带回了健康的优质的无污染的木耳食用菌食品，一举几得。木耳小镇的成功推出，迅速带动了一河两川的经济发展，让这个曾经寂寂无声的一条深沟暗川，一下子名扬省内外，吸引着众多的人来此地休闲。

我们来到父亲和母亲的坟上。一年的时间，又已让他们的坟上长满了杂草，高的矮的，长的短的，还有旁边树上的横枝也斜生了过来，我们将它们一一清除，并且将周围的草渣和树叶也都聚拢，在不影响自家，也不影响别人的情况下，堆到了旁边的山根上。

经过整理的父亲和母亲的坟茔，又变得清清爽爽，焕然一新了。然后，我们分别给他们挂上了清明吊儿，他们的坟前就像是过喜事了的人家，耀眼醒目，充满了喜气和福气。母亲生来讲究，喜欢干净，她总是喜欢将我们的家里和庭院收拾得一尘不染。现在，母亲去了，我们将她的家园打扮得漂漂亮亮，母亲一定是很开心的。

在这个人神共明的日子里，母亲一定能听懂我们的话，能懂得我们的心意的，能知道我们在认认真真地陪伴她。

总觉得，一年一度，这一刻，我们是与父亲和母亲最近的。在一年一年的时光中，我们逐渐成熟，懂得人生的真谛和要义，而每一次与父亲和母亲的对晤，都让我们对人生有了更深刻的认知和理解，天朗气清，我们的心境也豁然开朗。

于此，我们是应该感谢父亲和母亲的。他们健在时，用他们的言行感化和教育着我们，他们走后，用他们的精神和意志感召着我们，让我们懂得怎样做人，善待亲情，教养子女。

无论他们活着还是远去，他们都在有形地无形地影响着我们。我们的一生，走不出他们的世界，而他们的身影，也永远走不出我们的视线。

忙完了坟上的一切，我们跪下来，给父亲和母亲认认真真地磕了三个头，当一柱香烧完的时候，我们想和他们说的话，也已都说完了。

这时，我们站起身，像完成了一件庄重的使命，个个松了一口气。

站在半山腰上，向脚下的村庄凝望，以前那个零乱、杂七杂八的村庄不见了，取而代之是一个现代化的建筑群落。那些建筑坚固精美，在村庄中有序地陈列着，新颖美观，让人觉得，村庄像是重生了似的，一切都是那样欣欣然，张开着眼，仿佛从几百年的沉睡中醒来。被整合的土地是新的，新建的房子，是新的，土地上的树木，也是新栽植的，还有那些正在忙碌着的人群，个个铆足了劲，在挥汗如雨的劳作着。古老的村庄已经退场，隐遁进历史的深处，新的现代化的村庄正在崛起，崛起在人们对于新生活的希冀当中。

一年来，对于村庄的变迁，我一直耿耿于怀，不停地惋惜嗟叹着，嗟叹自己从此失去了故乡，成了一个无根的人。其实，根是什么，根就是我们中华五千年的文明，根就是良好的传统和和良性的道德秩序，这些，才是必须根植于我们内心深处的。

看着眼前的村庄发展的这么好，我才蓦然觉得，在我的内心深处，其实是狭隘了一些。我太拘泥于个人的小情绪和小情怀，在乎记忆中的一些陈旧的物与事，其实我们每一个人在社会的进程中都只是一粒微尘，社会的进步和发展每一个人都是受益者和助推者。

虽然，我已经远离了村庄，但是，我的那些大多数的父老乡亲，他们仍还在这片土地，这片土地的更新，也意味着他们的生活也将更新。以前单一的农耕生活方式，将逐步走向多元化，人们凭着自己的智慧和才能，八仙过海，各显神通，充分发挥自己的优势和特长。

这不，短短的二三年的时间，村里人的面貌和生活水平有了多么大的改观呐！这是我以前从来不会想到的，有的甚至比我这个在城里生活了多年的人都生活得滋润，于此，我还有什么理由觉得村庄的迁移与改造不对呢，还有什么可担心的，心理上的坎又有什么过不去的呢？

我们拆了旧房子建新房子是为了生活环境的提升和改善，而村里人都过上了优越、幸福、方便的生活，那么，用一句老话说："旧的不去，新的不来。"只有去除陈旧和腐朽，才能令老枝发新芽，长出崭新的枝叶，我的村庄，亦是如此，如此想来，心境豁然开朗，倒有了一种重生之喜，为村人庆幸，为村庄旧貌换新颜而欣喜，当以后，再回到这片土地，逢了人，我会自豪地说："这是我以前的老家，我生活了 20 多年故乡的村庄，你看，你们看，是不是好美哟！”

大嫂打来电话，说饭好了，让我们回去吃饭，我们一行人匆匆下山。

跨进大哥的家门，满室香味，一大桌子菜肴已经在等着我们了，满桌子的鸡鱼虾肉。我对大嫂说：“你真舍得！”大嫂说：“有什么舍不得的，给我的小姑子小叔子吃，不舍得，给谁舍得？”我们都乐了。

大哥说，我去取酒，从客厅的酒柜里拿出了两瓶红酒，今天咱不喝白酒，喝红酒，白酒伤身，红酒有利于健康。我见状，不由笑了，大哥：“你现在也开始养生了！”大哥说：“是呀，以前逮到啥是啥，只要有喝的，就成，不讲究。现在，经济条件好了，就可以选择自己喜欢的生活方式。”

大哥这一句话说得真好。过自己喜欢的生活，才是最幸福的人生。

饭后，我们向大哥、大嫂和三嫂辞行，临上车时，我将村庄打量了一遍又一遍，乡亲们还是原来的乡亲，可生活，却已不再是原来的生活，眼前崭新的村庄，一下子从我原有的记忆中跨越，而这种跨越，又何止是几十年？看着那一排排崭新的楼房和每一家门前停着的小汽车，我唯有送上无言的祝福，祝福乡亲们生活幸福，岁岁年年！

于此，我揣一怀满满的记忆，让故乡荡起文字的小舟，在时光中巡游。

后记

这部书完稿的时候，我揖别了故乡，又将开始我人生又一段新的生活，被柞水县委组织部作为文化人才安排到南京市高淳区挂职交流学习。有一句话说的是：生活永远在路上，你根本不知道下一站会在哪里。

而我生活所有的改变，皆缘于文学。

2008年，在一个偶然的瞬间，我提起了笔，就柞水山城的雨景，写下了《烟雨中的美丽》。没想到，这篇文章，将我引上了写作的道路，虽然，这是我的初笔，但或许是用心用情了，该篇文章顺利刊上《西安日报》“桃花源杯”新好散文大赛版，并得到了编辑李建宁老师十二万分的肯定。现在，依然记得他予我邮箱回复的文字：“该文语言优美、意境清新、主题鲜明、结构完整，是一篇难得的好散文！”稿刊后，他还不忘亲自打来电话，说我的文字功底很好，鼓励我好好写，不要荒废。

那一年，汶川地震激发了我对于生命强烈的悲悯和怜惜，以及对于同胞那无以言说的牵挂和哀痛。那一年，写下了好多的诗歌和散文，我的写作，便从那一年起。那一年，我是一个机关的打字员，临时工，是汶川地震巨大的悲痛刺痛了我的心，唤醒了我内心的爱、正义与良知，自此走上写作道路。于此，我正式提起了笔，开始了我并不知前路的写作生涯。

在写作之初，是因为激情，也是因为李老师的鼓励。在汶川地震后，就觉得是怀着一种使命在写作，令我没有想到的是，我的作品投出去百分之八十都能发表，而且遍及全国多地的刊物，甚至海外，这让我意外而又惊诧着，惊诧之余，又欣喜和亢奋着。说实话，自幼喜欢文学，但是从来没有想到，有一天自己也会成为一名作家。因为，在我看来，作家都是智慧人物，他们能写出那么多好的文章，太了不起了，而我，这样的一个小人物，怎么可能，怎么会成为作家，这实在是连做梦都不敢想的事情!

人生，真的没有定数。

我的人生，因为高考落榜而搁浅。在我走出校门十几年，沦为一个家庭主妇，不得不为生计殚精竭虑时，文学之神却光顾了我，让我的人生突然一下拐了一个一百八十度的急转弯，原来，我竟然可以靠文字吃饭。

这时，我想到了高尔基，想到了莫言，想到了海明威和马克·吐温。

人生没有什么一定是可能的，也没有什么一定是不可能的。

正如我，在死心踏地做一个家庭主妇的时候，人生的路拐了弯，峰回路转。

方英文先生来柞水参加牛背梁文化定位座谈会时，予我题过一幅字："柳暗花明"。当初，我不解他为什么会挥笔而就给我题这样一幅字，或许，冥冥中自有禅机。而这幅字，印证的，似乎便是我的人生。

2010 年春天，在柞水县旅游工作会议上，时任县委书记的刘荣贤在全县旅游工作会议上提出："柞水有个作家徐祯霞，能写能发表作品，将她调来牛背梁，为牛背梁国家森林公园做文化包装。"这一脚，我踏上了文化的岗位，从一个学校的宿舍管理员，真正拿起了笔，开始从事一份与文化有关的工作。牛背梁国家森林公园，在当时，是全县旅游重点工程项目。"九山半水半分田"的柞水，只有依托旅游来发展，因此，旅游工作是柞水各项事务的重中之重。在牛背梁工作期间，我充分发挥自己的特长和写作优势，将牛背梁宣传到各类报纸和刊物，大大提高了牛背梁的知名度。特别是在撰写了《牛背梁上望长安》一文之后，“牛背梁上望长安”这句话便成了牛背梁的经典宣传语和口号，至今，人们提到“牛背梁上望长安”，都会充满着无限的遐想和向往，而这篇文章也成了我的代表作，也因为这篇文章，牛背梁成了天下人的向往之地。

在当时，我还只是一个公益岗位人员，做着文化人的工作，却仍是一个体制外的文人。当时的我，是个穷得仅仅只能够糊口的文人。

随着我知名度的提高和在外影响力的扩大，我得到了社会各界的关注，县域内上上下下都知道了我，一些领导了解到了我生活的窘况和艰难，于2013年春天，我被安排到了石镇国营林场，这是一个自收自支差额财政拨款的林业单位，可以拿到工资，却没有正式编制，人活着，吃饭要紧，先吃上饭再说。领导这样安慰我，我也这样安慰我自己。

在石镇林场上班其间，我因为写作成绩突出，被北京鲁迅文学院录取。鲁迅文学院，可以说是中国文学领域知名的专业培训机构，被业界称为“中国文学的黄埔军校”，我能被录取，当然是一件让人喜出望外的事情，甚至于整个柞水县来说，都是一件文化大事件。2016年3月，在玉兰花开的时节，我踏入了鲁迅文学院，在鲁院进行了为期四个月的全国中青年作家高研班学习，同年底，入选陕西省文化厅百名优秀文化艺术人才。于此，县里觉得，以我此时的文学成绩和资历，应该给我解决一个待遇问题了。2017年元月，我被调进了柞水县文化馆，成了一名正式在编工作人员。

因为，到目前为止，我是柞水县唯一一个加入中国作家协会的作家、唯一一个走进鲁迅文学院高研班进修的作家、商洛最年轻的中国作家协会会员、陕西省文化厅百优人才、陕西省作协百优人才、陕西省委宣传部重点文艺作品创作作家。2018年获得的冰心散文奖，在商洛来说，也是继贾平凹之后商洛本土作家首次获得，以及在《人民文学》等名刊上发表作品，算是破了商洛和柞水文化领域的多项零纪录。

在此，我有诸多诸多的感谢，感谢赏识和青睐我作品的编辑老师，感谢领导们的识人之明，感谢我生活在这样的一个好时代，凡事能以人为本，真正地尊重和重视人才，予人才以妥善的安置和任用，让人才有发展和提升的空间。记得，接到鲁院录取通知书，在去给劳人局局长崔福生汇报时，崔局长说：“虽然你去鲁院上学，不属于林业系统的正常培训，但能去鲁院进修，机会难得，也是在为我们县上培养人才！”这一句话，我至今感念不已。

当我离开村庄的时候，村庄是我的故乡，当我离开我工作和生活的县城的时候，县城又是我的故乡。或许，我们的一生，会迁徙好多个地方，而每一个我们生活和工作过的地方，都有可能成为我们的故乡，第二故乡，第三故乡，等等。它虽然不是我们的原生地，但是它也给我们了许多生活的营养和记忆，我们在有生之年，都无法忽略和淡忘它，而每一次的离开，是新生，亦是重生。

故乡，其实就像是一枚印章，我背着它，行走四方，它同我如影随形，它永远是我生命的根，它是我思绪和记忆发散的源泉。

当又一段路启程的时候，请为我祝福，祝福我有新的力量和新的能量，去迎接那黎明和清晨，去迎接那旭日和初阳，愿生活永远面朝大海，春暖花开，更愿我的文字，能如清涧流泉，汩汩流进人们的心底，为浮躁的生活带来一丝抚慰与清凉，让真者永纯，让善者更美。

生活要有光，文学要有光，人心更要有光！

那么，就让我用“路漫漫其修远兮，吾将上下而求索”以自勉吧！

予为后记。